河南省“十四五”
普通高等教育规划教材

21世纪广播电视专业实用教材
广播电视专业“十四五”教材

ESSENTIALS OF SCREENWRITING

剧本写作教程

（第二版）

主　编　徐　燕
副主编　吕　静　孟伟伟
编　委　滕　菲　高冠琳
　　　　赵　轩

中国传媒大学出版社
·北京·

图书在版编目(CIP)数据

剧本写作教程/徐燕主编.--2版.--北京:中国传媒大学出版社，2022.12（2025.2重印）
ISBN 978-7-5657-3264-5

Ⅰ.①剧… Ⅱ.①徐… Ⅲ.①剧本-创作方法-教材 Ⅳ.①I053

中国版本图书馆CIP数据核字(2022)第152423号

剧本写作教程(第二版)
JUBEN XIEZUO JIAOCHENG(DI-ER BAN)

主　　编	徐　燕
策划编辑	李水仙
责任编辑	李水仙
封面制作	宇宙尺度
责任印制	李志鹏

出版发行	中国传媒大学出版社		
社　　址	北京市朝阳区定福庄东街1号	**邮　　编**	100024
电　　话	86-10-65450528　65450532	**传　　真**	65779405
网　　址	http://cucp.cuc.edu.cn		
经　　销	全国新华书店		

印　　刷	北京中科印刷有限公司
开　　本	787mm×1092mm　1/16
印　　张	16.75
字　　数	366千字
版　　次	2022年12月第2版
印　　次	2025年2月第4次印刷

书　　号	ISBN 978-7-5657-3264-5	**定　　价**	58.00元

本社法律顾问:北京嘉润律师事务所　郭建平

目 录

扫码获取本书课件

下编　应用篇

绪 论

人类的写作活动伴随着文字的产生而产生。写作最初发生的动机只是源于文字记录的实用功能,出土于河南安阳小屯的"甲骨卜辞",大部分为殷商时期王室占卜的记录。随着人类社会的发展,写作逐渐由对事件的客观记录扩展到宣传交流、表情达意等更加主动的范畴。由于创作目的的不同,写作具有记录事实、宣传交流、表达情感等不同的作用。写作是写作主体以文字为媒介,通过一定的语言结构形式完成记录事件、表情达意、宣传交流等目的的表达过程。

剧本写作作为写作学科的一个分支,目的是给影视剧、戏剧等表演类艺术提供文字形式的内容提示,它的终极目标并非停留在文字上,而是在舞台、屏幕上通过表演的形式对写作内容进行延伸与再创作。因此,从一定的层面上看,剧本写作只是影视剧、戏剧等表演类艺术的一个初始阶段,这些不同的表演类艺术形式对剧本的写作具有很大的约束与规范作用。

第一节 剧本写作的特征

所谓剧本写作,是指以文字形式创作特定的故事,指导视听语言内容,最终以表演的方式在舞台、屏幕等媒介上进行呈现的写作活动。虽然剧本自身具有一定的文学性,在古今中外的剧本创作中,也出现过不适合表演,只适合阅读或朗诵的剧本,如"案头戏",但绝大部分剧本写作是由于影视剧、戏剧等艺术的存在而产生的写作实践活动。作为写作学科的一个分支,它既具有写作活动的一般特征,也受到表演艺术的要求与规范,具有自身的特点。

一、剧本写作具有写作活动的一般特征

(一)体现写作主体的审美经验

写作主体是指进入写作实践中的人。选择什么题材进行写作,从什么角度进行写作,是

写作主体最先面对的问题,它和写作主体的生活积累、知识储备、审美修养等素养关系密切。写作主体在进行写作活动时,必须在积累足够的写作素材,选择一定的创作角度以表达特定的创作主题后,才能有的放矢地进行写作实践活动。而写作主体之所以选择此题材而非彼题材、选择此主题而非彼主题,与写作主体自身的审美经验有很大的关系。所谓审美经验,是指"保留在审美主体记忆中的、对审美对象以及与审美对象有关的外界事物的印象和感受的总和"①。写作主体在日常的生活实践以及审美实践活动中,能够积累大量的生活与审美素材并形成审美经验,当写作主体进入写作状态,需要调动写作素材时,这些审美经验便在写作过程中发挥重要的作用。

林语堂的长篇小说《京华烟云》,深受道家尤其是庄子思想的影响,小说女主人公姚木兰是林语堂心目中理想的女性形象。他曾说:"若为女儿身,必做木兰也!"姚木兰从小深受具有道家思想的父亲姚思安的影响,敢爱敢恨,凭借自身的聪慧与丰富的生活经验,在善待他人的前提下善待自己,恪守民族大义与人伦底线,顺应大势,游刃有余地处理家庭事务与感情纠纷,绝不会做明知不可为而强为之的事情,这使得她在人生旅途中顺遂幸福,是一个完美的"道家的女儿"形象。在根据小说改编的 2005 年版电视连续剧《京华烟云》中,由于编导的审美经验不同,则将姚木兰从完美的"道家的女儿"形象改编为深受儒家思想影响的传统女性形象。她为了不让父母为难,答应曾家为得了伤寒病濒死的大儿子曾平亚"冲喜"的要求,后来又在妹妹莫愁逃婚后,为了双方家庭的脸面,嫁给了毫无感情的曾家三儿子荪亚。在婚姻中,她忍受丈夫的冷漠与出轨,毫无怨言地接纳丈夫的私生子,忍受妹妹莫愁对自己的误解,忍辱负重地接受命运的安排。作为传统儒家思想的完美女性形象,姚木兰成为一个为了成全他人而完全失去自我的符号性人物。电视连续剧《京华烟云》虽然在剧情与人物关系上源于小说,但由于原作者与改编者审美经验不同,对人物形象产生了截然不同的理解,在对主要人物形象姚木兰的塑造上产生了巨大的差别。

意大利导演费里尼作为世界现代艺术电影的"圣三位一体"之一,在由他导演并参与编剧的电影《八部半》中,讲述了一个名叫吉多的导演正陷入事业与感情双重困境的故事。影片将吉多在感情中陷入迷茫、事业上遭遇瓶颈的状况运用现实、想象、梦境等各种表现手法贯穿起来,成功地呈现了一个看似成功的男性焦灼隐秘的内心世界。虽然作品中的人物不等同于现实中的人物,但对电影人物的潜意识能够如此细致入微地进行挖掘,无疑包含了费里尼在生活实践、审美实践中的大量积累,这些积累直接影响了电影的选材、表达的角度以及对人物人性挖掘的深度。可见,审美经验在电影创作中起到了非常重要的作用。

因此,在写作活动中,审美经验直接对写作主体产生作用。它影响了写作主体在写作时对诸多生活积累与知识储备的选择,也影响了写作主体对题材的体会与判断,继而形成了自己对此题材的反映与评价,最终呈现于作品中的思想主题之中。

---

① 丽莎.卓菲娅·丽莎音乐美学译著新编[M].于润洋,译.北京:中央音乐学院出版社,2003:53.

(二)体现写作客体对主体的触动

写作客体是指进入写作主体的认知范畴,能够被写作主体用来进行写作实践活动的所有客观与主观对象。所有进入写作主体视野的客观存在和精神现象,当它们被纳入写作对象范畴时,就成为写作客体,而没有进入写作主体视野的客观存在和精神现象,则不具备成为写作客体的条件。作为支撑表演艺术的基础,剧本写作除了能让观众在观看表演时得到娱乐之外,还要让观众体验到生活中未曾经历的事件与情感,在观看中得到生活的启示与心灵的激荡,只有如此,才能得到观众发自内心的呼应。因此,无论剧本编写的故事是激烈冲突的还是离奇怪诞的,编剧首先应当对生活有着深切的观察与体会,对人性有着深入的了解,如此才能在构思故事情节时以生动的细节、蕴藉的深意打动观众。

电影导演王家卫得知叶问的故事后,随即产生创作冲动,但一直没有找到合适的表达角度与方式。在其他有关叶问的电影相继上映之后,他酝酿多年,终于拍摄出了别具一格的《一代宗师》,将武学宗师的沧桑经历表现得淋漓尽致。王家卫在谈到《一代宗师》时说:"现在有很多电影表现的,就是人有多丑、黑暗不可靠,我希望通过这个电影,表现人有多美!我们真的认为他们很美,不是他们的外表而是他们的情操行为,民国里面有很多是中国人美的一面,我希望这一面在这个电影里面体现出来。"①《一代宗师》的故事一如既往地具有王家卫式的"碎片化"叙述特征,但在"碎片化"的故事呈现中,也有对武学宗师历尽繁华之后回归平静甚至是孤独境遇的演绎,这表达了王家卫对人生的独特感受。

奥地利著名作家斯蒂芬·茨威格的小说《一个陌生女人的来信》讲述了一个女子凄婉、无望却执着的爱情故事,打动了无数读者,许多国家多次将这篇小说改编成电影搬上银幕。徐静蕾在谈到拍摄《一个陌生女人的来信》的机缘时承认,她在很长一段时间里想拍一部片子,但不知道该拍什么。当她偶然读到茨威格的这篇小说时,立刻被打动了,于是决定改编并拍摄它。这篇外国小说经过徐静蕾的改编,将故事背景放置在民国年间的老北京,以四合院作为主要故事发生场景,演绎了一个女孩终其一生,对一个感情浪子刻骨铭心的爱恋。徐静蕾说:"这部《来信》倾注了我太多的心血,而且现在达到的效果我非常满意,把我自己也感动了。我相信能够感动我的电影,也一样能够感动观众。"②在这部融入诸多中国元素的电影中,徐静蕾运用散文化的手法进行改编、拍摄,细腻唯美的电影风格使之具有令人心动的艺术氛围。

当前,为了上座率、收视率而生编硬造的剧本比比皆是;许多捏合了种种流行元素跟风摄制的影视剧,为了盈利的目标而草草制作。试想,一个连创作者自身都没有感觉的剧本如何能够奢望受到观众的欢迎?相当多的影视剧一经拍出便被束之高阁,不见天日,大部分是

---

① 王家卫解读电影《一代宗师》[N].南方都市报,2013-01-16.

② 徐静蕾《一个陌生女人的来信》受关注[N].燕赵晚报,2005-01-13.

只追求经济目标的跟风之作。

(三)注重写作表现手法的运用

表现手法是写作主体在创作过程中表达感情、行文结构时所运用的独具匠心的组织形式。它可以从宏观角度来增强作品整体或某一部分的表达效果。例如,象征比喻、铺垫悬念、托物言志、蒙太奇等都属于表现手法。将故事讲述得引人入胜、打动人心,将主题或题材以与众不同的方式呈现出来以达到耳目一新的效果,这是所有艺术创作者孜孜以求的目标。对于剧本而言,它的最终目标是为了能够被表演,呈现于观众面前被欣赏。如何将故事讲得吸引人,以何种方式呈现故事,是体现编剧能力的一个很重要的方面。

由陈可辛导演的《如果·爱》讲述的是一个比较常见的"两男一女"模式的爱情故事,如果采取传统的线性顺序进行叙事,那么无论镜头语言再丰富多彩,演员表演再生动出色,它依然只是一个常见的爱情故事而已。而陈可辛在表现手法上推陈出新,采用戏中戏的方式构造故事。故事通过两条主线来叙述,一条线是现实生活,一条线是拍戏,女主人公与两个男人的感情纠葛既是他们拍戏的内容,也是三人生活中真实境遇的写照,在拍戏的过程中延展呈现出人物真实经历过的过去与正在经历的现在。这种表现手法的运用将一个常见的爱情故事赋予了不常见的叙述形式陌生化的美感,独具艺术魅力。

电影《安娜·卡列尼娜》片段

《安娜·卡列尼娜》是被世界各大电影公司翻拍多遍的故事,其中不乏经典的版本。英国电影导演乔·怀特改编的《安娜·卡列尼娜》,在内容上基本忠实于原著,没有进行太大的改编,但是电影的场景转换借鉴了舞台剧的场景转换形式,这种独具匠心的形式创新形成了陌生化的观影效果,具有强烈的影像视觉冲击力。

无论何种艺术,内容与形式的相得益彰永远是其长足发展的有力支撑。20世纪杰出的戏剧家、文艺批评家塞缪尔·贝克特认为:"形式即内容,内容即形式……它不仅仅是供人阅读的。它是供人观看的,供人聆听的。……当意义开始起舞时,语词也随之跳跃。"①在表达感情、陈述故事时,恰当的形式能够使作品产生强烈的震撼感与艺术冲击力。影视剧、戏剧等艺术是以视听为接受形式的,这就要求编剧在剧本写作时关注形式,即表现手法的重要性,以新颖而有效的形式表达故事内容。

二、剧本写作具有其自身特征

剧本写作虽然同一般写作一样,也是用文字作为表情达意的媒介,但它在创作目标、语言系统等方面具有与一般写作不同的特征。

---

① 贝克特.但丁、布鲁诺、维柯、乔伊斯[M]//贝克特.碎片集:杂谈及一个戏剧片段.曹波,金桔芳,郭昌京,等译.长沙:湖南文艺出版社,2016:14.

(一)群体化消费的创作目标

剧本写作与文学创作虽然都是以文字的形式叙述故事,但剧本写作的最终目标和受众与文学创作截然不同。虽然写作者都是用一支笔或一台电脑进行写作,但文学创作者以文字为媒介形成作品之后,希望作品能够引起社会效应与尽可能多的受众(读者)的关注;读者通过阅读文字的形式欣赏作品,他们往往以个体化阅读方式接受文字所传递的信息,独自一人阅读一本小说、一篇散文、一首诗歌,是从开头阅读还是先看结局,是看一眼就放弃还是每天阅读一小部分,对读者而言都是自由的。从经济角度而言,文学创作付出的成本相对较低。

剧本写作虽然也是用一支笔或一台电脑进行写作,但相对而言,剧本只是一个成品的基础模型,它需要依托表演媒介、各种形式的场景再现以及科技手段的辅助等,才能作为成品展现于受众(观众)面前。剧本成为成品之后的经济投入远远大于文学创作的经济投入,是否有经济收益决定了表演艺术的可持续发展问题,从一定的角度而言,观众的数量是表演艺术长久存在与发展的重要条件。“在写作的过程中,为画面或声音写作的人独处一隅,伴以一台打字机或文字处理器。然而事实上,每一个词、每一个视觉形象都必须和心目中成千上万的听众、观众一起创作。当你为大众媒体写作时,即意味着为广大受众写作。那些受众的特征必须时时浮现在你的脑海当中,并且成为写作的关键。”①一位专业编剧在谈到电视剧剧本创作时认为:“经过长期市场检验形成的稳定的类型化制作,以叙事套路、情节母体、人物原型、人物关系固定模型、语法结构等方面固定的公式与严格的规范,保障着电视剧创制的品质。”②剧本创作如果失去了观众的依托,其存在意义就要受到质疑了。

当年创下收视率神话的电视连续剧《渴望》,在计划拍摄室内剧的过程中,王朔、郑万龙等策划者认为应当拍摄老百姓爱看的题材,于是构想了一个集中国传统美德于一身的女子作为主角,刘慧芳的雏形由此诞生。刘慧芳这位完美的中国传统女性形象受尽委屈却以德报怨的虐心故事感染了无数观众,以至于1990年《渴望》首播时创造了空前绝后的96.3%的收视率神话。在剧本创作前就对题材进行市场评估,在剧本创作中将观众的喜恶融入构思范畴,这是剧本创作者必须完成的任务。

文学创作具有独立的个体性价值。相对而言,作家在创作时能够淋漓尽致地表达个人的审美情怀,而剧本创作的局限性显而易见,这种以大众群体消费为主要传播手段的艺术形式先天就需要人们的关注。著名编剧刘恒同时也是一位出色的作家,他认为剧本与小说的区别是:“作为编剧,我没有太多的主动权,我写剧本实际上也是对现实的妥协。小说则是一种独立的创作,所以这种独立性的价值不可替代。作为一种现代的表达方式,电影已经成为

---

① 赫利尔德.电视广播和新媒体写作:第7版[M].谢静,等译.北京:华夏出版社,2002:10.

② 魏文楷. 广播影视产业支柱性转型发展研究[M].北京:中国广播影视出版社, 2018:48.

一种越来越重要的艺术,到了21世纪,作家的声音会越来越小,现代的传媒工具的影响会越来越大,仅仅依靠文字本身来传递信息是远远不够的了。"①剧本写作的背后隐藏着对群体化消费目标的追求,剧本写作在策划立意、主题确定、情节展现、人物刻画等方面都与文学写作有很大的区别,群体性的接受方式要求编剧能够跳出自我的审美窠臼,充分考虑观众的喜好。

(二)视听语言的文字表现

从表现形式上看,文学写作与剧本写作都由一个个的文字组成,但从本质上而言,文学写作与剧本写作分属于性质完全不同的两种语言系统。文学写作中的文字作为一种传播载体,它直接被读者理解,作品的故事情节与人物形象通过文字被读者接受。剧本虽然也由文字组成,但是剧作者构思故事情节与塑造人物形象时是以视觉画面与声音的形式浮现在脑海中;同样,剧本的受众在看剧本时,他们看到的不是文字,而是画面与声音。

同样作为视听语言系统,以影视剧为代表的镜头语言与在舞台上表演的戏剧语言由于表现特点不同,二者在写作时又有所不同。镜头语言是影视剧最基本的语言表达单位,它具有画面和声音、时间和空间相结合的特性,写作者必须掌握镜头语言的写作方式,必须具备立体化的时空结构意识以及蒙太奇思维的能力,才能写出适应影视剧要求的剧本。"电影是一种视觉媒介,它把一个基本的故事线戏剧化了。它所打交道的是图像、画面、一小片和一段拍好的胶片;一个钟在滴滴答答地走动、一个窗子正在打开、一个人在看、两个家伙在笑、一辆汽车在弯道上拐弯、一个电话铃在响等等。一个电影剧本就是由画面讲述出来的故事,还包括语言和描述,而这些内容都发生在它的戏剧性结构之中。"②影视剧写作者应当将具有运动特性的视听元素纳入写作思维中。尤其是蒙太奇,它几乎是影视剧本不可或缺的写作思维方式,具有突破时间和空间限制的优势,具有特殊的表意功能,将不同内容的画面组合成场面进而形成段落,产生叙述、描写、对比、呼应、暗示等不同的艺术效果。

下面是古华的小说《芙蓉镇》和电影《芙蓉镇》剧本的开头部分,小说和电影剧本都对女主人公胡玉音的人物形象及其米豆腐摊子生意兴隆的景象进行了介绍,从相应部分的对照中,可以看出文学写作与剧本写作之间的差别:

近年来芙蓉镇上称得上生意兴隆的,不是原先远近闻名的猪行牛市,而是本镇胡玉音所开设的米豆腐摊子。胡玉音是个二十五六岁的青年女子。来她摊子前站着坐着蹲着吃碗米豆腐打点心的客人,习惯于喊她"芙蓉姐子"。也有那等好调笑的角色称她为"芙蓉仙子"。说她是仙子,当然有点子过誉。但胡玉音黑眉大眼面如满月,胸脯丰满,体态动情,却是过往

---

① 新媒体渗透下的作家群:刘恒、杨争光谈影视剧本写作[EB/OL].(2000-05-28)[2021-05-18].http://ent.sina.com.cn/amusement/comment/2000-05-28/7067.shtml.

② 菲尔德.电影剧本写作基础[M].2版.钟大丰,鲍玉珩,译.北京:世界图书出版公司,2012:8.

客商有目共睹的。镇粮站主任谷燕山打了个比方:“芙蓉姐的肉色洁白细嫩得和她所卖的米豆腐一个样。”她待客热情,性情柔顺,手头利落,不分生熟客人,不论穿着优劣,都是笑脸迎送:“再来一碗?添勺汤打口干?”“好走好走,下一圩会面!”加上她的食具干净,米豆腐量头足,作料香辣,油水也比旁的摊子来得厚,一角钱一碗,随意添汤,所以她的摊子面前总是客来客往不断线。

——古华《芙蓉镇》

阿城与谢晋将这部小说改编为剧本后,相应的文学性叙述就以具体的视听语言呈现了:

(芙蓉镇上临青石板街的胡玉音米豆腐摊,人来人往,客人不断。)

吃客甲:芙蓉姐,给我的多放点辣子。

吃客乙:我要醋。

胡玉音:(招呼刚来的客人,热情地)来了。

吃客丙:芙蓉姐子,给我多放点葱花。快点。

胡玉音:桂桂。

吃客丁:芙蓉姐子,我等了半天了,快点。

胡玉音:哎,来了。

吃客甲:放了没有?

胡玉音:放了。保险辣得你肚脐眼疼。

吃客甲:(开玩笑地)我肚脐眼疼,姐子你给治治。

镇　民:哎,女老板,来碗米豆腐。多加点汤呀。

胡玉音:哎。来,天气热,给你这碗加汤的。

镇　民:(酸溜溜地)哟,芙蓉姐的手比米豆腐还要白嫩。

胡玉音:(半开玩笑地)讨厌!是不是你媳妇这两天又没有罚你跪床脚扯你大耳朵了?

镇　民:(戏弄地)哟,我的耳朵倒想叫芙蓉姐来扯一扯哩。来扯呀,来。

胡玉音:(娇嗔地)去你的,缺德少教养的。(看到镇上大娘来到,赶紧热情招呼)大娘,您来了?来,坐吧。(让熟客给大娘让座)起来起来起来。

大　娘:(关切地)你好吗?最近生意还不错吧?

胡玉音:嗯。(端着一碗米豆腐走近大娘,俯耳细语)给你多放辣椒了。

大　娘:哟,好。

胡玉音:走了?慢走。

吃　客:下回见。

在古华的小说中,作者通过概述的手法对女主人公胡玉音漂亮的外貌、和气柔顺的性格以及她的米豆腐摊子生意进行了简单的介绍;在阿城与谢晋的剧本中,则将其具体化、视听化,运用具体的画面和生动的人物对白呈现出需要表达的内容。

电影《歌剧魅影》片段

2004 年,导演乔·舒马赫将安德鲁·劳埃德·韦伯的音乐剧《歌剧魅影》搬上银幕,电影保留了音乐剧的精华曲目,在时间、空间的呈现上,电影发挥了自身的优势,使之表现出独特的魅力。在电影开头,通过黑白色表现1919 年的巴黎,许多人在"魅影"出现过的已经残败的歌剧院旧址参加残存品拍卖。随着拍品吊灯被缓缓吊起,歌剧院旧址逐渐由黑白色转为彩色,空间由残破沉寂转为华丽热闹,时间顺势切换到 1870 年。这种具有影视特色的时空转换方式,体现了在视听语言中蒙太奇思维运用的重要性。

如何利用视听语言讲故事,吸引观众花费几个小时坐在黑暗密闭的影院空间里将电影看完,或者每晚在固定时间观看几十集甚至上百集的电视连续剧或系列剧,所需要的不仅仅是足够精彩的故事,还需要与之相应的足够精彩的视听语言。观众接受影视形象依赖于画面的时间、空间再现,因此,在进行剧本写作时,剧作者要具有清晰的时空设置理念和熟练的镜头语言表达能力,叙述语言一定要具体、形象,运用蒙太奇思维与视觉造型性的动作、形象设计等手段,发挥影视剧视听语言的优势,避免使用类似于文学性语言的方式进行解说式的呈现。

戏剧的创作思维与影视剧的创作思维有很大的不同。戏剧虽然也是用文字呈现视听语言,也主要是通过人物的语言、动作来揭示人物性格,但由于在舞台上表演,演员与表演空间直接面对观众,空间表现受到很大的限制。戏剧编剧需要在有限的舞台空间内制造冲突,感染观众,在时间、空间的设计上需要考虑到分幕分场处理的方便性问题。在情节安排上会更加紧凑,人物的动作行为设计与台词设计根据舞台表演的特点也会具有自身的特点。尤其是台词,它是剧作者设计故事、塑造人物、表达主题非常重要的手段。下面是著名剧作家曹禺根据巴金的小说《家》改编的话剧剧本片段:

[老更夫敲着更锣由小月门上。鸣凤昏惑地走到院中。

老更夫:谁?

鸣　凤:(硬而颤抖的声音)我。

老更夫:(老苍苍地)你怎么还不睡呀?

鸣　凤:(冷冷地)我要寻死去。

老更夫:(愣了一下)真的?

鸣　凤:嗯,我去跳湖。

老更夫:(疯疯癫癫地)好,好,湖里有莲花,湖里的水凉快,去吧,去吧,没有人拦着你的。

鸣　凤:(哀伤地)您不拉我一把?

老更夫:(硬生生地)不拉,不拉,死了好,死了好,活着没意思。

鸣 凤:(哀哀地)我去了。

老更夫:去吧,湖里面有人等着你。

[鸣凤缓缓由甬道走出。天空打着闪,远远隐约有轻微的雷,风声飒飒。

老更夫:(自言自语)小娼妇!公馆的丫头没有好的,打扮得像妖精!(雷声隐约)还要跳湖,跳神!跳鬼!(忽然)各位老爷太太、少爷、小姐们,睡吧,不早了,把窗户关紧啦,要下雨啦!下雨啦!

[大雨点开始落下来。风声逐渐峭厉。柳竹飒飒然……

[舞台渐黑。

[黑暗中大雨声,风声,树叶声。

[舞台渐明,雨渐缓,满院是淅沥的雨声,从屋檐滴到石阶上。黑暗的甬道中慢慢走出鸣凤,周身湿淋淋的,头发散开披在后面,发里有草叶水藻,手里握着残落的莲花。昏昏的红檐灯照着她一副失神凹陷的眼。她路过甬道,推了推觉慧锁上的门。

鸣 凤:(走到觉慧窗前,低低地)三少爷!

觉 慧:(以后一直在窗前答应,诧异地)鸣凤,你怎么还没有走?

鸣 凤:(平淡里埋着失望的声音)我又来啦。

觉 慧:(烦闷地)怎么又来?你?

鸣 凤:(沉痛)我舍不得你。

觉 慧:(委婉地)鸣凤,你不要再搅我吧!我有事!

鸣 凤:(轻声,哀哀地)我不是来搅你,我就想再看你一眼!

觉 慧:(温和而肯定)不!

鸣 凤:(凄恻地)就一眼。

觉 慧:(恳求地)不,我真是有事啊!鸣凤,你好好地回去吧,走吧!

鸣 凤:(含泪)那么我走了。

觉 慧:(安慰地)睡吧,不要再来了。

鸣 凤:(冤痛)不来了,这次走了,真走了。

[鸣凤绝望地向甬道走下。

[天空不断打着闪,淅沥不停的雨落在空空的庭院中,檐灯凄惨暗红,在风雨中轻轻摇晃着。

(幕落)

这一话剧片段叙述了爱恋着少爷觉慧的丫鬟鸣凤不甘被送给冯老太爷受辱,无奈之下跳湖自杀的前后经过。囿于舞台的限制,只能通过人物对白、人物造型设计及舞美设计等,来体现鸣凤自杀前后的痛苦、无奈与不舍的复杂感情。

因此,具备视听语言的写作思维,能够用文字形式表现视听语言内容,是对剧作者最基本的要求。在进行剧本写作时,需要剧作者将摄制特点或舞台表演纳入写作构思,通过文字形式创造出符合要求的画面、声音,实现对人物形象的塑造与故事的叙述。

(三)表述直白明了

在文字表述上,由于写作目标不同,剧本的语言特色与文学作品的语言特色截然不同,文学追求语言的生动形象、别具特色,具有个性化风格特色的语言表达是许多作家孜孜以求的写作目标。许多读者往往能够凭借自己的阅读经验,判断某一个文学作品是某位作家创作的,正是由于作家在文字表述上留下了个人的烙印。在进行文学写作时,语言可以虚幻一些,让读者展开自己的想象去完成"塑形",具有陌生化效果的文字表述往往具有独特的魅力,能够让读者获得别样的阅读审美快感。

而剧本写作定位于具体的视觉画面与声音的叙述、描写,它不需要剧作者运用与众不同的文学语言表现自己的写作优势,也不需要运用过于抽象与理性的语言对事物进行解释或评判,以此来表现自己的思想深度,有才华的剧作者是通过编写出色的故事来展现自己的才华的。虚幻的或抽象理性的文字表达无法体现为相应的视觉画面,无法作为剧本进行表演或拍摄。剧本表述内容时,虚浮泛泛的语言尽量不用,不是直接进行视觉画面描述的语言尽量不用。如"一个星期以来,他的心里一直焦灼不安,做什么事情都不能安心",虽然这是一个叙述性语句,但过于笼统,没有具体的画面性,不能指导拍摄或表演。剧本语言必须直白明了、具体,能够实实在在地对某一场面、某一动作、某一事件进行叙述、描写,能够让受众在脑海中呈现出具体的视觉画面与相应的声音。下面的剧本片段,运用简单、洗练、形象的镜头语言将事件发生、发展过程明白地表述了出来,很好地指导了需要拍摄的画面内容:

212.内景,德黑兰集市,白天

礼萨带领着托尼·门德斯和那群住客继续在这座城中城的深处穿行。店主们站在自己的店铺门口,他们观察着这些游客,迷惑、不友好。

凯西·斯塔福德,摄制组的美术设计师给一扇金色的窗户拍了一张照片。这家店铺七十几岁的店主看到她拍照了。

他赶紧走出店铺,对凯西·斯塔福德噼里啪啦连珠炮似的说了一通波斯语。住客们停住脚步。礼萨跟这位店主交谈。

礼　萨:(对凯西说)他要你刚刚拍的照片。

门德斯:她是美术设计师。她的工作就是拍照。

这位店主说波斯语的口气越来越激烈。

礼　萨:他说,他没有允许你们拍他的店铺。

其他店主和顾客开始聚拢过来。凯西把刚刚拍的那张照片递给那位店主。

凯西·斯塔福德:跟他说,照片给他——

那位店主从凯西手中一把抓过照片。

……

214.内景,德黑兰集市,白天

大家开始围住托尼·门德斯、礼萨和那些住客。店主们越来越激动。戴着披巾的女人们尖叫着,指指点点。

一个男人:(愤怒,用英语说)美国,不!……不!

接着,他用波斯语说,并做出开启的手势。

李·沙茨:(轻声对门德斯说)他说沙阿用美国枪杀了他的儿子。

场面越来越激化。①

在这个剧本片段中,美国人和伊朗人的冲突通过在集市上拍摄照片的小事引发开来,一个接一个的镜头画面表述和人物对白非常清晰地展示了这场冲突。因此,剧本语言只要直白明了,以能够指导拍摄或表演为准绳,其他任何语言上的粉饰都是画蛇添足。

第二节　编剧的任务

从广义的创作角度来看,影视剧、戏剧等表演类艺术作品是由多方参与创作的,编剧、导演、摄影、演员甚至制片都是作品创作链条上的一环,这些环节的合力协作形成了作品的最终样貌。也就是说,每一个环节都会影响作品最终的艺术呈现。因此,编剧创作出来的剧本只是这些表演类艺术的重要环节之一,是作品成功的基础与前提。作为编剧,应当对自己所处的位置具有清醒的认知;同时,由于创作不同人物、叙述不同故事和处理不同题材的需要,编剧还需要具备足够的文化素养与生活素养。

一、对消费市场具有明确的认识

由于剧本写作需要考虑到群体化消费的特征,编剧在创作时需要把握市场的脉搏,关注观众的兴趣点。如果一味地沉浸于自己的审美情感中难以自拔,不考虑市场的需求、不考虑观众的好恶,这种写作态度就不太适合从事编剧这个职业。一位电影制作人很直接地表达了对编剧这种要求的原因:"编剧的第一标准是作品要为大众写电影,这是编剧创作的出发点。……我要写小说,我要写诗,一支笔就行了嘛,你不用进入这个产业。你为什么选择电

① 特里奥.逃离德黑兰[J].晨风,译.世界电影,2014(1):85.

影？电影是一个大众艺术，是在讲票房的，是很多人掏钱才能拍出一个几千万元的电影。”①

编剧需要具备谨慎、踏实的创作态度。在进行剧本写作甚至是更早的选题策划时，目标观众群的确定是编剧必须考虑的问题。一个创意能否被采纳，一个剧本能否被拍摄或演出，很大程度上取决于它最终的消费群体是哪一类观众群，是否能够吸引足够多的观众来观赏它，它的投入与产出相比是否能够产生足够的市场价值。这些问题，已不仅仅是编剧如何展示自己的能力、如何投入感情创作作品这么简单的问题了，它需要由“谁会看”这个问题延伸出去，充分考虑“写什么”和“怎么写”的问题。电视剧是家庭全体成员都可能观看的，因此它的剧情设置应当平民化，易于让大众接受；电影的观影人群由喜好不同的个体组成，观影人群的年龄、喜好甚至将要上映的档期都是编剧在剧本写作时要考虑的问题；话剧创作是进行经典性叙事还是具有先锋实验性，是在大剧场还是在小剧场演出等，这些与写作看似不相干的问题确确实实在影响、指导着剧本的写作方向。改编自王度庐武侠小说《卧虎藏龙》的同名电影，当年在全球狂揽2.28亿美元的票房，然而这部电影在中国只有1,000万元的票房收入，国内观众并未因为它获得奥斯卡奖而趋之若鹜。究其原因，《卧虎藏龙》发行对象以欧洲观众为主体，主要关注欧洲观众的审美倾向，在影片中着力突出外国人心目中的中国情调：中国功夫、中国景观(九寨沟、竹林等)、中国传统服饰，在此基础上讲述缠绵悱恻的爱情故事以及对人性展开深层次的挖掘。“一位从好莱坞回来的电影人曾说过，好莱坞永远在猎奇。片中的大漠风情、江南韵味、飞檐走壁、京城宫墙、徽州深宅，西方人眼里东方文化的神秘被表现得淋漓尽致，尽管在中国观众看来丝毫不稀奇。”②虽然这部影片中灌注了新的武侠视角，为后来中国武侠片的拍摄提供了新的理念，但中西方的审美差异还是导致了这部影片中外票房的巨大差异。

虽然剧本写作不能信马由缰，需要充分考虑受众群的感受、顾及这个产业对创作的约束，但这并不意味着剧本写作要完全舍弃个人化的审美，绝对地屈从于大众的消费要求。如何进行个体化叙事视角与大众接受需求的平衡，如何在娱乐化的基准上具有更高的思想性与艺术性，是每一个表演类艺术创作者需要考虑的问题。一些制作出很高的思想与艺术水准作品的导演、编剧逐渐形成品牌效应，他们创作的影视剧、话剧等具有独特的个人色彩，具有深刻反映社会与揭示人性的力度，使观众在娱乐消费的同时，心灵受到震撼，审美能力得到提高。寻求思想艺术与娱乐的平衡点，使创作者的创作与受众的欣赏水平形成良性的互动，是保持表演类艺术产业鲜活生命力的最佳途径。

二、具有在故事中制造热点话题、呼应社会现实的敏感意识

是否具有吸引人关注的因素，是剧本写作很重要的一个方面。作为编剧，应当具有一定

① 刘藩，马丛峰.故事　产业　类型：电影编剧讲义[M].北京：中国电影出版社，2012：201.

② 热门影片解析：《卧虎藏龙》为何受宠[N].新闻晨报，2001-02-16.

的话题意识，将能够引起观众关注的话题植入剧本中。成功的话题植入能够呼应社会现实，引起一定的市场认同度，甚至成为人们关注的热点话题。由郭宝昌导演的电视连续剧《大宅门》自2001年热播后，重播多次依然有许多观众。在这部具有郭宝昌家族影子的自传式电视连续剧中，以医药传统世家白家“百草厅”的百年传承历史为核心，展现了支撑这个家族兴盛不衰的商业精神——大胆创新、诚实经营；围绕着“百草厅”发展的坎坷历程，演绎了这个商业家族在动荡的时局中坚守民族大义、秉持“宁为玉碎，不为瓦全”的民族气节。《大宅门》不仅开启了全新的商业剧制作模式，还引出一大批讲述家族企业坎坷历程的商业连续剧。在当下的时代背景下，企业如何才能长盛不衰是人们关注的热点问题，《大宅门》以具有百年历史的医药世家的经营故事，诠释了企业充满活力需要具备的核心价值观；性格丰满的人物形象塑造、跌宕起伏的故事讲述，加上具有时代性的商业经营成功模式，使得这部电视连续剧有了成为经典的可能性。

再如，电影《亲爱的》上映后，让更多人关注到拐卖儿童问题，深层次理解被拐家庭遭受的苦难。这部电影不仅唤起了更多民众对拐卖儿童问题严重性的认识，也推动了相关立法的完善。

意大利历史学家克罗齐认为，一切历史都是当代史。对历史的一切评价，如果离开了现实的语境，那么它将失去存在的依凭。不同的人对历史的解读很可能产生很大的分歧，这些分歧正源于人们对现实的看法不同。影视剧的题材五花八门，或具有强烈的现实指向，或具有超现实主义风格，或荒诞，或搞笑，但真正能引起观众心灵回响的作品，在一定程度上必然具有指涉人类现实生存的影子，能够在故事的演绎中形成热点话题。1950年黑泽明导演并参与编剧的电影《罗生门》，围绕着武士金泽武弘死亡事件展开，寻求其死亡的真相，然而经过砍柴者、僧人、强盗多襄丸、妻子真砂以及通过灵媒召唤而来的金泽武弘亡魂等不同角度的叙述，武士金泽武弘死亡的真相愈加扑朔迷离，由此揭示了人性的自利性与不可信赖性。随着这部电影影响力的日益增强，“罗生门”成为具有一定现实指涉意义的代名词，人们将现实生活中真相难寻的事件称为“罗生门事件”。

导演赖声川在谈到创作话剧《暗恋桃花源》时，认为是现实生活触发了自己创作的灵感：“我们在台湾的生活……那几年经过很剧烈的经济发展，每天的日子不像过去那样很单纯，而是基本上每个人，你一天工作8个小时，你要被干扰20次，当然现在可能更多了—— 对，你一下要处理这件事，等一下要处理很荒谬的事，然后你再回来处理这件事，然后再回来，那个非常荒谬的事又来了……其实人生本身就是这样子。所以我觉得对于这些观众朋友的问题来讲，我觉得其实《暗恋桃花源》为什么可以打动那么多人，有时候我也在想，我觉得其实它就是因为长得很像人生本身，它解决人生一些问题，人生本身就是这样，一下子悲一下喜，一下搞一些很严厉的事,一下子就变得很无厘头,然后它是定制定存的一种状态。"①剧本是否具有一定的话题性,能否呼应社会现实生活,能否使观众在观看愉悦的同时引起心灵的回响,这是剧本写作者应当不停思考的问题。

三、具有广博的知识积累与扎实的专业积累

剧本写作所涉及的题材与内容无所不包,因此编剧需要对生活细节有细致深入的观察,需要具有广阔的生活与知识视野,以便在写作时通过真实生动的细节叙述使剧本具有更高的生活可信度,使观众在观看时能够在心理上与表现内容更接近,增加观看的真实代入感,这就要求编剧具有广博的知识积累。

所谓积累,是指为了发展的需要,逐渐聚集起来的有效的东西。剧本写作的知识积累,既"杂"且"深",历史、心理、哲学、文学、科普、工业制造、金融等方面的知识,对于编剧而言都不是多余的。只有具备足够的知识积累,才能够有效地激活想象力,实现知识在故事讲述中的迁移。

首先,知识的积累能够扩大剧本写作者的写作视野,使其丰富的想象力具有可靠的前提保证,能够拥有更开阔的选材范围。好莱坞科幻片《盗梦空间》讲述了造梦师游离于现实与梦境之间,通过进入他人梦境,改造或植入特定的梦境内容,从而神不知鬼不觉改造他人认知的故事。这个充满惊异想象力的影片之所以能够吸引观众,源于它编写的故事张力十足且逻辑严谨,虽然情节是杜撰的,但其中运用的心理学、数学、逻辑学等多学科的知识使这部科幻片具有真实情境般的魅力。美国作家马里奥·普佐起初的职业是教师,为了写有关黑手党的小说,他在图书馆查阅了大量的资料,最终写出了独树一帜的黑帮小说《教父》。小说中老教父维托·柯里昂这个人物形象不仅具有历史上真实黑帮人物的影子,而且出生于意大利移民家庭的作者马里奥·普佐还为这个人物增加了与众不同的意大利家族长老式的性格特征,所以这个黑帮教父有了与众不同的人格魅力。由马里奥·普佐编剧的同名电影获得了美国第45届最佳改编剧本奖。

其次,具有广博的知识积累,能够使写作者在情节编写时更加符合生活逻辑,增强故事的说服力。一个合格的编剧,知识面应当比一般人更加开阔。著名剧作家洪深说:"人生是这样广泛,而一个人的生活,又这样受着时间空间的限制,断不能样样都经验到;同时,一部作品所需要的是'完全的报告',作者如有一物不合……他所讲的故事的可信性,就减退不少了。"②《霸王别姬》编剧芦苇曾解释过"我本是女娇娥,又不是男儿郎"这句贯穿整部影片台词的由来:"这句台词原小说没有,是我取自昆曲的《双下山》一剧。女孩当了小尼姑思春心切,就唱'我本是女娇娥,又不是男儿郎'。我写到这段戏的时候,它就蹦出来了。程蝶衣是

---

① 赖声川,杨澜.杨澜访谈录:赖声川《暗恋桃花源》(2006)[EB/OL].(2013-07-25)[2021-10-27].http://www.douban.com/group/topic/41769975/.

② 洪深.洪深文集[M].北京:中国戏剧出版社,1959:385.

性别倒错的人,这句台词我们可以在情节与人物的命运中发挥它,它是贯穿台词。……一个编剧爱好广泛一点,就会成为积累。”①

扎实的专业积累是编剧必须具备的素养。选择什么故事进行写作,如何将故事通过视听语言讲得更加出色,怎样才能将人物形象塑造得更加鲜明,所有这些问题仅凭编剧自己不停地写作是不能解决的。作家兼编剧刘恒在谈到电影剧本写作时认为:“写电影剧本在文体上没有多大意义,它只有一种意义,是否适于拍摄。很多人剧本不成功是没有点到要旨,这种能力看你怎么使。很多在文学上成功的人,写剧本却不成功,实际上他没有掌握技巧,因为写剧本的难度技巧一点也不比写小说低,而且确实有一定的规律在。”②成功的剧本写作需要剧本写作者提前做大量的专业积累,观看大量的经典影视剧、话剧,阅读大量的经典文学作品,在对经典作品欣赏揣摩的过程中,了解前人的积淀有多么深厚,学习经典作品中表达故事的技巧、情节结构的独特方式,从而开阔写作视野,有利于对人物形象的塑造更深刻,对价值观的表达更深入。

四、具有类型化写作的功底

首先,表演艺术类型不同,剧本写作的形式也有很大的区别。不同艺术类型的剧本由于在表演空间、表演时间、表现形式、传播形式等方面存在差异,其写作的格式、表现方式就会具有非常大的区别。影视剧主要运用可以进行时空自由转换的镜头语言,而话剧由于其相对固定的舞台场景,更多地使用人物对白来推动情节的发展,二者在构思故事、设置结构、表现人物等方面具有很大的不同。根据表演艺术类型的不同,在剧本的限制中发挥创作的自由,是每一位编剧需要追求的目标。

其次,同样的故事题材未必适合各种表演艺术类型。一部电影大约 90 分钟到 120 分钟,一部电视连续剧的时间要远远超出一部电影的时间,大多数微电影不超过 15 分钟甚至不到 1 分钟……电影的受众群体与电视连续剧的受众群体具有很大的差异性,编剧应当充分意识到表演艺术类型时间的限制与受众的差异,有的故事题材可能只适合用电视连续剧的形式讲述而不适合电影表达,在话剧舞台上感动受众的作品未必适合影视剧。因此,好的故事创意未必适合所有表演艺术类型,电影(或微电影)、电视剧、戏曲戏剧等不同的剧本对于故事题材类型的选择也要纳入编剧的思考范围。

最后,由于剧本题材风格的不同,故事类型化的表达也有所不同。尤其是电影、电视剧等通过屏幕媒介表演的艺术样式,类型划分已经非常细致,如爱情片/剧、惊悚片/剧、战争片/剧、科幻片/剧等,不同类型的片种/剧种,整体上具有不同的类型化叙事模式。与文学写作相比,剧本创作的个人化风格表达比较隐蔽,对编剧的要求更侧重在如何运用视听语言出

---

① 许还山,罗雪莹. 敞开的门:中美现代电影剧作理论与技巧[M].北京:中国电影出版社, 2009:290.

② 新媒体渗透下的作家群:刘恒、杨争光谈影视剧本写作[EB/OL].(2000-05-28)[2021-05-18].http://ent.sina.com.cn/amusement/comment/2000-05-28/7067.shtml.

色地讲述故事方面。编剧在构思故事时,需要考虑到不同影视剧类型的不同表现手段,研究不同片种的镜头语言要求。熟悉类型化叙事,具有探索多样化类型故事的能力,是一个合格的编剧应当具备的素质。

【课程实训 1】

实训目标: 初步具备将文学语言转化为视听语言的能力,能够用清晰洗练的文字指导画面的内容,使得描写的镜头画面具备进一步拍摄的可能性。

实训内容: 根据诗歌的内容,将之用镜头语言表达出来,不少于 5 个画面。

云惹低空不更飞,班班红叶欲辞枝。
秋光未老仍微暖,恰似梅花结子时。

〔宋〕秦观《秋词二首·其一》

【课程实训 2】

实训目标: 能够对生活中的人物、事件细心观察,尤其能够观察到富于生活化、个性化的细节,并运用直白明了的语言进行描述。

实训内容: 记叙一个令人印象深刻的人物,要求用具体的故事细节进行呈现。

上编　基础篇

第一章
剧本格式

根据表演艺术类型的不同,剧本的写作形式也有所不同,如影视剧本、话剧剧本、戏曲剧本等,这些不同类型的剧本由于表演方式、传播媒介的差异,在剧本的写作格式、构思方式等方面具有非常明显的区别。虽然它们都是以视听语言为基础进行的写作,但每一种表演类型的剧本都有其相对独立的写作格式与构思方式。本章主要介绍的是电影、电视剧等以镜头呈现为基础的影视剧本的写作形式。

电影剧本根据剧本写作的时间与写作者不同,可以分为文学剧本、分镜头剧本和完成台本。根据摄制不同阶段的要求,剧本样式也有所不同,从文学剧本到分镜头剧本,最后到完成台本,它们构成了电影从拍摄前到拍摄时直至剪辑完成后的整个过程。本章主要讲解文学剧本和分镜头剧本的写作。

第一节　文学剧本的写作格式

文学剧本是为了影视剧而进行的前期的、基础性的写作活动,是影视剧整体制作的第一个环节,电影剧本、电视剧剧本、微电影剧本等都属于文学剧本范畴。文学剧本的写作目标与“文学”关联不大,它的写作受体主要是影视剧制作环节中需要看剧本的人,因此,文学剧本的写作格式也是为了这些看剧本的人服务的。

一、文学剧本概述

文学剧本又称文学脚本,或脚本。编剧在文学剧本创作中,需要对影视剧的主题、人物、情节、风格以及结构设置等进行明确的构思与规定,导演在文学剧本的基础上再撰写分镜头剧本,便于进行实际的拍摄。虽然文学剧本只是影视剧拍摄的一个环节,但它具有非常重要的基础性作用。影视剧是一个非常复杂的制作与再创作过程,受导演、演员等诸多因素的影响,一个好的文学剧本未必最终会被制作成出色的影视剧,但质量低劣的剧本肯定不可能被拍摄成优秀的影视剧。

文学剧本为影视剧的拍摄提供了一种故事性的思路与方向。虽然文学剧木有“文学”二字，但它自身并不需要一般文学创作的个人写作风格与文字风格等方面的文学性，剧本创作是为之后的影视剧的拍摄而存在的。文学剧本的艺术性体现在如何通过情节来塑造人物形象和表达审美主题，如何进行剧本的结构设置等方面，而更多的艺术性表达，需要导演根据剧本的镜头语言提示，进行独特的影像语言再创作。因此，文学剧本的写作思维与文学的写作思维有本质性的差异，虽然文学剧本表面上是一个个由文字码成的词语、句子，但它的构成实质不是由字、词、句、段组成的文字语言系统，而是以镜头、场景、段落为语言单位形成的视听语言系统。我们从日本作家芥川龙之介的小说《筱竹丛中》的故事片段和由黑泽明、桥本忍根据该小说改编的电影《罗生门》文学剧本来看这两种语言系统的区别。

云游僧受巡捕官传讯时的证词

贫僧昨天确实遇见过那死者。昨天的……大概是晌午时分吧。地点是从关山往山科的路上。那汉子同一骑马的女子往关山走来。遮脸的帔子罩着那女子的脸，因此根本看不清她的长相。只知道她穿着淡青色的衣裳，骑着桃红色的马——剪着沙弥鬣。马的身高？大概有四尺四寸高吧。——我是出家人，那此事也说不清楚。那汉子——带着大刀和弓箭。我记得特别清楚的是，他那漆黑的箭筒里插着二十支箭。

我做梦也没想到，这人会落得这般结果！这正是人生如露如电啊！真不幸啊！①

在电影《罗生门》的文学剧本中，相应的段落以如下格式进行了内容表述：

9.纠察使署堂前

……

行脚僧在前跪供：是的，那死主，贫僧的确在路上见过。唉，……三天前的过午时分，地段是贫僧从关山去山科的路上。

10. 驿道

炎天下的大道，白亮得耀人眼。

行脚僧风尘仆仆地走着。

他靠边让开路心。

武弘牵着妻室真砂乘坐的桃花马，朝他面前走来。

马上，真砂戴的仕女笠下的挡脸帔子直摇晃。

---

① 芥川龙之介.筱竹丛中[M]//《各国小说》编委会. 邪教王国的秘闻. 厦门：厦门大学出版社，1988：99-100.

行脚僧的声音:女的垂着遮脸帔子,看不见她是怎么个相貌;男的么,……是的,……不但带着长刀,还带有弓箭。

左手拿着一张裹有皮革的长弓,背上背着一口黑漆箭壶,壶中插有鹰羽大箭的武弘,脸上透着幸福的微笑,打行脚僧面前走过。

在这个故事片段里,芥川龙之介小说中的行脚僧详细地讲述了他对武士夫妇的印象,相对应的剧本在剧情上与原著基本没有变化,但由于文学剧本与小说分属不同的语言系统,文学剧本通过镜头、场景等进行了更适合拍摄的视听语言表达。

美国导演格里菲斯在他的导演实践中,确立了电影的基本语言和电影叙事元素。他是第一个将镜头确定为电影的最小单位的人,从此电影告别了戏剧以场景为叙事单位的老观念;他确立了视听语言系统由若干镜头组成场景,由若干场景组成段落的标准概念。这种由镜头、场景、段落构成视听语言系统的标准概念由于其实用性,被世界电影界广泛接纳,一直沿用至今。文学剧本写作的格式与思路主要沿用了格里菲斯的这种观念。

二、文学剧本的写作格式

(一)镜头

如同小说的最基本表意单位是字词一样,镜头是文学剧本最基本的表意单位,一个镜头是指摄像机在一次开机到停机之间拍摄的连续的画面片段。根据摄制目标的不同,一个镜头可能短至不到1秒,也可能长至几个小时。镜头作为文学剧本写作的最小语言单位,剧本写作应当熟练掌握镜头所包含的要素,由此才能写出合格的具有视听特色的镜头语言。

镜头主要由画面、景别、拍摄角度、镜头的运动方式、镜头长度、镜头的声音六个要素构成。

第一,画面。一个镜头由一个或多个画面组成。在运用摄像机不间断地对静止或运动的对象进行拍摄时,记录下了数量不一的画面,以此表达一定的意义,上一个镜头与下一个镜头组接的诸多画面构成了具有连续性的情节。文学剧本在以镜头为单位进行写作时,一个重要的写作任务就是将镜头的画面用简洁的语言尽可能准确地表述出来,作为拍摄的蓝本或基础。

文学剧本一般以镜头作为基本单位,一个自然段代表一个镜头。这个镜头有可能由一个画面组成,也可能由静止或运动着的多个画面构成。

第二,景别。景别是指摄像机镜头通过距离远近或焦距长短的控制所拍摄的大小不同的景物。景别越大,画面包含的环境因素越多;景别越小,画面细节呈现得越清楚,其所表达的意蕴越细腻。为了情节的需要或满足人物在心理、视觉上的需求,画面呈现的景别应当有所不同。根据景别远近的不同,从近至远大致可以分为特写、近景、中景、全景、远景等。在文学剧本写作时，除非有特定需求，一般无须直接将景别标识出来。但作为写作者，脑海中一定要有景别意识，因为景别不仅是画面远近距离的视觉呈现，而且它与剧本内容组合后，会对叙事对象的表达起到非常重要的作用。

外景 乡村道路 白天

麦卡伦一家的车队驶过。这里远离孟菲斯，完全是农村。

外景 战前的房屋 白天

房子比亨利描述的还要漂亮。一行人从车里慢慢出来。

亨利看着劳拉，劳拉慢慢地开始喜欢这房子了。她看着亨利，态度缓和下来，房子很可爱。①

很明显，第一个场景的镜头内容是大远景的呈现，简述麦卡伦夫妇开车到农村的过程。第二个场景的第一个镜头是远景呈现，概述麦卡伦夫妇所到之处，特别是房子及其周围的景色；第二个镜头是全景或中景，比较细致地表现出麦卡伦夫妇看到房屋的感受。虽然编剧没有标明景别，但编剧具有清晰的镜头语言思维，运用景别的变化将需要表达的内容通过一个个镜头展现了出来。

第三，拍摄角度。主要指摄像机的拍摄方向，包括平拍、仰拍、俯拍、正拍、反拍、侧拍等。拍摄角度的选取是摄像师必须具备的素质，但作为剧作者，也需要一定的拍摄角度意识，因为不同的拍摄角度，可以形成不同的造型效果，其表现功能也会有所不同。如仰拍镜头在物理层面上可以表现被拍摄对象的高大，在心理层面上可以表现对被拍摄对象的崇敬或惧怕。如果采用垂直仰拍的视点，可以表现出眩晕的精神状态。俯拍在物理层面上具有“一览众山小”的开阔视野，可以表现广阔的场景，它在表现意义上与仰拍恰恰相反，在物理层面上可以表现出被拍摄对象的渺小，在心理层面上可以表现为对被拍摄对象的藐视、轻慢或者暗示被拍摄对象品行的卑劣等。

我们从水桶底部往上看，看到一张快要溺死的男人的脸。他的脑袋拼命摇晃。然后，贾马尔的脑袋再次被拉起来，他大口吸气。镜头对准贾马尔的眼睛。②

这是一系列的特写镜头画面，同时还显示出镜头的拍摄角度和镜头的运动：从水桶底部向上仰拍，当贾马尔的脑袋被人从水桶里拉出来后，镜头推近到眼睛的特写。这种仰拍的角度既客观地表现出贾马尔受到刑讯逼供的过程，又能够让观众对贾马尔当时的恐慌无助与

① 威廉斯，里斯.泥土之界[J].薛玉雪，译.世界电影，2019(1)：94.

② 博福瓦.贫民窟的百万富翁[J].张颖，译.世界电影，2009(4)：80.

痛苦感同身受。

第四,镜头的运动方式。根据摄像机的运动方式不同,镜头可以分为摇镜头、推镜头、拉镜头、移镜头、跟镜头、升镜头、降镜头和变焦镜头,有时几种方式可结合使用,形成综合性运动镜头。根据不同的表现内容确定不同的镜头运动方式主要是摄像师的任务,但作为以影像表达为语言系统的剧作者而言,同样需要关注镜头的运动方式,以备在表述运动性的画面时恰当地进行写作。

第五,镜头长度。镜头长度主要指一个镜头所呈现的时间长短。镜头的表现内容不同,所需时间也有所不同。最基本的镜头长度由景别的不同来决定。一般而言,景别表现的画面越大,表现的内容含量越大,如远景、全景,为了便于观众看清楚,需要的镜头时间较长;画面越小,如近景、特写,表现内容相对较少,观众可以在很短的时间看清楚,镜头所需的时间较短。

这种由景别决定的镜头长度,剧作者了解即可。对剧作者来说,更重要的是把握与镜头长度相对应的叙事节奏。从叙事节奏来看,抒情性较强的情节镜头时间会相对延宕,而剧情紧张的情节镜头时间会大大缩短,甚至会突破不同景别的标准镜头时间。从受众角度而言,过多且不必要的冗长镜头,会增加观看者的疲倦感,尤其是剧本写作初学者,往往会忽略镜头时间与画面节奏的表达。

一些剧本写作初学者,会将文学性语言与剧本的镜头语言相混淆,写出来的镜头不规范,无法作为拍摄的脚本,如下面的剧本片段:

刘凌峰被手机闹铃吵醒,他匆忙起床,穿好衣服,刷牙,慌慌张张地吃早餐。

床头是一排漂亮的石头,他随手拿起一个在手里把玩,走出家门,来到地铁口。

这个片段看似是两个镜头,但实际上是不规范的,是典型的文学性语言。第一个镜头从人物起床一直到吃早餐,镜头一直没有切断。如果实际拍摄的话,即便人物动作非常快,也得花费很长时间进行拍摄,会出现很多无用的画面。为了体现人物慌张、紧迫的生活节奏,第一个镜头至少可以切分为三个镜头,这样既避免了无效画面,缩短了镜头拍摄时间,也完全能够体现人物的匆忙状态:

手机闹铃响起,刘凌峰从床上迅速坐起来。

刘凌峰匆忙刷牙。

刘凌峰慌慌张张地一边吃面包,一边穿鞋。

第二个镜头从拿起石头走出家门,一直走到地铁口,虽然字数不多,但作为一个镜头,需要跟拍人物的动作,如果实际拍摄的话,时间至少得一二十分钟。很明显,写作者没有考虑到镜头长度问题,这种镜头写作是不合格的。

因此,虽然文学剧本的写作不需要标明镜头长度,但是在画面表达、节奏把握上,剧作者需要有镜头长度的意识。

第六,镜头的声音。镜头的声音包括画面内的声音和画面外的声音。画面内的声音包括人物对白与生活中的各种音响,画面外的声音包括人物画外音、音乐配乐等。一般在文学剧本写作中,需要对人物语言(人物对白、独白、画外音)进行具体写作,生活中的音响根据剧情需要写作。除非为了某种特别的剧情效果,大部分生活中的音响与音乐配乐不需要在剧本中呈现出来。

为了读剧本的人阅读方便,通常每一位人物的语言都单独成一自然段,每一段的开头需要有说话的具体人物提示,人物提示后面直接为人物语言。在剧本中,人物在镜头中的对白、人物不在镜头中的画外音都需要标注清楚。如下面剧本的人物对白:

汤米把喷漆罐交给梅森。梅森开始往混凝土墙面上喷绘一个字母。

萨曼莎(画外音,大声叫喊):梅森。

汤　米:萨曼莎!

萨曼莎:哦,汤米,梅森在下面吗?

汤　米:在。

萨曼莎:告诉他,他得回家吃饭了。

汤　米(画外音):好的。①

文学剧本作为影视剧的一个基础环节,一般不需要剧作者特别对人物说话时的动作、表情做严格的要求,这样能够为演员留有更多的表演创作空间。

在早期的电影文学剧本中,对于镜头画面、人物的动作表情等都有非常细致的描写,这在实际拍摄中对导演、演员的发挥反而造成了非常多的限制。现在的文学剧本越来越倾向简约,编剧的核心任务是讲述一个精彩的故事,他只要将画面、镜头的声音等叙述清楚即可,不过多地在技术细节与表演细节上进行纠缠,给影视其他环节留出更大的再创作空间。这实际是文学剧本作为影视制作环节的一环完成自身的任务,不干涉其他制作环节的一种回归本位的合理方式。

(二)场景

一般而言,场景指同一时间与空间条件下,在一定的氛围中所发生的具有连续性的故事内容。在影视剧本写作中,场景指的是在同一时空中的一组具有叙事连贯性的镜头,通过不

---

① 林克莱特.少年时代[J].张颖,译.世界电影,2015(3):25.

同镜头的连续呈现来讲述事件与人物在这一时空当中的活动过程。

影视剧本的场景必须包含环境、人物、事件这几个基本因素,不同场景的设置是为了推动情节的发展和人物形象的塑造。需要注意的是,如果一个地点的拍摄仅仅是一个空镜头,没有相应的人物、事件的表述,那么它就不能构成一个独立的场景,只是一个交代环境的镜头而已。

在文学剧本写作格式上,一个场景需要有空间与时间的简单提示。空间除标明故事发生的地点外,有时还要进行内景或外景的提示;时间的提示通常为"清晨(晨)、白天(日)、傍晚(暮)、晚上(夜)"等;为了适应情节的设置,有时可能需要特殊的天气来渲染故事氛围,可以用"雨、雪"等进行简单的天气提示。一般情况下,在每一个场景的时间、空间的简单提示前,会标识场景的序号,即场次。如:

8.演播室 内 夜

上面的场景时间、空间的提示表明,这是剧本的第 8 场戏,故事发生在演播室的夜晚。场景的提示是根据情节的需求来写作的,不一定完全包含以上各项。换而言之,形式是为内容服务的,根据所需内容来进行相应的写作。

场景的选择与剧本内容的表达是息息相关的。在一般人看来,影视剧的场景仅仅是情节内容发生的环境或者是演员进行表演的空间背景,实际上,场景的选择与剧本内容是息息相关的,需要精心选择。剧作者构思了一个情节内容,它的内容核心可以在很多环境背景下展开,但是,将这个情节内容放在哪个场景中会让内容表达更精彩、画面更好看、故事更具有风格,这是需要反复推敲的。许多影视剧的戏剧内容是类似的:别离、谋杀、一见钟情,但是不同的场景选择使得情节的展开、人物关系的呈现、演员的表演都大异其趣。

电影《教父》片段

场景是影视结构的重要组成部分,它参与了人物形象的塑造与主题的表达。影视镜头的直观性,使得影视场景更具有现实仿真性,营造的不同氛围构成了影视剧各具特色的风格,对于人物塑造与主题表达具有重要的作用。在电影《教父》中,迈克在父亲去世之后面临其他黑帮的威胁和亲信的背叛,于是决定反击,对其他黑帮进行全面清洗。在呈现大清洗这个残酷情节时,电影选择让迈克在庄严神圣的教堂中参加初生婴儿的受洗,庄严的管风琴声、婴儿的啼哭声、神父的祝祷声与不同杀戮现场的枪声、血腥的清洗现场形成鲜明的对比。在教堂与杀戮现场这两类截然不同的场景切换中,迈克背离自己曾经的信仰,融入以前绝不愿踏足的黑帮领域的决心被以令人震惊的形式呈现出来。教堂这个场景的选择让戏剧冲突达到了高潮,迈克这个冷酷的新教父形象以令人无法忘记的形式出现在观众面前。

场景不仅是提供演员进行表演、展开戏剧内容的空间背景,它还是制造恰如其分而丰富的戏剧冲突的重要条件。在剧本中,情节的展开、发展、高潮和人物关系的呈现都是在一定的空间和时间内进行的，这构成了性质不同的场景：有在一个完整的段落开始或段落与段落之间，介绍人物关系，交代事件的初始内容的铺垫性或过渡性场景；有展示情节冲突、人物对抗，推动情节不断发展的冲突性场景；还有情节冲突上升至最高点的高潮场景等。在电影《贫民窟的百万富翁》中，成年的男主人公贾马尔参加综艺节目的录制，主持人询问有关大仲马《三个火枪手》的问题，这个问题将贾马尔带回了他童年有关“三个火枪手”的回忆：

11.外景，板球场　白天

明亮的阳光透过孟买无时不在的尘埃照射下来。一群孩子在一个柏油碎石铺就的板球场上玩板球。他们光着脚，衣服破破烂烂，一个个瘦得皮包骨头，不过跑动的速度却很快。九岁的萨利姆在破短裤上擦了擦板球，以惊人的速度开局，把球投给击球手。击球手在高空击球。投球手对着外场的一个男孩大声叫喊。

萨利姆：贾马尔！接住！接住！

七岁的贾马尔盯住球，敏捷地移动身体，站好位置。

贾马尔没有留意到其他的孩子正快速分散到场地的边线。板球似乎悬在蓝色的天空中。其他孩子的喊叫声似乎极为遥远，贾马尔没有察觉到他们正对他尖叫，让他离开。他调整脚步，准备来一个完美接球。接着，不知从什么地方冒出来一架轻型飞机，即将降落在用柏油碎石铺的机场跑道上，差点把他的脑袋掀掉。贾马尔被飞机的下沉气流撞倒在地。板球飞弹出去。同样被气流击倒的萨利姆站了起来。

萨利姆：你怎么能把球丢掉呢？那可是个机会球啊。

接着，萨利姆的脸色变得很惊慌。

12.外景，机场周围　白天

贾马尔跟在一群孩子后面，手拿一把粗制的木剑，拼命奔跑。

一个年纪虽长但却异常敏捷的机场保安追赶着这帮孩子，他一边骂骂咧咧，一边挥舞着一根长棍。

孩子们冲过一个垃圾场，消失在贫民窟里纵横交错的小巷子当中。

保安：私人领地！私人领地！飞机杀不死你们，我会的！

贾马尔和萨利姆——也拿着一把木剑——进入另一条小巷。保安穷追不舍。

13.内景，朱胡贫民窟　白天

贫民窟波纹铁皮棚屋中间的小巷子有三英尺宽，一条排水沟从中间穿过。许多棚屋的上层正好修建在小路的上方，把这些小路变成暗道。暗道里面射进一道道狭长的光线。假如你不住在这里，很快便会迷失方向，感到害怕。

然而这些在贫民窟里土生土长的孩子对这里的环境全都熟门熟路。贾马尔和萨利姆在小巷中间穿来穿去。

他们绕过在门道中做饭、睡觉、洗衣服的人。一个光身子的四岁男童维诺德站在排水沟边撒尿。萨利姆大声发出警告。

萨利姆:维诺德!火枪手们来啦!

他们并没有打乱步伐,两人一起熟练地跳过排水沟。那个保安却没有这么灵巧,裤子上溅满污水,但他依然紧追不舍。

两个小孩跑过一个布满鸡笼的棚屋,里面的鸡咯咯乱叫,他们终于来到贫民窟拥挤明亮的"主路"上,道路两侧都是商店。人们在这里喝茶,互相高声喊叫,卖吃的东西,打台球,玩电子游戏。两个孩子靠近一辆全新的梅赛德斯车,这辆车差点儿把路给堵上。车里坐着贾维德和他的两个手下。贾维德是个很威严的人,身上的衣服时髦漂亮。贾马尔和萨利姆急停下来,双手合拢,很恭敬地跟他们打招呼,然后非常小心地侧身绕过这辆毫无瑕疵的车。

在后面追他们的保安也是小心翼翼地绕过这辆车。

人们聚集在奇先生的货摊周围,抬头观看电视里播放的一部印地语电影。怒气冲冲的保安被一辆自行车绊住。

贾马尔和萨利姆停下来,在他面前嘲弄般地模仿电视上的扭屁股舞,接着又跑了。

女人的声音:贾马尔!

贾马尔打了个趔趄,骤然停下来,撞在已经吓呆了的萨利姆身上。

贾马尔:该死。是妈妈。

贾马尔的妈妈:再动一下试试看。

保安追上来,他看见贾马尔的妈妈也是一个趔趄,骤然停下来。

贾马尔的妈妈:谢谢你,古普塔先生。这两个家伙就交给我处理吧。

保安老大不情愿地看着贾马尔的妈妈抓住他们的T恤衫,把这两个骨瘦如柴的小孩提溜走了。①

在这两个场景的情节设置中,表面上是贾马尔由于综艺节目现场的问题引起了自己童年有关"三个火枪手"的回忆,实际上不同场景的选择构成了深层次的戏剧冲突:一个场景是富人拥有的私人板球场和飞机场,一个场景是纵横交错的贫民窟;穷孩子在富人的私人领地玩耍,遭遇私人领地保安的粗暴驱逐与追赶,而富人的梅赛德斯豪车堵塞了贫民窟的主干道,保安与孩子们都要恭恭敬敬地敬礼绕行。在这两个场景中展开的情节表面上是简单的驱逐与逃跑的冲突情节,实际上却形象地表现出富人与穷人之间那道不可逾越的鸿沟。简单的综艺节目问题引出了两个场景的对比,揭开了贫富不均及由此带来的深刻的社会问题。

剧作者在计划创作某个具有明确目标的段落时,应当能够借助场景的设置,利用场景内特定的因素,讲述与众不同的情节故事。剧作者要写男女主人公的重逢,就要考虑到恰如其分的场景设置,是让他们在车站不期而遇,还是在某个就餐地点相逢,抑或是在工作场所碰

---

① 博福瓦.贫民窟的百万富翁[J].张颖,译.世界电影,2009(4):81-83.

面。选择了某个时间、地点之后,就要考虑其能营造什么样的氛围,这个场景中的哪些因素对情节的展开具有特别的意义,是在其他场景中无法实现的。在徐静蕾导演的电影《一个陌生女人的来信》中,女主人公悲伤无望地离开了薄情的男主人公,多年之后,在一个剧场又偶遇男主人公。剧场中的人都在凝神静气地观看舞台上武旦的激烈打斗,急促铿锵的鼓点节奏、武旦大开大合的激烈打斗动作、男主人公无意识地以手指配合表演节奏的快速敲击,无一不暗示了女主人公再遇这个给她带来极大伤害的男人之后,仍然无法遏制的不平静的心情。鼓点敲击、武旦打斗、男主人公配合节奏的手指敲击,都是在剧场中特有的因素,而这些因素又恰恰象征了女主人公的激动心情。场景选择使得这个偶遇段落不需要主人公过多表演,就成功地营造出激烈的冲突氛围。女主人公终生守护无望的爱情、对男主人公刻骨铭心的爱恋通过类似的一个个精心的场景选择被细腻地表达、塑造了出来。

场景设置还具有潜在的表意风格,不同特色的场景设置能够给影视剧提供不同的风格。张艺谋导演的电影《红高粱》,许多重要的情节都在高粱地里展开:"我奶奶"与"我爷爷"情感的萌生与迸发、与日本人展开的残酷阻击战、"我奶奶"的壮烈之死,都以高粱地为背景。高粱地这个场景具有特殊的象征意义,红色的高粱自身呈现出的生机盎然、热情奔放的特色形成了这部电影特殊的表意风格。

在人们的一般认知中,一部影视剧的好坏取决于故事内容是否精彩、演员表演是否出色。而在具有特色的影像语言表意系统中,精彩的戏剧性不一定只由剧情、演员完成,别具一格的场景选择也会深入地参与剧情的创造,成为影视剧叙事必不可少的一部分。

(三)段落

剧本的段落是指由一个或一个以上场景组合而成的,具有同一意义层次的完整的情节故事。它是剧作者在构思剧本时一个叙事事件、一个相同的意义层次在不同空间内的展现,是由一系列紧密联系的场景形成的相对独立的部分。通常情况下,剧本的一个段落会清楚地叙述一个完整的事件,这个事件具有比较明确的开端、中段(经过、发展)和结局。一部充满戏剧性情节的电影、每一集电视连续剧就是由一个个具有相对完整事件的段落组合而成的。段落使剧本整体上具有层次分明的结构系统。

在文学创作中,作家虽然是用一个个的字词将文章逐渐地码起来的,但他的整体构思绝对不会从字词开始,他会从一篇文章的整体布局考虑,将写作的思路条分缕析,然后按照这个大致的思路进行写作。与此类似,从剧作者的整体构思角度来看,剧作者一般不会从最小的剧本写作单位——镜头开始来对剧本构思,一个场景一个场景的构思容易造成写作思路的混乱。因此,以一个个完整的段落为起点构思影视剧本,是剧作者应当具备的创作思维能力。"段落(sequence)是电影剧本最重要的组成部分。它是电影剧本的骨架或脊梁骨,它把所有的东西串在一起。”①

在进行段落构思时,剧作者有时可能已经有了一个非常明确的事件构想,有时可能只是大致感觉应当在某处添加一个有助于故事发生或发展的段落,如“男女主人公相识”“误会”等。当这些简要的段落提示经过考虑决定采用后,就可以在其中一点点地添加具体的内容,对男女主人公初次相识的缘由、经过、二人彼此之间的感受、相识的地点等细节进行描述。“段落是用几句话或几个字就能表明的一个特殊的想法。这特殊的想法,像‘竞赛’吧——例如印第安纳波利斯500公里汽车赛,这一想法中的戏剧性动作的单元或单位,是来龙去脉,它是容纳内容的空间,像一只空的咖啡杯。一旦我们确立了这一段落的来龙去脉,我们就可以赋予它以内容,或创造这个段落所需的特殊细节。”②在电影《教父》中,叙述了黑手党柯里昂家族老教父及其继承者迈克的传奇故事,情节冲突的主线之一围绕着老教父柯里昂被袭击展开,那么与之相关的段落设计首先是老柯里昂被袭击的原因——拒绝为毒品贩子索拉索提供政治保护的要求;随后是老教父被袭击的段落,其中还包括老教父的亲信被杀害或被绑架的小段落;然后是迈克在医院里破坏索拉索继续暗杀老教父的阴谋,开始被动参与家族事务;最后为了老教父的安全,迈克决定主动参与家族事务,杀掉索拉索。围绕着老教父被袭这个故事设计,剧本从被袭原因、被袭经过与事件发展、最终结果等方面进行环环相扣的段落设计,段落的具体内容与特殊细节则在每一个段落的构思中再进行充实。

根据在剧本情节中的作用,段落可分为主体性段落和过场性段落。主体性段落是指与剧本情节主题表达直接相关,能够直接联系叙事主线的段落;过场性段落是指与主要叙事事件无关或者相关性不大,起到铺垫情节、衬托故事背景或调节烘托气氛作用的段落。在伊朗电影《小鞋子》中,电影的情节主线围绕着“小鞋子”展开,与小鞋子有关的段落都为主体性段落。在主体性段落之间,穿插着一些看似与情节主线毫无关系的过场性段落,如阿里家和邻居家相互送汤的段落、阿里和父亲在清真寺给阿訇帮忙的段落等。但通过穷人之间彼此送汤的过场性段落,表现出人们之间相互关爱的温情,为兄妹由于一双小鞋子而陷入困境的哀伤故事增添了一丝暖色,使这部影片整体上呈现出“哀而不伤”的格调;正是由于阿里父子给清真寺帮忙这个过场性段落,阿里父子才能拥有一套阿訇送给他们的园艺工具,为随后他们到富人区修剪植物这个主体性段落做了铺垫。

如同一篇文章的思路确定之后,就要进行具体的写作设计一样,确定了剧本段落的大致思路之后,剧作者就要对这个段落的开端、发展、结局进行具体的设计了,这时,可以进行段落大纲的写作,以便进一步理清思路,对故事情节有更深入的设计与把握。

---

① 菲尔德.电影剧本写作基础[M].鲍玉珩,钟大丰,译.北京:中国电影出版社,2002:122.

② 菲尔德.电影剧本写作基础[M].鲍玉珩,钟大丰,译.北京:中国电影出版社,2002:122.

三、段落大纲的写作

段落大纲是剧作者在着手具体写作剧本之前，为了理清思路而进行的简要的、提示性的写作。段落大纲是为了帮助剧作者个人的创作而进行的构思活动，它的写作根据剧作者的写作习惯与酝酿成熟度可详细可简略，没有特别的字数规定。不过，具有戏剧性情节的剧本在设计段落时，一般遵循的原则是：段落应当具有明确的开端、中段（经过、发展）与结局，这种段落的设计方式能够使每一个情节具有完整性，方便剧作者记忆，也有利于其随时修改。当然，如果剧作者习惯直接从一个个镜头入手直接开始写作也无可厚非，这取决于不同写作者的写作习惯，但这种直接进入细节的写作方式的不利方面是：在进行了大量的写作之后，如果发现故事情节无法推动下去，此时已耗费了大量的时间与笔墨。总的来说，直接进入细节这种写作是事倍功半、容易走弯路的效率低下的创作方式。

《小鞋子》是一部典型的包含开端、中段、结局的三幕剧结构电影。在这部电影中，讲述了一个贫苦家庭的男孩阿里不小心将妹妹莎拉的鞋子弄丢，兄妹二人不敢告诉家长，不得不承担这个突如其来打击的故事。整个影片围绕着如何让失去鞋子的妹妹莎拉能够穿鞋去上学而展开。电影一开始设计的段落就是“丢失鞋子”的情节，按照生活逻辑来构思，丢失鞋子之后随之设计的段落自然而然就是“找鞋子”，实在找不到鞋子之后，兄妹二人便开始商量如何解决这个问题，最后商量的结果是兄妹二人换鞋上学，随后就是兄妹俩几次换鞋子上学的段落设计。这种初步的以几个字或一句话的段落大纲来概括剧本整体的方式，有助于剧作者在最初的构思中不走弯路，简洁地将剧本的创作思路记录下来，并且随时可以添加或删除，在相对从容的状态下展开下一步的具体写作，避免在一个个具体的镜头场景写作完成后，再大动干戈地改动。我们以《小鞋子》为例，进行段落大纲的写作模仿训练，来体会如何从段落的角度入手对剧本进行整体构思与设计。

《小鞋子》的开端部分设计了三个段落，每一个段落都有明确的开端、中段（经过、发展）、结局，构成相对完整的段落：

（1）丢鞋子。阿里在集市上修理了妹妹莎拉破旧的小鞋子，然后又去为全家买饼，进菜店买菜，买菜时阿里将小鞋子小心地放在鞋店外面的杂物中，不曾想小鞋子被捡破烂的老人连同杂物拿走，阿里买完菜后发现小鞋子不见了，遍寻无果。

（2）找鞋子。阿里回家，告知妹妹丢鞋的事情；由于家里贫困，妹妹发愁没有鞋子无法上学；阿里安慰妹妹，跑回菜店继续寻找小鞋子，依然没有找到。

（3）商量换鞋。晚上，兄妹二人在父亲的监督下，趴在地上写作业。两人用笔交流，商量如何应对丢鞋事件。阿里请求妹妹和他换鞋上学，妹妹犹豫，最终无奈同意。

在电影的中段（经过、发展）部分，继续围绕着“小鞋子”展开情节，故事的戏剧冲突不断升级：

（4）第一次换鞋。莎拉穿着阿里的大运动鞋上学感到很羞愧。体育课上，一个女同学跳远时滑倒,老师要求学生运动时应当穿运动鞋,莎拉很高兴。由于阿里的鞋子太大,莎拉尽力跑回家时已经很晚了,阿里跑进学校时已经开始上课,阿里迟到被教务主任发现。

(5)刷鞋。阿里回家,告诉莎拉以后放学回家要快些,不要让他迟到。莎拉认为鞋子太脏,两人一起刷鞋。晚上下雨,莎拉推醒阿里,将晾晒在外面的鞋子收进屋。

(6)第二次换鞋。莎拉在学校考试提前交卷,一路上拼命奔跑。由于鞋子太大,一只鞋子掉入排水沟,在路边小店老板的帮助下才把鞋捞上来。阿里责怪莎拉又回来晚了,莎拉含泪抱怨。阿里穿着其中一只已经湿透的鞋奔入学校,被教务主任责怪。教务主任威胁阿里,若再迟到一次就得退学。

(7)兄妹和好,给邻居送汤。阿里将老师奖励给他的圆珠笔送给莎拉,请求莎拉不要将丢鞋的事情告诉父母,兄妹和好。阿里给邻居老夫妇送汤。

(8)第三次换鞋。在学校操场上,学生们正在听老师训话,莎拉羡慕地看着其他女孩子脚上的鞋,忽然发现一个女孩子穿着的正是自己丢失的鞋。放学后,莎拉跟踪女孩回家。阿里又迟到了,教务主任要赶阿里回家,阿里的老师为阿里求情。阿里和莎拉赶到女孩家准备要回鞋子,发现女孩的父亲是盲人,两个孩子默默地离开了。

在每一个故事段落中,都可以用几个字或一句话将这个段落的主要设计意图概括出来,每一个段落的故事又有完整的开端、中段(经过、发展)、结局。如兄妹俩的第一次换鞋,开端是莎拉穿着阿里的鞋上学很不安;中段是上体育课时女孩子们跳远,其中一个女孩子摔倒,老师责备这个女孩子没穿运动鞋,莎拉感到很高兴,一个小女孩非常敏感的心态就在这种简单的段落设计中被呈现出来;这个段落的结局是,虽然莎拉尽快跑回了家,但哥哥阿里还是上学迟到了。

进行段落大纲的写作还可以在没有具体的镜头写作、细节设计之前,对整体的情节呼应、戏剧冲突的有序展开进行全面把握。如三次换鞋的段落,对于妹妹莎拉而言,每一次穿哥哥的鞋表现的角度都不同,其故事冲突的性质也有所不同:“第一次换鞋”的段落主要展现了莎拉因为穿了一双不合脚的男孩子的鞋而表现出的羞赧不安,突出的是莎拉自身内心的冲突;“第二次换鞋”讲述了莎拉由于穿了不合脚的大鞋,在飞跑回家时不小心将鞋掉入排水沟的事情,主要突出了莎拉与外部环境的冲突——不合脚的鞋子、排水沟将鞋冲走的戏剧冲突;而“第三次换鞋”讲述了莎拉终于发现了自己丢失的鞋,这个段落的冲突主要集中在莎拉与穿莎拉鞋子的小女孩之间的对手冲突。从哥哥阿里角度而言,每一次换鞋的结果都是以他上学迟到而终结,但迟到产生的后果一次比一次严重,由此产生的冲突呈上行趋势:第一次阿里迟到时虽被教务主任发现,但教务主任并没有对他施以惩戒;第二次阿里迟到,教务主任对阿里进行了严厉的批评;第三次阿里迟到,两人的冲突达到顶点,教务主任要将阿里驱逐出学校。

剧作者在创作剧本时先进行段落大纲的写作,其优点显而易见。首先,剧作者在对剧本情节的设计考虑不太成熟的情况下,采取段落大纲的情节设计方式,可以在省时省力的前提下进行全局情节的把握，能够随时添加、删减、调整情节的设计，段落大纲的构思可详可略，在某一个情节思考成熟的情况下可以将之记录得稍微详细些；在思考不成熟的情况下，可以暂时只做简略的提示。其次，如果剧作者需要创作很长的剧本，如创作数十集的电视连续剧，不论提前构思得多么充分，如果不做具体的分集剧情段落设计，在写作时难免挂一漏万、事倍功半。提前进行段落大纲的写作，可以对情节进行整体的记录与提示。

四、故事梗概的写作

故事梗概是用最简短的文字，对影视剧、话剧等的故事情节、人物刻画进行概括的阐述，使阅读者对艺术作品产生基本的认识。剧本具体创作之前的故事梗概写作，它的作用是理清创作思路，对剧本情节进行概括性的设计，这样有利于对剧本的整体性构思进行合理剪裁，或引起有关拍摄者的兴趣；在影视剧、话剧完成后进行的故事梗概写作，通过概括剧本整体内容，引起阅读者或观众的兴趣。不同阶段、不同目标的故事梗概写作，详略、侧重点有所不同，但在写作过程中需要注意故事梗概的基本写作原则：具体、概括、客观。

具体性原则，是指在进行故事梗概写作时，应当对剧本的主要情节做全面、具体的记录，以方便在剧本写作前对构思的情节进行有目标的删减，继而根据故事梗概有条不紊地展开更细致的写作。在影视剧、话剧等完成后对主要情节内容的概括、推介写作，能够使受众对剧情有大致的了解，从而决定是否观看。

概括性原则，是指在写作时应当能够提炼主要情节，忽略细枝末节，以将剧情概述清楚为准则。过于细致的剧情写作不仅浪费阅读的时间，也会让阅读者在熟知剧情的情况下失去观看的兴趣。

客观性原则，是指写作者尽量站在第三者的角度对剧情、对其中人物的行为做冷静客观的叙述，而不是带着明显的感情色彩对剧情或人物进行臧否。当然，如果是为了推销自己的剧本或者带有广告性质的故事梗概写作，可以适量地加强对特色性剧情构思或代表性人物的渲染，但一定要注意，中肯客观的剧情介绍是故事梗概写作应当秉持的基本要求。

下面是由冯小宁编导的电影《紫日》的故事梗概：

1945 年，第二次世界大战即将结束，我国东北大兴安岭林区，日寇正在疯狂地屠杀中国劳工。苏联红军的坦克冲进集中营，救出了唯一的幸存者杨玉富。苏联红军继续向前，他们派一名年轻漂亮的女军医娜佳护送伤员和杨玉富向后方转移。由于地理不熟，他们误入日军军营，寡不敌众，一场血战之后，只剩下了娜佳、杨玉富和一名苏联军官逃入林区。途中他们遇到与大队失散的日本林场工程师的女儿秋叶子，看着这 16 岁少女惊恐万分的眼神，他们决定带她一起走。但是无名的仇恨使秋叶子将他们带进了日军布下的雷区，军官不幸触雷身亡。娜佳十分愤怒，让杨玉富结果秋叶子，杨玉富看着她那稚嫩惊恐的目光，慢慢地放下了手中的刀。三人慢慢走出雷区,在茫茫的林海中迷了路。经过一片沼泽地时,秋叶子不小心陷入泥潭,看着她一点一点下沉,高举双手大呼救命时,娜佳和杨玉富对视了一下将娜佳的冲锋枪当作棍子递给秋叶子。当秋叶子抓住枪托时,杨玉富心中一惊,可秋叶子并没有向他开枪,娜佳和杨玉富合力将秋叶子拉出沼泽。在经过了山火、猛兽和缺少食物的磨难后,三个不同国籍、不同经历的人相互理解了,命运将他们紧紧连在一起。迷路的他们又转回了已经空无一人的日本军营,幸好那辆苏联坦克完好无损,他们装上许多食品和弹药,娜佳驾驶着坦克向苏军后方驶去,收音机里播送着莫斯科的广播,日军已宣布无条件投降。坦克驶出森林,他们看到一幕恐怖的场景,绝望的、不甘心失败的日军正在屠杀日本侨民,其中有许多老人、妇女、儿童,秋叶子高喊着"战争结束了,可以回日本了"向他们跑去。然而日军的子弹射进了她的身体,在和平来临之际,她长眠在了大兴安岭的原野上。极度愤怒的娜佳和杨玉富开着坦克向日军冲去。

《紫日》的故事梗概首先介绍了故事发生的时间(1945 年)和社会背景(日本投降前夕),然后对主要人物杨玉富、苏联女军医娜佳和日本少女秋叶子三个不同立场的人物之间的戏剧冲突进行了具体客观的概述。而一些相对次要的情节则一笔带过或忽略不写,如"在经过了山火、猛兽和缺少食物的磨难后,三个不同国籍、不同经历的人相互理解了"。

电视连续剧《人间正道是沧桑》剧情故事梗概

电视连续剧的时间较长,其故事梗概可分为剧情故事梗概与分集故事梗概。剧情故事梗概是整体上对电视剧的内容做出简略的情节概述;分集故事梗概是对电视剧的每一集故事情节分别进行具体、概括的叙述。分集故事梗概可用作剧本撰写前对每一集故事情节的具体构思,也可用于电视剧摄制完毕后对每一集故事的概括介绍。由张黎、刘淼淼导演,江奇涛编剧的 50 集电视连续剧《人间正道是沧桑》的剧情故事梗概详见二维码内容。

在这部长达 50 集的电视剧剧情故事梗概中,第一自然段首先介绍了电视剧的主题、情节线索和主要故事构思的亮点,让阅读者对整部电视连续剧产生全面的认识和了解;继而再进行有条不紊的剧情概述,使阅读者能够对整部电视连续剧有一个全面客观的了解。

在写作过程中,尤其是在向他人介绍自己的剧本或为了向他人介绍某部影视剧、话剧而写作的故事梗概,尽量不要将人物的对白、细节描写、次要情节等罗列其中,也不要将剧情的特色、亮点夸大拔高。实事求是、恰如其分是故事梗概写作的基本态度。

【课程实训 1】

实训目标：能够运用正确的影视剧本格式写作，场景提示、镜头语言规范。

实训内容：根据下列小说片段，将之改写为格式规范的影视剧本片段（不少于 5 个场景，每个场景要求两个以上的镜头，至少两个场景中要有人物对白）。

除了星期六、星期日，玛蒂尔达几乎天天一个人给丢在家里。她的哥哥去上学，她的爸爸去办公，她的妈妈到八英里以外的城里去玩宾戈（一种赌博游戏）。沃姆伍德太太迷上了宾戈，一个星期要去玩五个下午。爸爸拒绝给玛蒂尔达买书的那天，她下午一个人去了村里的公共图书馆。到了那里，她找图书馆管理员菲尔普斯太太，问她能不能坐一会儿读本书。菲尔普斯太太看到这么小一个女孩，没有爸爸妈妈陪着就来了，不禁有点吃惊，不过她说很欢迎她到图书馆来。

——罗尔德·达尔《玛蒂尔达》

【课程实训 2】

实训目标：了解场景的作用，能够结合人物塑造与剧情的需要安排合适的场景。

实训内容：以“相恋”为剧本主题，为下面不同的人物设计初次相识的场景，并说明构思理由。

1. 两个大学生初次相识的场景设计。
2. 两个进城打工年轻人初次相识的场景设计。
3. 两个不同职业的年轻人初次相识的场景设计。

【课程实训 3】

实训目标：掌握段落的含义，能够运用段落思维进行段落大纲的写作。

实训内容：

1. 观看电影《小鞋子》，将教材未完成的段落大纲部分补充完整。
2. 以《桃子》为题目编写一个微电影的段落大纲。

【课程实训 4】

实训目标：掌握故事梗概写作的基本原则，能够进行故事梗概的规范写作。

实训内容：观看一部 10—20 分钟的短片，用 100 字左右进行故事梗概的写作。

第二节　分镜头剧本的写作格式

文学剧本为影视剧的拍摄奠定了基本的情节基础,但它还不能直接进行拍摄,因为将文学剧本转化为直观立体的视听形象的过程中需要使用分镜头剧本这一重要媒介。从写作分工流程角度而言,分镜头剧本的写作是由导演来完成的,因此分镜头剧本又被称为导演剧本,也被称作摄制工作台本。

一、分镜头剧本概述

分镜头剧本是将文学剧本或拍摄提纲中的内容,运用蒙太奇思维和技巧进行再创作,分切为一系列可以摄制的镜头的剧本样式。文学剧本完成之后,导演对文学剧本进行分析、研究以后,参照拍摄现场的实际情况,将准备塑造的声画结合的形象,采用分镜头的方式诉诸文字,写成分镜头剧本。分镜头剧本需要导演根据剧本内容、摄制环境的具体特点以及导演自身的构思进行剧本的再创作。在这个创作过程中,导演不仅要考虑文字转化为具体的视听形象的问题,还要考虑如何将一个个镜头赋予独特的艺术风格的问题。

此外,还有一种与分镜头剧本类似的剧本形式——完成台本,又称镜头记录本,它是在整部影片摄制完毕后,由场记完成的工作。完成台本的任务是把已经拍摄并后期制作完成的影片中一切技术、艺术内容,原原本本地记录下来,并详细标明每个镜头的时间(胶片长度)。它的格式与分镜头剧本基本相同,但对场景只作简略提示。完成台本对分镜头的详细记录主要是给影片研究者提供详细的参考资料,也是协助放映者与研究者查验、修整影片时的依据。

随着摄制画面的日趋精美、繁复以及科技的发展,即便是更具形象化的文字分镜头剧本有时也无法表述出导演要求的镜头内容,因此很多的分镜头剧本还附有画面设计草图及艺术处理说明,当前越来越多的分镜头剧本都以画面绘图的方式进行分镜头设计,这类与文字无关的分镜头设计在此不做赘述。

二、分镜头剧本的写作

(一)分镜头剧本的写作要素

文字性的分镜头剧本主要包括镜号、场景提示、景别、摄法、画面内容、台词、音乐、音响效果、镜头长度等要素。

第一,镜号。即镜头顺序号,它是按照组成画面镜头的先后次序,用数字进行的顺序性标注。在实际拍摄过程中,为了拍摄的便利,拍摄的顺序不一定与设定好的镜号顺序一致,镜号作为某一镜头的代号,在拍摄时可以将不同的镜头按照提前规定好的镜号准确标记下来,在编辑时按顺序编辑即可。

第二,场景提示。是对拍摄具体环境的简单提示。

第三,景别。包括远景、全景、中景、近景、特写等的提示,分镜头剧本需要将每一个镜头景别的要求及变化准确地规定出来,以便于实际拍摄。

第四,摄法。分镜头剧本需要将拍摄时采取的拍摄方法——推、拉、摇、移、跟、升、降等进行详细规定与记录。

第五,画面内容。画面内容主要指呈现在镜头中的视觉内容与人物台词,它包括对环境的规定,情节的设置,人物的语言、动作、表情等。有的分镜头剧本将人物的动作和对白分开,列为两项内容。

第六,台词。人物所说的话,一般包括独白、对白和旁白。

第七,音乐。指为了增强剧情氛围而特意设计的音乐,如影片的主题曲与插曲,某个电视剧在特定氛围中不时出现的音乐旋律等。

第八,音响效果。是为了配合画面内容而出现的与之匹配的声音,以此来表现不同的生活气氛,起到烘托故事氛围的效果,如市场的喧嚣声,一双高跟鞋走在地板上的画面配合着高跟鞋发出的音响等。

第九,镜头长度。指镜头画面的时间,即镜头的长短。过去用胶片拍摄时,镜头长度以英尺为单位标记,当下数字化拍摄以秒为单位来标记时间长度。

(二)分镜头剧本的写作格式

即便是以文字来呈现的分镜头剧本,也可以分为以纯文字形式来写作的文字式的分镜头剧本和在表格内填充分镜头要素的表格式的分镜头剧本。

我们先来看文字式分镜头剧本的写作格式。

分镜头剧本的写作是为实际拍摄服务的,因此,不同的写作者根据自己的写作习惯,在文字式的分镜头剧本写作格式上会稍有不同,但整体写作内容不能脱离对分镜头剧本要素的要求。

格式一:

场次 1

镜头 1

镜头 2

……

场次 2

镜头 1

镜头 2

……

场次 3

……

由黑泽明执笔的电影《罗生门》的分镜头剧本中,“▲”符号代表场次,每个场次都有简单的地点提示,“★”符号代表镜号,每一镜号之后都相应地包含具体的画面内容(人物动作、表情、语言)、景别、摄法等,以最大限度地指导拍摄活动。

9▲纠察使署堂前

1★跪伏着的卖柴的(全景)

卖柴的:“唉唉唉,确实是的。头一个看见尸首的,确实就是小人。唉?问我看没看见长刀什么的?这,可没有,什么也没有看到。树枝上挂着一顶仕女笠,杉树脚下有轱辘断绳,还有……尸体近旁有一只梳子。遗落在那地方的东西的确只有这么一点。”

2★端然跪坐陈述的行脚僧(全景)

后景是跪坐着的卖柴的。

行脚僧:“是的,那死主,贫僧的确在路上见过。唉,……三天前的过午时分,地段是贫僧从关山去山科的路上。”

10▲驿道

1★行脚僧(全景→近景→特写)

武弘和马上的真砂(全景→远景)

炎天下的大道,白亮得耀人眼。

行脚僧风尘仆仆地走着。

摄影机跟着行脚僧,然后向右摇,把行脚僧从全景拍成近景再拍成特写之后停下。

行脚僧靠边让开路心。

武弘牵着妻室真砂乘坐的桃花马,朝他面前走来。

马上,真砂戴的仕女笠下的挡脸帔子直摇晃。

行脚僧画外音:“女的垂着遮脸帔子,看不见她是怎么个相貌;男的么,……是的,……不但带着长刀,还带有弓箭。”

左手拿着一张裹有皮革的长弓,背上背着一口黑漆箭壶,壶中插有鹰羽大箭的武弘,脸上透着幸福的微笑,打行脚僧面前走过。

摄影机跟着武弘,然后向左摇,把武弘和坐在马上的真砂从全景拍成远景。

电影《罗生门》分镜头剧本片段

格式二：

1.

sc-1

sc-2

……

2.

sc-1

sc-2

……

在英语中，scene 是“镜头”的意思。在分镜头剧本写作中，为了写作便利，有的写作者将“镜头”二字以“sc-”来代替。在“格式二”中，阿拉伯数字代表了不同的场次，“sc-1”“sc-2”等则代表了每个场次之后的不同镜号。

格式三：

1.

sc-1

sc-2

2.

sc-3

sc-4

sc-5

sc-6

……

“格式三”中的场次依然是按照阿拉伯数字的顺序进行排列的。与“格式二”的不同之处在于，它的镜号排序不再以场次为单位顺序排列，而是不论场次改变与否，镜号从“1”开始一直排列下去，直至最后。

文字式分镜头剧本的写作格式虽然略有不同，但它们并没有优劣之分，主要看写作者以何种格式写作感觉更加便利。文字式分镜头剧本写作的关键之处在于将场次、画面内容、景别、摄法等具体要求写清楚，最终达到指导实际拍摄的目的。

再来看表格式分镜头剧本的写作格式。

表格式分镜头剧本是将镜号、场景提示、景别、摄法、画面内容、台词、音乐、音响效果、镜头长度等要素通过表格的形式画出来，然后在相应的表格区域填上适当的内容。

下面是张艺谋导演的电影《红高粱》的完成台本：①

---

① 张艺谋.红高粱：电影完成台本[J].当代电影，1988(2)：127.

<table>
<tr><th>镜号</th><th>镜头</th><th>摄影技巧</th><th colspan="2">内容</th><th>音响</th><th>音乐</th><th>呎数</th></tr>
<tr><td>1
2
3
4</td><td>全
全
全
全</td><td></td><td colspan="2">第一本
黑色衬底。(厂标)西安电影制片厂
黑色衬底。(片名)红高粱
黑色衬底。(字幕)根据莫言小说《红高粱》《高粱酒》改编
黑色衬底。编剧: 陈剑雨　朱伟　莫言(渐隐)</td><td>吹打</td><td></td><td>10
14
7
9</td></tr>
<tr><td>5

6

7
8</td><td>

特

特
特</td><td></td><td>全黑的画面
（渐显）
一个姑娘脸部轮廓显露出来。
我奶奶的脸。年轻漂亮，灵气逼人。
银簪子叉住发髻，一朵红绒花插上。
丝线在脸上滑动，绞去汗毛。
一只银镯子缓缓套上手腕。</td><td>画外“我”：我给你说说我爷爷我奶奶的这段事。这段事在我老家至今还有人提起。日子久了，有人信，也有人不信。
画外“我”：这是我奶奶，那年的七月初九，是我奶奶出嫁的日子。娶我奶奶的是十八里坡烧酒作坊的掌柜李大头。五十多岁了才娶上这门亲，因为人们都知道，他有麻疯病。</td><td>乐声、群杂、鞭炮</td><td></td><td>54

8

7
3</td></tr>
<tr><td>9
10
11

12
13
14</td><td>特
特
特

特
全一全
全</td><td rowspan="2">稍俯</td><td colspan="2">领扣被扣好。
耳环轻轻晃动。
我奶奶的脸。不悲不喜，平平淡淡。红盖头缓缓落下，遮住了我奶奶的脸。
画外一中年妇女高声唱诵:“坐轿不能哭，哭轿吐轿，没有好报。盖头不能掀，盖头一掀，必生事端。”
画外一男生吆喝:“上轿。”
轿内。我奶奶一把扯下盖头。
轿子在旷野中悠悠行进。
小小乐队吹吹打打。</td><td>吹打乐</td><td></td><td>6
6
27

5
13
6</td></tr>
<tr><td>15</td><td>大全</td><td>轿子行走，尘土飞扬。</td><td>画外“我”：照那会儿的老规矩，半道上要折腾新娘子。那天抬轿子的、吹喇叭的都是李大头家的长工。只雇了一个轿把式，他是方圆百里有名的轿夫，后来就成了我爷爷。</td><td>⋮
⋮
⋮</td><td></td><td>38</td></tr>
</table>

续表

镜号	镜头	摄影技巧	内容	音响	音乐	呎数
16	近		我奶奶打量轿内。	⋮		7
17	近—近	摇	正面的轿帘上，绣着龙凤图案，(摇)轿帘一晃一掀，一道道亮光夹着尘土钻进来。	⋮		8
18	近		我奶奶随着轿子的起伏一起一落。			4
19	近—近	摇	轿夫们的腿有节奏地移动。	⋮		6
20	近		我奶奶穿着红绣花鞋的脚缓缓伸出，把轿帘顶开一条宽缝。			7
21	近		我奶奶透过轿缝看见:	⋮		5
22	中—中	跟移	我爷爷肌肉强健的脊背。			6
23	近—近	摇	我爷爷上身赤裸，潇洒地抬轿走着。	⋮		8
24	近		我奶奶睁大眼睛。			18
25	中—中	跟移	宽缝中: 肌肉跳跃，青白头皮一晃一晃。突然，我爷爷开口讲话了，像脑后长着眼睛: “轿上的小娘子，别偷着看哪，跟哥哥们说几句话，这长长的路，你也不嫌闷得慌?”	⋮		30.5
			画外二狗子接茬儿说: “是呀，说话解闷，唱戏解乏呀。”			
			画外大兄弟: “唱个调调听听。”	⋮		
			画外二狗子: “你偷着看也不管用啦。”			
			顶着轿帘的脚悄悄收回，轿里暗了下来。	⋮		
26	近—近	摇	我爷爷: “小娘子，哥哥们抬你一回不容易呀。”			11.5
27	全—全	摇	二狗子: “谁家的闺女，毁啦。”	⋮		16
			大兄弟: “当爹妈的心太狠啦，见钱眼开呀。”			
28			二狗子: “当爹妈的见钱眼开呀。”	⋮		9.5
29	全—近	摇	轿内我奶奶平平静静。			24.5
			我爷爷边走边说: “李大头流白脓淌黄水，那可不中用啦。”	⋮		
			二狗子跟着说: “你可不能让李大头沾身，沾了身你就烂啦。”			

三、分镜头剧本的写作要求

第一，摄制要求明确，摄法、景别要求清晰。文学剧本侧重的是通过情节设计来进行主题的表达与人物形象的塑造，而分镜头剧本是在文学剧本的基础上，关注如何通过画面、声音有效地将文字描述的画面、声音转化为立体的视听形象。不同的摄制方法、景别设计形成的视觉形象能够给观众带来不同的感受，许多具有独特审美观念的导演在摄制手法、景别设计、镜头长度等方面会形成有别于他人的个人化风格。因此，作为将文字转化为具体拍摄的视觉形象媒介的分镜头剧本，一定要将摄法、景别的要求明确地表述出来，由此才具有指导拍摄实践的可行性。

第二，叙述简洁清楚。与文学剧本相比，分镜头剧本既要具有情节叙述的功能，还要对具体的摄制手法、景别等有具体的要求，因此，分镜头剧本的内容含量较高。剧本内容表述与分镜头剧本易读性之间的均衡，是撰写分镜头剧本者应当具备的基本能力与素质。

第三，具有熟练运用蒙太奇思维和技巧的能力。通过立体的视听形象叙述故事、表达审美理念与直接用文字进行表述是两种截然不同的思维方式，在撰写分镜头剧本时，写作者应当具有非常熟练的蒙太奇思维能力与运用蒙太奇技巧的能力，能够于拍摄前在脑海中自然而然地将影像语言呈现出来，从而生动地将文学剧本或拍摄提纲建构为直观的视听形象。

【课程实训 1】

实训目标： 掌握文字式分镜头剧本写作的能力，能够将摄法、景别的要求明确地表述出来，对镜头画面的拍摄具有明确的指导性。

实训内容： 根据所给文学剧本片段，将之写成文字式的分镜头剧本。

鳕鱼子被烤成半熟状。

打好的鸡蛋被放入方形的煎锅，厚蛋烧就要做好了。

玛丽琳把烤鳕鱼子放入口中。

阿忠一边用筷子夹起厚蛋烧，一边喝着烧酒。

——真边克彦《深夜食堂》

【课程实训 2】

实训目标： 掌握表格式分镜头剧本写作的能力，将镜号、场景提示、景别、摄法、画面内容、台词、音乐、音响、镜头长度等写作要素通过表格的形式标示清楚。

实训内容： 反复观看一个广告短片，将其内容用表格式分镜头剧本写下来。

第二章
主 题

一部成功的影视剧或戏剧作品,主题往往深刻且发人深省。例如我国著名导演蔡楚生、郑君里在20世纪40年代导演的电影《一江春水向东流》,讲述了一个普通上海家庭在抗日战争期间的传奇经历。故事以男主人公张忠良的人性蜕变为主线,以妻子素芬历尽艰辛、维持一家人生计为副线,展示了战争、政治对人性的拷问,故事情节曲折离奇,令人唏嘘不已。同样创作于20世纪40年代的美国电影《公民凯恩》从多个视角描述了凯恩这一典型的美国式人物。凯恩是美国梦的践行者和成功者,也是婚姻的失败者,他还是万众瞩目的顶级富豪和政治风云人物,但影片通过对凯恩临终遗言"玫瑰花蕾"的追寻,让观众看到了一个渴望亲情、渴望回归童年和人性本真的凯恩。"玫瑰花蕾"成为这部电影耐人寻味的一个主题意象。在中国戏曲史上,清代传奇的"双璧"——《桃花扇》和《长生殿》均为作者几易其稿、呕心沥血之作。孔尚任为寻史料多次拜访南明遗旧,历时20多年创作写成《桃花扇》。孔尚任将明末名士侯方域与秦淮艳姬李香君的悲欢离合同南明弘光王朝的兴亡结合在一起,借儿女之情表达历史兴亡之叹,使这部传奇的主题超越了男女爱情,具有历史价值和艺术深度。洪昇的《长生殿》三易其名,给李隆基、杨玉环的爱情赋予了丰富的历史政治信息,借帝妃之间的爱情悲剧,表达作者对政治斗争、历史兴亡的深刻反思,赋予作品深刻而丰富的主题。20世纪以来,传奇衰亡,话剧兴起,著名话剧家曹禺在他的代表作《雷雨》中,透过一个封建大家庭的伦理悲剧,揭示了"大家庭的罪恶";同时,周家和鲁家也是不同社会阶级的代表,他们之间不可调和的冲突,是社会矛盾的集中体现,这使剧作本身带有强烈的社会批判意义。

优秀的作品不仅给我们讲述令人难忘的故事,也让我们从作品中感受到作家对社会、对人生、对历史的独特思考。此外,那些因为充满了某些趣味而被观众喜欢的商业片、商业剧,同样有着为大众所接受和认同的主题。2019年上映的电影《流浪地球》,票房超过46亿元,斩获了第32届中国电影金鸡奖最佳故事片奖。这部由著名科幻作家刘慈欣的科幻小说改编的电影,有令人叹为观止的情节和特效,还体现了中国的亲情观念、英雄情怀、奉献精神、故土情结和国际合作理念,尤其是"不再是超级英雄拯救世界,而是人类共同改变自己的命运"独特理念的表达,是对好莱坞科幻电影叙事套路的突破。这部电影将中国独特的思想和价值观念融入对人类未来的畅想与探讨,把整个人类当作一个命运共同体,这样的主题内核是之前科幻电影所没有的。

在当下的戏剧界,音乐剧是时代的宠儿,英国著名音乐剧大师安德鲁·劳埃德·韦伯的代表作《歌剧魅影》,以精彩的音乐、惊险的剧情、恐怖的氛围成为音乐剧中永恒的佳作。它改编自法国作家加斯通·勒鲁的歌德式爱情小说《剧院魅影》,长相怪异但极具音乐创作天赋的歌剧院“魅影”爱上了女高音歌手克里斯提娜,但是克里斯提娜爱上了年轻的贵族拉乌尔。骄横的“魅影”想帮助克里斯提娜当上首席女高音,为了得到克里斯提娜,他以拉乌尔的性命做威胁,但是,克里斯提娜的善良和对爱的执着感化了“魅影”,“魅影”又一次消失在歌剧院中。曲折惊悚的剧情让人难以忘怀,观众为克里斯提娜的善良与执着所感动。对爱情及爱情力量的歌颂,是这一脍炙人口的音乐剧的情感力量和核心主题。

以上优秀作品无一不是剧作家呕心沥血之作,这些深深打动我们的作品包含着独特而令人难忘的故事,更饱含着剧作家对生活深切而真实的体察。优秀的剧作家具有刻画人物的高超本领,能够体悟民族文学之美,用深刻且带有独特生活体验和思考的主题直击人们的灵魂。因为他们,我们能够透过精彩而独特的故事,读懂人生的道理,获得愉悦的精神享受和思想洗礼。

第一节 什么是主题

剧本,是一种独特的艺术形式。这种艺术形式的独特性,主要体现在它既具有实用性也具有艺术性。无论是戏剧、电影还是电视,剧本创作的主要目的是为拍摄(上演)提供一个完整的故事蓝本,这使它与其他文学作品很不一样,即剧本的实用性较强。剧本的艺术性使它不仅可供娱乐,而且其深刻、复杂且微妙的创作技法,也让剧本显现出独特的艺术性。近年来,越来越多的优秀电影、电视剧和戏剧作品的剧本出版,也是剧本作为文学的艺术性被受众(尤其是影视与戏剧作品的粉丝)逐渐接受的一个例证。

主题是一切文学艺术作品的必要元素,对于剧本的创作至关重要。俗话说,“剧本剧本,一剧之本”。这里所谓的“一剧之本”,是指剧本为影视、戏剧作品构架了完整的故事,提供了丰富的内容,指明了主题的方向,是赋予一部影视、戏剧作品灵魂的关键步骤,是影视、戏剧创作的重要环节。

一、创作意义上的主题和评论意义上的主题

剧本的主题该如何定义呢?评论者和创作者在这一问题上有较大分歧。

分析文学艺术作品的主题,是文学艺术研究的重要内容。文艺研究者通过对剧本的分析,能够洞见作者的创作意图,挖掘作品与社会、与创作者之间的关系。文艺研究者对剧本

主题的阐发,表面上看,貌似是在"替作者说话",将作者隐藏在剧本中的各种意图详尽且深刻地挖掘出来,其实,在这个研究过程中,由于研究者的参与,剧本的主题已经沾染了研究者与研究者所处时代的气息,并不是纯粹意义上的该作品的主题。

我们以我国著名话剧剧本《雷雨》为例,来具体分析同一部作品的主题,在评论者和创作者眼里有多么不同。

文学研究者钱理群等在《中国现代文学三十年》中这样解析《雷雨》的主题:

虽然曹禺一再声明,他在创作时"并没有显明地意识着我是要匡正、讽刺或攻击些什么",但他同时又承认"也许写到末了,隐隐仿佛有一种情感的汹涌的流来推动我,我在发泄着被压抑的愤懑,毁谤着中国的家庭和社会"(注:曹禺.《雷雨》序[M]//曹禺文集:第1卷.北京:中国戏剧出版社,1988:211)。以后人们基本上就按照这一作家的"追认"来阐释《雷雨》,于是注意到,剧本在一天的时间(上午到午夜两点钟)、两个场景(周家客厅和鲁家住房)内集中展开了周鲁两家前后30年的复杂的矛盾纠葛,全剧交织着"过去的戏剧"(周朴园与侍萍"始乱终弃"的故事,作为后母的蘩漪与周家长子周萍恋爱的故事),与"现在的戏剧"(蘩漪与周朴园的冲撞,蘩漪、周萍、四凤和周冲之间情感纠葛,周朴园与侍萍的相逢,周朴园与大海的冲突),同时展现着下层妇女(侍萍)被离弃的悲剧,上层妇女(蘩漪)个性受压抑的悲剧,青年男女(周萍、四凤)得不到正常的爱情的悲剧,青春幻梦(周冲)破灭的悲剧,以及劳动者(大海)反抗失败的悲剧,血缘的关系与阶级的矛盾相互纠缠,所有的悲剧都最后归结于"罪恶的渊薮"——作为具有浓厚封建色彩的资产阶级家庭的家长象征(代表)的周朴园。而戏剧的结尾,无辜的年轻的一代都死了,只留下了对悲剧性的历史有着牵连的年老的一代:这就更加强化了对"不公平"的社会(与命运)的控诉力量。①

作为《雷雨》的作者,曹禺这样描述这部话剧的主题:

我是一个不能冷静的人,谈自己的作品恐怕也不会例外,我爱着《雷雨》如欢喜在溶(融)冰后的春天,看一个活泼泼的孩子在日光下跳跃,或如在粼粼的野塘边偶然听得一声青蛙那样的欣悦。我会呼出这些小生命是交付我有多少灵感,给予我若何的兴奋。我不会如心理学者立在一旁,静观小儿的举止,也不能如试验室的生物学家,运用理智的刀来支(肢)解分析青蛙的生命,这些事应该交与批评《雷雨》的人们。他们知道怎样解剖论断:哪样就契合了戏剧的原则,哪样就是背(悖)谬的。我对《雷雨》的了解只是有如母亲抚慰自己的婴儿那样单纯的喜悦,感到的是一团原始的生命之感。我没有批评的冷静头脑,诚实也不容许我使用诡巧的言辞狡黠地袒护自己的作品;所以在这里,一个天赐的表白的机会,我知道我不

① 钱理群,温儒敏,吴福辉.中国现代文学三十年[M].2版.北京:北京大学出版社,1998:459-460.

会说出什么。这一年来批评《雷雨》的文章确实吓住了我,它们似乎刺痛了我的自卑意识,令我深切地感触自己的低能。我突地发现它们的主人了解我的作品比我自己要明切得多。他们能一针一线地寻出个原由、指出究竟,而我只有普遍地觉得不满不成熟。每次公演《雷雨》或者提到《雷雨》,我不由自己地感觉到一种局促,一种不自在,仿佛是个拙笨的工徒,只图好歹做成了器皿,躲到壁落里,再也怕听得顾主们恶生生地挑剔器皿上面花纹的丑恶。

我说过我不会说出什么来。这样的申述也许使关心我的友人们读后少一些失望。累次有人问我《雷雨》是怎样写的,或者《雷雨》是为什么写的这一类的问题。老实说,关于第一个,连我自己也莫名其妙;第二个呢,有些人已经替我下了注释,这些注释有的我可以追认——譬如“暴露大家庭的罪恶”——但是很奇怪,现在回忆起三年前提笔的光景,我以为我不应该用欺骗来炫耀自己的见地,我并没有显明地意识着我是要匡正、讽刺或攻击些什么。也许写到末了,隐隐仿佛有一种情感的汹涌的流来推动我,我在发泄着被抑压的愤懑,毁谤着中国的家庭和社会。然而在起首,我初次有了《雷雨》一个模糊的影像的时候,逗起我的兴趣的,只是一两段情节,几个人物,一种复杂而又原始的情绪。①

通过对比我们可以清晰地看出,评论者眼中的作品主题和创作者意义上的主题,在以下方面存在明显差异:

第一,评论者眼中的主题具有很强的客观性,往往将其视为一种充满时代特色和人文气息的文本,从而进行多角度分析;而创作者处理主题的方式比较主观,注重的是个人生活的体察和经验的积累。

文学研究的主要作用,是阐述文学创作的技巧和特性,深刻发掘文学及自身与时代、社会的关系,这要求文学研究者的阐述必须客观理性。钱理群等对《雷雨》主题的分析,语言客观冷静,在充分研究、分析剧情的基础上,系统阐述了《雷雨》对当时不公平的社会(与命运)的控诉。相比之下,曹禺对《雷雨》的阐述则更加主观。他在《〈雷雨〉序》中,深情地谈论他对这部作品的爱,并且很坦白地承认“并没有显明地意识着我是要匡正、讽刺或攻击些什么”,“也许写到末了,隐隐仿佛有一种情感的汹涌的流来推动我,我在发泄着被抑压的愤懑,毁谤着中国的家庭和社会”。曹禺解释他对《雷雨》的喜爱之情以及推动他写作的某种情感,表明在创作剧本时,创作者对主题的处理比较主观,倾注了大量个人情感。

评论者分析剧作主题往往比较关注剧本与社会、剧本与文学规律的关系,而创作者表达主题的方式则更加自我和感性。钱理群等关于《雷雨》的论述,从剧情分析开始,认为《雷雨》不仅具有社会批判层面的主题,还体现了人的生存困境的主题,显示出对剧作主题全面而又理性的把握。反观曹禺为《雷雨》所写的序,除了坦承“隐隐仿佛有一种情感的汹涌的流来推动我,我在发泄着被抑压的愤懑,毁谤着中国的家庭和社会”外,他在追忆《雷雨》的

① 曹禺.雷雨[M].西安:陕西师范大学出版社,2011:2

主题构思时，认为“在起首，我初次有了《雷雨》一个模糊的影像的时候，逗起我的兴趣的，只是一两段情节，几个人物，一种复杂而又原始的情绪”。由此可以看出，曹禺在写作剧本时，剧本的构思更加主观且个人化。

第二，评论者往往能够读出剧作的时代共性和普遍意义，而创作者对主题的认识则更加个性化。钱理群等对《雷雨》的研究，是将其放在中国现代文学的第二个十年（1928—1937）的大背景下展开的，这个时期延续了“五四”以来的人性解放的社会和文学议题，也受到无产阶级革命斗争观念的影响。在《中国现代文学三十年》中，钱理群等将曹禺放在大的历史文化环境中分析，认为曹禺身处天津，在这个大时代潮流的影响下，剧本中所呈现的阶级冲突、女性解放、对封建家庭的控诉，具有典型的时代意义。钱理群等人的观点延续了王蒙等老一代研究者的观点，也与当代《雷雨》研究者田本相等人的“社会批判说”不谋而合，这说明，评论者往往能够读出剧作的时代共性和普遍意义，其研究成果也可与其他学者达成共识。

优秀的剧作家一定会将剧本创作与时代、与社会现实结合起来。曹禺意识到了《雷雨》与当时社会、家庭的内在呼应，但他处理主题的方式比较情绪化，饱含着他作为封建家族中新青年的生活体验和强烈情感。

综上，作为文学研究意义上的主题与创作意义上的主题有着较大的差别，而这种差别往往不为剧本创作的初学者所洞察。如果我们以文学研究者理性分析的方式对待剧本创作，用必然体现生活和社会普遍问题的方式去刻板地处理剧本的主题，就不能使自己的作品饱含激荡人心的感情，更难以传达独特的个人情感和生活体验，那么，写出来的作品也就不大可能打动人心，也就不会是一部优秀的剧本了。

从创作者角度来说，什么样的主题才是好的主题呢？创作者的创作冲动，往往来源于发现了一个好故事，或者心中涌动着一股不说不快但又必须借助剧本来表达的情感，而这些是创作者创作出好剧本的关键。“好莱坞编剧之父”罗伯特·麦基说，一个编剧要想把故事讲好，必须有无限的爱，而这种爱，是一个优秀编剧处理主题、讲述故事的开端，也是最强大的驱动力：“对故事的爱——相信你的观念只能通过故事来表达，相信你的人物会比真人更‘真实’，相信你虚构的世界要比具体世界更深刻。对戏剧性的爱——痴迷于那种给生活带来深刻变化的突然的惊诧和揭秘。对真理的爱——相信谎言会令艺术家裹足不前，相信人生的每一个真理都必须打上问号，即使是个人最隐秘的动机也不例外。对人性的爱——愿意同情受苦的人们，愿意深入其内心，通过他们的眼睛看世界。”①

二、剧本主题的几种定义

创作意义上的主题是什么呢？古今中外的创作者和创作规律的研究者的观点稍有不同，列举如下。

---

① 麦基.故事：材质、结构、风格和银幕剧作的原理［M］.周铁东，译.北京：中国电影出版社，2001：26.

(一)罗伯特·麦基:主题是贯穿创作过程的主控思想

罗伯特·麦基是当代美国具有较大影响力的写作导师,他在戏剧、电视剧的编剧和导演方面都成就卓著。关于什么是主题,罗伯特·麦基在他的《故事:材质、结构、风格和银幕剧作的原理》中这样陈述:

> 主题在作家的语汇里面已经变成一个颇为含糊的字眼。例如,“贫穷”、“战争”和“爱情”并不是主题;它们只是与背景或类型相关的东西。一个真正的主题并不是一个词,而是一个句子——一个能够表达故事的不可磨灭的意义的明白而连贯的句子。我更喜欢主控思想这个提法,因为它不但像主题一样道出了故事的基本思想或中心思想,同时还暗示了它的功能:主控思想确立了作者关键性的选择。它又是一条创作戒律,为你的审美选择提供了一个向导,帮助你确定:在你的故事中,什么适宜,什么不适宜;什么能够表达你的主控思想并可以保留,什么与主控思想无关而必须删除。①

罗伯特·麦基认为,主题是对创作者来说具有指导意义的“主控思想”。“主控思想”有双重作用,一是“主控思想”道出了故事的基本思想或中心思想,这是评论者最关注,同时也是最能够被观众捕捉的。但是,“主控思想”的核心作用是确立作者关键性的选择,为创作者的创作提供一个向导,帮助创作者筛选情节、人物,保证故事的发展方向。

罗伯特·麦基还认为,主题(即“主控思想”)必须明确,必须“可以用一个句子来表达,描述出生活如何以及为何从故事开始时的一种存在状况转化为故事结局时的另一种状况”②,“你越是围绕一个明确的思想来巧妙地构建你的故事,观众在你的影片中所能发现的意义就越多。因为他们会接受你的观点,而且在他们生活的每一方面都能领会这一观点的含义。与此相反,你企图在一个故事中塞进去的思想越多,它们就越容易互相挤压,直到影片最终崩溃成一堆游离于主题的乱石,没有表达任何东西”③。

这个明确的思想由两部分组成,罗伯特·麦基将这两部分总结为价值+原因。首先,明确的中心思想的重要构成部分是“终极价值”,即评论者通常向作品追问的普遍性意义,如正义必定战胜邪恶等,这是剧本的终极目标。其次,也是对创作最具指导意义的,是这一终极价值实现的原因,或者称为手段和方法,“一个具有实质内容的故事同时还应表达出它的世界或主人公为什么会以某一特定的价值作为结局”④。

总而言之,罗伯特·麦基的观点是,讲好一个故事是剧本创作的核心任务,“价值+原

---

① 麦基.故事:材质、结构、风格和银幕剧作的原理[M].周铁东,译.北京:中国电影出版社,2001:137.

② 麦基.故事:材质、结构、风格和银幕剧作的原理[M].周铁东,译.北京:中国电影出版社,2001:138.

③ 麦基.故事:材质、结构、风格和银幕剧作的原理[M].周铁东,译.北京:中国电影出版社,2001:137-138.

④ 麦基.故事:材质、结构、风格和银幕剧作的原理[M].周铁东,译.北京:中国电影出版社,2001:139.

因”构成故事的主控思想,价值追求是剧本的终极追求,但是对创作更有指导作用的是驱动故事发展的价值实现的原因。剧本的主题必须明确,这样可以使观众有一个主题焦点并由此生发出更多的意义,也会让创作者有一个明确的终极目标贯穿写作。

(二)悉德·菲尔德:主题是剧本中的动作和人物

悉德·菲尔德是美国著名编剧、制片人,曾任著名电影公司的审稿人和编剧顾问。悉德·菲尔德最重要的编剧贡献是创立了“三幕剧结构”理想剧本创作模式。他与罗伯特·麦基一样,特别强调故事的重要性,但是二人又有很多不同的观点,其中之一就在于对主题的认识上。

关于电影剧本的主题,悉德·菲尔德在他广为人知的著作《电影剧本写作基础》中虽所论甚少,但是观点较为独特。他认为:“当我们谈论电影剧本的主题时,我们实际谈的是剧本的动作和人物,动作就是发生了什么事情,而人物,就是遇到这件事情的人。每个电影剧本都把动作和人物加以戏剧化了。你必须清楚你的剧本讲的是谁,以及他(她)遇到了什么事情。这是写作的基本观念。”①

悉德·菲尔德认为,电影主题最重要的就是明确剧本的动作和人物,即主要人物遇到了什么重要事件以及主要人物是如何应对这个事件的。悉德·菲尔德强调,主题对于电影剧本创作来说至关重要,因为主题是使一般化想法成为特殊的戏剧化前提的要素,而这就是创作电影剧本的起点。所以,剧本的主题决定了一个编剧如何构建自己的故事,这个故事就是人物面对什么问题,用什么动作,得到一个什么结果。悉德·菲尔德还强调,一个好的剧本主题必须是清晰明了的,编剧必须把一个复杂的故事压缩成能够用一两句话清晰表达的“人物+动作”的故事要点。因为越是清晰明了的主题,编剧在后期就越能够在观众已经知悉主题的基础上生发故事和阐发意义,也能够帮助编剧进行情节的筛选,构建更具戏剧性的故事。

悉德·菲尔德还认为,有一个清晰明了的主题,是编剧在编写剧本之前必须完成的创作准备。可能最早编剧心目中的故事是模糊而复杂的,因此编剧必须学会凝练自己的主题。一个有价值的主题,才值得编剧在创作过程中进行扩展,赋予剧本中的动作以血肉,把焦点集中在人物身上,扩展故事线,增补细节。

悉德·菲尔德的“人物+动作”的主题观念以及由主题推动的“三幕剧结构”能够较为完美地指导故事性强、冲突激烈、波澜起伏的剧情片的创作,好莱坞很多著名剧情片都可以用他的观点来阐释。

(三)中国传统剧本创作的主题观念

中国的戏剧创作历史悠久,宋代的南戏是中国古典戏曲成熟的标志。南戏已经有了较

---

① 菲尔德.电影剧本写作基础[M].2版.钟大丰,鲍玉珩,译.北京:世界图书出版公司,2012:18.

为完备的戏曲底本,但是,由于中国古典戏曲的作者多数是普通文人,他们非官非贵,籍籍无名,所以很多著名的剧本都无作者可考,更遑论留下创作理论了。到了清代,著名戏曲创作家、戏曲理论家李渔创作了《闲情偶寄》,这部论著的"词曲部"又被称为《笠翁曲话》,在中国戏曲史上的地位至关重要,被认为是中国戏曲理论的集大成之作。

在《笠翁曲话》中,李渔关于主题的论述主要集中在开篇第一章"结构第一"。李渔认为,结构是创作剧本首要考虑的关键因素。这里的结构,主要是指戏曲故事的基本架构,作者在正式开始创作之前要寻找几个关键性的故事情节来支撑全剧,架构起整个故事,因为结构"如造物之赋形,当其精血初凝,胞胎未就,先为制定全形,使点血而具五官百骸之势。倘先无成局,而由顶及踵,逐段滋生,则人之一身,当有无数断续之痕,而血气为之中阻矣。"①

在结构故事的过程中,主题的意义重大,李渔的主题观可以概括为"戒讽刺"和"立主脑"两个要点。

戒讽刺。李渔认为,"填词非末技,乃与史传诗文同源而异派者也"②。他认为,虽然在形式、风格上有所区别,戏曲同样与中国传统文学有异曲同工之妙,要秉承"温柔敦厚"的创作原则。他在"戒讽刺"这一部分阐述了提倡"戒讽刺"的具体原因:

窃怪传奇一书,昔人以代木铎,因愚夫愚妇识字知书者少,劝使为善,诫使勿恶,其道无由,故设此种文词,借优人说法,与大众齐听。谓善由如此收场,不善者如此结果,使人知所趋避,是药人寿世之方,救苦弭灾之具出。……凡作传奇者,……务存忠厚之心,勿为残毒之事。以之报恩则可,以之报怨则不可;以之劝善惩恶则可,以之欺善作恶则不可。③

这种以戏曲演出来教化大众、端正人心的观点,是中国传统文学"文以载道"创作观的具体呈现。李渔认为,戏曲面向普通民众,具有喜闻乐见的艺术魅力,所以,戏曲应当充分发挥针对普通民众的教化作用,"劝使为善,诫使勿恶",引导民众分辨善恶,陶冶情操,弘扬真善美。

李渔认为,要想戏曲能够达到"药人寿世"的效果,戏曲的创作者应"务存忠厚之心"。原因有二:首先,戏曲创作者只有自己有着较高的道德修养,才能端正戏曲的主题,承担教化民众的重要责任。其次,戏曲创作者在创作戏曲时,不能借以发泄私愤,含沙射影,以戏报私怨。夹杂着个人私怨的作品,李渔将其比喻成"杀人之刀",认为:"笔之杀人较刀之杀人,其快其凶更加百倍……杀之与剐,同是一死,而轻重别焉者。以杀止一刀,为时不久,头落而事毕矣;剐必数十百刀,为时必经数刻,死而不死,痛而复痛,求为头落事毕而不可得者,只在久

① 李渔.闲情偶寄[M].郁姣,校注.南京:江苏凤凰文艺出版社,2019:5.

② 李渔.闲情偶寄[M].郁姣,校注.南京:江苏凤凰文艺出版社,2019:2.

③ 李渔.闲情偶寄[M].郁姣,校注.南京:江苏凤凰文艺出版社,2019:6-7.

与暂之分耳。然则笔之杀人,其为痛也,岂止数刻而已哉!”[1]这种饱含着个人私愤的作品,会让作者被个人的情感所左右,影响作者的价值判断,进而影响到戏曲的道德导向,因为夹杂着私愤的作品必定是偏狭的,讽刺报复的种种行径,是在教人行凶播恶,尤不可取。

李渔对“戒讽刺”的强调,并不是让戏曲失去批判和揭露的功能。对于违反道德规范、行凶造孽的行为,戏曲应该进行大胆揭露和批判,否则,戏曲劝善惩恶、教化人心的功能就变成了歌功颂德的教条工具,戏曲也就失去了它自身的魅力。试想,没有了善恶冲突,戏曲的故事就无法建构情节和矛盾;没有了情节和矛盾,戏曲的故事也就无法建构了。

立主脑。“立主脑”是李渔对中国传统戏曲关于主题理论的一次创新,也是他个人创作的实践总结。

古人作文一篇,定有一篇之主脑。主脑非也,即作者立言之本意也。传奇亦然。一本戏中,有无数人名,究竟俱属陪宾,原其初心,止为一人而设。即此一人之身,自始至终,离合悲欢,中具无限情由、无究关目,究竟俱属衍文,原其初心,又止为一事而设。此一人一事,即作传奇之主脑也。[2]

李渔认为,一部戏曲的主脑,是“一人一事”。一人,就是指戏曲中的中心人物。中国古代戏曲经常构建一生(男主角)一旦(女主角)双线结构,以二人的悲欢离合架构故事。典型实例如《琵琶记》中的蔡伯喈和赵五娘。蔡伯喈家贫,与赵五娘成婚。后蔡伯喈奉父母之命赶考,高中状元,为权势笼络,被迫入赘相府。赵五娘勤俭持家,侍奉公婆,后家里遭遇大旱,赵五娘竭尽全力赡养公婆,却被公婆误解,公婆双双病饿而死。赵五娘背负琵琶一路卖艺赴京寻找蔡伯喈,赵、蔡二人相认,相府小姐通情达理,二女共侍一夫。李渔认为,在《琵琶记》里,蔡伯喈是全剧的中心人物,是该剧主脑中的“一人”。一事,是指架构情节的关键点,是一个故事的“突转”,这“一事”构建了故事的主要矛盾。李渔认为,《琵琶记》的“一事”,是蔡伯喈“重婚牛府”,因为“其余技节皆从此一事而生。二亲之遭凶,五娘之尽孝,拐儿之骗财匿书,张大公之疏财仗义,皆由于此。是‘重婚牛府’四字,即作《琵琶记》之主脑也”[3]。

“一人一事”构成了故事的主脑,但是,在创作中“一人”和“一事”的重要性是有区别的。李渔认为,“一事”要比“一人”更难把握,对剧作的影响也更大。如果“后人作传奇,但知为一人而作,不知为一事而作。尽此一人所行之事,逐节铺陈,有如散金碎玉,以作零出则可,谓之全本,则为断线之珠、无梁之屋。作者茫然无绪,观者寂然无声,又怪乎有识梨园,望之而却走也”[4]。可见这“一事”的重要性。

---

① 李渔.闲情偶寄[M].郁婒,校注.南京:江苏凤凰文艺出版社,2019:6.

② 李渔.闲情偶寄[M].郁婒,校注.南京:江苏凤凰文艺出版社,2019:9-10.

③ 李渔.闲情偶寄[M].郁婒,校注.南京:江苏凤凰文艺出版社,2019:10.

④ 李渔.闲情偶寄[M].郁婒,校注.南京:江苏凤凰文艺出版社,2019:10.

李渔的《笠翁曲话》是一个较为系统的理论和技巧体系。李渔认为编剧戏曲应该“脱窠臼”“密针线”“减头绪”“审虚实”,这些观点对戏曲创作均有指导意义。虽然李渔的戏曲理论受到他所处的时代、他的文人身份和戏曲体裁的限制,但是作为中国传统创作理论的代表性体系,还是可以为我们创作剧本,尤其是戏曲剧本提供重要借鉴的。

综上,在创作者和评论者的不同视域中,对一部作品主题的内涵认识往往存在重大差异。对于创作者来说,主题往往以独特的个性和强烈的情绪为驱动,进而产生了缤纷多彩的创作,形成不同风格的类型。对于剧作者来说,主题的构建过程是赋予作品灵魂和骨架的过程。影片的灵魂,就是一部影片的“终极价值”,是影片所展现的充满创作者个体色彩的世界观和价值观;剧本的骨架,是支撑起剧作的终极价值的故事框架。相对来说,创作者更应该关注后者——剧本的骨架,因为没有一个好的故事做支撑,作品的价值就是虚无缥缈、无从实现的空想,对创作起不到切实的意义。

【课程实训】

实训目标: 掌握主题的内涵及构思要求。

实训内容: 在罗伯特·麦基、悉德·菲尔德和李渔三人之中,你觉得谁的理论最符合你的创作实际?构思一个剧本的主题,使这一主题符合他的主题要求。

第二节　如何获得主题

每一个创作者在进行剧本创作时,都会面临“写什么”的问题,往往会在寻找主题上花费大量的时间。“写什么”的问题,主要决定因素是构思主题。创作者首先要寻找一个“表达什么”的问题,即我的作品的终极价值是什么;更重要的是,我的终极价值将借一个什么样的故事和人物体现。这两个问题,构成了主题构思的主体部分。

创作者寻找主题的过程是艰难的。相比于其他文艺创作类型,如小说、诗歌等,剧本的创作过程受商业性和投资大小、体裁与技术手段、创作的多人合作等多重因素的影响,所以剧作者构思剧本主题的过程所受的限制性因素更多。

那么,作为剧作者来说,应该如何获得剧本的主题呢?

一、命题式主题创作

剧本并不是一种独立的文体,实用性是它与其他文学作品的区别所在。剧本并不像小说一样是大众阅读欣赏的文学作品,它的主要功能是为影视剧、戏剧的制作提供文学脚本。

剧本的创作受到诸多行业因素的限制，这样就会产生很多命题式的创作机会，这种命题式的创作往往是新编剧进入行业最先接触到的，这种创作一般被称为“行活”。

命题式创作有多种类型，其类型主要取决于剧本的用途。例如，某地要进行本地历史与文化的宣传和推广，会为此进行剧本的创作招募和遴选。这种创作的命题限制比较多，相关部门一般会给出较为丰富的创作素材或较为明确的创作主题，同时对题材类型和成本预算也会做出明确的要求，这就决定了剧本的内容、主题、体量等基本因素。创作者往往需要提供一个创意，然后运用编剧技巧将其编写成符合要求的剧本。再如，为了某一重大庆典、纪念重要人物或事件而征集的影视剧、戏剧的剧本，主题往往也较为明确，但是在题材和内容上，剧作者往往有较大的自由。

单就主题而言，一般常见的命题方式有给定内容（人物或故事）和给定主旨（中心思想或创作目的）两种方式。

（一）给定内容的创作

面对给定内容的创作任务，创作者往往比较容易寻找素材，但在创作主旨的体现和故事的架构上要花费大量的精力。2019 年，电视连续剧《破冰行动》引人注目，不仅入围第 32 届电视剧飞天奖，还获得第 26 届上海电视节白玉兰奖最佳中国电视剧奖和第 30 届中国电视金鹰奖最佳电视剧奖。《破冰行动》的原型是 2013 年广东省“雷霆扫毒”专项行动中的真实任务和事件，影片真实地再现了这起中国特大制贩毒案件。该剧以参与缉毒行动的李飞父子为线索，展现了两代缉毒警察细致侦察，冒着生命危险，揭露特大贩毒案件的真相，历尽艰辛，为扫毒工作无私奉献的故事。

对给定内容的创作，编剧要充分熟悉创作内容，收集第一手的创作素材。该剧编剧之一的陈育新，在此之前，已经有了《铁面无私》《国家行动》《湄公河大案》等刑侦剧力作，积累了丰富的创作经验。在《破冰行动》创作开始之前，陈育新先后四次到案发地广东采访公安民警数十人，实地采访各警队相关人员，走访村落，获得了大量一手素材。

在创作过程中，编剧重新整合素材，设计叙事思路。该剧尊重真实案件的基本事实，不在叙事结构和内容上着力，而是在叙事线索和情节设计上下功夫，将这样一个案情错综复杂、参案人员众多的国家级大案讲清楚、讲精彩。陈育新将该案件中的诸多办案民警形象，凝聚并虚构了一个基层警察——李飞，借助李飞形象的塑造，把办案力量、禁毒形势、毒贩经营交易等多条线索全部串联起来。在内容和人物刻画上，编剧力图全景式地塑造出这场禁毒战役中的各色人物，使该剧具有惊心动魄的剧情和活灵活现的人物图谱。

在故事的架构上，该剧从偶然性事件入手，快刀斩乱麻，迅速进入正邪交锋的主线。前两集讲述主角李飞抓到了一个毒贩，但是没想到这个毒贩在被抓的第二天就被取保候审。之后因为毒贩说了两句不该说的话便被灭口，审问该毒贩的李飞和宋扬被陷害，成了通缉犯。这样的快节奏叙事和将主角置于困境的编剧手法，颇有悬疑效果，情节引人入胜，能够使观众快速进入故事情境。

因此,创作者在面对给定的题材进行剧本创作时,要充分收集第一手创作素材,在此基础上梳理故事创作的方向和基调。就电视连续剧《破冰行动》而言,“雷霆扫毒”专项行动已经取得胜利,这是基本的创作前提,但在具体的创作中,编剧精心处理给定的素材,按照故事情节架构的基本方法,在不违背基本事实的前提下,对故事进行精细的叙事加工,塑造生动鲜活的人物,编织跌宕曲折的剧情,设计别具匠心的细节,经营细致的埋伏照应,从而使这个故事有血有肉,感人至深。

(二)给定主旨的创作

给定主旨的创作比较常见,投资方往往给出一个相对明确的主旨方向,创作素材相对较多,可供创作者较为自由地选择。例如,中国电影自改革开放以来就有多部主旋律电影的命题式创作,主旋律电影的创作往往动用大量的电影资源,聚焦重大历史事件和历史人物,弘扬主旋律,这是中国电影史上最大的命题式创作。主旋律电影创作取得的成绩引人注目,20世纪90年代的《大决战》、历史人物传记电影《周恩来》《孔繁森》《离开雷锋的日子》等都取得了较好的市场反响,赢得了普通观众和学者的肯定。21世纪以来,《建国大业》《建党伟业》等主旋律电影实现了票房和艺术的双丰收,特别是作为新中国成立60周年献礼影片的《建国大业》,电影票房突破4亿元,创史上主旋律电影票房新高。2020年,是我国主旋律电影又获丰收的一年,《八佰》《我和我的家乡》《金刚川》《夺冠》获得空前瞩目,其精雕细琢的剧情以及横切面式、集锦式的创作手法让人耳目一新。

主旋律电影的创作主旨非常明确——弘扬主导意识形态:“主旋律概念的核心是坚持社会主义制度,信仰共产主义,以马克思主义为指导思想,以中国共产党为领导核心,这些形成了社会主义核心价值体系,后来又加入了继承民族优秀传统,倡导爱国主义精神,学习一切优秀文化等内容,形成社会的主导意识形态。”①在这一宏观主旨下,主旋律电影一般选择教科书上有定论、不存疑的史实,即便这样,也有太多的素材可供创作使用,如何选择素材、构建故事成为创作的核心内容。

第六代导演管虎是主旋律电影创作的代表性人物。就票房来说,《八佰》票房超过30亿元,创下了主旋律电影的票房纪录,成为票房和口碑双丰收的电影。

首先,这部影片的主旨具有强烈的当下意义。我国已经告别贫弱走向富强,国际形势复杂,国内思想开放且多元,面对逐渐远去的战争和湮没在历史尘埃中的英烈,我们应该怎样去纪念和凭吊?这部影片以1937年淞沪会战为背景,讲述了发生在苏州河两岸的悲壮故事,真实生动地为观众上了一堂爱国主义教育课,同时提醒人们,不忘初心,方得始终。

其次,在构建故事方面,《八佰》并不平铺历史,而是运用精湛的编剧技巧,将全民抗战的

① 胡克.中国当代电影理论与实践[J].当代电影,2009(7):33-38.

主题融入独特的人物形象和精心设计的故事情节中。《八佰》构建了一组贯穿始终的冲突——日本侵略者入侵与四百孤军的拼死抵抗。这一冲突被放置在国际观察员的望远镜中和隔岸观火的租界众生注视下，苏州河两岸构成了看与被看的叙事对照，战士们的人性蜕变与英勇赴死，各色民众的觉醒与行动，使这部电影的主题超越了单一的正邪对立，有了丰富的人性深度和独特的教育意义。

最后，在组织情节方面，这部电影将上海四行仓库作为整个淞沪会战乃至我国整个抗日战争的切入点和缩影，以多样的人性展示、激烈的战斗对抗为创作重点。历史人物首先是人，因此，所谓“人性化”，其实就是去掉政治包装，去追寻每个人内心深处作为人的那种共性。于是我们看到了在战争中成长为真正战士的“端午”、胆小如鼠的“老算盘”、爱吹牛最怕死的“瓜怂”，他们成为打动观众的人物形象。

给定主旨的创作，十分考验编剧的技巧和能力。它需要创作者深挖素材，充分运用编剧技巧，使创作素材和创作主旨的结合符合剧本创作的规律，不能让剧本成为主旨的传声筒。

综上所述，命题创作是编剧经常面对的创作类型，无论是给定内容还是给定题材，对于编剧来说，这种创作不能偏离编剧的基本规律，其创作的最终目的是，在既定规则下，“戴着镣铐跳舞”，运用编剧技巧，精心架构故事、设计人物，使之成为鲜活生动又主题突出的优秀作品。

二、生活体验式主题创作

生活体验是编剧个人化的生命体验，这种人生体验不仅包括编剧个人亲身经历过的、亲眼看到的生活经历，还包括编剧在日常生活、学习中从各个途径观察到的、听说的他人的生活经历。对自身和他人生活经历有意识地反思和感悟，既可以扩大创作者的阅历与视野，也可以丰富创作者对社会人生的深刻体察。一个没有丰富人生经历和深刻人生见解的编剧，即使他拥有娴熟的编剧技巧，能够编写出符合剧作规则的作品，顶多也只能算作一个“编剧匠”。

对于初涉剧本创作的新人来说，编剧的技巧和规则是他们热切关注、渴望学习的“真经”，但是，在成为一个合格的编剧之前，编剧素养的准备至关重要，所以，任何一个准备成为编剧的人，都应该首先叩问自己，审视自己的能力和阅历，是否符合一个编剧的基本条件。

个人的生命体验是个人创作的主要来源，这是艺术创作的基本规律。任何一个艺术作品，我们都可以指出它和外部世界的关系，它的社会意义、人文背景等。任何一个艺术作品的成功，从创作角度来说，都是艺术创造者艺术地传达个人的人生体验的结果。一个个艺术形象栩栩如生，不是因为艺术家用技巧创造了它们，而是艺术家把个人情感倾注其中，把生命体验用技巧固化在艺术材质上。艺术家最终要唤起的，不是欣赏者对艺术技巧的惊叹，而是深切的人生共鸣。

(一)直接生活经验的体察

生活是艺术创造的源泉,但艺术并不直接起源于生活,而是源自创作者对生活的感受和思考。"世事洞明皆学问,人情练达即文章",编剧不仅要体验生活,更要在体验中善于反思。一个没有人生阅历和人生见解的编剧,他的剧作不会蕴含深刻的人生思考,只会流于表面。

艺术创作者是不可能闭门造车的。他必须有丰富的人生体验,要尽可能多地去经历人生的酸甜苦辣,审视人间百态,接触不同的人和事,这样他才能积累丰富的人物形象和故事素材,为创作打下深厚的生活基础。编剧创作剧本,必须源于生活且高于生活,所以,直接生活体验对编剧来说至关重要。编剧创作一个个场景,源于他对自己生活体验的描摹和传达;编剧塑造一个个人物,可能是他的生活经验提供了原型。编剧乐于写那些打动自己的人和事,因为这样的人和事才有可能打动别人。编剧追求生动的故事和丰富且有真实感的场景,而这些都可以从直接生活体验中获得。

我们可以从影视剧的发展历史上看到,丰富的人生经历或特殊的从业背景,往往能够给创作者以丰富的创作素材,激发创作者写出优秀的剧本。例如,由马克·鲍尔编剧,凯瑟琳·毕格罗执导的美国电影《拆弹部队》,讲述了一组美国拆弹专家被派往巴格达执行任务的故事。影片获得第 82 届奥斯卡金像奖最佳影片、最佳导演等 6 项大奖。这部影片采用纪实性手法展示了美国专家在伊拉克战争中的拆弹工作,生动且极富真实感。这部电影的成功与编剧马克·鲍尔的人生经历有密切关系。马克·鲍尔是新闻记者出身,他曾跟踪报道过美国军队中的爆破组。独特的职业经历,使他在创作《拆弹部队》的剧本时,具有一定的专业技术水准,能够对 EOD(爆炸物处理控制中心)展开细致而专业的描述,这一点十分吸引观众。

当然,不是所有的编剧都能有马克·鲍尔那样的行业背景和职业经历,很多剧本也并不需要特殊的行业背景,剧本创作需要作者创造条件,有意识地积累创作素材。2021 年春节档电影《你好,李焕英》,以女儿贾晓玲穿越回 1981 年,与自己的妈妈成为姐妹,智斗妈妈的"死对头"为主要内容,在喜剧的外衣下包裹着一个温暖的亲情故事。这部电影的创作主要缘起于导演兼编剧贾玲对母亲的怀念,其中的一些故事和桥段是导演的亲身体验,感情真实且真挚。心理学家格林斯潘认为,一个人的艺术观念和艺术造诣都源自儿童时期的情感经历,一个人的童年决定了他一生的情感色彩,回顾和发现剧作者童年时的感受和情感诉求,往往能够发现剧作者独特的自我意识和主体意识,这是剧作者进行情感表达的原始动力,那些在创作中迸发原创性的情感片段,往往可以成为剧作的神来之笔。

所以,一个剧作者应该发现自己,发现那些能触发个人强烈情感的素材。可能这些素材并不是重大事件,甚至在个人人生经历中并不很起眼,但是只要能触发个人情感,就是非常重要的情感素材。在影视作品中,带有自传色彩的作品比比皆是。2012 年上映的青春题材电影《那些年,我们一起追过的女孩》曾经斩获台湾金马奖多个奖项,导演九把刀在这部影片中真诚地回顾了自己的初恋故事。但是,这部影片并没有停留在个人化的自我表达层面，而是推而广之，传达出千千万万个正处于青春懵懂期的男孩女孩的行为和心理，传达出对美好青春的怀念和感悟。这些作品启发我们，创作不是个人生活的记录，而是经过复杂的创作加工，个人私密的人生体验与创作技巧相互碰撞与融合，最终形成一部独具特色的作品。

对于剧作者而言，个人直接的生命体验是剧本创作的直接源泉，需要他细心地发现生活，用心感受生活，通过复杂且独具个性的创作心理，构建个人的素材库，凝练主题，为创作提供丰富的素材。所以，一个编剧要想使自己的剧作"有生活"，他必须去体验生活，从生活体验中反思、提炼，为剧作提供扎实而丰厚的生活素材、情感及思考。

（二）间接生活体验的获得

囿于个人经验的有限性，创作者不可能只写自己的生活经验，还需获取更多的主题与选题来源，因此就需要不断地进行间接生活经验的搜集与关注，对发生在自己身边以及通过他人、各种传播媒介讲述的故事予以关注，进行深入思考。这种间接生活生活体验可以是无意识的，创作者每天吃饭、睡觉、工作、旅行，所见所闻和所思所感都可以成为剧本的素材；生活体验也可以是有意识的，他为了创作特定剧本，去进行实地考察，有意识地收集相关素材。

那么，哪些素材是对创作有用的呢？创作者该如何取舍素材呢？

第一，剧作者要从情感出发，挖掘能够触动个人情感的素材。

任何一门艺术都是以人为核心的，影视艺术更是如此，因为这些作品就是人类活动和人类情感的缩影。希区柯克曾经说过，电影是被剪辑了的人生；剧作家也曾慨叹人生如戏。剧作者应该认识到，自己是剧本创作的主体，收集和研究素材的最好对象是自己；最好的人物素材，就是对自身经历的回顾与反思。

人生是一个漫长的过程，剧作者的社会体验、人生感受都是丰富的素材库，能够触动个人情感的素材，是剧作者最主要的财富，这些素材往往能够让剧作者找到创作的"感觉"，激发创作灵感，激荡创作感情，体味创作带来的快感。2018 年上映的《我不是药神》改编自 2015 年广受关注的"陆勇案"。《我不是药神》的编剧韩家女创作这个剧本的灵感来自中央电视台《今日说法》栏目播出的一期节目《救命的"假"药》，"看这个节目的时候，我确实非常感动。然后我就觉得这个人物从他生病到最后被无罪释放，十几年的经历正好就差不多是一个电影的内容，量很足，不如自己写个剧本出来。……写剧本的时候其实比较平静，但当时看这期节目，包括搜这个人相关资料的时候，哭了好几次。我觉得他确实没有赚钱，好像乍一看不太符合逻辑，所以这个故事才独特才感人"①。编剧对《救命的"假"药》中的人物经历产生强烈的情感共鸣，准确地把握住《我不是药神》中在"救命"与"合法"之间艰难抉择的

---

① 《我不是药神》编剧韩家女：其实这个电影，挺主旋律[EB/OL].(2018-07-06)[2021-12-18].http://k.sina.com.cn/article_6166805925_16f91fda502000d413.html?display=0&retcode=6102.

主题表达,从而唤起更多观众的情感共鸣。“感觉”对了,剧本就会在这种“感觉”的驱使下,成为一个不完全受创作者理性控制的有生命力的东西喷薄而出,这一现象被西方著名心理学家荣格称为作品的“自主情结”。生机勃勃、感情充沛的剧本容易将情感传递给观众,从而引发情感共鸣。

第二,对素材进行意义的发现和深度的反思。

剧本的创作不仅需要情感的驱动,而且还需要理性的思考。理性思考的过程是将素材再加工的过程,这一过程是作者在发现、收集素材的基础上,通过自己的理性思考,将素材发酵、提纯,进行意义的生发和延展,最终形成有效的剧本素材的过程。

对素材的发现和思考的程度,取决于创作者的学养和感悟能力。著名剧作家孙祖平指出,“剧作者必须涉猎多学科知识,人文科学、自然科学、艺术科学诸领域的学识,或多或少、或深或浅,剧作者都应有所涉猎、有所知晓、有所储备,学识素养犹如空气、水和维生素,赋予一名编剧最为基本的职业素质;犹如金字塔的塔基,决定了一部剧本最为基础的艺术水准和境界层次。文化才情缺失者,其作品必定视野狭隘、精神贫乏、感觉迟钝、文笔枯涩”①。感悟力是决定剧作者对素材利用程度的一种能力。创作者对原始素材的感悟,能够最大限度地展示其学养和感悟力,为随后的创作提供丰厚的素材和思考。

剧作者对直接生活体验的思考,可以进行从片面到整体的阐发。剧作者在面对生活时,容易一叶障目,不见森林,因为个人能力所限,不能走遍世界,阅遍世事,但剧作者可以将事件进行从片面到整体的阐发和演绎,从个人经历中寻找群体的共性。人作为个体可能有千差万别,但人也有共性特征——生理的、心理的、社会的、文化的等,剧作者应该从人的普遍性入手,发现素材的整体意义,这样,他就能从一个独特的故事中提炼出人类的普遍情感和问题。在电影《贫民窟的百万富翁》中,电信公司茶水工阿里即将赢得电视台《谁会成为百万富翁》节目的高额奖金,却被主持人、警察怀疑他采用了隐秘的作弊手法才一路通关,正确回答了节目设置的各种问题,理由是医生、教师等高知阶层都不能正确回答这些问题,一个从小生活在贫民区的年轻人更不可能。电影通过个案故事展示出社会对生存于底层人的不公正认识、对不同身份地位的人形成的固化思维,引导观众从特殊个案走向普遍性的关于人类平等的反思。

剧作者对生活素材的整理,也可以实现从现象到本质的深挖。剧作者对自己获得的素材进行反思,深挖意义,对创作大有裨益。例如,人人都会面对生老病死、爱恨情仇等人生基本问题,所以剧作者可以做更深层次的挖掘。在影视和戏剧作品中,爱情和死亡是两大基本主题,但是,借爱情和死亡的故事,创作者可以演绎和生发出多种意义。美国电影《勇敢的心》通过中世纪苏格兰民族英雄威廉·华莱士的传奇爱情故事和悲剧性死亡结局,传达出对自由这一充满哲学意味主题的思考。

---

① 孙祖平.编剧专业怎样培养专业编剧:戏剧写作教学的理念定位和教程设计[J].戏剧艺术,2010(3):67-69.

无论是从情感角度还是从意义角度,剧作者对所获得的生活体验需要进行积累和思考,这种积累和思考非一日之功,需要剧作者养成职业习惯,日积月累,不断积淀从各种途径获得的创作素材。艺术创作源于生活且高于生活,创作不仅仅是对现实的复刻,更重要的是从芜杂琐碎的生活经验积累中提炼出更具普遍性的本质与特色。

三、审美感悟式主题创作

所谓审美感悟,是指创作者在日常生活经验的不断积累与思考中,对社会、人性、人生的认识从个别现象上升到本质性认知,从感性认识上升到理性把握,从而在更高、更宽广的层面上感悟社会、感悟人性、感悟人生。戏剧的舞台上上演着上下五千年的故事,电影、电视也讲述着历史的、现代的甚至未来的故事。作为包罗万象的艺术,影视剧、戏剧的创作要远远超出剧作者的人生经验,构思的故事可能并非来源于现实。在明代剧作家汤显祖创作的《牡丹亭》中,杜丽娘在梦中与书生柳梦梅相遇相知相爱,忧郁而亡,亡魂依然追寻梦中的爱人,这个具有奇特想象的缠绵悱恻的爱情故事脱离了现实生活逻辑,与明清时期盛行的程朱理学也完全相悖,但"为爱而死,为爱而生"的主题表达与匈牙利诗人裴多菲的诗歌"自由诚可贵,爱情价更高"在审美表达上具有穿越时空的共通性;杜丽娘与柳梦梅两人无论生死都要在一起,他们对爱情婚姻的执着追求,也是古今中外许多人对理想爱情婚姻的终极梦想。《牡丹亭》的故事脱离了现实生活经验的直接表达,是汤显祖在对爱情本质审美认知基础上进行的创作。

古今中外许多影视剧、戏剧所构思的故事并非源于现实,而是创作者在对社会人生具有审美感悟的基础上,以超常的想象力构建出的武侠世界、未来世界、玄幻世界。在这些与现实世界迥然不同的想象世界中,人物的生活方式不同、生存环境不同,但创作者对社会、人性的主题表达与现实题材是相通的。那么,剧作家如何延展自己的生命体验,进行更普遍、更深刻、更广阔的素材收集和主题表达呢?

生命体验的积累是复杂而长期的,剧作者除了大量积累创作素材外,还应对素材做初步的提炼和整理,对创作素材进行初加工。这种初加工不一定要形成完整的剧本,甚至可能仅存在于剧作者的脑海里,但它们是一个个鲜活的剧本基因片段,在合适的时候,会互相碰撞,相互组合,最终发育为成熟的剧本。一个优秀的剧作者脑海中必须有大量的剧本基因片段,这样他才能源源不断地创作出新的作品。一个剧作的初学者往往为写剧本而收集创作素材,成熟的剧作者面对创作任务,多数是选取脑海中储备的某个或者某几个剧本基因片段,在创作中为其赋予五官百骸,构建完整的成品。

一个剧作者应对所获得的有价值的创作素材做创作基因片段的构造,这个构造的过程,是从纷繁无序的创作素材中寻找规律,深挖意义。创作素材有了意义,就会与其他素材之间发生勾连,逐渐地素材就会形成一个个有意义的片段,它们如一粒粒种子,存储在创作者的素材库中,一旦有生根发芽的机会,就会成长为一个完整的作品。所以,我们会看到,有些作品是剧作者一挥而就的,这是因为,剧作者已经在创作之前有一个较为完整的主题和故事,遇到合适的机会,就会迅速赋予它具体的形态,成为一个完整的作品。

那么,剧作者应该如何对素材进行初加工呢?其实对素材的初加工,主要表现为对素材意义的发现,即创作者从大量原始素材中提炼出日后可能成为剧作主题的东西。

首先是沉淀。俗话说,当局者迷,旁观者清。剧作者是自己创作素材的"当事人",受到当时的情境所限,剧作者掌握的信息和收集的素材难免芜杂,甚至出现情感驾驭理智、素材偏离真相的情况。所以,剧作者要反复研究所获得的创作素材,对原本芜杂、无序的素材进行真伪求证,将其沉淀为不失个人色彩又经得起考证的素材。这些素材一经沉淀,就会存储在剧作者的记忆中,在日后的创作中如需提取它们时,就不必再进行事实的求证和意义的发掘。将原本意义模糊的素材进行意义的明晰和创作价值的筛选,能够帮助剧作者建立具有个人风格的素材库,这是剧作者最宝贵的创作财富。

其次是升华。升华是一种心理现象,对于剧作者来说,升华表现为剧作者面对人生突变,特别是巨大的人生痛苦和强烈的情感刺激时,能够将这种痛苦和刺激转化为创作动力或创作素材,进而创作出优秀的作品。正所谓"不愤不启,不悱不发",痛苦和苦难激发的强烈情感,往往可以转化为剧作者强烈的创作激情。例如,法国作家罗曼·罗兰曾经遭受失恋折磨,但是他努力将这种痛苦转化为写作的动力,他在日记中写道:"我明白,我能创作,我是自己的,一切属于我,包括我的那些锁链,我是我自己的各种痛苦的主人!"他以此为座右铭,很快从失恋中挣脱出来,立下了"不创作,毋宁死"的誓言,伏案十年,终于写出长篇巨著《约翰·克利斯朵夫》,蜚声世界文坛。[①]"累累的创伤,就是生命给你的最好的东西,因为,在每个创伤上面,都标志着前进的一步。"(罗曼·罗兰语)

最后是投射。经历了素材的沉淀和升华,剧作者在积累素材、凝练主题时,应该完成另一个关键的步骤:投射。在心理学意义上,投射是指一个人将内在生命中的价值观与情感好恶影射到外在世界的人、事、物上的心理现象。在文学史上,被自我投射的文学形象数不胜数。在意大利文学家但丁的《神曲》中,他将自己现实生活中并未终成眷属的爱人贝特丽丝塑造成一个带自己游历天堂的完美女性。在影视作品中,这种例子也俯拾皆是,如《少年派的奇幻漂流记》,海难之后的救生船上只有幸存下来的少年派与老虎、斑马、鬣狗、猩猩,在动物间的厮杀之后,派与老虎之间既相互提防对峙又相依为命,当老虎最终消失在丛林中时,派意识到"人生就是不断放下的过程,但最遗憾的是我们没有好好告别",《少年派的奇幻漂流记》借助在现实中不可能存在的奇幻故事,表达了人类极其复杂的情感。

生活远比剧本精彩,生活永远是影视剧、戏剧创作的主要源泉,剧本创作者必须去发现、去体验、去积累、去沉淀自己的人生体验,寻找那些触动自己的情感,激发自己创作热情的创作素材和主题元素,建立具有独特个人风格的素材库,只有这样才能使自己的创作有取之不

① 王伟,刘作军.中国教师心理健康手册[M].成都:电子科技大学出版社,2014:125.

尽、用之不竭的素材源泉。

【课程实训 1】

实训目标： 通过训练，能够完成命题式创作任务的主题构思。

实训内容： 请构思一个为新中国成立75周年献礼的电影主题，并简要写出主要故事素材。

【课程实训 2】

实训目标： 学会从直接生活体验中积累创作素材，并提炼主题。

实训内容： 1. 寻找并讲述你亲身经历过的最难忘的三件事，并说明你难忘的原因。

2. 从这三件事中提炼主题，要求主题简单明了，能用一句话概括。

【课程实训 3】

实训目标： 掌握从改编作品中提炼主题的方法。

实训内容： 根据教师提供的文学作品或真实事件素材，讲述你对这些素材的主题改编的构思。

第三节 主题与创意

对于文学艺术创作者来说，创意显得很神秘，它是稍纵即逝的灵感，它是激荡创作激情的原始动力，它是一种打破常规的神奇的精神，它是艺术家的才华和智慧的体现，它甚至是无法习得的天赋……那么，究竟什么是创意呢？被称为“世界创意产业之父”的英国著名创意文化产业专家约翰·霍金斯认为：“创意就是催生某种新事物的能力，它表示一人或者多人创意和发明的产生，这种创意和发明必须是个人的、原创性的，且具有深远意义的。换句话说，它就是才能和智慧。”①也就是说，无论一部作品发表与否，我们在创造它时就是创意使然的；无论发明使用与否，我们从事发明时也是有创意的。

创意无时不在。约翰·霍金斯指出：“创意是生命的一项基本要素。人们或许对许多基

① 霍金斯.创意经济：如何点石成金[M].洪庆福，孙薇薇，刘茂玲，译.上海：上海三联书店，2006：3.

本事物,如道德、社会行为、性、政治等,持有不同意见;但是,多数文化和宗教承认创意作为原动力的首要意义。他们认为,它可以使人兴致盎然,使事物生机勃勃。"①每个人都有某种程度的创意,不仅体现在各自的专长上,也体现在感知世界、了解世界的方式上,更体现在向世人显现我们各自的个性特质中。

但是,并不是每一个创意都能催生出足够优秀的文学艺术作品或足以改变我们生活的大小发明,剧本创作尤其如此。剧本的创作不仅需要创作者有创意,更需要创作者有将创意付诸创作实践,形成作品,并接受行业和市场检验的能力,这就使剧本创作显得尤为艰难。

一、什么是剧本创意

欣赏了某一优秀的戏剧或影视作品,我们会发现剧本具有某种意想不到的独特性,以及由此而产生的吸引观众的魅力,这时我们会感叹,这个剧本的创意真好。但是对于创作者来说,创意发生在剧本成型之前,是催生剧本的原始动力。

剧本创作者经常会面对一个又一个的创意,但是,什么样的创意是能够激发创作热情和灵感,最终被付诸创作实践的呢?约翰·霍金斯指出,创意拥有三个基本条件:个人性、独创性和意义。他认为,第一个条件是个人的在场。"在场"是一个哲学概念,它是指创意需要个人观察某些表面或深层的东西,然后让它们以在场者(创作者)独特的方式成型。独创性是指创造者赋予这一成型的事物以某种新的特质。最后,我们还要让创意有"创意的体现",即它必须切实可行,或者有能够被社会接纳或者承认的成果。

根据约翰·霍金斯的理论,一个成功的剧本创意,必须具备以下要求:

首先,成功的剧本创意,必须具有强烈的个性特征。一个成功的剧本创意,必须是创作者深入观察生活,并充分沉淀和升华生活经验而得到的具有独特视角和个性化色彩的创意。剧本创作面对的是一个"喜新厌旧"的创意产业,模仿和照搬不是这个行业成功的法则,而能让自己的作品具有强烈个性特征的主要方法,就是让自己成为一个能够独立思考、有个人见解和风格的人,并且能够让自己的作品独具个性化的书写方式,将自己的作品变成个性的延伸。成功的作品并非千篇一律,我们能够从成功的作品中,品味到不同创作者的人生态度和独特个性,这也是文学艺术作品的魅力所在。我们从但丁的《神曲》中读到了但丁由求而不得的爱情所感受到的痛苦的世界,我们从老舍的《四世同堂》《龙须沟》《茶馆》中感受到了老舍作为皇城根下一个平民所看到的老北京的悲欢离合,我们也能从孔尚任的《桃花扇》里感悟到他对家国兴亡的反思与感慨,更能从诸多电影中感受到时代的脉搏和个人的感悟,所以,成功的作品背后,总有一个独立且极具个性的灵魂在与我们坦诚对话。这个灵魂去掉了遮蔽在真相上的一切伪装,其有直面真实、追求真理的勇气,有运用艺术手段与我们进行深层对话的能力。

---

① 霍金斯.创意经济:如何点石成金[M].洪庆福,孙薇薇,刘茂玲,译.上海:上海三联书店,2006:21.

其次,成功的剧本创意,必须具有独创性。所谓独创性,是指剧本的创意是全新的,可能是一个无人涉及的领域或题材,也可能是创作者对某一事件或真理全新的甚至颠覆性的发现或感悟。这类剧本主要有两种类型:一为对政治、道德等禁忌性题材的创作。该类型以《感官世界》等影片为代表,这类影片往往因其禁忌性话题而备受争议。二为创造了某一全新类型的创作。如《月球旅行记》对科幻电影的开创意义,《诺斯费拉图》将吸血鬼题材创作引入电影等。但是,对于剧本创作来说,极少会有某种全新的创意或题材,创作者应对已有的题材或创意进行再创新,赋予其新的特性。对于创作者而言,某些题材,如战争和爱情,经久不衰,创作者需要寻找新的故事素材,赋予这些新的故事素材以独特的见解。需要强调的是,所谓独创性,并不一定依赖某一个人的创作。剧本的创作,尤其是影视剧本的创作,往往是一个群体行为,有时需要多位编剧集体创作,有时也需要听取导演或者原创者的意见。不过,最核心的问题是,剧作必须有区别于其他剧作的独特个性。

最后,成功的剧本创意,必须符合行业运作要求,并催生出成功的作品。从根本上说,剧本不是一个独立的艺术形式,它不像小说、绘画那样,一旦创作完成,就成为一部完整的作品,剧本需要在舞台上、镜头前进行最后的呈现,并接受观众的检验。所以,一个优秀的剧本创意,必须充分了解行业运作规律,有较为合理的行业预测和较为准确的观众定位。这就要求创作者不能天马行空地创作自己的作品,必须有一定的行业经验,这样才能保证剧本创意能够付诸创作,并最终成为完整的作品。

二、剧本主题的创意原则

剧本的主题是决定剧本成功的关键。剧本的创意,其实是解答剧本写什么的问题。那么,究竟如何在剧本的主题上寻求创意呢?

首先,在剧本的主题上寻找创意,可以写人人都要面对的普遍性问题,但要富有独特的个人视角和见解。综观中外影视和戏剧创作,成功的作品往往直面人生最普遍、最根本的问题,例如生死、爱情、自由、平等。古往今来的创作者围绕着这些最基本的问题,展开了富有个性的思考,并用一个个艺术作品来展示自己的体悟。莎士比亚在《哈姆雷特》中借哈姆雷特之口,追问生存和死亡。洪昇和孔尚任用爱情故事来表达他们对政治、死亡、家国的丰厚感悟。话剧《雷雨》用一个家庭复杂的伦理和爱情关系,展示曹禺对爱情和死亡、社会和人生的独特感受。占据电影创作近三分之一的爱情题材经久不衰,一个个鲜活的爱情故事展示着人间百态和悲欢离合。总之,剧本可以写大家都关注的普遍性问题,但是面对这些经久不衰的话题和故事,创作者要靠独特的个人感悟来获取观众的关注和认可,这要求创作者非常清楚自己需要处理的主题是什么,哪些主题是创作者最为擅长、最有个人特征的,哪些主题是观众最为关注,能够引起观众深层情感共鸣的。然后,创作者凭借个人创作技巧,将这一主题完善成为一个主旨深刻、故事独特的完整作品。

其次,在剧本的主题上寻找创意,传达独特的人生感悟和个人情感。任何艺术创作都是人类个体之间“情感传递”的产物,艺术家与鉴赏者可以通过艺术作品这种载体进行情感交流和传递。在艺术创作史上,与诗歌、绘画、舞蹈等艺术形式相比,去除了艺术技巧和创作方式的遮蔽,戏剧和影视作品是最直接的情感交流形式。特别是影视作品,借助大众化的视听语言和逼真的再现式表演,它们与观众的交流更为直接和深入。与剧本的显性呈现——故事相比,情感是一个剧本的隐性逻辑和内在框架,剧本的情感传达是剧本创作中相对独立,创作者需着力为之的重要环节。

剧本创作者需要一股强大的心理能量鼓荡情绪,激发灵感,这种心理能量往往就来自个人的人生感悟和独特的情感。这种心理能量的引擎一旦启动,则贯穿创作的始终。它促使创作者将复杂而丰富的人生感悟和个人情感凝结在一个完整的作品中,并使这个作品如沐浴甘露的花草,如健壮而野性的生灵,给作品以生机勃勃的灵气。灌注着创作者情感能量的作品能够感染观众,进而激发观众的情感共鸣或情理认同,实现情感和感悟从创作者经由作品向观众的转移。

但我们不能把创作冲动误认为是支撑创作者完成作品的心理能量。创作冲动是一种复杂的、模糊的但闪现着灵感的情感状态,在这种状态下,创作者往往能够突破某种创作局限,或者获得某种创作灵感。许多创作者在创作冲动的驱使下,匆匆下笔,可往往写出来的东西并不是自己想要表达的;有时甚至无从下笔,寥寥几笔后便意兴阑珊,无法继续写下去。

创作冲动往往被某些人认为是自己的创意迸发,但这种情感状态不能成为激发创作者完成作品的心理能量,这与创作所需要的情感状态有较大区别。

这是因为剧本创作者在剧本中所要表现的情感与普通人的自然情感(如创作冲动)有本质的区别。剧本中所需要的情感,不是模糊的、非理性的,而是经过沉淀的人生阅历,是经过升华的具有人类共通属性的情感,是经过感性情感的激荡和理性思维的梳理而形成的饱含感情的逻辑体系。这个逻辑体系的个人化特征特别明显,可能还会着意突出创作者的某些感性特征,如对某种事物的偏爱、对某种颜色或某一角色的痴迷等。这个逻辑体系最大的特点在于,它是一个自给自足的体系,它提出问题并极富个性化和感性色彩地回答这个问题,且逻辑清晰,意义明确。只有这样的情感体系才能撑起一个剧本的情感结构,而创作者为这样的情感体系搭建一个故事性的外衣,构建一个内容的实体结构,剧本的创作才能真正地实现和完成。

所以,真正的创意不在于激荡人心的创作冲动和某些片段的灵感,而是一个完整自足的、能够激发和孕育出完整作品的创作能量。

最后,在剧本的主题上寻找创意,要关注话题性人物和社会热点事件,但要有独立自足的主题体系。话题性人物和社会热点事件在传播过程中,已经被较为充分地解读和传播,创作者易于从事件本身汲取创作素材和创作灵感。例如,近年来一系列以打击毒品犯罪为题材的作品《毒战》《扫毒》《警察故事2013》等能够紧扣时代热点问题,将邪不胜正的传统主题与个人英雄、兄弟情义、国家大义等传统主题元素相碰撞,融合出新,颇有创意。又如,近年来的“打拐”题材系列影视作品也引起了大家的高度关注,《亲爱的》《失孤》等作品以真实事件和真实人物为依据,重点挖掘拐卖儿童引发的法律、伦理和情感的种种困境,不离热点且有人性深度。

关注话题性人物和社会热点事件,并不是要求创作者拘泥于现实的种种真实状况,而是将这些人物和事件编织成一个完整自足的主题体系,在这个主题体系中,剧本创作者要巧编故事,要用创作者自己的情感和体悟去装满故事这个“空瓶”。那种仅仅为了博人眼球而用真实人物和事件哗众取宠的作品,不会有激荡人心的情感,也不会被观众认可。

主题是一个剧本的核心价值和基本框架。剧本的创意,应该尊重并符合剧本创作的基本规律。我们强调剧本的创意,是希望剧作者能突破剧本创作的窠臼,去除蒙蔽在创作才能上的循规蹈矩,通过精彩的故事,与观众完成真诚的、直接的、有深度的情感交流。

【课程实训】

实训目标:掌握剧本主题创意的基本原则,能够熟练运用这些原则,进行剧本主题的构思。

实训内容:根据教师提供的创作素材,选择合适的艺术形式,并讲述自己的主题创意。

第四节 如何表达主题

剧本创作是一个复杂且系统的工作,需要创作者进行大量情感体验,有良好的内省、梳理和升华的情绪处理能力,更需要剧本创作者有良好的技巧修养,创作出符合行业创作规律且富有创意的作品。所以,剧本创作的学习不是一蹴而就的。单就生活经验和情感体验的积累而言,剧本创作就是一个长期且复杂的过程。初学者在创作时,难免会出现积累不够、反思不足、情绪难以自控的情况,加上编剧技巧尚不熟练,初创的作品往往难尽如人意,以下是剧作初学者在创作过程中出现的常见问题。

一、主题表达的常见问题

主题表达是剧作的核心问题。在创作过程中,剧作初学者出现的系列问题,往往都指向主题。以下几种问题较为常见:

(一)情感单薄,置身事外

我们常常听到初学者很苦恼地说:“我的剧本故事曲折,富有戏剧性,结构完整,节奏也较为合理,为什么就是不受观众欢迎呢?”在排除了受众群体是否定位准确后,此类问题的根源往往在于主题。

面对这样的问题,我们可以从主题角度自问:这部作品最感动我的是哪个段落?借助这个情感的高潮,我想表达一种怎样的个人情感或人生感悟?这样的个人情感或人生感悟是否能够激起大多数观众的情感共鸣?如果创作者在这一系列的追问过程中无法建立起一个完整的逻辑,那么就说明剧作的情感逻辑出现了问题,创作出来的作品就有“先天不足”的可能。也就是说,剧作的情感逻辑并不能支撑一个完备自足的作品,或者剧作者为了创作而创作,缺少与观众借由作品进行情感交流的欲望,情感这一激发创作的原始动力不足,从而导致作品情感单薄,缺少生气。

在创作过程中,有一些初学者往往从旁观者的角度去构建故事。如果让他去梳理自己的故事,他会说,他写的故事原型来自他人生中的所见所闻,那个人那件事如何而起,又如何而终,他会以旁观者的角度去讲述他写的故事。试问:创作者面对自己所写的故事都能置身事外,那么这个故事又如何会感动别人呢?无论这个故事的原型是来自直接生活体验还是间接生活体验,创作者所要表达的情感必须是自己的,是经过自己的咀嚼和沉淀、反思和升华而得到的人生体悟。无论借由谁的故事,都需要让观众感受到创作者情感的“在场”,感受到创作者自己的态度和评价。

(二)主题先行,空喊口号

初学者的创作往往是从给定主题的创作开始的。给定主题的创作,往往会与创作者个人化的人生体验有隔阂,这种隔阂产生后,创作者就不能深入体验主题所要传达的情感。然而为了完成任务,他往往会积极调动自己的编剧技巧,为一个自己不甚熟悉和擅长的主题创作作品。这样的后果是,主题和形式变成了贴合不到一起的“两张皮”,主题绑架了创作者的思维和技巧。为创作而创作,也会使剧作变得有断续之痕,甚至会出现空喊口号或离题万里的不良后果。

越来越多的编剧和教育者呼吁,对于初学者而言,命题创作并不是最好的练习方法,命题创作应该由经验丰富的资深创作者去完成。艺术创作的核心原则是以人为本,在编剧的培养过程中,教育者应该充分引导初学者认识自己,帮助他们归纳和整理自己的人生体验,引导他们学会内省和升华,挖掘他们的个性特征,并保护每个创作个体的创作个性。这样的教育方法看似“务虚”,实则有利于初学者掌握生成主题和表达主题的方法,且能够培养富有个性的创作者。

(三)主题模糊,琐碎感性

我们在倾听学生谈创作体会时,在带领学生进行作品分析时,往往会发现,学生不能明晰地提炼自己作品的主题,往往会用较多的语言去介绍“我想表达的是一种什么样的体会和感觉”，这种体会和感觉，往往是私密、感性甚至琐碎的。如果创作者自己都不是很清楚自己想要表达什么，那么受众就更不知所云了。

分析发现，出现此类问题的初学者，他们的创作情感往往是感性且片面的。也就是说，这是一种类似于创作冲动的情感，甚至仅仅是某种碎片化的“感觉”，还不能称之为剧本主题。年轻的创作者往往将自己的创作主题归纳为“初恋的感觉”“寂寞”“孤独”“被误解的痛苦”，而在处理这些感觉时，他们又过分迷恋和依赖激发自己这些感觉的某些私密体验或感性体验，从而陷入一种不能自拔的情绪状态中，他们在这种状态下最终完成了作品。

主题模糊或琐碎感性，说明创作者尚未学会主题的构思，没有掌握主题推动和贯穿创作的基本方法。如前所述，主题是一个复杂而独立的意义系统，它饱含个人因素，是创作者在自己的生命体验中发现了问题，并通过自己的剧作给出自己的答案。在这个过程中，创作者还要对自己的答案进行升华，由个体推及受众群体，力图与受众碰撞出情感火花。

二、主题表达的基本原则

创作本无定法，但是对于初学者而言，以下建议可做参考：

（一）简单明了，不蔓不枝

与其他文学形式相比，剧本的主题较为简单明了。文学作品特别是长篇作品，往往因为有较大的体量而能容纳更多的内容和细节，给读者丰富的阅读联想空间和审美感受。由于文学作品的阅读可以反复多次进行，所以留给读者咀嚼、思考主题和内容的时间较为充裕。剧本则不同，考虑到剧本服务于戏剧、影视剧等艺术形式且更强调娱乐性特征，这些艺术形式相对通俗易懂，并不需要观众掌握特殊的、需要经过学习和锻炼才能获得的鉴赏技巧。另外，在欣赏方式上，戏剧和影视作品的鉴赏一般是一气呵成、极少反复的，故事、人物、细节往往不可能多次回味和鉴赏，所以，戏剧和影视作品的主题必须能被观众尽快把握，这就要求剧作的主题贴近大众的鉴赏水平，能够在一个完整的演出周期内被观众所理解。在这一点上，中国传统戏曲理论多有强调，具有代表性的是清代戏曲创作者和戏曲理论家李渔。李渔认为，一个剧本除了应该“立主脑”，即寻找可以构建戏曲结构的“一人一事”这样的故事主线外，还应注意“减头绪”，即突出主要矛盾，删除与情节无关或关系不大的繁芜枝节及“旁见侧出之情”。此说对明代以来一些传奇越写越长、枝蔓杂芜现象很有纠正作用。在影视创作领域，电影编剧理论家悉德·菲尔德曾经指出：“一个电影剧本就像一个名词——指的是某一个人在某一个地方去做他或她的事情。这个人就是主人公，而去做他或她的事情就是动作。当我们谈论电影剧本的主题时，我们实际谈论的就是剧本中的动作和人物。……每个电影剧本都把动作和人物加以戏剧化了。你必须清楚你的电影讲的是谁，以及他或她遇到了什么事情。这就是写作的基本概念。”①悉德·菲尔德还认为:“当你能够通过动作和人物,用寥寥数语说明主题时,你就开始扩展到形式和结构的要素了。也许刚开始时,你要用好几页纸去叙述故事,而不能一下子抓住基本要点,你也不会把一个复杂的故事压缩为简单的一两句话。别着急!只要坚持做下去,你渐渐就能明确地说明自己故事的思想。这是你的责任。如果你不知道你的故事说的是什么,试问,那还有谁知道?是读者还是观众?如果连你自己都不知道自己要写的是什么,那怎么能期望别人知道呢?”②

剧本主题简单明了,并不是要求作者简化自己的故事或者降低作品的思想高度。一个成熟的剧本的主题是一个凝结了创作者人生体悟的心理能量,并且这一心理能量能够用一个简洁且富有张力的故事予以承载和表达。在真正进入创作阶段后,这一主题能够被不断地延展和丰富,最终形成一个完整的故事。

对剧本主题的这一要求不仅适用于构思阶段,同样也适用于创作阶段。在创作阶段,创作者应该时时围绕自己的创作主题进行故事的拓展,使自己在创作过程中,掌控作品的情感主线和故事主线,围绕情感主线和故事主线取舍素材,编写故事,这样才能够保证自己的剧作主题既清晰明了又曲折动人。

当然,不同体裁的剧本对主题的要求也不尽相同,例如多集电视剧或话剧因为体量相对较大,所以主题的容量较大,能够允许主题延展出较为丰富的内容,而电影和其他体量相对较小的剧本,对主题的要求更高,要求作品的主题更加明确,故事主线更加清晰,戏剧性更强。这需要创作者根据自己的创作特长和既定要求,对主题进行符合创作规律的把握。

(二)藏头露尾,贯穿始终

主题之于创作,应如鱼得水,主题为鱼,内容为水,鱼在水中应能自由灵动地畅游。主题之于创作,也应如清代著名戏曲家孔尚任论《桃花扇》:“剧名《桃花扇》,则桃花扇譬则珠也,作《桃花扇》之笔譬则龙也。穿云入雾,或正或侧,而龙睛龙爪,总不离乎珠,观者当用巨眼。”③游龙戏珠,穿云入雾,始终不离侯李二人的曲折故事这一情感主线和叙事主线。在具体的创作过程中,创作者应运用各种编剧技巧,对主题的处理可扬可抑,可将语言、情节、细节等着意突出,也可多生波澜,巧妙迂回,但总应把握“不离”“不弃”的基本原则。所谓“不离”即在构思剧本的具体细节、推动创作时,时时把握创作的故事主线和情感主线,避免偏离或者相悖的内容干扰创作。所谓“不弃”,即在创作的时候,虽然可以增添人物,设置曲折离奇的故事情节,但不能离题万里,甚至出现背离主题的“跑题”现象。

① 菲尔德.电影剧本写作基础[M].鲍玉珩,钟大丰,译.北京:中国电影出版社,2002:19.

② 菲尔德.电影剧本写作基础[M].鲍玉珩,钟大丰,译.北京:中国电影出版社,2002:20.

③ 孔尚任.桃花扇凡例[M].北京:人民文学出版社,1959:11.

（三）着意强调，技术性突出

在创作过程中，为了使主题更加明晰且利于观众理解和把握，创作者往往需要对主题进行着意强调或突出，运用编剧技巧，对作品结构、人物语言、叙事线索、情境与氛围、叙事细节等进行精心构造。例如孔尚任的代表作《桃花扇》，创作者设置了“桃花扇”这一意象。首先，桃花扇是贯穿侯方域和李香君悲剧故事的叙事线索，见证了二人坚贞不渝的爱情，在叙事上也起到了勾连生和旦两条叙事主线的作用。其次，桃花扇又是剧作的情感主线，李香君为了保持气节，血溅桃花扇，这一极具张力的情节是全剧的情感高潮和叙事重心，倾注了创作者的个人情感。李香君血溅扇面，被文人点染成为桃花，不仅突出了南明王朝缺少忧患意识、醉生梦死的社会心理，而且也隐藏着对文人只将贞烈之事作为娱乐消遣现象的批判。所以，桃花扇不仅是该剧的叙事线索，也是作者创作主旨的集中体现。又如，著名话剧《雷雨》，通过营造雷雨到来之前闷热的戏剧情境，来设置整个故事的叙事氛围，用这样一种闷热来隐喻旧式家庭对人性的压抑，甚至让人产生对整个社会氛围的联想，具有一定的社会批判意义。在《雷雨》的第四幕，随着雷雨的到来，整个旧式家庭悲剧性覆灭，体现了创作者对旧伦理、旧社会的批判，对革命的深切呼唤。

当然，不同的艺术形式需要不同的艺术呈现方式，影视创作应该符合影视艺术的创作规律。在电影中，创作者往往通过创造性地设置结构，使用色彩、剪辑、语言、细节等来突出主题。例如，在中国第三代导演谢晋的电影《牧马人》中，古诗《敕勒川》就以主题曲和叙事线索的方式多次出现，创作者借助这首古诗来描写主人公许灵均在西北祁连山下的生活环境，也用这首古诗表达许灵均对祖国大好河山的深沉热爱。

综上，创作者在完成剧本构思，进入具体创作时，应该时时注意主题的呈现和表达，熟练运用各种编剧技巧，力图让自己的主题为观众所接受，且无突兀之感。

（四）如盐在水，不着痕迹

创作者在进行创作时，受个人能力和创作熟练程度所限，有时会过分强调主题，造成叙事和主题这“两张皮”贴合不到一起的现象，或是空喊口号，故事空洞乏味；或是故事与主题相背离，有生拉硬扯之嫌。

主题与叙事的理想关系，应该如盐在水，不着痕迹，呈自然而然之态。首先，这要求创作者进行充分的构思，深刻且全面地把握主题，尽量周延地思考主题，这样才会对主题的把控更加自如，在主题的表达过程中不会出现犹豫或者矛盾的现象。其次，创作者应该具备丰富的编剧经验和技巧。有了较为丰富的编剧经验和技巧，在具体的创作过程中，才能对主题的表达收放自如，自然流畅。

主题是一个剧本的核心问题，是创作者在作品构思阶段所要解决的主要问题。主题的构思与创作者独特的生活体验有密切关系，应该体现创作者的个性化特征。当下，剧本创作面临很多新的挑战,新的创作方法层出不穷;随着技术的进步和商业环境的改变,创作环境也较为复杂。在这么复杂的创作条件下,剧本创作者尤其是初学者,更应该遵守创作的基本规律,深入体验生活,深思熟虑,进行个性化的思考,将主题淋漓尽致地体现在剧本中,使自己的创作能够体现个人特色和社会价值。

【课程实训】

实训目标: 了解初学者在主题构思方面容易出现的错误,掌握剧本主题表达的基本方法。

实训内容: 1. 根据教师提供的剧本,分析该剧本在主题构思方面的问题。
2. 为该剧本的主体构思提出解决方案。

第三章
剧本结构

剧本结构是创作者为了实现表达审美理念、叙述事件、塑造人物形象等目标,将分散的写作内容按照一定的思维方式组织成相对完整的顺序层次,对其进行有序搭配排列的构造方式。现实生活多姿多彩、复杂多变,观众对艺术的需求品位多种多样,创作者自身的审美理念与创作才能参差有别,由此对剧本创作的影响是:即便是类似题材的剧本,由于剧本结构的设计不同,观赏效果与艺术效果有可能会产生很大的差距。从剧本的内部逻辑结构来看,可以划分为戏剧性结构、时空结构、串珠结构、情境结构、套层结构、拼贴式结构、非戏剧性结构等;从剧本的外部形式结构来看,剧本的开端、结局、线索等都是在设计剧本结构时创作者需要考虑的问题。

第一节　内部逻辑结构

所谓结构的问题是指一种系统的建构,它是极其复杂的构成层次和构成方面的有机统一。如果以建筑做类比,剧本写作中的题材类似于现实生活中建筑工地的砖块,砖块根据不同的结构设计,它有可能构造成高楼大厦,有可能构造为低矮平房,也有可能是铺在地面的小道,甚至是一些造型奇特的装置。剧本的题材根据不同的结构设计,也会产生不同的效果,题材本身的质量好坏是决定剧本质量的重要因素之一,给这些题材设计恰如其分、新巧别致的结构方式是剧本精彩与否的一个重要考量。

从内容角度来看,根据影视剧、戏剧本身是否具有人们观念中的常规性结构设置方式,可以分为有意义结构和无意义结构。有意义结构是指具有一定的情节,或者按照人们能够理解的逻辑关系呈现人物或事件而设置的剧本结构。大部分影视剧、戏剧的结构都属于有意义结构。无意义结构特指那些纯粹形式的呈现与探讨,毫无实际的内容,强调纯粹视觉性的结构方式,如抽象派画家 H. 里希特以长方形和正方形的跳跃变化为拍摄内容的短片“节奏”系列,法国的莱谢尔以景象与一些生活物品随意组合为拍摄内容的《机械舞蹈》等。这些所谓的无意义结构主要探讨了摄影技术的各种非常规运用、不同镜头随意组接的可能性。无意义结构不是真正的没有意义,它虽然脱离了生活中人们对事物的常规理解,但它注重的是一种形式上的探索。这种极端的形式探索实际是一种观念上的革新,形式的革新从深层次来说也是观念的革新。

从理论上而言,写作是一种无拘无束的自由状态,因此剧本结构也应当具有无穷的结构分类,但这并不意味着剧本的结构方式是任意而为的。从总体上看,大部分剧本的有意义结构具有一定的规律与规则,"或问文章有体乎?曰:无。又问无体乎?曰:有。然则果如何?曰:定体则无,大体则有"①。囿于观众的接受习惯与情节事件自身的特点,有意义结构主要包括戏剧性结构、时空结构、串珠结构、情境结构、套层结构、拼贴式结构、非戏剧性结构等。

一、戏剧性结构

在剧本的创作中,戏剧性结构是最常用的结构思路。戏剧性结构围绕着某个事件或者人物以线性顺序表现故事冲突,具有明确的故事开端、中段、结局,按照开端、发展、高潮和结尾四个阶段来进行故事的结构设置。悉德·菲尔德认为,戏剧性结构就是"对一系列互为关联的事变、插曲或事件进行线性安排,最后导致一个戏剧性的结局"②。

戏剧性结构剧本是按照人们熟悉的开端、发展、高潮和结尾的形式进行传统意义上情节的结构安排,主要由三幕构成。所谓幕,是指由一个或多个段落组成的具有共同目标的单位。戏剧性结构第一幕为开端部分,它主要完成剧本故事的建置目标;第二幕为中段部分,主要围绕核心事件或核心人物进行对抗性的故事设置;第三幕为结局部分,包括故事的高潮与结尾。戏剧性结构剧本方式如图 3-1③ 所示:

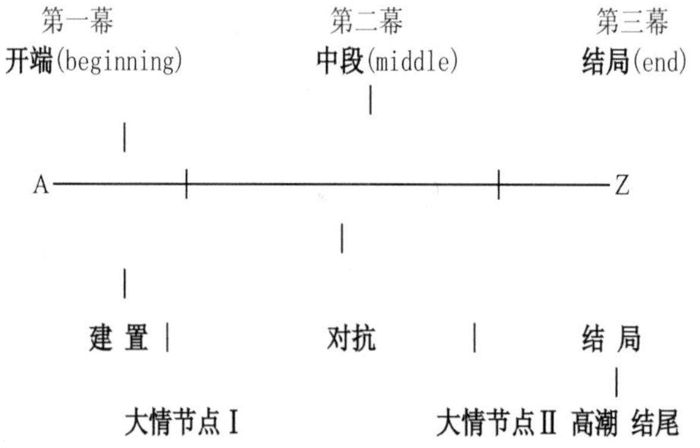

图 3-1　戏剧性结构剧本方式

---

① 郑乃藏,唐再兴.文学理论词典[M].北京:光明日报出版社,1989:209.

② 菲尔德.电影编剧创作指南[M].2 版.魏枫,译.北京:世界图书出版公司,2012:21.

③ 菲尔德.电影剧本写作基础[M].2 版.钟大丰,鲍玉珩,译.北京:世界图书出版公司,2012:74.

(一)剧本的开端

剧本的第一幕即故事的开端部分,它大概占整个剧本四分之一的时间,需要完成对故事的建置任务。开端的建置部分包括故事的基本建置和第一大情节点的建置。基本建置主要完成剧本主要人物介绍、环境介绍等任务,第一大情节点的建置主要完成中段和高潮——故事冲突——的主要方向。

在剧本开头部分,需要尽快完成如下任务:谁是主人公?故事的主要人物是谁?人物之间的关系是怎样的?主要人物活动的具体环境如何?剧本大概要讲关于什么的故事?发生了什么突发事件导致了故事的产生?在电影《小鞋子》的前几分钟,我们就看到了作为主人公的小兄妹二人:哥哥阿里和妹妹莎拉。电影从第一个场景开始就不断地暗示故事展开的情境,即阿里家窘迫的生活境况:在集市的修鞋摊上修补妹妹那双已经破旧的鞋子、阿里买菜时卖菜者不允许阿里挑选较好的土豆、阿里在卖菜者的抱怨中低声下气地请求赊账、回家后妈妈与收房租者的争吵等,无不暗示了阿里家贫困无比的现实生活;故事的第一个镜头就是修鞋者手上妹妹莎拉那双千缝百纳的小鞋子,提示出故事将要围绕着这双小鞋子展开,第一个段落就叙述了故事的突发事件——阿里不小心将妹妹补好的鞋子弄丢了。不到 10 分钟的时间,电影就将故事的基本建置部分大体完成了。

在开端的结束部分,还需要有第一大情节点的构思。所谓情节点,是指在故事情节的发展过程中,将过去的故事轨迹引到另一个方向的事变或者事件上。在许多观众看来,影视剧、戏剧之所以好看,并不一定因为它们是对现实社会的真实反映,也可能是因为特有的跌宕起伏、引人入胜的故事情节。它们虽然与现实社会不同,但能带给观众一种在现实生活中不可能经历的、梦幻般的奇异之旅。剧本情节的跌宕起伏得益于剧本情节点的设置,当故事沿着一定的方向推进时,突然出现一个事变或事件改变了剧中人物的生活或某个事件的正常走向,使人物的生活或事件的方向发生转变。剧本中大大小小的情节起伏都得益于多个情节点的设置,情节点的设置使得情节变幻莫测、引人入胜。

第一大情节点比一般的小情节点更加重要,它不仅改变了事件原来的方向,还引出了影片比重最大的部分——剧本中段对抗部分的情节冲突,它指引了剧本故事的主要走向。在电影《小鞋子》中,如果妹妹莎拉的鞋子没有丢失,那么阿里兄妹的生活会和以往一样拮据而平静,但是妹妹这双破旧的鞋子不慎丢失,打破了生活的这种平衡,让他们不得不开始面对妹妹没有鞋子上学这个严酷的现实,因此“丢鞋子”的段落,就是编导精心设置的一个情节点。当阿里寻找鞋子而不得之后,兄妹二人开始商量如何解决这个困境,告诉父母亲吗?两人一致认为,即便父母知道这件事情,除了被爸爸打一顿之外,父母根本没有能力为妹妹再买一双新鞋子。于是阿里建议,妹妹和他共穿一双运动鞋,两人换鞋轮流上学。莎拉无奈之下只得同意。“商量换鞋上学”这个段落就成为改变兄妹二人生活方式的第一大情节点,它引出了影片的中段对抗部分的情节冲突,不仅让阿里这个好学生上学屡屡迟到,而且还使阿里不得不放弃在闲暇时间与小伙伴踢球这个几乎是他生活中唯一快乐的事情。

在宫崎骏导演兼编剧的动画片《千与千寻》中,千寻和她的父母不慎迷路误入由汤婆婆控制的灵异世界,进入一家无人的奇特酒店,父母吃了酒店的食物之后变成了猪,千寻惊吓之余,决定留下来拯救自己的父母。父母变成猪这个事件改变了千寻过去由父母照顾的生活轨迹,从这个事件之后,开始转变为千寻拯救父母的故事。这个事件就是影片的第一大情节点,它改变了人物以前的生活方向,引出了剧本的第二幕——对抗部分的故事设置。

(二)剧本的中段

剧本的第二幕——中段的对抗部分,大约占整个剧本的二分之一时间,它是剧本的主要部分。在这一幕中,主人公会有一个比较明确的需求目标,剧本情节构思的目标是让主人公在实现这个需求目标的过程中,不断遇到各种各样的阻碍,从而形成戏剧冲突。在《千与千寻》中,千寻在中段部分的主要需求是留在由汤婆婆控制的灵异世界中拯救自己的父母。在千寻努力争取留在这个世界的过程中,遇到了来自不同方面的障碍,从而形成了各种各样的冲突,精彩的情节便在不同的冲突中呈现。

人物为了实现自己的需求目标不断遇到各种障碍,于是冲突纷呈迭现。根据形成障碍的对象不同,大致可以进行三类情节冲突的设置:由外在环境造成的冲突、来自对手的阻碍形成的冲突和来自人物自身的障碍形成的冲突。

由外在环境造成的冲突既包括自然环境的障碍,如地震、水灾等自然灾害,美国电影《龙卷风》《2012》等都是以自然环境的障碍作为主要的故事冲突;也包括生活环境的障碍,如《小鞋子》中莎拉穿着阿里的大运动鞋拼命奔跑回家时,不小心鞋子掉进排水沟导致了阿里上学迟到;还包括时代大环境所造成的障碍,如在电影《归来》中,男女主人公的别离是由于陆焉识在"文革"期间的不公正遭遇,陆焉识偷逃回家看望妻女却再次被逮捕。

在来自对手的阻碍形成的冲突中,对手不仅指势不两立的敌人,更指的是阻止主人公实现自身需求的人。在《滚滚红尘》中,女主人公沈韶华与汉奸章能才相恋,韶华的好朋友月凤愤怒指责她,反对二人交往,便形成了对手障碍。

来自人物自身的障碍形成的冲突主要源于人物内心的矛盾纠结。如在美国电影《沉默的羔羊》中,女主人公克拉丽丝·史达琳由于童年创伤,经常在梦中被小羊羔的悲惨叫声惊醒,因此不顾上司的一再提醒,将自己的心结透露给食人魔,同时也是心理学专家的汉尼拔·莱特。克拉丽丝的内心创伤阻碍了她对汉尼拔·莱特理性客观的判断,间接导致了汉尼拔·莱特从监狱中逃出。

在现实生活中,一个人往往具备"天时地利人和"等各方面的条件才可能成功;同理,在剧本写作中,剧本人物是否能够克服障碍实现需求目标,不应当由某一方面的障碍完全起作用,而忽略了其他方面的障碍因素。好的剧本往往会针对某个人物的人生经历、生活挫折,从对手方面、外在环境方面、自身方面等各个角度进行构思,从不同角度展现、挖掘人物无法达成需求目标的原因,使剧本的构思具备一定的深度。假如写作一个人在婚姻、爱情中屡屡受挫的故事,在情节设置中这个人物所有的不幸都源自遇到了一个个不靠谱的对象,满怀善意的主人公在生活中被一个个不靠谱的感情对象欺骗、欺凌,所有的生活感情障碍都来自对手的障碍,而对主人公自身的认知心态、现实生活能力缺乏审视,那么我们根据生活常理也可以推断出这种剧本构思的单薄、片面。

讲故事者怎样发现和挖掘值得讲述的故事呢?

他应该问几个关键的问题。第一,为了重塑平衡状态,我的主人公想要什么?渴望是故事的血液。渴望不是一串购物清单,而是一种核心需要,一旦满足,故事就可以结束了。第二,什么阻止我的主人公满足他/她的渴望?是内在的力量?怀疑?恐惧?困惑?与朋友、家人、爱人的冲突?机构内出现的社会冲突?肢体对抗?母性的力量?空气中的致命疾病?没有时间完成工作?无法发动的该死车子?对手来自人、社会、时间、空间和其中的任何事物,或者是它们的任意组合。第三,面对这些对手,我的主人公打算采取什么行动达到愿望。在这些问题的答案中,讲故事者发现他们角色的真性情,因为一个人在压力下做的选择最能揭示他/她的真性情。第四,讲故事者靠在椅背望着他/她设计的事件问自己:"我相信这些吗?是不是既没有夸大,也没有对挣扎的吹捧?这是一个诚实的讲述吗,虽然天堂会掉下来?"①

在第二幕的结束部分,需要进行第二大情节点的构思,通过第二大情节点发生的事变或事件,引出结局部分的高潮段落。在电影《天下无贼》中,傻根的六万块钱被盗窃团伙头目黎叔偷走,这个事件引出了影片的高潮段落——一路保护傻根的王薄与黎叔决战身亡。《千与千寻》中,千寻的好友小白由于偷了钱婆婆的印章而生命垂危,这个情节点将千寻一直在汤婆婆所在的灵异世界工作的故事,转向了千寻前往钱婆婆住所请求钱婆婆拯救小白,最后千寻与小白都想起自己真实身份的高潮段落。

(三)剧本的结局

戏剧性结构剧本的第三幕为结局部分,结局部分大概占剧本的四分之一的时间,它包括高潮部分和最后的结尾部分。在结局部分的写作中,需要完成两个任务:第一个任务是剧本中的主要故事如何结束,第二个任务是主要人物最后的命运是什么。作为最常见的剧本结构方式,戏剧性结构的叙述方式符合大众的审美趣味,故事的叙述有始有终,前后对应,在令人情绪高涨的高潮段落过后进行故事的全面收尾。在《小鞋子》中,哥哥阿里为了给妹妹赢一双鞋子,参加了小学生的马拉松长跑比赛。在激烈的角逐中,阿里夺得了冠军,却与第三

---

① 麦基.故事:材质、风格和银幕剧作的原理[M].周铁东,译.北京:中国电影出版社,2001:230.

名的奖品小鞋子失之交臂。在这个高潮段落里,兄妹俩的需求依然没有得到满足。在最后的大结局中,镜头转向在集市购物的爸爸,自行车的后座上放着两双新买的小鞋子,为兄妹俩在中段部分一直努力争取的需求目标画上圆满的句号;而哥哥拖着满是血泡的脚内疚地回到家里,那双球鞋已经破烂得无法再穿,妹妹得知哥哥没有赢得鞋子,伤心地回到屋内,令这个电影的结局具有诗意的忧伤韵味。

虽然戏剧性结构相对刻板的三幕剧形式被许多人诟病,但由于其叙述故事脉络层次清晰有序,在起承转合的过程中,故事冲突渐次展开,是最为通俗、最容易令观众理解、接受的结构形式,所以在如今的剧本结构中,戏剧性结构依然是最常见的结构方式。

二、时空结构

时空结构是指剧本设置了两个或两个以上相对独立的时空,通过时间和空间的交互转换,打破在同一序列时空事件顺序发展的逻辑,在不同时空的交错呈现中讲述故事。这些相对独立的时空之间产生的特定关系,突出了叙述者的主观意味。故事在讲述过程中,不同的时空内部存在着一定的内在联系,通过因果、对比等逻辑关系将不同的时空交错呈现出来,推动事件的多维度展现与主题的深层次挖掘。

在以时空结构为主的电影中,有的时空设置是以某个时空故事的叙述为主,其他时空设置为辅的方式进行的。在印度电影《贫民窟的百万富翁》中,故事在三个时空序列中交错展开,一个是男主人公参加《谁会成为百万富翁》的节目现场,一个是贾马尔被污蔑后在警察局的时空场景,最主要的时空故事是以节目现场主持人提出问题为线索,衍生出的贾马尔兄弟俩从小到大在贫民窟艰难求生的时空轨迹。三个时空在影片中交错呈现,贾马尔兄弟艰难生活的时空轨迹是一个以点带面的印度贫民社会生活的全景揭示,由贾马尔兄弟及贾马尔的女友拉提卡的经历引出了贫富分化、宗教冲突、拐卖妇女儿童等各种社会问题。节目现场主持人与贾马尔的冲突、贾马尔在警察局的遭遇则展现出生活在社会底层的贫民在整个社会中遭受的不公正待遇。这部影片不仅表现了贫民阶层自身生存的艰难与不易,而且通过娱乐现场、国家机器现场的时空展现,揭露出一个更深刻的问题:整个社会对这个阶层的不公正看法及其产生的不和谐冲突。时空结构的成功运用使得这部影片呈现出浓厚的批判社会现实和人文关怀的悲悯力量。

有的影片的时空结构设计没有主次之分,只是通过不同时空的情节呈现,进行对比、注释、因果等不同目标的主观意图表达。由陈可辛导演的电影《如果·爱》是一部典型的“两男一女”形式的爱情歌舞片,故事比较简单,人物刻画比较平面,假如按照传统的戏剧性结构来表达剧情,也就是一部平淡无奇的爱情片而已。然而,这部影片运用了时空结构的剧作方式展现剧情,人物的情感在不同的时空交叉对比、叠印中碰撞出大小不一的火花,使得平淡无奇的故事在叙述形式上平添了亮色。已经成名的女演员孙纳当年在北京只是一个歌舞团打杂的女孩子,她邂逅了同样落魄的在电影学院读书的香港男孩林见东,两个人在困窘的生活中产生了真挚的恋情。然而具有强烈出人头地欲望的孙纳,为了摆脱贫困的生活离开了林见东,随后孙纳在导演聂文的扶持之下成为明星。在参加一部由聂文编导的歌舞片的拍摄中,孙纳、林见东再次相遇,三人由此在戏里戏外产生了复杂的感情纠葛。电影运用多时空交叉的剧作结构方式,将多年前孙纳与林见东的感情纠葛,歌舞片中聂文、孙纳、林见东所饰演不同角色的感情纠葛,以及在拍戏的现实生活中三人的感情纠葛交叉呈现。戏里戏外的人生经历在三个时空中不断重叠呼应,"戏中戏"的套层结构方式对三人的现实生活进行了对应性的注解,人物的情感在戏里戏外不断被重复演绎、延伸,使得影片中原本比较平面的人物塑造在多时空结构的剧作形式下,情感呈现具有感人的艺术张力。

时空结构的方式需要剧作者具有极其熟练的蒙太奇思维,镜头、段落在不同时空转换过程中的组接,产生了强烈的对比、呼应、因果、注释等效果,人物、剧情的呈现具有强烈的张力,深入地表达了影片创作者的主观意图,同时也给观众留下了无尽的想象空间。

三、串珠结构

串珠结构是指以某种方式将一个人物或一个事件的故事碎片串联起来,围绕着某个人或者某个事件,通过与之相关的不同人物对这个人物或事件进行叙述、表达看法,从而使这个人物或事件产生多层次、多角度呈现的结构形式。对人物或事件多角度的碎片化表现类似于散乱的珠子,以某种方式将这些碎片化的故事串联起来就相当于串起珠子的线,因此这种结构形式被称为串珠结构。

在戏剧性结构中,建构人物关系的模式往往从某一个相对比较固定的角度进行呈现,对人物或事件的表述采取二元对立的态势,或对或错,结论比较固定,人物的性格塑造相对单一。而串珠结构通过多角度、多层面的诠释,从不同的认知角度叙述事件、表达看法,因为其关注点与出发点差别很大,所以形成多层面的描述,甚至有时能够产生截然不同的结论。串珠结构这种形式有助于对复杂的人物或事件进行深度的挖掘呈现。

串珠结构可以借助某种形式将对一个人物多角度、多方位的讲述串联起来,使得这个人物在不同人的叙述里产生极大的反差。电影《公民凯恩》通过五个不同的人物对主人公凯恩的一生进行了回顾评价,由于每一个人物与凯恩的关系不同、看法不同,从而在观众面前呈现出对凯恩多角度的甚至相互矛盾的评价,这正如现实生活一样,由于所处的立场、角度不同,人们会对相同的人物产生不同的看法。与凯恩生命中有交集的五个人物大体按时间顺序讲述了凯恩某一生命时段的故事,即便有些人对凯恩生命中的某些事件的叙述有所重合,也是从不同的角度进行的叙述与评价。在凯恩童年时期监护人撒切尔的叙述中,出身贫困的凯恩从小就是一个任性、不知感恩的人;在凯恩创业初期的合作伙伴伯恩斯坦叙述的故事中,凯恩是一个充满创造理念的商业奇才,他为人友善、充满魅力,因此赢得了朋友的尊重,也收获了美满的婚姻;同样作为凯恩的创业伙伴,李兰叙述的故事中,凯恩过于自私自负,心中只有自己,罔顾他人,他虽然创造了一个新闻帝国,但是他不切实际的野心与自私让他的事业进退维谷,婚姻也因此失败;在凯恩的第二位妻子苏珊的叙述中,凯恩既是一个粗暴主宰他人命运的冷酷的独裁者,也是一个内心孤独的可怜人;在陪伴着凯恩走向死亡的管家雷蒙的简短叙述中,凯恩只是一个孤独死去的老人而已。在多个人物对凯恩多视点的描述中,凯恩的故事被多层面地展现,不同人物对他的评价相互之间充满矛盾,凯恩的人物形象因此更加丰富立体。电影借一位记者希望寻找到凯恩临终前说的"玫瑰花蕾"的真相作为串联方式,将不同人物对凯恩的叙述评价串联起来。这种结构技巧能够使观众听到不同的叙述者对某个人物截然不同的主观性看法,从而对这个人物产生多方位的思考,形成更加立体化的人物展示。

串珠结构还可以从不同人物自身的立场与观念出发,对同一事件进行叙述或评价,使得同样一件事情产生不同的叙述版本,这样编排的意图不仅仅是追寻错综复杂的事件的真相,更重要的是从中挖掘人性本身的复杂多变。在电影《罗生门》中,围绕着武士金泽武弘之死这一事件,樵夫、行脚僧、强盗多襄丸、武士的妻子真砂、武士自己的亡魂等不同人物,都对武士死亡前后的经历进行了详细的叙述。每一个人物都从自身的角度、以不同方式讲述同一个事件,事件在每一位讲述者的描述中相互矛盾,使得真相愈加扑朔迷离。

串珠结构的剧本结构方式打破了戏剧性结构单一化的线性结构叙述方式,在对人物或事件的描述中更注重立体化、多方位的表现,为多视点的叙述方式提供了合理的技巧形式。

四、情境结构

情境结构是指将相似或相同的人物或事件放入不同的情境之中,人物或事件随着情境的不同会有不同的故事产生,从而使相似或相同的人物或事件在不同的角度进行多方位的呈现,挖掘出深层次的主观意义。在日常生活中,人们往往会在几种选择面前左右为难,或者因为选择了某种生活方式而不断地悔恨,但现实世界不可能让人尝试各种可能性,不可能重新选择生活,情境结构的剧作形式打破了现实生活的桎梏,让人类在各种虚拟的故事情境中转换,探讨如果人生可以重新选择,是否能够改变曾经的生命轨道。

由汤姆·提克威导演的电影《罗拉快跑》作为一部具有实验性质的先锋电影,除了能够给观众带来想象力奇特、节奏紧凑的视听震撼感之外,其类似于游戏循环往复的满血复活般的情境结构设置,也让这部电影拥有了动感极强、激情四溢的特质。电影的开端叙述了罗拉快跑的原因,罗拉的男朋友曼尼是黑社会的一个小喽啰,在地铁上不慎将黑社会老大的十万马克弄丢,如果在20分钟内筹集不到这些钱,他将被黑社会老大打死,于是,罗拉为了拯救自己的爱人,开始了急速奔跑的筹钱过程。在这个筹钱的情节构置中,编导设计了罗拉的三种筹钱快速奔跑进行的方式,将罗拉置入三种不同的情境,从而得到了三种不同的结果。第一个情境,罗拉奔跑着去找自己身为银行高管的父亲,希望父亲能够帮助自己,但被父亲拒绝,罗拉只好和曼尼去抢超市,罗拉被警察打死;第二个情境,罗拉抢劫银行,虽然抢到了钱,但曼尼被急救车撞死;第三个情境,罗拉到赌场,赢了十多万马克,同时曼尼在盲人老妇的帮助下，抓到了捡走十万马克的乞丐，将钱要回。在《罗拉快跑》中，罗拉为了拯救曼尼而奔跑筹钱，在这一相同的故事前提下，罗拉和曼尼被置入不同的情境之中，这些具有差别的情境导致了人物不同的命运。同一事件由于情境差别便能产生反差极大的结果，在相同事件不同情境的对比中，这部具有仿电脑游戏情节的电影给观众及电影评论者带来无数的遐想与解读。

由张一白导演的电影《将爱情进行到底》将大学毕业后的恋人杨铮与文慧置入三种不同的生活情境，以此探讨爱情与婚姻的关系。第一种情境，杨铮与文慧大学毕业后顺其自然地成为夫妻，两人事业有成，物质生活丰富，但平淡的婚姻生活消磨了他们的激情，他们的婚姻出现困境；第二种情境，杨铮与文慧毕业后分手，杨铮的婚姻处于崩溃的边缘，文慧已经离婚，独自带着双胞胎儿子艰难生活，在同学聚会中二人相遇，旧情复萌，然而现实境况让他们无法再走到一起；第三种情境，杨铮留恋旧情依然单身，文慧远走异国已经结婚，一天深夜杨铮突然接到醉酒伤心的文慧的电话，于是马上出国寻找文慧，但是他逐渐发现，文慧对他已经没有了感情，她为之牵挂与伤心的是现在的丈夫。在这三个独立成篇的故事中，编导将一对在大学中满怀爱恋的情人置于不同的情境当中，探讨了当爱情遭遇现实生活，经过时间打磨之后，爱情是否能够进行到底的问题。在这三段不同情境的故事叙述之中，隐匿着叙述者对爱情与婚姻的独特感悟。

情境结构的剧作形式打破了传统的线性叙事方式，它将相似的人物或事件一一放入不同的情境之中，以此探讨如果人生能够有不同的道路可以选择的话，是否可以带来不同的结果。这种具有探寻意味的结构方式与人类对人生道路的选择具有相似之处，如果运用得当，剧作结构本身便带有了形而上的哲学意味。

五、套层结构

套层结构是运用特定的方式将一个故事容纳在另一个故事当中，故事与故事之间具有比较明确的内在联系。这种故事的结构方式类似于俄罗斯套娃的形式，一个故事里容纳着另一个故事，因此又被形象地称为套盒结构。

套层结构最常见的是“戏中戏”的形式，即在表现主要人物现实生活的同时，又将这个人物参与的某个艺术创作结合起来，这个人物的现实生活与他参与的艺术创作产生互文性的表现。在达伦·阿伦诺夫斯基导演的电影《黑天鹅》中，芭蕾舞演员妮娜在现实生活中要竞争芭蕾舞剧《天鹅湖》饰演白天鹅与黑天鹅双主角的机会，为了能够更深入地体会黑天鹅的诡诈与淫荡，妮娜单纯的现实生活发生了极大的转变。电影将妮娜现实生活与芭蕾舞剧的角色相互映照，以往单纯的“乖女孩”形象恰似《天鹅湖》中的白天鹅角色，而在现实中不断违背妈妈对她“乖女孩”的严格要求，这个性格“黑化”的过程正是逐渐贴近《天鹅湖》中黑天鹅形象的过程。《天鹅湖》戏中的白天鹅、黑天鹅形象与妮娜现实生活的逐渐变化形成明确的互文性对照。

套层结构的另外一种表现形式是在讲述一个故事时,其内又出现了另外一个故事,即通过堆叠的方式将一个故事纳入另一个故事当中。“从狭义上来看,‘套层结构’指代了‘电影中有电影’‘书中有书’‘剧中有剧’的特殊文本结构。在元文本内还存在其他的文本层,无论何种形式,都可以看作是套层结构,内外文本形式不必严格形似,甚至可以无限堆叠。”[1]在由克里斯托弗·诺兰编导的科幻电影《盗梦空间》中,柯布及其造梦团队为了将一种理念植入费舍的思想当中,进入费舍的梦境中“造梦”。当一种造梦故事在费舍梦境当中被阻截失败之后,便进入下一层“造梦”故事,一层套一层的梦境堆叠出精彩纷呈的视觉奇观。

六、拼贴式结构

拼贴“原是绘画艺术里的一个术语,指一种技巧。根据这种技巧,将通常互不相关的素材,如剪报、标签、布、木块、瓶盖或戏票等,收集起来一起贴于一个独特的表面”[2]。在绘画艺术中,将一些不同的素材置于一个平面或空间之中,这些拼贴起来的素材能够构成一个新的具有独特意义的作品。一些电影或戏剧在创作过程中,运用拼贴式结构手法在一个共同主题的思维框架里,将多个不同的独立故事素材组接在一起,从不同角度讲述并完善这个主题的表达。

最早运用拼贴式结构的电影是格里菲斯的《党同伐异》。在这部长达 3 个多小时的电影中,讲述了 4 个相对独立的故事:美国 20 世纪初的劳资冲突、法国的圣巴托罗米宗教大屠杀、耶稣受难、古巴比伦的陷落。这 4 个跨越两千年的不同时空的故事看似互不相关,实际上共同指向同一主题:虽然时光荏苒,但党同伐异的悲剧在世界各地不断上演,影片表达了对人类和平相处的向往与反思。

拼贴式结构跳出常规的线性故事讲述限制,在同一主题的框架内自由切换完全不相关、风格各异的故事素材,这种结构方式能够大大拓展故事表达的自由度,延伸故事素材的外延。贾樟柯监制的电影《时间去哪儿了》由中国、巴西、俄罗斯、印度、南非五个国家的优秀导演分别拍摄一部短片,用完全不同的故事诠释“时间去哪儿了”的主题。

《我和我的祖国》预告片

只要服从同一主题表达,故事选材的外延可以自由延伸,《我和我的祖国》《我和我的父辈》等主旋律电影在致敬为建立新中国、为祖国建设默默奉献的主题框架下,讲述了不同历史时期、不同行业普通人物的故事。每个故事各自独立,又在同一主题框架下合奏为爱国奉献的交响乐。

---

① 马立新,何源堃.从套层结构、身份变换到复合叙事:论当代电影叙事美学的视野转向[J].艺术百家,2019(4):142.

② 乐黛云,叶朗,倪培耕.世界诗学大辞典[M].沈阳:春风文艺出版社,1993:371.

七、非戏剧性结构

非戏剧性结构是指将偶然事件或偶然时刻随意地串联在一起，产生类似于生活中随意性、偶发性境遇的真实效果，以此呈现出对生活本真深层次的挖掘与探索的结构形式。非戏剧性结构的剧情设置不关注故事或事件的时间、空间的有序排列，它有意打破人们习惯性的叙事方式，摒弃逻辑严密的常规性叙事，通过对人的梦境、回忆、白日梦、偶发事件等场景看似随机的呈现，来模仿现实生活中人们的真实思想、真实遭遇。

在意大利导演费里尼的代表作品《八部半》中，功成名就的电影导演吉多，在摄制一部新影片时遇到瓶颈。他内心十分惶恐不知所措，但周围人依然对他寄予厚望，同时他的私人感情生活也遭遇危机。费里尼通过对吉多梦境、幻觉、回忆、联想的展现，将吉多表面光鲜的生活与他惶惑不安的内心交织在一起，深刻地表现出一个电影人的工作危机感与生活中的混乱无助感。瑞典导演伯格曼的《野草莓》、法国导演布努埃尔的《一条安达鲁狗》都通过对梦境、回忆等意识流的呈现，挖掘人物深层的潜意识，以此来探讨影像体现人类真实思想所能够达到的深度。如电影《一条安达鲁狗》的开篇：

两只手磨着剃刀，左腕上戴着一只男式手表。

一个男人头部的特写，他的视线朝下，嘴里叼着一支香烟，这是磨剃刀的那个人。

黑夜中的阳台，一个男人继续磨剃刀。

双手磨剃刀，男人用拇指指甲试了试剃刀。他若有所思地望着天空，继续抽着烟。

一位姑娘脸部的大近景。男人用一只手的拇指和食指将姑娘的左眼皮分开。另一只手拿着剃刀向眼球接近。

姑娘的头部，她睁大双眼。剃刀戳向眼睛。

浮云从月亮前面飘过。

锋利的剃刀横在姑娘的眼睛上，切进去。

在随后的电影呈现中，开头的惊悚画面与后面并没有明显的情节上的因果联系，它只是电影制作者极具个人化表达的产物。

非戏剧性结构的剧本创作表现的往往是极其个人化的体验感悟，优秀的非戏剧性结构作品不是用故事打动人，而是在看似缺乏常识逻辑的表层叙述下，挖掘对现实世界的深刻体验，对这类电影、戏剧的欣赏需要受众具有较高的理解接受水平。非戏剧性结构的剧本写作没有普遍性的规律可循，它只能是一种具有先锋实验性的个人化的艺术创新方式。

所有的故事结构设置都是为了更好地讲述故事，为了提高故事的观赏性与艺术性。将不同的结构杂糅使用是当前电影与戏剧常用的形式。美国电影《云图》运用串珠结构与拼贴式结构技巧形式，讲述了19世纪中期、当代、世界末日等6个相对独立的故事，但通过不同故事中人物身体上都有的彗星标记将整个电影串联起来,探讨了共同的人性主题。电影《党同伐异》《云图》《如果·爱》等虽然运用了独具特色的结构技巧,但在整体的剧情讲述与时间安排上,依然采用了开端、中段、结局的三幕式戏剧性结构。

现实生活的多样性与丰富性、观众不同的欣赏层次与品位、剧作者对艺术的不同追求,使剧本结构本身具有无限的可能,别具一格的剧本结构甚至可能使大众化的写作题材呈现出新异奇特的效果,因此,将写作题材以不同寻常、令人耳目一新的结构形式呈现出来,是每一个剧作者孜孜以求的目标。但是"奇"中有稳,"异"中有道,剧作者在设计剧本的结构时,如果盲目追求结构的与众不同,以"不走寻常路"为结构目标,随心所欲地布置结构,则会走上形式主义的极端。任何客观事物都有自身的内在规律,剧作者应当考虑到叙述事件的内在逻辑关系和观众的认知能力,在遵循基本规律的前提下对剧本结构推陈出新、追求独特的艺术品位。

【课程实训】

实训目标: 掌握戏剧性结构,能够熟练分析戏剧性结构剧本的构成部分及其各个部分的时间分配、各个部分的作用,掌握情节点的概念及其作用。

实训内容: 观看希区柯克电影《后窗》,对电影的结构进行仔细分析,并回答以下问题:

1. 电影的开端、中段、结局部分时间分配如何?
2. 在电影开端部分中,故事的基本建置用了多长时间?主要人物有哪些?
3. 人物身处的主要环境如何?主要介绍了几组人物关系?
4. 在电影的中段部分,一共有几组冲突关系?最主要的矛盾冲突是什么?
5. 在电影的结局部分,故事是如何进行最后结尾的?撰写高潮段落的大纲。
6. 分析电影第一大情节点、第二大情节点,并说明它们的作用。

第二节 外部形式结构

作为由观众面对面直接欣赏的艺术种类,通常情况下影视剧、戏剧是"一瞬而过"的欣赏方式,不能像纯文学作品那样可以反复阅读,因此,在剧本写作之初就需要更多地考虑观众的欣赏水平,尽量在观众能够接受的范畴内组织情节内容。普通观众欣赏一个故事,需要了解这个故事的起因、发展、最后的结局,这符合日常生活中人们了解事情的常规性思维。亚里士多德在谈到戏剧结构时认为:"所谓'头',指事之不必上承它事,但自然引起它事者;所谓'尾',恰与此相反,指事之按照必然律或常规,自然地上承某事者,但无它事继其后。"①即便是终生致力于挑战好莱坞电影叙事风格的法国新浪潮导演让-吕克·戈达尔也承认:"一般来讲,电影要有一个开头、一个过程和一个结尾,但实际上,有时并不需要按照这个顺序。"②在剧本写作中,无论是戏剧性结构,还是时空结构或套层结构,从整体上而言,它们需有能被观众接受而又令人耳目一新的开端与结局;不管是情节松散还是紧凑的作品,大多需要有一条或几条脉络将人物、事件贯穿起来,让情节层层推进,使松散的材料有机地结合在一起。

一、开端

好的剧本开端不仅仅是将时间、地点、人物、事件起因等叙事的基本要素介绍出来,它还应当能够吸引观众,是一个能够推动情节发展的动作点,设置出剧情的悬念。

(一)剧本开端的要求

中国传统戏剧,经过长期的时间检验与实践,形成了戏剧结构"起承转合"的标准形式。"起"是指戏剧的缘起、开端,这种传统结构范式类似于戏剧性结构,有着相对稳定的开端、中段、高潮、结局的结构比例,并且要求开端的写作犹如"凤头"一样,要美丽悦目。这种结构方式对如今的观众依然有效,当观众坐在影剧院中或者电视机前,一部影视剧或戏剧能否在开演10多分钟时就将观众牢牢地吸引住,使他们兴趣盎然地坐在座位上将之观赏完毕,或者观众能否在观看电视连续剧第一集时就被剧情/表演打动,决定花费时间继续观看以后的内容,都取决于它们的开端是否足够精彩,是否能够像磁石一般将观众吸引住。因此,电影、戏剧的"前十分钟",电视连续剧的"头三脚"(指前三集),在一定程度上决定了它们是留住观众还是被观众抛弃的命运。"一部电影只要放映了几分钟,观众就会本能地和强烈地感到它的电影味有多少,就像人们能够感受到一幅画怎样使用色彩造型,感受到一座精心设计的建筑物的规模和比例的相得益彰,感受到一部精彩的剧本的戏剧性。"③

通常情况下,剧本的开端部分要在尽可能短的时间内完成一些常规性的任务:谁是主要人物?这个剧本准备讲一个关于什么的故事?故事展开的情境如何?切忌为了使自己的剧本与众不同或生怕观众看不明白,下笔千言,离题万里,虚张声势,故作高深,开头很长时间了观众依然不明所以,不知道到底会看到关于什么的故事。如果剧作者认为自己的作品好戏在后头,能够让观众渐入佳境,指望观众耐心地品味,这个期望十有八九会落空。虽然在历史上确实有一些超长的开头段落被观众接受、被影视评论界首肯,如《教父》第一部中开头的婚礼段落用了20多分钟的时间,以柯里昂教父的女儿康妮的婚礼段落为背景,以意大利

---

① 亚里士多德.诗学[M].陈中梅,译.北京:商务印书馆,1996:25.

② 紫都,岳鑫.一生必知的80位艺术大师[M].呼和浩特:远方出版社,2005:64.

③ 林格伦.论电影艺术[M].何力,李庄藩,译.北京:中国电影出版社,1994:3.

传统家庭在婚礼期间不能拒绝客人提出的要求这个习俗为引子,让老教父柯里昂在家中接待了三位有求于他的客人,同意解决这些客人不同的棘手难题,表现出老教父独特鲜明的性格特征以及在他统治下所拥有的强大的黑帮家族势力。但这毕竟是不可复制的案例,它牵涉到编剧选材、演员表演、摄影摄像各方面强强联合的诸种因素。

如果只是单纯地介绍剧本故事的时间、地点、人物、事件起因,为了完成开端的基本任务而机械地开头,则会使剧本开头偏于静态化,流于陈腔滥调,看不到叙事推进的方向,看不到故事矛盾的冲突点,难以吸引观众。鉴于开端将直接影响观众的反应,剧作者应当在开端完成任务之余,努力追求开端的醒目巧妙、别具一格,用简洁精炼的方式引出观众的期待,使剧本水到渠成地转入故事的主体阶段。

(二)开端的主要类型

随着艺术的不断发展以及各种艺术的相互借鉴,以视听为主的影视剧、话剧等艺术形式结构日趋多元,开端方式在追求个性、特色的前提下呈现出千姿百态的趋势。即便如此,由于剧本必须兼顾观众的感受,其主要任务之一便是如何在尽可能短的时间内吸引观众的注意力,从这个角度来看,剧本的开端主要有如下类型:

第一,以视听感染力强、能一下子抓住观众的方式开头。

这种开端方式一般节奏较快,剧本着重展现视听冲击力,多以迅疾的叙事节奏、幅度较大的动作、给人以强烈感官刺激的画面吸引观众,使观众产生观看欲望。在电影《肖申克的救赎》开场中,安迪的妻子与一个高尔夫球手偷偷约会,安迪喝得醉醺醺地跟踪他们,不断地将子弹装入手枪,随后场景转入法院,简短激烈的论辩之后陪审团判处安迪终身监禁。妻子偷情镜头与安迪跟踪镜头的交替切换、简短而激烈的庭辩场景把曾经是银行高管的安迪入狱的原因以最快的节奏呈现出来,偷情、凶杀、庭审激辩等画面令这个交代故事前提的简短段落充满冲击性,在极短的时间里将观众的观影兴奋点调动起来。事实上,《肖申克的救赎》的主体段落叙事节奏逐渐趋缓,编导注重的是揭露当时美国监狱的腐败与司法制度的不合理,同时张扬了安迪几十年如一日坚定不移地追求美好人生、寻求自由的行为。开端的风格与后面的故事叙述风格具有明显的差异,电影的开端方式无疑是为了尽快吸引观众的一种刻意设计。

在冯小刚导演的电影《集结号》中,开端段落叙述了连长谷子地及其战友与国民党军队之间的一场激烈巷战,有短兵相接的交火对抗镜头,有充满奇观色彩的狙击手精准射击镜头。在这场阻击战中,政委的意外牺牲让战友们群情激愤,射杀了已经投降的国民党头目,展现出战友之间生死相依的深厚情谊,为谷子地日后“一根筋”地为战友讨要说法奠定了情理基础。电影开头短兵相接的激烈枪战情节,既是对后面故事的情感铺垫,在很大程度上也是以感染力极强的视听刺激吸引观众的一种有效而讨巧的手段。

随着现代科技的日益发展,以视听的震撼力进行开头的方式越来越多,有时开头第一个段落完全是别出心裁、刺激观众感官的紧张场面,几乎与主体段落讲述的故事关联并不是特别大,只是为了在最短的时间内吸引观众的注意,同时简单地介绍主人公的身份、能力和个性等。电影《这个杀手不太冷》的开端就是主人公里昂进行的一次高难度的暗杀行动。里昂进行的这个暗杀事件与随后展开的故事几乎没有关联,它只是向观众展现里昂作为一个顶级职业杀手所特有的高超身手及冷酷的个性,而随后展开的故事主要描述了里昂与女孩玛蒂尔达之间复杂的情愫,展现了里昂在冷酷的外表下充满温情的内心。

鲍鲸鲸、文雅编剧的话剧《失恋 33 天》讲述了一个当代白领的爱情故事。剧中虽然没有特别具有视觉冲击力的奇观画面,但在开头的设计中,通过对不同分手情景的快速切换和夸张演绎,迅速抓住了观众的兴趣。

话外:从科普的角度来讲,在刚刚遭遇失恋的那一刻,由于惊慌、质疑、暴躁、沮丧等负面情绪的干扰,每一个成年人都有可能成为一个没有独立思维的低等动物,而且由于血型、星座和教育程度的不同,分手现场也是千姿百态的。有时候分手,要抢占先机。

(舞台左侧,两张课桌,小男孩将手里的纸条扔给小女孩,小女孩手托腮不理他,而后扔回一个纸条)

话外:(男):放学去我家玩好不好,我爸爸做了好吃的。

(女):不要,你一直看我干什么?

(男):没有。

(女):那你一直看刘惠。

(男):这个真没有。

(女):真的?

(男):吃醋了吗?

(女):嗯。

(男):对不起。

(女):就一句对不起?

(男):那怎么样?

(女):好,再见!(转身不理睬小男孩)

(男):再见什么?

(女):分。

(男)(哭着说):红红,别分行不行?我让你玩我的小汽车,别分行不行?啊……妈妈……

(舞台右侧,两人走上台,男孩欲言又止)

男:我们分手吧。

女:为什么?

男:其实忍了很久了,你穿衣服能不能不要那么土气,我在朋友面前都抬不起头来。

女:去死吧你……

(舞台左侧,有一束光照在地板上,照到一个蹲在地上的小小的人影,不知道她保持这个姿势多久了)

(灯光逐渐流转到舞台右侧)

(舞台右侧,A 男 B 女上)

(音效:马路上的喧闹声)

A 男:分手吧,我们两个性格太不合适了。

B 女:你说什么?

A 男:F-EN 分,SH-OU 手,分手你都听不懂?(走向台下)

B 女:你再说一遍?(追着其下)

话外:有时候也可以做到文质彬彬地分手。

(音乐《水边的阿狄丽娜》)

(C 男 D 女上,边走边聊)

C 男:我觉得,我们俩好像出了点什么问题。

D 女:我也隐隐有这种感觉。

C 男:要不我们先分开一段时间?

D 女:还是你勇敢,其实很长时间,我都想说这句话了。

C 男:我就知道你不好意思说,我先走了,去坐地铁,你呢?

D 女:我打车,要不我捎你一段吧?

C 男:保重!(两人向不同的方向下)

话外:有的分手是一个小型的犯罪现场。

(E 男 F 女上,音乐《圣斗士星矢》)

(F 女向 E 男扔各种物品,E 男向台下跑)

F 女:你给我站住!(下)

(人影缓缓地站起来,可以看到她手里拿着的婚纱)

黄小仙:什么味道?(闭上眼睛)前味是花香,基调是青草香,余味是檀木香,我一辈子都不会忘记这种香水味,(站起来)别误会,我不喜欢这种香水,喜欢这种香水的是我的好朋友(咬牙)冯佳期,从初中时就每天和我厮混在一起。她的新男友,是和我相恋七年,今天早晨出门前还在说“我爱你”的现任男友预备役老公陆然,是啊,我失恋了,连分手场地,都是香的。

第二，以一种速度极快的解说方式建置剧中的人物、事件，点明主题。

运用速度极快的解说方式进行开头，一般情况下是由于剧本的人物众多，或者人物性格过于复杂、叙述的事件比较复杂。剧本开端的时间有限，在有限的时间内需要完成主人公的出场介绍、故事缘由的交代等一些规定性的内容，如果人物、事件、主题偏于复杂的话，解说能够在较短的时间内让观众初步了解主要人物及事件起因。

在有些影视剧中，故事情节涉及的人物众多，故事需要围绕着这些众多的人物展开，这就需要在较短的时间内让这些人物一一出场，初步展现他们的性格特征，并且将主要的人物关系介绍到位，因此，需要精心设计开端的有关情节段落，让诸多人物在同一场景中露面，在简短的时间内通过特定的动作、语言凸显人物主要性格，介绍人物关系。电视连续剧《大宅门》主要讲述了医药世家白家百草厅的传奇故事，白家人物众多，性格各异，编导在第一集就快速地将清末年间白家老宅的主要人物介绍完毕。电视连续剧的第一个段落叙述了主人公白景琦的出生及其异于常人的性格特征——从出生起就不哭只笑，然后以白景琦的出生为引子，借白家姑奶奶白雅萍与父亲白荫堂的对话，介绍了以白荫堂为当家人的白家老号的主要人物关系；接着通过老二白颖轩为詹王府老太太看病的情节，介绍了白家与詹王府结下世仇的原因。在环环相扣的故事设置中，仅在一集的时间内就将白家父母、儿子媳妇等人物全部介绍到位，人物身份、性格特征以及各个人物之间的复杂关系通过精心设计的情节被一一展现了出来。

在美国电影《浓情巧克力》中，独居女子薇安带着女儿来到一个保守的法国小镇开了一个巧克力小店，这个独具个性的女子被以小镇镇长雷诺伯爵为首的小镇居民当作不安定因素而遭到敌视。影片中涉及形形色色的小镇居民，他们性格迥异，遭遇不同，这些居民通过开端的第一个段落——在小镇教堂中听神父布道的不同表现而被集中展现，小镇的保守性也在这次布道中展露无遗。在人物众多、人物关系复杂的剧本中，这种快速解说的开端方式能够使人物的出场简洁利落，不拖泥带水。但是，选择什么样的场景、什么样的情节让这么多的人物合情合理地同时出场，需要剧作者的精心构思。

如果人物性格极其复杂，不太容易在情节铺排的过程中逐渐呈现，或者剧作者希望观众及早对这个复杂人物的性格特征有所了解，也适用于解说的开端形式。在电影《沉默的羔羊》中，影片伊始，女主人公联邦调查局实习特工克拉丽丝·史达琳被要求去一个戒备森严的监狱访问心理学家、食人魔汉尼拔·莱特。在会见汉尼拔之前，克拉丽丝的经历、优秀成绩通过联邦调查局官员克劳福之口被观众了解，男主人公汉尼拔的残忍、狡猾、危险通过多人在不同的场景中的一再强调给人留下深刻印象。影片的另一条故事线索，变态杀人犯“水牛比尔”所犯下的系列罪行，也通过贴在墙上的报纸报道被快速呈现。对复杂人物的性格、经历通过他人之口或类似的方式进行快速解说式介绍，然后在接下来的情节叙述中层层剥茧地予以表现，能够让观众对人物的性格产生明确而深刻的印象。

在快速解说的过程中，一定要注意情节的故事性与细节表达的生动性，场景的选择、人物的动作造型、人物对白要以生动形象为前提。如果只是为了解说而解说,那么就失去了视听的表达优势,只不过是一个平淡的流水账罢了。

第三,以与影片主题直接相关的冲突引出主要人物与事件。

在剧本写作中,可以充分运用影视的影像直观性特点,在最短时间内运用各种手段引出故事的主要冲突,将观众带入故事规定的情境,让观众尽快了解故事的主题,尽快进入编导设置的虚拟时空当中。

在由西蒙·博夫瓦撰写的文学剧本《贫民窟的百万富翁》的开端,运用了急速闪切的方式展现了不同的场景:首先是在黑社会头目的浴缸里被摊开的大量的钞票;然后是演播室中主持人询问贾马尔是否准备好的对白;场景又转回浴室,震耳欲聋的枪击声响起;演播室主持人普瑞姆与贾马尔上台、贾马尔紧张的笑脸,突然一个耳光,贾马尔被打得嘴角出血;场景切至警察局,画面是双手被绑住的贾马尔嘴角流着血。在短短的时间内,独特的视听语言向观众暗示了引起冲突的主要因素、主要人物与故事环境:浴室、节目现场、警察局,这些看似毫不相干的场景实际都和金钱有很大关系,而这笔巨款又牵涉到了贾马尔这个从小生活在贫民窟的年轻人。

在电影《触不到的恋人》中,影片初始就是女主人公在初春时节搬离湖边玻璃小屋,驾车离去。在一个路口的交会处,女主人公的汽车离去之时,另一辆车载着男主人公从另一条路驶向湖边玻璃小屋,而路边绿意萌生的春天景象随着男主人公的车子驶过变得白雪皑皑,由此暗示出男女主人公的汽车交会并非同一时空。在这简短的开端之中,影片非常迅速地介绍了男女主人公虽然前后住过湖边玻璃小屋,但他们所处的并非一个时空,"触不到的恋人"这个穿越时空的爱情故事由此展开。

电影《广岛之恋》剧本开头片段

这种开端结构还适用于开门见山点明主题,以此引起观众深思的剧本。第二次世界大战给人类造成的不可磨灭的创伤是编导在《广岛之恋》中想要表达的主题。剧本的第一个镜头表现的虽然是男女主人公裸露的肌肤,但并不能让观众感到欢愉,而是让人联想到原子弹造成的恐怖场面;男女主人公的对白低语伴随着各种剪辑过的广岛毁坏前后的对比画面,更加鲜明地表达出战争虽然结束了,但它带给人类精神、身体、物质上的伤害仍然在持续。在剧本开端直接点明主题或引出与主题相关的冲突事件,能够在最短时间内让观众与编导形成默契,带着一种了然的心态观看并体会故事情节背后隐藏的情感与理念。

第四,以故事的自然发生顺序叙述。

这种剧本的开端往往选取某一个具有代表性的时空,不以展现戏剧冲突为目标,以最能够代表主要人物生活常态的方式出场,自然而然地交代出人物的身份、生活环境、性格特征,营造出仿真的现实情境氛围。

由陈淑贤、李恩霖编剧,许鞍华导演的电影《桃姐》讲述了一个在主人家工作60余年,侍奉了四代人的女仆桃姐的老年经历。年轻的主人Roger在阿桃中风后把她送进了养老院,两人母子一般的感情在平淡的故事叙述中缓缓地展现出来。

1.字幕

本故事根据真人真事改编。

钟春桃,即桃姐,

原籍台山,自小家贫,

出生不久即被人收养,

养父在日本侵华期间被杀,

养母无能力再照顾桃姐,

辗转之下,将桃姐安排在梁家充当家佣。

自十三岁起,桃姐先后照顾梁家四代人,

共六十年。

2.火车站候车厅 内 日

Roger 从椅子上站起来,拖着行李,从一排空旷的座椅前走过。

火车从 Roger 的身边驶过,Roger 顺着火车的方向,朝镜头走来。

窗户外枯树摇曳,沙漠里孤苦的几株梭梭在沙里受风摆布。

3.中巴上 内 日

Roger 坐在摇晃的中巴上。

Roger 独白:我出生的时候,桃姐已经在我家十几年,我二十岁去美国念书,三十岁回香港,除了这段时间,桃姐一直都跟我生活在一起,直到两年前……

4.市场 外 日

桃姐手里拿着篮子和葱,这里看看,那里看看。

桃姐:多少钱一斤?

菜妇:六块。

桃姐:六块啊。

桃姐点点头,露出无奈的样子,走开了。

路人甲在摊前挑菜。

老板:来来来,便宜卖了。会不会挑啊?两头大就是好的。啊,这个可以。

路人甲:好好,就这些,够了。

老板把菜放在秤上:十六块。都像你这样挑挑拣拣,还做不做生意。

伙计朝老板低声喊:喂喂喂,来了。

伙计把冷库的温度调低,老板和伙计一起恭敬地站在菜摊前。

桃姐从人群中走来,几人热情跟桃姐打招呼,桃姐走进店铺。

老板:今天要点什么?

桃姐:挑点蒜。

老板用戏谑的口气说:挑,慢慢挑,一颗颗挑清楚啊。

桃姐看见店铺里的猫,叫道:姆西,姆西。怎么不理我啊,姆西。不理我啊,今天。

老板:它老婆跟人跑了。

桃姐走到冷库门前:先穿上件衣服。

老板:慢慢来。

桃姐:再戴副眼镜。

老板:戴,当自己家嘛。

桃姐拿了塑料袋,走进冷库。老板和伙计看见桃姐进去后,关紧冷库门,背过身偷笑不已。

桃姐一颗颗挑着大蒜,忽然发现冷库门关上了,大喊道:怎么这么冷啊!

5.楼梯间 外 日

桃姐扶着扶手,气喘吁吁地上楼梯。把菜放在楼梯上休息一下,又拎起来,继续爬楼梯。

6.Roger 家 内 日

Roger 在叠衣服,收拾东西。

Roger 从房间里走出来,坐在餐桌前,看着餐桌上的两样菜和一碗汤,然后端起热汤,一口一口喝起来。

桃姐从身后端着一盘鱼走出来,对 Roger 说:垫子。

桃姐把鱼放在桌子上,又走回厨房。

Roger 喝了一口汤,用筷子把蒸鱼上的葱都拔开。桃姐从身后端来一碗饭,Roger 看也不看伸出手接过饭碗,夹肉,大口大口扒饭。

厨房。桃姐蹲下身子喂猫,用手抚摸猫的后背。

Roger 吸着大块鱼骨。

客厅里,Roger 坐在沙发上擦手。桃姐把切好的水果端到他面前。Roger 拿起水杯喝了两口水,然后用叉子叉水果吃。

桃姐在厨房盛饭,吃饭。

桃姐端着碗从厨房里走出来。

桃姐:这次去多久啊?

Roger 吃着水果:两天。……嗯,好久没吃牛舌。

桃姐:啊?

Roger:好久没吃牛舌。

桃姐:你还想再搭个桥啊?好久没吃就不要吃了嘛。我今天都已经让你吃蟹黄了。牛舌这玩意不能吃,别吃了。

Roger:我想吃卤的。

桃姐不理他。

Roger 拉行李出门。

电影以字幕形式简单介绍了桃姐与梁家之间的主仆关系，随后选取桃姐在市场买菜被卖菜者捉弄的故事，表现出桃姐虽为梁家女仆却不含私心，忠心耿耿为梁家着想的可贵品行；又通过在家与年轻主人 Roger 的交流细节，继续表现桃姐恪守仆人本分却又与 Roger 情同母子的关系。在细腻平淡的故事叙述中，人物的情感缓缓流动，为桃姐患病直至逝去这段时间与 Roger 之间的亲情互动奠定了基础。在平静如水的叙事表层下，小人物的生老病死与人生际遇颇能引起观众强烈的情感共鸣。

以故事的自然发生顺序缓缓交代剧情需要编剧于平凡之中见功力，选取的细节要能够打动人心，对人物的刻画要寓传神于简单当中。否则开头平淡如水，只是简单地为了开头而开头，这种设置只是不走心的败笔罢了。

二、结局

结局是剧本在结束时，叙述的主要事件或者主要人物在剧本中的最终结果。剧本结局是剧情发展的必然方向，“它不是你故事的结尾，它是故事的解决方案”①。结局是剧作者解决剧本问题的工具，同样的故事如果由不同的作者来设计结局，人物与事件的最终走向或许会有很大的差别，因此它还会不可避免地流露出剧作者对人物、事件的态度及其个人的审美理念。

（一）结局的要求

通常情况下，剧本作为一种讲故事的方式，结局需要完成所有故事叙述必须完成的任务：在这个剧本叙述的故事中，主要人物怎么样了？主要事件最后怎么样了？由此，才能让观众对剧情有一个完整的印象，满足观众欣赏故事的传统习惯与整体要求。在撰写开端之时，剧作者应当明确剧本的结局；在创作故事的进程中，能够向着结局的方向有条不紊、合情合理地推进。电影《后窗》的开端，主人公摄影记者杰克因左腿骨折，他每日通过后窗偷窥邻居们的生活，以此来打发百无聊赖的时间。通过杰克的视角，观众看到了一个漂亮的单身姑娘、一个不得志的作曲家、一个孤独的女人、一对在阳台上睡觉并且养了一条狗的夫妇、一个对妻子冷漠的商人……在一个雨夜，杰克发现商人冒雨提着箱子进出房间多次。第二日，商人的妻子不见了。杰克怀疑商人杀死了他的妻子。在电影的结局，杰克终于证实了商人的杀人事实，商人被绳之以法，交代了主要事件的最终结局；然后，又一一将这个故事时空中其他邻居的结局予以展示：漂亮姑娘与她的军人未婚夫团聚、作曲家与孤独的女人开始交往、在阳台睡觉的夫妇又重新养了一条狗，而主人公杰克由于跟商人搏斗，另一腿也骨折了，但

① 菲尔德.电影编剧创作指南[M].2 版.魏枫，译.北京：世界图书出版公司，2012：231.

他克服了对婚姻的疑虑,快乐地与未婚妻生活在了一起。电影完成了对故事中的所有主要人物与主要事件最终结果的交代,故事的问题全部得到解决。

一般而言,戏剧性结构剧本的结局与开端相互呼应,开端设置的主要人物、特殊场景等,往往在结局中会有较为对称的呼应。在电影《阿甘正传》中,片头出现了一片羽毛,它在空中缓缓飘荡,穿过草地、穿过街道,最后落在坐在街边椅子上的阿甘的脚下,阿甘将它捡起,夹在书里;在片尾,阿甘送孩子坐上校车后,坐在路边的椅子上,片头夹在书中的那片羽毛缓缓落下,一阵风吹过,这片羽毛缓缓升起,飘过草地,一直飘向遥远的天际。在前后两段优美画面的呼应中,观众感受到了人生的诗意所在,人的际遇就如同这片羽毛一般充满了偶然性,在不经意间与某人某事结缘,又在不经意间擦身而过。

话剧《雷雨》的序幕是年老的周朴园回到改作教会医院的老房子来探望已经疯掉的蘩漪和鲁侍萍。经过四幕故事的铺陈叙述,尾声部分又回到教会医院。一个充满了激情的悲剧故事,通过序幕、尾声,表达了曾经的一家之主周朴园的忏悔及其家族凄凉的颓败境况。

一个结局的设置,不仅仅是给出剧本中情节或人物的最终结果,它还是作者审美理念传达的重要媒介,“在结局里,什么样的社会力量和观点占了上风,故事冲突的各方面达到了一个怎样的均衡,矛盾解决后各个角色的反应等等,都显示了作者的观点与立场”①。曹禺创作的《雷雨》原剧本中包括序幕和尾声,而从第一次舞台演出开始,序幕和尾声就被去掉了,甚至后来在《雷雨》出版时,很多版本将序幕和尾声也删除了。《雷雨》是否保留序幕和尾声,两个不同的版本,其意蕴具有极大的差距。删除序幕和尾声的剧本,故事在周冲和四凤触电而死、周萍自杀身亡的高潮段落戛然而止,这个版本的话剧具有深刻的社会文化批判意义,揭示了封建家庭内部的冲突,表现了生活在这个家庭中的人物遭受个性禁锢的悲剧命运,揭露了周朴园这个封建家长的专制与虚伪;然而,如果加上曹禺原作的序幕和尾声,话剧的寓意就发生了极大的改变,故事不仅具有社会批判性,还具有强烈的悲悯意识:通过当年大起大伏的悲剧故事与如今孤独沉寂的命运的对比,表达了世事无常的哲理情怀,而通过序幕和尾声中对周朴园老年形象的刻画,表现出周朴园作为一个封建家长也有柔软善良的一面,其人物形象也更加复杂。

(二)结局的类型

根据故事中人物、事件的结局设计是否明确来划分,可以分为闭合式结局和开放式结局两种类型。如果故事发展到不可逆转的高潮,回答了故事讲述过程中提出的所有问题并满足了观众的所有情感,这种结局方式被称为闭合式结局。而故事叙述完成,仍旧留下一些未解答的问题,观众的情感没有得到满足,这种结局方式被称为开放式结局。

---

① 何可可,李铭韬,等.电影剧作教程[M].北京:中国电影出版社,2003:135.

第一,闭合式结局。

在闭合式结局中,主要人物在故事中的命运是确定的,它回答了观众想要知道的人物的命运,故事的结局单一而明确,以干净利落的方式结束故事。根据故事中人物或事件的最终结果不同,又可分为圆满式结局和悲剧式结局。

先来看圆满式结局。

在圆满式的结局里,主要的正面人物都有好的归宿,恶人遭到报应,主人公遇到的棘手问题全部得到解决,完成了人们传统观念中"善有善报,恶有恶报"的情感期待。由于这种结局方式能够让观众的情感得到宣泄与满足,在剧本写作当中最为常见。电影《勇敢者的游戏》中,男孩艾伦捡到了一副魔幻棋,在与女孩萨拉下棋时,艾伦被吸进了棋盘中,萨拉一直为此心怀惊恐。多年以后,父母因车祸去世的一对姐弟无意中又开始下这盘棋,艾伦被这盘棋带回来,艾伦、萨拉以及这姐弟俩开始勇敢地下完这盘棋,最终艾伦与萨拉成功回到童年,长大成人后成为夫妻,在圣诞派对上又遇到了姐弟俩,并成功地帮助姐弟俩的父母避免了车祸。在这部具有魔幻色彩的电影中,所有的人物通过自身的努力与团结协作,都获得了心灵的成长,改写了当初的不幸命运,收获了圆满的人生。

再来看悲剧式结局。

每一个具有正常情感的人,都会对美好的事物被损坏而产生怜悯惋惜之情,由此带来心灵的震撼。悲剧式结局的设计正是源于这种情感。亚里士多德在《诗学》中认为,悲剧是对一个严肃、完整、有一定长度的行动的模仿;它的媒介是语言,有各种悦耳之音,分别在剧的各部分使用;模仿方式是借人物的动作来表达,而不是采用叙述法;借引起怜悯与恐惧来使这些情绪得到净化。[①] 悲剧性的人物首先是一个具有正义感、道德感的人,由于环境使然或者自身的性格缺陷,其向善的行为虽然被观众认可,其向命运、向丑恶势力不屈不挠抗争的行为让观众感动,但最终结局却是悲惨的、失败的。悲剧是将人生有价值的东西毁灭给人看,在美好被毁灭的冲击下,善与恶、美与丑的交锋能够给观众带来强烈的情感震撼,从而使得观众的内心在对人物的悲悯之中得到净化,情感得到升华。

在莎士比亚创作的戏剧《哈姆雷特》中,丹麦王子哈姆雷特被父王鬼魂告知:杀害父王的凶手正是继承了王位的克劳狄斯,而自己的母亲却嫁给了这个弑父凶手。哈姆雷特无法接受这一严酷的现实,决定替父报仇。在阴险的克劳狄斯的步步紧逼下,哈姆雷特佯装疯癫躲避了一次又一次的凶险。虽然在理智上哈姆雷特想要复仇,但他在爱情、亲情的阻碍下或是犹疑不决,或是冲动不已,手刃仇人的同时自己也中毒剑而亡。哈姆雷特正直善良、聪慧勇敢,作为丹麦王子,他理应是王位的继承者,为父复仇的行为动机让这个人物在观众心目中占据了绝对正义的位置,而这个近乎完美的人物却由于在复仇过程中的犹疑不定错失良机,失去了生命。这令观众在唏嘘遗憾的情感冲击下对美好的人物更加认可,对卑鄙丑恶的小

---

① 朱光潜.西方美学史[M].北京:人民文学出版社,1979:83.

人行径充满鄙视,无形中观众自身的善恶观念愈益增强,情感不断得到净化。

美国电影《勇敢的心》讲述了苏格兰起义领袖华莱士的故事。这位为了民族自由揭竿而起的英雄最终被捕,在结尾华莱士被处决的段落中,不明真相的百姓犹如参加一场盛典般观赏英雄之死。在走向断头台的路上,华莱士被百姓投掷烂菜叶,尤其是华莱士在断头台上不停地与一个被大人带来看热闹的孩子的对视,这一场景将为了人民献身却被人民误解的悲哀表现得淋漓尽致。英雄被斩首与围观的看客之间的无言冲突,强化了华莱士之死的悲剧性。这不由地让人联想起鲁迅小说中多次出现的革命义士被杀害而愚昧的百姓兴致盎然充当看客的情节。末路英雄义无反顾地追求自由却不被理解、屈辱就义的结局,使观众对英雄的命运怜悯的同时,不由自主地产生崇敬之情,对于其人格及为之献身的事业产生更深的理解与敬仰。

第二,开放式结局。

在一般观众的心目中,事件的结束就意味着所有相关人物的命运尘埃落定。但是在开放式结局的剧本中,虽然主要叙述的事件结束了,主要人物的命运却是未知的,甚至事件看似结束,却有可能在某一方面依然扑朔迷离,人物的命运与事件的真实走向依然是一个谜题,结果只能交给观众去猜测、去思索,观众的情感需求在故事结束后并没有得到满足,只能带着疑问对故事中的人物与事件的进一步走向进行揣测。在美国电影《乱世佳人》中,郝思嘉在韩媚兰死去之后,忽然意识到自己一直追求卫希礼的行为其实只是一个孩子式的游戏,失去了韩媚兰这个竞争对手,得到卫希礼并不会让自己感到幸福。此时她才意识到一直守候在自己身边的丈夫白瑞德的重要性,然而白瑞德已经厌倦了无休止的付出,决定离开郝思嘉。郝思嘉茫然失措,独自一人坐在空荡荡的房间里痛哭之后,回想起父亲的嘱托:这世界上只有一种东西值得人们去奋斗,那就是土地! 于是,郝思嘉再次给自己鼓励:明天再说吧,毕竟明天又是新的一天。郝思嘉与白瑞德二人能否破镜重圆,观众无从得知,但观众可以凭借自己对剧情的理解、对主人公不同的偏好程度去推测二人未来的生活走向:郝思嘉以坚韧不拔的生活态度重新赢得白瑞德的心;或是白瑞德已经伤透了心,对郝思嘉不再信任,两人就此分道扬镳……

美国电影《盗梦空间》中,造梦大师柯布终于回到了梦寐以求的家中,但他无法确定这是现实还是梦境。当他犹疑地对一双儿女伸出手时,原本在梦中一直背对着他的孩子们此时转过身来扑到他的怀里,柯布意识到这也许是实实在在的现实空间,然而他放在桌子上的陀螺不停地转动着,暗示了或许柯布依然生活在梦境当中。在电影对柯布这个充满人情味的造梦大师的层层诠释下,观众对他能否完成任务,达成与家人团聚的心愿充满了好奇。电影制作者深谙观众心理,以这种模棱两可的结局方式让观众不停地回味剧情细节,对人物命运的观照由影院之内带至影院之外。

开放式结局如果运用得当,能够让观众带着一种不满足的情感不断回味剧本中的事件细节与人物行为,故事的发展能够延续到故事之外,使整个剧本具有回味悠长的韵致;开放式结局如果运用不当的话，就如同一个故事没有完成便被硬生生地截断一般，让观众如鲠在喉。

闭合式结局与开放式结局在艺术上并无高下之分，关键看剧作者对现实生活的态度、理念以及对剧情自然延展的把握程度。

中国的传统写作理论认为，一部出色的文学作品需要开头、中段、结局像“凤头、猪肚、豹尾”一样。陶宗仪在《南村辍耕录》中说：“起要美丽，中要浩荡，结要响亮，尤贵在首尾贯穿、意思清新。”好的艺术作品应当结构完美，各个组成部分根据不同的写作位置具有不同的要求：开头应当令人耳目一新、吸引受众的关注，主体部分要充实饱满、具有力度，结尾应当意蕴悠长、令人遐想，整体的协调有致才能成就一部成功的作品。

文章的开头、结尾需要仔细构思，二者虽然一首一尾，但应相合相应，顺序的排列应当“如符契然”，契合圆融。写文章如是，写剧本亦然。剧作者在进行剧本开头写作的同时也应当设计好故事的结尾，如此才能在故事情节的发展中步步为营，入情入理、有条不紊地将故事叙述得完满生动。

三、线索

剧本在具体写作时，需要将故事材料通过一定的方式连贯起来，使剧本具有明确的写作思路。这种将剧本情节连贯起来的脉络，我们称之为线索。

剧本的线索作为一种逻辑性的存在，也许是一种“有形”的存在，通过具体的人物、事件或事物将整个剧本串联起来。如电影《罗生门》围绕着“武士之死”这个事件探寻武士死亡的真相，电视连续剧《一双绣花鞋》围绕着“绣花鞋”给人们带来的谜题引出了一系列的谍战故事。

剧本的线索也许是一种“无形”的存在，它有可能是某种“氛围”、某种理念或某种思想的流动过程。电影《城南旧事》改编自林海音的同名小说，小说中通过小英子对童年的几件不相连事情的回忆，体现了对童年生活的缅怀以及一种淡淡的哀愁。在电影改编中，删掉了原著小说中相对而言与整体氛围不太协调的“兰姨娘的故事”，更加突出了哀愁的氛围。整部影片将几件看似不相关的人物、事件运用串珠的方式连贯起来，每件事情的背后都突出了“离别”的情怀，电影整体营造出了苍凉忧郁的优美意境。“离别”就是这部影片无形的情感线索。

应当注意的是，线索不一定是剧本情节中需要解决的核心问题，它也许只是为了将整个剧本贯穿起来而有意设置的，起着将不同的情节、事件联系起来的作用。在电影《公民凯恩》中，凯恩临终前嘟哝了一句“玫瑰花蕾”，整部影片就以一位记者受命探寻“玫瑰花蕾”的真相为线索，采访了凯恩生前的亲人朋友，由此揭示了凯恩的多面人生。这个谜题直到电影结尾才被揭晓，“玫瑰花蕾”其实是凯恩贫穷而快乐的童年时期玩耍的雪橇底面刻的字。“人之将死，其言也善”，剧本有意设置了凯恩临终前留下的谜题——“玫瑰花蕾”，其真相在凯恩的一生中丝毫没有呈现，也许影片想表达凯恩内心所留存的对快乐无忧童年的缅怀，而它更大的作用是以此作为线索串联起凯恩这个传奇人物的多面人生。

（一）线索构思的内容呈现

在剧本写作中，线索的设置多种多样。根据内容的不同，主要可以分为如下几类：

第一，以人物的生活历程或性格发展为线索。

这是比较常见的一种线索设置形式，以一个或几个主要人物为线索，着重对其生活经历进行叙述，或者着眼于其性格的发展变化。特别是在电视连续剧的创作中，这种线索设置形式往往成为推动情节不断发展的主要方式。在电视连续剧《金婚》中，以男女主人公50年的婚姻生活为线索，展现两个人婚姻生活中甜蜜温情、紧张冲突以及老年时期的相扶相依。电影《阿甘正传》围绕阿甘的生活经历为线索，叙述了他所经历的美国不同时期的重大事件。

这种以人物的生活历程或性格发展为线索的写作构思形式往往时间跨度较大，在对具体人物的故事演绎中折射出世事变迁、人生百态。

第二，以某个事件为线索。

围绕着某个事件，在事件的发展变化过程中展开故事的叙述。电影《贫民窟的百万富翁》以生活在社会底层的青年贾马尔参加《谁会成为百万富翁》的电视节目，回答节目问题作为线索，将贾马尔兄弟从小到大的生活经历串联起来，反映出印度社会的贫富差距、宗教冲突、旅游景观等层面的自然、人文、民生等状况。电影《罗生门》围绕“武士之死”这个事件，樵夫、僧人、强盗、妻子和武士的鬼魂等都站在自己的立场回顾了有关武士死亡的过程，一个看似简单的事件在不同人物的诠释中变得复杂起来，从中折射出人性的复杂。这种以某个事件为核心的线索设置形式在剧本创作中比较多见。

第三，以特定的空间为线索。

在这种线索构思形式中，人物的经历与情节的发展变化往往在一个或几个固定的空间中展开。在高行健的话剧《车站》中，一群不同身份的人站在一个已经被废弃的站牌下等公交车，在这个固定的空间里，通过人物之间的对话，展现出时代特有的风貌与不同人物的生存观念。老舍的话剧《茶馆》以茶馆为故事表现空间，将半个世纪的社会变迁在这个固定的场景中集中展现出来。

第四，以某个人物的情绪或意识流动为线索。

人物的情绪或意识的流动是无序、随意的，这种线索形式以模仿人的意识活动的方式，全面呈现人物的思想理念、生活经历、性格变化等。电影《野草莓》表现了一位79岁的医生在前往领取终身荣誉博士的路途中的意识流动过程。影片通过老人的梦境、回忆、幻觉回顾了他的一生，反映了这位事业有成的老人对自己的家庭、婚姻、爱情的反省、遗憾与忏悔。电影《乞力马扎罗的雪》以一位在非洲患了坏血症濒于死亡的著名作家的临终意识呈现，跳跃式地表现了这位作家的传奇经历及内心世界。阿瑟·米勒的话剧《推销员之死》，以一位叫作威利的老人在面临人生困境时的意识为线索，全面呈现了这位当了30年的推销员，最终却因被解雇而绝望自杀的悲剧人生；威利对年轻时代的回顾、与幻觉中早年人物的对话、同现实中的自我与家人的交流，在现实与虚拟中对自己的人生进行了全面的回顾，表现出一个微不足道的小人物在时代、家庭、自我的层层重压下挣扎无望而毁灭的悲剧。

以人物的情绪或意识流动为线索讲述故事，往往不是按照传统的线性时间顺序呈现，对观众而言，在理解层面上会有一定的难度。但如果按照这种线索方式叙述成功的话，能够挖掘到一般叙述接触不到的层面，对于事件或人物的表达会更加全面、深入。

以上是常见的线索设置方式。根据剧情、构思方式与表达理念的不同，线索的设置方式是多种多样的。以某个物件作为线索贯穿整个剧本，一些侦探类剧情的影视剧会以这种线索方式设置剧情，如电视连续剧《一双绣花鞋》中的绣花鞋；或以某个细节为线索构思剧情，如电影《公民凯恩》中以凯恩临终前说的“玫瑰花蕾”为线索；或以某种思想理念作为线索，如电影《红高粱》中以表达旺盛、狂野的生命力作为出发点表现人物、构思情节。线索的设置方式多种多样，主要看作者希望讲述的人物故事如何与剧本结构匹配。

(二)线索构思的形式呈现

许多剧本在结构设置时，线索并非是单一的，尤其是人物较多、情节较为复杂的剧本，往往由多条线索结构而成。从线索的数目角度划分，可以分为单一线索与多线索；从线索的不同作用划分，可分为主线与副线；从线索的呈现性质角度划分，可分为明线与暗线。

第一，单一线索与多线索。

所谓单一线索，是指以某个事件、某个人物或某种理念贯穿整个剧本的线索结构形式。单一线索的故事相对来说叙事比较集中，在进行情节构思时，主要围绕着这条线索进行故事叙述，将整个剧本串联起来。如在电影《公民凯恩》中，虽然借助不同人物的讲述展现了凯恩复杂多面的人生，但将凯恩一生的经历串联起来的是记者对“玫瑰花蕾”真相的探求。电影《罗生门》以探寻“武士之死”为线索，虽然电影中不同的人物出于不同原因的私欲，对武士之死的原因、过程进行了大相径庭的叙述，但所有的叙述都是围绕着“武士之死”这条线索进行的。

多线索主要是以多条不同人物关系或事件的故事设计作为结构形式，相互交叉构思剧本情节。在电视连续剧《潜伏》中，围绕着潜藏在国民党内部的红色间谍余则成这个人物设计了三条线索，有展现余则成在潜伏过程中与敌方斗智斗勇的各种线索，如与主要对手(前期为马奎，后期为李涯)的矛盾冲突、与互相利用的特务站站长的交往等；有帮助余则成完成潜伏任务的共产党联络站的联系人员、同样潜伏在国民党内部的同志等；在余则成的个人感情线索方面，则有余则成与初恋情人左蓝、配合其潜伏工作的假妻子翠萍以及暗恋余则成的晚秋等人的感情纠葛。曹禺的话剧剧本《雷雨》描述了在一个大家庭中发生的悲剧故事，剧本对不同的人物之间的关系进行了主要的情节设置，既有一家之主周朴园与妻子蘩漪、与初恋鲁侍萍的矛盾冲突,也有蘩漪与周萍、周萍与四凤之间的畸恋,还有鲁大海与周朴园之间不可调和的公私恩怨等。

多线索适合人物众多的群像式剧本的结构设计,尤其是电视连续剧的剧本创作——故事展开的时间较长,人物较多,需要通过多条线索交叉展开情节,以保证故事的丰富性、精彩性。

第二,主线与副线。

剧本的主线是指在剧本中起着统率作用、引导整个故事发展走向的线索。副线是指围绕主线展开,从不同侧面丰富主线内容的脉络设置。副线的主要作用是阻碍或推动主线的发展,尤其是阻碍主线发展的副线运用,可使剧本的内容更加丰富,矛盾冲突更加丰富多彩。如宁浩导演的《疯狂的石头》以工艺厂保卫科长包世宏保护翡翠为主线展开主要情节,在保护翡翠的过程中包世宏与企图盗走翡翠的黑社会老大道哥团伙、国际大盗麦克发生各种冲突;同时又增加了厂长不争气的儿子谢小盟为了私欲偷盗翡翠、道哥团伙在生活中各种行骗伎俩、麦克不断地遭遇各种倒霉乌龙事件等情节副线。这些副线表面上与主线关联不大,但这类以副线性质串联起来的情节设计丰富了剧情,增加了电影的喜剧色彩,从不同角度起到了阻碍主线顺利发展的作用。

第三,明线与暗线。

明线是在表面贯穿剧情始终的,将整个剧情串联为一体的脉络。暗线是隐藏在剧情之下的,贯穿整个剧情的情感或审美理念。话剧《暗恋桃花源》表面上是以两个不同的剧组阴错阳差租了同一个场地排练而发生的冲突事件作为线索,贯穿了表现现当代爱情故事的《暗恋》和以桃花源为空间背景的古代婚姻故事《桃花源》,这是明线。而隐藏在这个巧合故事之下的,是由于二者在爱情、婚姻方面的表达具有关联性,表达了创作者对爱情与婚姻这个古老话题的深层探讨。《暗恋》演绎了江滨柳爱而不得,即便即将走到生命的尽头也对恋人云之凡念念不忘的故事,《桃花源》演绎了一对男女因对婚姻不满而出轨,然而组合为新的家庭后依然矛盾重重的故事,从深层挖掘了爱情、婚姻本质上的差异。

暗线的作用是将表面上没有提及的或者看似不相干的情节,以内在的情感或理念将之串联起来,从而使人物、故事的演绎更加深刻。在电影《贫民窟的百万富翁》中,以贾马尔参加《谁会成为百万富翁》这个节目作为明线,通过电视节目主持人对贾马尔现场提问题的方式,使贾马尔对人生进行了一次全面的回顾,将贾马尔兄弟从小到大的生活经历与情感历程串联起来。如果影片只有这条单一线索的话,那么只不过是将二人多年生活的经历简单地呈现出来而已。从深层次来看,影片的每一个故事段落都体现出巨大的贫富差距给贫民阶层带来的不公正待遇及造成的严重伤害,巧妙的暗线设计不仅串起了主要人物艰辛的成长历程,而且也通过电视节目主持人、警察局警员对贾马尔的反应,表达了整个社会对待底层人物的漠视与歧视。由暗线串联起来的故事段落设计使得《贫民窟的百万富翁》的主题意蕴更加丰富饱满,具有震撼人心的情感力量。

线索最直接的作用是将剧本中的情节有序地组织起来,条理分明地讲述故事,展现人物性格的发展变化,这只是达到了最基本的线索设置要求。线索如果运用得巧妙别致,事件叙述会别出心裁,结构优美独到,主题表达充实。

【课程实训 1】

实训目标: 掌握剧本开端与结尾前后呼应的整体要求,了解开端、结尾的不同方式及其作用。

实训内容: 1. 观看电影《勇敢者的游戏》,分析电影的开端、结尾是如何前后呼应的,开端、结尾的方式是什么(提示:电影开端讲述了三个不同时间段发生的事件)。

2. 选择自己熟悉的一部电视连续剧,仔细观看开端与结尾,分析它是如何开端、结尾的。

【课程实训 2】

实训目标: 掌握剧本运用线索构思剧情的写作技巧,能够根据不同的故事构思有意识地运用单线索与多线索、主线与副线、明线与暗线等写作技巧。

实训内容: 1. 阅读曹禺的话剧剧本《雷雨》,分析剧本的线索是什么,联系剧情具体分析线索的作用。

2. 选择一部自己熟悉的电视连续剧,认真观看其中一集,分析该集是如何通过线索构思剧情的。

第四章
人物塑造

第一节　人物塑造的作用与原则

对于剧作创作者来说,创作好一个剧本说到底就是讲好一个故事。左右故事好坏的因素有很多,例如人物的表现、环境的选择、冲突的设置、精妙的结构等,其中人物尤为重要。正如我国著名导演谢晋所言:“对于电影来说,只是画面好、音乐好,是远远不够的,最重要的还是要看它人物刻画得怎么样。人物留在了观众心里,这是对一部电影的最高评价。”①

人物既是荧幕形象的主体,亦是影像故事的载体。剧作创作者必须掌握人物形象和人物性格塑造的规律、方法,只有将人物塑造得深刻丰满,戏剧影视作品才会有较高的艺术价值。

一、人物塑造的作用

戏剧影视作品同文学艺术作品一样,以刻画人物、塑造成功的人物形象为中心任务。离开人物形象的塑造,即使故事编织得再离奇曲折,自然环境设置得再优美别致,也不可能演绎出好的戏剧影视作品。全世界每年生产的戏剧影视作品不计其数,而能够载入史册的寥若晨星,绝大多数只是昙花一现便销声匿迹了,根本原因就在于剧作者把主要精力用于编织故事,制造悬念,玩弄技法,却忽视了人物形象的塑造。

(一)人物塑造是剧本创作的核心

文学即人学,对于戏剧影视作品而言亦是如此。无论是家庭伦理、青春偶像、玄幻穿越等题材,还是现实、浪漫、抒情等风格,故事终归讲述的都是主人公为了达到某种目标而产生

① 桂青山.影视剧本创作教程[M].3版.北京:北京师范大学出版社,2009:313.

的行为及结果。这个主人公既可以是真实的人物,也可以是虚拟的人物(例如《哪吒之魔童降世》里的哪吒),甚至可以是动物(例如《疯狂动物城》里的尼克),因为无论怎样,故事归根结底讲述的是关于“人的故事”,表达“人的情感”。也正是因为如此,绝大部分以“非人类”为主人公的戏剧影视作品在创作时,都会对此类主人公进行拟人化的处理,赋予其人的喜怒哀乐,以便更好地完成故事情感的传达。《机器人总动员》的主人公瓦力是一个被废弃在地球的小机器人,编剧赋予了它与人类一样的对爱情的渴望,由此讲述了一个充满想象的有趣的爱情故事,塑造出了单纯、勇敢又可爱的机器人瓦力形象。可见,无论什么作品,无论主人公是人还是物,反映的都还是人的故事、人的生活。如果说剧本是一剧之本,那么人物就是剧本的核心,没有人物的戏剧影视作品是无法想象的。

(二)人物是推动情节发展的基础

我们常说性格决定命运,究其根本在于人物的性格影响人物的选择与行动,人物每一步的行动势必影响着后续情节的发展,最终直指某个不可逆转的结果。以典型的文学形象(同时也是经典的影视形象)安娜·卡列尼娜为例,安娜是一个勇敢追求真挚爱情,具有独立意识的贵族女性。正是由于这样的人物性格特点,安娜才会在遇到沃伦斯基后,不顾一切地坠入爱河,在观看马术表演的时候失态并大胆地向丈夫承认自己与沃伦斯基的情爱关系,因此逐渐被贵族阶层所孤立,当她与沃伦斯基的情感出现问题时最终走向死亡。安娜真爱至上的性格一次次推动着故事情节的发展,也一步步把她带入孤立无援的深渊。

在不同创作背景下,对同一人物性格的不同诠释,故事的呈现方式也会有很大的差异。孙悟空作为名著《西游记》当中的热门 IP 形象,被多次搬上荧屏/银幕。最为经典的 1986 年版电视剧《西游记》,孙悟空被塑造为一个忠诚、勇敢、足智多谋的英雄形象,成为一代人的荧屏记忆;电影《大话西游之月光宝盒》《大话西游之大圣娶亲》则赋予了悟空更多的七情六欲,借助经典作品的外壳,讲述爱情故事,同样成为不朽的银幕经典;2013 年周星驰再次拍摄西游题材《西游降魔篇》,与以往作品不同的是,在这部作品中,孙悟空不仅在外形上被刻意丑化,而且本性中的“恶”也被重点呈现,从而降低了观众对于此版悟空的喜爱。

由此可见,人物的设定与情节的发展密切相关。不同的人物设定方向,直接影响着情节发展的走向。即便是同一个人物,不同的处理方式、不同的人物定位,能演绎出完全不同的情节,产生不同的戏剧效果,从而影响着影视剧的成败。

(三)成功的人物塑造能深化主题

丰满而深刻的人物塑造,不仅能够推动情节发展,还为多层次地展现故事主题提供了可能。在戏剧影视作品中,每个人物的出场都是基于三个意义上的:他是一个社会人,有他的职业背景;他又是一个家庭人,在他的家庭、亲友中确立他的身份;他还有一个是面对自己的身份,主要受价值、观念、信仰等内在因素的影响。基于这三个层面,我们对于人物的认识也是由浅入深的:在人物出场时,创作者更多通过人物工作背景(如职业、职务、收入等)和生活背景的呈现,展示人物既有的性格特点,而隐藏在人物内心深处的性格特征则会随着人物的行动、情节的发展被一步步揭示,深层次性格的呈现往往与作品要表达的价值取向密切相关,因此这个过程往往也是主题表达以及植入的过程。如电影《风声》,通过“三层定位法”塑造了顾晓梦这样一个与众不同的共产党地下情报人员形象。故事开场,伪军剿匪司令部行政收发专员的职业身份,顾家小姐的家世背景,以及因此而形成的洒脱骄纵的人物性格都已经先验地存在;随着情节的推进和外部环境的压迫,为了保护同志,同时安全地送出情报,在巨大压力之下的顾晓梦,在保持原有骄纵行为与性格的基础上,逐渐展现其内在最为核心的性格特点——因坚定的信念而带来的勇敢、坚强与奉献。这种由浅入深的性格呈现方式,使顾晓梦的人物形象摆脱了传统革命英雄“高大全”的叙述范式,将人物塑造得更为丰富立体,增添了观众对于人物形象的情感注入;同时,赞颂为新中国成立而牺牲的烈士先辈的影片主题,也通过成功的人物塑造得到了生动的诠释。

二、人物塑造的原则

与小说、诗歌、散文等通过文字来塑造人物不同,影视剧中对于人物的塑造最终要通过屏幕以真实具体的形象被观众感知。这无疑增添了人物塑造的难度。无数案例告诉我们,只有那些真实、丰富、独特的人物形象,才能够经受住观众的考验,成为令人难以忘记的经典。

(一)塑造真实的人物

这里的真实指外在形象的真实,即人物衣食住行、吃穿用度的设置符合剧本中对应的历史背景与自然环境,因为这是最容易被观众看到的,是人物形象的外化,也是最明显的。这种外在真实的营造,能够有效地传递出人物的身份、地位等隐性的带有社会属性的价值信息,帮助观众迅速了解人物设置,尽快入戏。同时,随着审美意识的逐渐提高,观众对影视剧制作提出了更高的要求。人物外在形象的逼真打造,也是影视作品具有卓越艺术品质的侧面反映,《延禧攻略》《清平乐》因为人物外在服饰等方面的精湛打造,获得好评,甚至引发观众对剧中朝代所体现美学的热议与追捧。

除此之外,人物的塑造还要符合内在性格的真实。社会中的人由于受到教育、道德、法律等因素的约束,在正常的生活情境中多展示的是较为表层的性格。例如在说真话不会有任何损失的情况下说了实话,这是大多数人都会做的选择,并不能说明什么;如果在说假话才可以活命的情况下还坚持说真话,那么诚实无疑就是这个人物的性格核心。因此,想要呈现人物较为深层次的性格特点则需要创作者打破人物正常的生活情境,给予人物一些意外或矛盾,使人物的性格在矛盾冲突中得到更为真实的反映。有时也可以借助不同人物在面对同一矛盾时所做出的不同反应来体现不同人的性格真相。如在《教父》中,老教父被暗杀,暴躁的老大选择以血还血替父报仇,懦弱的老二只会手足无措地在父亲身边哭泣,睿智的老三冷静地分析局势,趁着谈判的机会杀掉对手。面对同一件事件,三兄弟所做出的不同反应,真实地呈现了人物的内在性格;同时,性格的真实也带来了情节的逻辑真实。正是三兄弟的不同性格,才使后续兄弟三人的命运发展各不相同。

(二)塑造丰富的人物

这里的丰富,不简单指人物的数量多,或者人物的经历丰富,更重要的是指人物性格上的丰富多样。尤其对于主人公而言,丰富的性格展示有助于提高故事和人物的精彩程度。这就要求在划分人物性格时,不能简单地用善、恶、美、丑等单一的形容词来“贴标签”,因为人物的性格往往是复杂、多样的,甚至是矛盾、多变的。人物性格呈现的层次越丰富,人物就越真实,观众对人物的理解也就越深刻。例如电影《风声》中的顾晓梦,其戏份与剧中的李宁玉基本持平,但在有限的戏剧空间里,顾晓梦对外人的骄纵、傲慢,对朋友、家人的依赖、关怀,对信仰的坚定、果敢,这些看似彼此不兼容的性格特点却被有效地统一起来,并逐一呈现。正是这些多样的性格,才刻画出了顾晓梦这样一个有血有肉的人物形象。

(三)塑造独特的人物

在影视剧数量逐年递增的今天,千篇一律的人物形象很难被观众所接受。如何塑造令观众印象深刻的角色,使其从不计其数的荧屏/银幕形象当中脱颖而出,除了在人物性格的丰富性上做文章之外,突出人物某一方面的特征,并对其进行适度的强化,增添人物的辨识度,同样不可或缺。虽然人在不同情节中能够表现出不同的性格倾向,但其中肯定会有主导性的性格特色。这就要求我们在塑造人物,尤其是在塑造主要人物时,做到在兼顾人物丰富性的同时保持人物的独特性。例如电视连续剧《琅琊榜》中的梅长苏,作为主人公,他的身上呈现出重情重义、忍辱负重、冷静沉稳等多样的性格,但足智多谋作为其主导性的人物特点始终贯穿全剧,并通过大量情节得到了淋漓尽致的呈现,成功地塑造出了虽病体缠绵却又心怀赤诚、才华无双的江左梅郎形象。

对于本就戏份不多的配角而言,角色的性质导致配角的发展空间无法与主人公相比,这就制约了配角性格发展的多样性。从角色的定位出发,由于受时间限制,我们需要把配角设计成扁平人物。但扁平并不意味着单一无趣,而是有其生动的特点,这样才能在有限的时间里使配角形象生动,令人难忘,产生夺人眼球的效果。例如电视连续剧《还珠格格》里心狠手辣的容嬷嬷,《都挺好》中矫情多事儿的苏大强,都因为强烈的人物特色而被观众铭记。

【课程实训】

实训目标: 初步掌握影视剧和戏剧中人物塑造的作用,能够结合具体戏剧影视作品完成对剧中人物的分析。

实训内容: 挑选一个你认为塑造得十分成功的荧屏/银幕形象,根据人物塑造的原则,分析其成功的原因。

第二节 人物类型

根据所起作用与所处地位的不同,剧本中的人物可分为主要人物与次要人物两大类。在此基础上,剧作者往往会根据故事情节的要求进行更为细化的人物设置。不同的人物类型对应着不同的人物要求,这就需要剧作者在塑造人物时呈现出与人物类型相匹配的人物品质,以便实现预期的角色效果。

一、主要人物

主要人物又称主人公,是作品着重刻画的中心人物,是矛盾冲突的主体,也是主题思想的重要体现者,其行动贯穿整个剧本。

(一)主要人物的类别

第一,单一主人公。

单一主人公主要指主人公由一个人物(有生命的个体)来承担。该人物是实现目标的主要承担者,整体的故事会围绕着他来安排矛盾冲突以及次要人物的设置,典型作品例如《阿甘正传》《功夫熊猫》《甄嬛传》《琅琊榜》等。

第二,复合主人公。

由一个人物来承担主人公是多数影视作品常规的处理方式,但是一个故事有时候也可以由多人驱动,比如在爱情类型的影视作品中,往往就需要男女主人公共同完成核心故事的讲述。除此之外,电影《末路狂花》《七月与安生》是双女主人公的人物设置。当然,主人公的人数还可以更多,像2016年奥斯卡最佳影片《聚焦》,讲述的就是一群编辑和记者找寻真相的故事。像这样由两个或者两个以上人物构成的多个主人公,可以称为复合主人公。复合主人公必须符合两个条件:第一,群体中的所有个体有着共同或相近的目标;第二,在实现这一目标的过程中,无论是否产生矛盾冲突,其结果几乎一荣俱荣、一损俱损。总之,复合主人公的动机、行为以及结果都具有共通性。

(二)主人公需要具备的品质

所有人物中最重要的人物角色就是主人公。一般来说，主人公的塑造需要一些标志性的特点。

第一，有明确的需求或者欲望。

当人有了明确的目标或者欲望时，就会为之采取行动，有所作为。这也是促使故事开始的原动力。作为最重要的人物角色，主人公不仅要有欲望目标，而且还得是实现欲望目标的主要承担者，这样他才能主导整个故事，成为真正意义上的推动情节发展的核心力量。在侦探题材的影片中，找寻案件真相就是主人公的需求，而在爱情故事里，能否与心仪的对方在一起，往往就是主人公的目标。在一些故事中，主人公可能一开始并没有呈现出明确的目的性，但随着情节的推动，隐藏的目标最终会浮出水面，驱动主人公自觉或不自觉地朝着这个目标前进。

第二，有能力追求欲望对象。

主人公的欲望不一定都会实现，但重点是要让观众看到主人公为了实现欲望目标而做的努力。因此，在塑造人物时，我们就要赋予主人公能够实现欲望的机会以及与之相匹配的能力。

剧本故事的日常状态并不是真的日常状态，而是通向一个事件极致的通道，所以在此基础上构建主人公的故事时，也应该构建一个令观众无从想象的最终结果，这个结果往往是此类经验的极限。为了达到这个极限结果，主人公必须具有超强的意志力，坚持到故事的终点。试想，如果唐僧师徒因为路途遥远、鬼怪频出而放弃取经，罗密欧与朱丽叶因为受到家庭的阻挠便决定分手，甄嬛因为被逐出宫就一蹶不振……那么这些故事就没有存在的必要了。

第三，主人公具有移情作用。

所谓移情，就是要使主人公获得观众的认同。这种认同是整个影视剧创作方方面面的参与者的一个共同目标。为了实现这种认同，制片人往往会花费大量资金，请来明星作为角色的饰演者，观众不了解角色，但是观众都认识明星，这就是通过明星来制造移情，也就是爱屋及乌。当然，从编剧的角度出发，则是通过人物塑造使观众产生对剧中角色的认同。

产生移情的核心在于“像我”。这里的“像我”包含了两个层次：一个是“像真实的我”，即观众的经历与荧屏/银幕上人物的经历一致；另一个是“像想象的我”，即当观众内心隐藏的欲望与渴望被主人公实现的时候，观众也会移情。例如在2016年播出的电视连续剧《欢乐颂》里，刚毕业的大学生邱莹莹、步入职场的实习生关雎尔她们在剧中的经历常能引起观众的共鸣，原因就在于她们的人物形象更贴合现实生活中的大部分普通人；但这并不意味着，对于剧中的另外两个主人公安迪、曲筱绡，观众就无法认可，因为在她们身上折射了观众期待的“理想的我”,很多观众都希望自己能够拥有安迪的智商与才能、曲筱绡那样的个性与洒脱。

因此,“像我”不是要求所塑造的人物与观众在各个方面都贴合,而是在主人公的身上,观众发现了某种和自己共通的东西,或者应和了自己内心向往的某种理念,就是这些相似拨动了观众的心弦,移情作用由此而产生。

二、次要人物

次要人物是为主要人物服务的。次要人物的意义在于,在整个剧作的形象系列里,他们不是消极地作为构成主人公生活环境的点缀,而是要积极地参与到情节中去,与主人公发生相互关系,共同完成对故事的构建。

在现实生活中,人与人之间的关系是十分复杂的。作为反映社会生活的影视作品,次要人物的设置亦多种多样。从能否帮助主人公实现目标的角度出发,这里简单地将次要人物划分为对手与伙伴两大类。

(一)对手

对手,主要是指阻碍主人公达成目的,给主人公的欲望设置障碍,使他与欲望目标越来越远的人物。具有此种作用的人物设置在剧中有各式各样的子类型,但大多数影视剧为了获得必要的戏剧效果,往往会设置一个与主人公势均力敌且一心阻止其实现目标的强劲对手。在塑造这些主人公需要面对的核心对手时,需要注意以下几点:

第一,对手看起来很强大。

对手看起来必须是整个故事中能力非常强大的人物。只有对手强大,困难难以克服,最后的胜利才显得尤为不易,主人公的能力才能被有效地激发与呈现。比如在电影《肖申克的救赎》中,监狱长诺顿利用自己的职权来控制蒙冤入狱的主人公安迪。看起来一切都令身陷囹圄的主人公没有任何获得自由的机会,也正是因为监狱长看似无法战胜,才使得安迪最后的胜利让观众感觉酣畅淋漓。同样,在影片《飞越疯人院》中,虽然精神病院的制度到最后都没有被打破,比利自杀,麦克墨菲为此失去了自主的意识,但正是在这看似绝望的最后,印第安人搬起水槽破窗而出的举动才在无望之中给人们带来了希望,仿佛穿透黑夜的一缕曙光,格外令人动容。

第二,对手应该是一个实体。

对手应当是一个真真切切的存在。故事的核心冲突往往因对手而起,并且在最后的高潮部分主人公要与对手对决,所以对手必须明确。在现实生活中,可能会存在主人公与某种不公平的现象或者不合理的制度抗衡的事件,在剧本创作中,编剧要为这类抽象的对手找寻一个实体代言人,他往往是这个制度的维护者或者是掌握话语权的管理者。如在影片《飞越疯人院》中,护士长就是精神病院制度的具化象征,主人公麦克墨菲与护士长的冲突反映的也就是麦克墨菲与精神病院制度的抗衡。

除了抽象的对手之外,在一些影视剧中还会出现与内心自我进行斗争的情况。此时主人公成为自己的对手。在这种情况下,同样也要遵循对手应该是一个实体的原则。在电影《搏击俱乐部》中,主人公杰克为了克服失眠症参加过许多心理治疗小组,但依然无法改善失眠状况,直到他遇见泰勒,两人建立了一个地下拳击组织——搏击俱乐部,以此来宣泄生活与工作的压力,杰克的失眠症状逐渐好转。但搏击俱乐部日益发展壮大,杰克逐渐感到无法控制。影片最后,杰克发现自己患有精神分裂症,所谓的泰勒其实就是他自己。影片为了有效地呈现主人公的一体两面,分别选择爱德华·诺顿饰演杰克,布拉德·皮特饰演泰勒,从而使一个人身上的双重人格的内心争斗通过"两个人"的斗争得到外化。

第三,对手要深信自己的诉求。

不仅仅是主人公对自己的信念坚信不疑,强大的对手同样也坚信他的目标,即对手认为对抗或阻止主人公是应当做的事情。只有双方从自我角度都坚持自己的利益,彼此的较量才能持续激烈地发展。同时,对手虽然是主人公的对立力量,但这并不意味着对手必须是坏人或者恶人,最出彩的对手也许正是那些迫于形势而不得不站在主人公对面的好人。例如电影《喜宴》,男主人公高国伟最大的对手是盼望其能够结婚生子的父亲,而结婚生子显然是大多数传统中国父母对子女的期望,高父其实并无恶意。

优秀的编剧可能还会赋予作恶的反派某些观众认同的理由,来支持其所作所为,使对手不是一个简单的无恶不作的"坏人",反而成为一个悲剧人物。比如《甄嬛传》里的华妃,作为甄嬛前期故事里的重要对手,她骄纵蛮横,处处与甄嬛作对。但在华妃失势后,观众却发现她的可怜之处,她既是爱情的牺牲品,也是政治的牺牲品。

(二)伙伴

伙伴是在整个或者大部分故事里围绕在主人公身边的人。他们心甘情愿地充当副手或者帮手来协助主人公,鼓励、推动或者是激发主人公朝着欲望目标前进。除此之外,伙伴往往被赋予喜剧因素,带有活跃气氛的功能。例如哈利·波特系列电影当中的赫敏、罗恩承担的就是典型的伙伴角色,而罗恩因为在剧中经常出糗,又兼顾了部分喜剧性的元素。

除了并肩作战之外,在帮助主人公实现目标的道路中,有一类伙伴具有良师益友的性质,他们常常在主人公最为沮丧的时候出现,向主人公传授关键性的技能、提供重要信息或馈赠礼物,帮助主人公获得战胜困难的巨大力量。例如动画电影《功夫熊猫》中的浣熊师父,他不仅训练阿宝,传授其武艺,更在阿宝遭到挫折想要放弃的时候给他鼓励,帮助他获得最后的胜利。

三、主次要人物的设置

在主要人物与次要人物的设置上,虽然在部分作品中会出现次要人物占支配地位的情况,但配角再强大,也不能超过主人公,否则就会影响到整个影视剧的质量。像电影《搜索》中的记者陈若兮,电影的许多戏都聚焦于这个主要配角,使得影片的主题力度锐减。

我们可以把主人公想象为一颗恒星,把其他人物想象为行星,在脑海里构建一幅画面——所有行星都围绕着恒星运转。比较一下各个行星的位置,就会得出远近高低各不同的结论。故事中的人物设置道理也与此相似,人物设置大致可分为两层:距离主人公近一些的配角和较远一些的配角。例如电影《美国丽人》的人物角色分布:主人公是莱斯特,与其较近一些的配角是妻子和女儿,其次是安吉拉和弗兰克及其儿子,再次就是弗兰克妻子以及莱斯特妻子的情人。各层配角之间的区别是:处于第一、二层的主要配角,推动故事的发展,揭示主人公的复杂维度,反过来,他们也会自我勾画维度,有时甚至需要在与主人公互动的过程中展示维度。至于第三层的次要配角,则担负着为主人公和主要配角增添性格多面维度的作用。《美国丽人》中弗兰克的妻子没有什么台词,老是以一个怨妇的形象出现,其主要作用是丰富弗兰克的性格塑造。

最后,我们还是要不厌其烦地强调,配角性格无论多么强大,都不能脱离主角的引力而独自运行。那样的话,就要出大问题了。

【课程实训】

实训目标: 能够根据主要人物、次要人物的不同特点,塑造符合角色定位的人物形象。

实训内容: 1. 观看影片《指环王》,选出剧中你认为的主人公、对手、伙伴等人物类型,并说明理由。

2. 找一部你喜欢的影视剧作品,试分析一下主角和配角的人物关系。

第三节　人物设计

任何关于人物塑造的讨论都要基于一个前提——设计出一个人物。在完成人物设计的基础上,编剧要不断地对其进行填充,并通过有效的塑造人物的方法,最终完成人物形象的整体呈现。

一、人物的构思与设计

从无到有地把一个人物创造出来,并非易事。如果此时你的大脑一片空白,可以试着回答以下问题:

- 男人还是女人?
- 年龄?
- 身高、体重?
- 健康状况?
- 名字?
- 受教育程度?
- 职业?
- 经济情况?
- 家庭情况(父母、关系如何)?
- 婚姻情况(婚否、关系如何?)

在回答完上述问题后,一个人物的雏形基本就可以被勾勒出来了。问题列表越详细,获得的人物信息就越多,人物形象也就越发清晰,这就是人物设计的基本过程。方法并不难,但却涉及人物的方方面面,因此如何梳理出一个清晰的设计脉络,使人物的问题列表散而不乱,是有效实现人物构思与设计的关键。主要人物的设计分为剧本内外两个方面。

(一)剧本内的人物呈现

悉德·菲尔德在《电影剧本写作基础》中认为,“人物的外在部分”即发生在影视剧本的实际时间内,从故事中人物的第一次亮相到最后人物的淡出,所涉及的人物需要呈现出各自的方方面面。对于这部分人物的构思,“最好的方式是将你的人物的生活分为三个基本组成部分:职业生活部分、个人生活部分、私生活部分”①。

职业生活部分所包含的问题诸如:人物主要从事什么工作,收入如何,是否喜欢现在的工作,工作职务的高低,与同事、领导的关系如何,工作服务的对象包括哪些人群,与所服务的工作对象的关系如何等。

个人生活部分往往涉及亲人、伴侣等方面,例如人物的情感状况,单身、有男/女朋友、已婚、离婚、丧偶,上述任何一种情感状况都可以延伸出更多问题。比如,伴侣方面:为何单身,单身多久;有情感伴侣的话,感情如何,是否稳定;如果是离婚,离婚的原因是什么,离婚多久,双方目前是否还存在联系等。亲人方面,父母是否健在,父母间的关系如何,人物与父母的关系如何等。

私生活部分这里主要指当人物独处的时候,他喜欢或者习惯做哪些事情。例如作息习惯,是否养宠物,有哪些兴趣爱好或者有哪些鲜为人知的小癖好等。

上述问题的思考与设置,就是在不断挖掘、建构人物与社会、家庭以及自己的关系。在这一环节,剧作者需要进行头脑风暴,尽情地展开想象,写下所能想到的一切。虽然它们看

---

① 菲尔德. 电影剧本写作基础[M].鲍玉珩,钟大丰,译. 北京:中国电影出版社,2002:33-34.

起来琐碎零散,但这些是人物设计的起点,是推动故事向前发展的基础。

(二)剧本外的人物呈现

电视连续剧《都挺好》片段

剧本内人物的构思涉及剧中人物的可视化呈现,尤其像人物出场这样的重要场面,创作者会十分重视。故事的开场往往会通过简短的篇幅来交代人物目前的情况,尤其是性格方面。例如电视连续剧《都挺好》中主人公苏明玉的首次亮相出现在接大哥回国奔丧的机场,剧中通过接连不断的工作电话以及电话内容,呈现出苏明玉的工作地位;借助拒绝与大哥拥抱的细节动作以及冷静说明母亲离世的过程,传递出苏明玉与家人的距离。是什么促使苏明玉与家人的关系呈现出这样一种状态,她如何获得了如今的工作成就,这与她此前30多年的经历密不可分。这部分内容,虽然并不会作为主体占据主要的人物空间,但在进行人物设计时是不可或缺的,因为人物在剧本一开始所表现出的形象是由这些"看不见"的人物前传所形成的。对于人物的设计不仅要包含从故事开始到结束这一时间段内的内容,而且还要包括从该人物出生一直到故事开始时的全部经历。前者是展现人物性格的过程,而后者是形成其所展现人物性格的根源。

我们往往以人物传记的方式,展现人物从出生到故事发生时的过往。为了避免从头讲起的过度烦琐与庞杂,我们可以10年为一个周期来细数人物的点滴。

第一个10年以人物的童年生活为主。何时出生,在哪儿出生,成长环境如何,与朋友、家人关系如何……

第二个10年以人物的青春期为主。人物有哪些爱好或者特长,是否正处于青春叛逆期,与同龄人的关系如何,是否有特别亲密的伙伴,学习成绩如何,是否准备考大学,与老师的关系怎样,与父母的关系怎样……

第三个10年,主要是从校园到社会的一个过渡期,人物的社会关系更为复杂,涉及的问题也更为广泛。主人公是否考上了大学,什么专业,大学毕业后是继续深造还是直接就业;就业后的工作是什么,是否顺利,工资多少,与同事以及领导关系如何;情感方面,在大学期间是否有恋爱的经历,目前的情感状态是什么样子,是否打算结婚或已经结婚……

沿着这样的思路,一直写到故事发生时人物的境况,一个有血有肉的人物就会逐渐出现。理想状态下,人物传记的书写要尽可能事无巨细,但从实际写作的需求出发,则只需从各个阶段选取对人物今后产生影响(尤其是性格方面的影响)的事件来进行描述即可。

人物传记的创作看起来更像一个幕后工作,虽然无法登台亮相却不可或缺。因为只有"在坚实的基础上建置人物的内在生活、情感生活,你的人物才能够在故事设定的人物框架内发展、前进,才能够在特定的情感行动中变化、成长"①。

① 菲尔德. 电影剧本写作基础[M].2版.钟大丰,鲍玉珩,译. 北京:世界图书出版公司,2012:38.

二、人物塑造的方法

人物设计完成后，剧作者需要将构想的人物用符合剧本特征的方式表达出来。影视剧是用视听语言讲述故事的，剧本中人物的塑造需要以可视化的方式展示出来。

（一）通过压力之下的选择来揭示人物性格

人物的生理属性如年龄、性别、身高、体重，以及人物的社会属性如职业、阶层，可以通过外貌、衣着、道具、环境被观众直观看到；而性格、态度这些涉及心理属性的内容则掩藏在人物的内心深处，相对而言比较抽象。如何将抽象的情感进行具象化的表达，方法并不复杂。作为一门视听艺术，影视剧的表达途径主要是声音和画面，在听觉上，进行心理刻画最常用的方式是言语，即人们在交谈中，流露出各自的态度、观点，进而展现人物性格；在视觉上，进行心理刻画最常用的方式是动作（行动），即通过人们在特定情况下的举止行为，展示他们的内在本质。

依据影像通过画面讲故事的本质，在进行剧本创作时，多数剧作者推崇以人物行动来呈现人物性格。我们可以对比以下两句话：

例 1. 街坊邻居都说，张三是一个富有爱心的人。

例 2. 张三收养了一个弃婴。

相对于耳听，大多数人更习惯于眼见为实。例 2 中张三收养孩子的行动所传递出的性格真实度显然高于例 1 的“道听途说”。在此基础上，我们稍加改动：

例 3.张三在失业的情况下，收养了一个弃婴。

这时情况又发生了改变，张三富有爱心的性格因为失业情境的设置被进一步强化，原因在于我们为其设置了压力。人物在没有任何风险情况下做出的行动，意义甚微。反之，如果我们将压力设置得足够大，那么人物的每一步行动都将暴露出其内心深处最为隐秘的角落。例如在列车上，为一个行动不便的人开门，可以说是举手之劳；假设在这个人身后，有一群怪物正在追赶他，还有人会给他开门吗？这就是 2016 年现象级电影《釜山行》的故事，影片属于“鬼怪屋”的故事类型，剧中人物被放置在极端的环境下，通过一次次涉及生死的考验，揭示隐藏在人物内心深处的善与恶。

总之，压力之下的选择，会剥下人物所戴的面具。压力设置得越大，人物性格挖掘得越深刻。

(二)在对照和反差中呈现人物

传统的人物塑造技巧,常常倾向于透过人物的外在形象来反映人物的内在性格特征。例如在我国“十七年”电影里,英雄常被塑造为“高大全”的形象,在角色的设计上多以浓眉大眼、身形挺拔、充满正气为主;反派角色(例如汉奸、恶霸等)则多为贼眉鼠眼、奴颜媚骨之辈。“脸谱化”的角色造型使演员一出场,观众便能通过外在形象精准地判断出谁是好人,谁是坏人。这种人物塑造技巧使角色的性格特点一览无余,在既定的性格设置下,人物的行为变得可以被预见,从而丧失了角色的惊喜感。

因此,越来越多的影视作品选择在对照和反差中一步步呈现主人公与其外在完全不同的内心世界。例如 2019 年暑期档影片《哪吒之魔童降世》一改此前正义勇敢的哪吒形象,将其打造成一个声音沙哑、玩世不恭的混世魔王。但随着情节的一步步推进,观众发现无恶不作的“魔童”,不过是哪吒为了反抗外界的偏见而进行自我保护的人设,他渴望被认可、被需要、被夸奖,内心善良勇敢才是“魔童哪吒”的真实面目。正是这种反差带来了人物不可预知的性格魅力,增加了观众对于人物的喜爱程度。

(三)在揭示性格真相的过程中展现人物的变化

在很多影视剧中,无论主人公在出场时被赋予了什么样的性格特点,等到故事结尾时他的性格都会发生变化。《甄嬛传》的开始,甄嬛是一个单纯向往爱情且无心争宠的少女,故事的结尾她成了富有心机、拥有权力的太后;《釜山行》的开场,孔侑饰演的父亲,是一个忙于工作而疏于家庭的冷漠自私的公司高管,随着故事的推进,他从最初的自私冷漠变得勇于奉献,并且学会了如何去爱。无论什么样的作品,重点不仅是表现人物的性格,更重要的是揭示人物性格的发展与变化。正是这种变化推动着人物的成长,同时也推进着故事不断向前。

在一些影视作品中,也会出现人物性格始终没有发生改变的情况,此类作品常常是为了突出主人公某一方面的性格特点,因此更容易产生扁平化的人物形象。同时,在一些侦探、动作类型片中,复杂的人物塑造会把观众的注意力从惊险刺激的剧情上分散出去,因此在人物设计上往往相对简单。

需要注意的是,上述人物塑造的方法,主要是针对剧本创作的主人公而言的。由于配角在剧本中所占篇幅有限,因此我们多把配角设计成扁平人物,不需要展现其多面性。虽然配角的性格可以是单一的,但这并不等于人物的乏味与呆板。我们可以借助细节的提炼,勾勒其独特的审美价值,这样才能在有限的时间里,使配角生动形象,令人难忘,实现配角对剧情推动作用的最大化。

【课程实训】

实训目标： 学会人物塑造的技巧，能够创造出有发展变化的人物形象。

实训内容： 1. 观看电视连续剧《甄嬛传》，为剧中的华妃写一则人物小传。

2. 写一段剧本，试着用五个镜头画面说明一个人物的某种性格特点。

3. 分析近期你所看的影视作品中的一个人物形象，谈谈这个角色塑造的成功之处。

第四节　人物对白

对白对于构筑一个完整的影视剧本来说似乎是不可或缺的。自从 1927 年第一部有声电影《爵士歌王》诞生以来，对话就成为剧本创作者传情达意最重要的工具之一。尤其对于初涉剧本写作的人来说，对话是讲述故事最有效、最便捷的途径。但对话并不等同于故事，更不能替代故事。如果一个影视作品是通过对话完成了全部内容的讲述，那么它的层次一定不高。那些在电影或电视剧中自然而然的对话内容，都是经过精雕细刻后达到的不露痕迹的伪装。在进行人物对白的设计时，剧作者追求的是对话的有效输出，是“一句顶一万句”的表达效果。好的人物对白，无论对剧中人物、情节还是主题都会起到有益的作用。

一、人物对白的作用

（一）塑造人物形象

言语能够直接让人物发声，从而告诉观众“我是谁”。这种塑造人物技巧的方式在上一节人物设计当中已经谈到，但在实际创作时，剧作者往往把更多的注意力放在人物所说的内容上，忽视了这句话出自谁之口。好的人物对话，在传递故事信息的同时也要兼顾人物性格的塑造。在电视连续剧《以家人之名》中，齐明月与母亲在商场购物的对话，就是用对白有效塑造人物的典型案例。

电视连续剧《以家人之名》片段

齐明月在陈列区拿起了一件白色的衣服。

齐母：穿什么白色，不爱干净还爱穿白色的，以后你自己洗，想买什么颜色都行。

齐明月放下白色衣服，转身挑选起旁边货架上的黑色外套。

齐母：黑色不适合你，这么年轻要多穿点儿鲜亮的，穿什么黑色！服务员，请问这还有别的颜色吗？

服务员:还有灰色跟粉色的。

齐母:粉色吧。

服务员:好,请稍等。你好,这件。

齐母:还不错啊!来我看看。喜欢吗?

齐明月:还行吧……

齐母:这一点儿啊,你跟你爸真是一模一样,从眼神到语气,一点儿主见都没有,说什么都是还行吧……

不到一分钟的对白,把齐母强势的形象鲜活地呈现在观众面前。女儿在该段的对话中,仅说了一句"还行吧",这既是面对咄咄逼人的母亲的一种无可奈何,同时也反映出从小在强势母亲庇护下长大的齐明月缺乏主见的性格特点。在优秀的对白中,人物的台词与人物的性格、人物关系是一一对应的,试想将林黛玉的台词让王熙凤来说,肯定是极其别扭的。同理,如果在剧本中,某个台词谁说出来都可以,那么这段台词就是失败的。

(二)推动情节发展

一般的创作者重视对话的叙述功能,即通过对话把故事讲述出来。这种情况在初学者的剧本中常常表现为某一个角色有冗长的台词段落。对话真正的魅力在于呈现而非表述,那些精妙的对白往往充满了强烈的戏剧张力,以构建冲突的方式一步步推动情节的发展。姜文导演的影片《让子弹飞》讲述土匪张麻子冒用马邦德的身份,到鹅城上任县长,并与鹅城恶霸黄四郎斗智斗勇的故事。其中黄四郎宴请张麻子的段落,虽然是酒桌聊天的"文戏",却通过黄四郎、张麻子、汤师爷三人的对话,呈现出了"武戏"的紧张刺激。扫描二维码,阅读此片段。

电影《让子弹飞》对白片段

在场的每一个人都各怀目的,并且每一个人都不断地利用对话,谋求自身利益的有效实现。三人的每一句对白所包含的潜台词,都是此时正在进行的隐性冲突的外化表现。表面上其乐融融的觥筹交错、把酒言欢,却句句话里藏刀,针锋相对。

(三)诠释影片主题

许多影片在结尾的高潮处,都会有一句或者一段台词来对影片的主题进行说明、升华。这种手法未必精彩却最为直接,因此每每到了这个环节,情节、情绪、音乐、环境都在为剧中人物的那句或那段台词而努力。例如在电影《风声》中,顾晓梦将自己的遗言以摩斯码的方式绣在李宁玉的旗袍上,结尾处摩斯码被李宁玉破译。伴随着绵延不绝的江河山川画面以及激昂悲壮的音乐,顾晓梦的遗言以画外音的形式出现,朴实无华的内心独白处处彰显着共产主义者坚定的理想信念、大无畏的奉献精神。

电影《风声》片段

通过对白诠释影片主题的方式,如若处理不好往往会使得台词有说教之感,因此在处理方式上,要尽可能地与影片的情节内容、人物形象融合在一起,使情感与对白水乳交融、水到渠成。例如电影《哪吒之魔童降世》的结尾,哪吒喊出的“我命由我不由天”,是哪吒在一次次受到外界的打压与非议之后,向自我命运进行抗争的呐喊,是对此前所有情节铺垫的应答;它不是生硬的口号而是源于情节,融于角色的自我宣言。

二、人物对白的写作方法

作为剧本的重要组成部分,对白对于人物的塑造、情节的推进、主题的传递均有着重要的作用。想要写出精彩的对白,我们需要注意以下几点。

(一)对白要突出人物个性

写出个性化的对白是任何一个剧作者都心知肚明的创作要求。检验所写的人物对白是否突出了人物的个性,一个有效的方法是在完成人物对白的写作后,隐去左侧人物的姓名,单独看对白的内容:如果仅凭对白内容就能判断出这话出自何人之口,那么该人物的对白无疑是成功的;如果所有人的对白和思路都如出一辙,那么这段对白就需要大刀阔斧地进行修改。例如电影《纵横四海》中,张国荣所饰演的阿占与周润发饰演的阿祖(钵仔糕)围绕他们共同喜欢的红豆妹有过一次经典的对话:

阿占:我去偷这幅画不是为了那个法国人。

阿祖:你不是为了伟大的艺术吧?

阿占:对,我不是为了艺术……我是为了红豆的幸福。

阿祖:红豆的幸福不就是你的幸福,你的幸福不就是我的幸福,我的幸福不就是大家的幸福……

阿占:你在说什么?我总觉得你对朋友比对你喜欢的女人好。

阿祖:错,我对朋友和女人一样好。

阿占:你对她好?你再说一遍?

阿祖:我现在对她不好吗?

阿占:你整天把她当木偶一样扯来扯去,忽冷忽热,一会儿好一会儿坏,她对你多好,只是你不知道。我真希望我是你。你想没想过她的将来和幸福?想过没有?

阿祖:有时候太照顾别人的感受会失去自我的,你知道吗?其实你们俩都了解我的性格,我喜欢东走走西逛逛,我喜欢流浪。爱一个人,未必一定要跟她一辈子的。我喜欢一朵花,未必一定要把它摘下来。我喜欢风,难道叫风停下来让我闻一闻?我喜欢云,难道叫云飘下来罩着我?我喜欢海,难道就要跳海?

从对话中不难看出,两人对待爱情以及婚姻有着截然不同的观点。观众可以清楚地感受到阿占是一个温柔体贴,具有责任感的人;阿祖则生性不羁,更喜欢一种自由自在的情感状态。即使隐去了姓名,我们也可以通过对白清晰地感受到两人完全不同的观点和性格。

对于一部作品而言,无论是戏份最重的主人公还是不起眼的配角,每一个个体都应该有其独特的说话方式,因为他们的身份、地位、所处的环境都不尽相同。所以,如果你笔下的人物对白并无特色,那么请回到人物设计的章节,重新花时间真正了解你所设计的人物。

(二)对白要简练精准

对白可以推动剧情的发展,但这并不意味着故事内容都需要借助对白来完成,因为对白不等于故事。但对于初学者来说,最容易犯的错误恰恰是借助人物的对白来讲述剧情,因为这是看起来最简单、最清晰的表述内容的方式。这一问题在剧本中的突出表征往往是冗长的句子和大段的台词。仔细研究这些容量庞大的对白会发现,它们的主要作用在于解释或者说明某人、某事,但观众并不喜欢被说教,与其借助大段的对白去告诉观众这是什么,不如借助行动的力量让观众自己去看,去感受。因此,除非是高潮时刻或者是说明问题的关键节点,否则请尽量保持对白的简练,因为简约也是一种美。

对于初学者来说,试着在每句话中精准地传递一个想法,可以有效地剔除"废话",提升对白的简洁度。我们以某学生的一次写作练习为例:

刘星:马上就要期末考试了,我不想挂科。上学期挂了两科被我爸骂惨了……

(闪回):刘星走在路上拿着手机讲电话。

刘星爸:这学期期末考试是不是考完了?考得怎么样啊?

刘星:那个……我……考得一般吧……

刘星爸:一般是什么意思,全及格了吗?

刘星:嗯……有两科没及格……

刘星爸:什么?你又挂科了?天天在学校怎么学的,是不是天天想着玩,不学习?下个月的生活费扣一半!不把成绩提上来我要你好看!(闪回结束)

刘星:你们怎么想的?我上课基本都在睡觉,还有半个月就考试了,这么多知识点来不及了……这回考试可不能挂科了!

对话中刘星爸听到儿子挂科后,有对儿子挂科的指责,有对挂科原因的揣测,还有对下次成绩的要求以及不能实现要求的惩罚。诸多内容当中,哪一个才是对主人公刘星后续行动产生冲击的核心信息呢?紧随其后的刘星的台词,到底是要表达复习时间的紧迫,还是重复性地强调不能挂科?指向不明的对白,容量越是丰富传递的信息就越是混沌。针对上述情况,我们对该段落进行如下修改:

刘星：马上要期末考试了，这次我可万万不能挂科啊……

（闪回）：刘星走在路上拿着手机讲电话。

刘星爸：考完了？考得怎么样啊？

刘星：那个……我……考得一般吧……

刘星爸：一般是什么意思，全及格了吗？

刘星：嗯……有两科没及格……

刘星爸：又挂科？一天天在学校都干什么了！再挂科，以后的生活费减半！（闪回结束）

刘星：怎么办啊……还有半个月就考试了，我还什么都不会呢……

经过修改，那些与核心信息无关的"废话"被删去，这不仅使对白变得简约，同时对话要传递的主要想法也得以清晰呈现，有助于推动故事继续向前发展。

（三）好的对白往往蕴含着潜台词

"潜台词是指对白的台词中隐含的、没有直接阐明的任何意图。观众喜欢潜台词，因为他们喜欢自己弄清楚事情。"①例如2020年谍战电视连续剧《瞄准》，主人公苏文谦因在码头救助被绑架的小孩儿，暴露了自己曾经是顶级狙击手"牧鱼"的特殊身份。在警察前往苏文谦家暗访时，苏文谦借助向"妻子"秦紫舒打电话的机会，告知家人今晚晚归的原因："今天在码头有两个人打架，结果身上碰了一身锅灰，等都清理干净了就回去。"结合前面的剧情，观众显然知晓这不仅仅是晚归的理由，更是苏文谦暗示站在一旁窃听的警察，"我是无辜的，并且我要去自证清白"。

潜台词可以使对白更值得玩味，透过表层的话语引导观众获取对白真正的含意，这个过程无疑充满乐趣。但这并不意味着，每一句对白都需要有潜台词。因为并不是所有的内容都有必要一语双关，而是要符合情节的设置与安排。

最后需要说明的是，尽管在该章节我们强调了人物台词的作用，但影视剧以画面讲述故事的本质决定了行动在剧本中的不可替代性。"人物对自己行为以及行为方式的选择都表明他们的身份，这远远超过他们所说的一切。只有在被整合进行为的情感语境时，言语才能传递意图。"②这就能够解释，为什么在一些电影（尤其是艺术电影）中创作者会刻意减少对白，而是选择通过行动，甚至是沉默的场景来传情达意了。电影《东京物语》的结尾，年迈的父亲独自呆坐着，静静地看着远处的河流，一艘货轮鸣响汽笛，缓缓驶向远方。影片用这样一个悠远的画面，让观众体会到了隐藏在日常生活中无法言说的悲伤。这种诗意的、无声的

① 埃德森.故事策略：电影剧本必备的23个故事段落[M].徐晶晶，译.北京：人民邮电出版社，2013：74.

② 埃德森.故事策略：电影剧本必备的23个故事段落[M].徐晶晶，译.北京：人民邮电出版社，2013：69.

对白才是拥有强大诉说力量的佳作。

【课程实训】

实训目标： 掌握利用台词传递人物性格的写作技巧;通过对白形成戏剧冲突,进而推动情节发展。

实训内容： 以“吃饭”作为基本的情境,通过对白反应出场景内人物的性格特点,同时传递出人物之间存在的冲突关系。场景内人物数量没有限制,对白长度最好控制在 5 页以内。

第五章
情节设置

情节是剧本元素的重要组成部分，观众观赏戏剧影视作品，主要是欣赏作品中的人物与情节。高尔基说："情节，即人物之间的联系、矛盾、同情、反感和一般的相互关系——某种性格、典型的成长和构成的历史。"①

第一节　情节设置的原则与要素

情节是叙事文学共有的成分，是戏剧影视艺术诸元素中最重要的元素之一。相对于小说来讲，戏剧影视艺术对情节的需要远远胜过了前者，这是由戏剧影视艺术的特性所决定的。因为它们都是面对面"看"的艺术，需要能够随时紧紧抓住观众的注意力，虽然这同导演、表演、摄影等方面有密切的关系，但起决定性作用的还是情节。

观众在观看一部影视剧时，最关心的是剧中人物的遭遇，而对剧中人物的了解则是通过情节来实现的。换句话说，当一个未知的人物出现在观众眼前时，对他的职业、性格、家庭等一系列情况的了解与认识并不是依靠剧中人物的自述完成的，而是通过各种事件（即情节），尤其是包含了与其他人物关系的事件确立起来的。从这个意义上说，情节就是指剧中人物与人物之间所发生的一系列遭遇和变故。

一、情节设置的原则

（一）情节的组织要考虑到真实性原则

真实性原则并不是指对生活的照搬，而是指剧情的设计以及走向与人物性格或其所处的环境相契合。即情节发展的逻辑与人物发展的逻辑具有一致性。在 2020 年网络剧《隐秘

---

① 高尔基. 和青年作家谈话[M]//高尔基.论文学. 孟昌，曹葆华，戈宝权，译. 北京：人民文学出版社，1978：331.

的角落》中,朱永平的女儿朱晶晶在少年宫学习时坠楼身亡。恰巧在事发当天,朱永平与前妻所生的儿子朱朝阳也在少年宫。朱永平现任妻子王瑶认定朱朝阳因为争宠而具备杀害朱晶晶的作案动机,为此朱永平隐约在内心也对朱朝阳产生怀疑。在一次带朱朝阳外出吃饭时,朱永平在皮包内放置了录音笔,试图打探朱朝阳的口风。在正常的情况下,父亲怀疑儿子是杀害自己女儿的凶手,是不合常理的,但此前朱永平重女轻男的行为,让这种不合理有了可能性。作为一个父亲,一方面他迫切地想知道女儿死去的真相,这迫使他选择窃听,哪怕对方是自己的儿子;另一方面,作为父亲,怀疑自己的儿子又使他内心羞愧、懊恼,于是在窃听之后,他迅速删除了录音内容,并狠狠地给了自己一巴掌。这些看似矛盾的情节正是因为与剧中人物的身份、情景相匹配,所以才变得顺理成章。

(二)在情节的编织中注意细节的力量

细节虽然在整个情节中所占的比重不大,但容易被人忽视的细节往往也是最能够展现真相的关键点。例如以讲述亲情为主要内容的韩国电视连续剧《请回答 1988》,就通过大量细节来表现琐碎生活中蕴含的浓烈情感。其中一个令人印象深刻的情节是,家境贫寒的宝拉为了备考,决定去专业的复习学校学习。开车离家的途中,看见父亲在路口等她。停车后父亲递给她一个塑料袋,宝拉打开后发现是父亲为她准备的常用药。在送药的基础上,编剧进一步细化,又在每一个药盒上都用笔标注了用药说明,一下子就把父亲对女儿细致入微的关爱表达得淋漓尽致。细节所带来的真实感,感动的不仅仅是剧中的女儿,也瞬间戳中了看剧者的内心。这种源于生活的细节呈现,使得作品的情感浓烈而不做作,动情而不煽情。

二、情节发展的要素

推动情节发展的要素主要包括激励事件、进展纠葛、高潮以及结尾。

(一)激励事件

激励事件主要指足以触发故事讲述的第一个重要事件。“是什么让整个故事开始发展?这个(指激励事件,编者注)就是点火的火花,是推动整个故事向前发展的事件,它将目标跟方向赋予你的主人公(以及你的剧本)。”[①]几乎所有优秀的影视作品都会有激励事件。在某种意义上说,激励事件是开启故事的必不可少的元素。判断一个事件是否是激励事件,除了从概念上进行把握外,更为重要的是要理清激励事件的特点。

第一,激励事件是一个比较完整而具体的事件。

我们通过例子来说明:一个普通的女孩,在一座城市有一份普通的工作。日常乏味的生活使她非常厌倦,于是她决定搬离到另外一个城市展开她的新生活。在这个情节中是否存

① 瑞安.创意制片完全手册:从项目策划到营销发行[M].马瑞青,译.北京:北京联合出版公司,2015:23.

在激励事件呢？女孩离开这座城市的原因——乏味的生活。这是非常笼统而抽象的一个状态而非具体的事件。

我们对上述的情境稍做修改：一个普通的女孩，在一座城市有一份普通的工作。有一天，男朋友突然提出分手，使女孩非常伤心，于是她决定搬到另外一个城市，展开她的新生活。

显而易见这里存在一个明显的外部刺激——男朋友提出分手。该事件作为一个激励事件，不仅仅因为它具体，更重要的是它具备激励事件必须有的另外一个特点，打破了生活的平衡。

第二，激励事件必须彻底打破主人公生活中各种力量的平衡。

作为一个激励事件，它必须做到的事情就是一定要打破主人公平静的生活。这是我们判断激励事件的核心标准。在故事开始时，主人公的生活也许是成功的，也许是失败的，但不管怎样，生活对于他而言是可控的。然后，一个事件骤然发生，好像往平静的湖水里丢进一粒石子。生活的平衡被打破了，主人公的生活或主动或被动地发生急剧变化，这种变化可能是向好的方面发展，如电影《夏洛特烦恼》中的夏洛从成年回到高中时代，他可以根据自己的生活经历弥补曾经的遗憾，让生活与事业更加顺利圆满；也可能是向坏的方向发展，如电影《追凶者也》，汽车修理店老板宋老二突然被警方与熟人怀疑是杀人凶手，为了自证清白，他只好去寻找真正的凶手。不管怎样，开启故事的方法就是将常态打破，因此，激励事件也被人们称为常规杀手——杀掉常规生活的事件或事变。

具体的这个激励事件（常规杀手）是什么，取决于每一个编剧的故事设计。它可能是一则突如其来的消息，也可能是一个不速之客，甚至是一场天灾人祸。

第三，主人公必须对激励事件做出反应。

当生活离开了正常的轨道，人们会本能地想要恢复平衡。因此，激励事件先是打破主人公的生活平衡，然后在他心中激起恢复平衡的欲望。出于这种需要，主人公通常会采取行动。行动就是对激励事件的反应。如果这个激励事件是主人公向往的，主人公的行动往往是积极的；如果这个激励事件并非主人公自主自愿的，那么主人公的行动往往比较被动，比如电视连续剧《甄嬛传》中的甄嬛，被选入宫，她并不心甘情愿，所以一开始对于是否得宠，也不十分在意。总之，无论是主动迅速还是回避拒绝，主人公只要作出反应，任何反应都是可以的。

（二）进展纠葛

激励事件把主人公的生活推向混乱，使他力图找寻能够结束混乱的方法，并且为了得到它而采取行动。一旦行动开始，人物会面临各种对抗力量，产生越来越多的冲突，随之发生一系列事件，这就是进展纠葛。进展纠葛是故事的主体，从激励事件一直延伸到最后的危机或高潮。进展纠葛的部分主要涉及两点：冲突和不归点。

第一,冲突。

当主人公进入激励事件时,便意味着他进入了冲突的旋涡。若无冲突,人物性格的揭示、情节的推进都无法有效实现。从接受者的角度看,冲突使观众沉浸在跌宕起伏的故事中,忘却了时间的流逝。冲突作为故事的灵魂极为重要,在后续会作为一个独立章节专门介绍。这里我们主要围绕不归点进行说明。

第二,不归点。

不归点主要指人物期望和事件结果之间产生巨大鸿沟的事件,"不归点是冲突升级到敌对人物之间的决定性对抗不再能避免的时刻"①。在激励事件发生后,人物开始采取行动,无论主人公的欲望目标有多强烈,他在采取行动的时候,总是会从他的主观观点出发,选择最保守的行动。一个任务如果可以用更为简单的方式来完成,那就没有必要舍近求远。并且在行动时,我们都希望自己的行动能够达到预期的理想目标。例如生活中行人过马路,我们希望车辆可以避让行人,事实上也确实如此:车辆及时看见了行人并进行了避让,人们安全地通过马路。但生活与故事之间最大的差异在于:在日常生活中,我们采取行动总能或多或少地得到有效的反应,但在故事里观众的期待往往会落空。这也是为什么在故事中行人安全通过马路的概率总是小于发生意外的概率。

故事中的人物最开始采取了一个相对保守的行动,以促使他能够朝着欲望目标前进,但行动引发的不是有益的反应而是各种对抗的力量,于是在主人公主观期望与客观现实之间就产生了断裂,形成了一道鸿沟。当断裂出现时,主人公意识到,最保守的这种努力无济于事,想要实现目标需要冒更大的风险,要奋力跨过这个鸿沟并采取更大的行动。他这样做了。新的行动又引发了新的对抗,于是在期望和结果之间产生第二道鸿沟……在这样循序渐进的过程中,人物面临的风险越来越大,行动也越来越冒险,情节就这样朝着观众无法想象的方向推进。

这里以《盗梦空间》为例。电影主要讲述了以柯布为首的造梦团队为了向目标客户费舍深层梦境植入放弃继承家产的理念而开启的冒险故事。故事的开始,主人公和他的伙伴们进入了目标对象费舍的梦境,并找到了费舍意识松懈的时候,准备植入目标意识进而完成任务,但因为费舍接受过防盗梦的训练,因此柯布等人不仅无法完成任务,反而遭到了费舍潜意识的攻击,主人公的期望与结果之间就产生了第一道鸿沟。为此,柯布等人不得不改变计划开启第二层梦境:选派药剂师约瑟夫开车在第一层梦境中逃避费舍潜意识的攻击,同时其余人进入约瑟夫的梦境中,在第二层梦境中主人公告诉费舍他正在被侵入梦境,需要与其合作。接下来,主人公柯布、同伴与目标对象费舍一起进入了第三个梦境,在这个梦境中他们要共同寻找费舍父亲藏在军事基地里的秘密,只要将秘密找到并将篡改后的秘密拿给费舍看,主人公的目标便可达成。但在这个过程中,费舍被意外打伤昏了过去,期望与结果之间再次发生断裂,这迫使主人公必须冒着更大的风险进入第四层梦境,以争取目标的实现。整

---

① 奥班农.剧本结构设计[M].高远,译.北京:北京联合出版公司,2015:66.

个故事正是被这一个个不归点推动着,走向终点。

(三)高潮

行动不可能无穷无尽,目标也不可能永远遥不可及。主人公距离最后的目标仅剩最后一步所采取的行动,即故事的终极事件便形成了情节的高潮。它是敌我双方的最后一次较量,是一次决定性的对抗,经过这最后一战所有的问题都将尘埃落定。这种不可逆转性要求对高潮部分进行创作时要尽可能地遵循以下两个原则:

第一,不可避免。

好的高潮并不是它本身有多么激烈,而是它能够满足观众的预期情感。高潮一旦呼之欲出,我们的创作思维就不是从前往后,而是从后往前。因此,我们要在故事发展的前期便为后续高潮的存在寻找支撑、提供因果依据。例如电视连续剧《伪装者》的高潮发生在大姐明镜决定作为人质前往火车站的情节段落。虽然明家姐弟都知道这是一个圈套,但通过前期对明家日常生活的铺垫,姐弟之间的深厚情感,促使大姐明镜为了保护弟弟们不被怀疑,宁愿身入险境,不惜成为人质,于是各方势力便汇聚于此进行最后的较量。正是前期那些传递姐弟情感的生活点滴,赋予了明镜所做出的看似出乎意料实则情理之中的选择。很多知名作家或编剧在创作的时候都强调"带着高潮去写作",原因就在于前面的每一个人物,他的动作、选择,甚至每一句对白,都要与最后的高潮发生千丝万缕的联系,所有的场景都必须比照高潮确立其存在的理由。

第二,出乎意料。

高潮是不可避免的,就像在剧情一开始我们就知道正反双方一定会决一死战一样。那么,如何让观众对一件心知肚明的事情保持期待呢?很简单,虽然我们知道决战是必然会发生的,但是双方的胜负、人物的命运走向我们尚不得而知。所以,即便高潮是必然的,我们仍可以通过观众不可预知的方式来呈现这个不可避免的高潮。如奥斯卡获奖影片《逃离德黑兰》主要讲述一名特工帮助六名美国外交工作者安全离开德黑兰的故事。影片开场不久就交代他们会以乘坐飞机的方式离开德黑兰,显然影片的高潮也就发生在他们进入机场到登机这一段情节内,但他们能否顺利离开,过程中是否有人受到伤害或牺牲,都是未知的。这些不确定因素会导致这段剧情以一种观众不可能预期的方式发生。

(四)结尾

高潮之后,紧随而来的就是结局/结尾。结尾主要用以展示高潮的效果以及高潮所产生的影响。在经历过高潮之后,所有的线索、人物的命运都尘埃落定,此时自然需要有一个段落对高潮的结果进行有效的说明。除了上述叙事层面的意义外,结尾还可以有效地缓解高潮所带来的情感上的冲击。影片的高潮往往是情节最为紧张激烈的段落,因此也是观众情绪最为饱满激动的时刻,此时的观众可能笑得不能自已,或者非常压抑,或者泪眼朦胧。如果此时银幕突然变黑,片尾字幕开始滚动,甚至电影院的灯也亮了,那么还沉浸在情感之中的观众难免感到错愕,甚至还可能因为来不及整理外露的情绪而感到尴尬。此时结尾的存在便为观众整理情绪提供了时间。

虽然所有的问题以及悬念在结尾处都会被交代清楚,但也有一些故事在结尾时会按照对立统一的原理,将一段故事的结束转化成新故事的开端,产生意犹未尽的效果。例如《盗梦空间》的结尾,一直旋转不停的陀螺,让人不禁思考此时的主人公到底是身处梦境还是现实。更有像《少年派的奇幻漂流》这样颠覆式的结尾,以精妙的结局推翻了整个故事的真实性,重新确立整部影片的价值,体现新的叙事美学追求。同时也存在于高潮处结束的影片,因为高潮往往包含了欲望目标是否实现的答案,只要呈现至此,故事也是完整的。在电影《末路狂花》的结尾,原本循规蹈矩的塞尔玛和路易丝在旅行途中被迫一步步走向传统规范甚至法制的对立面,最后毫不犹豫地开车冲向悬崖,此时音乐起、字幕出,悲壮的结局令人唏嘘反思。在具体的写作过程中,我们无须刻意营造结尾的深刻或复杂,更多要结合故事发展的需要以及所追求的艺术表达效果,选择最合适的结束方式。

【课程实训 1】

实训目标: 了解细节在情节中的重要作用。

实训内容: 以“高考成绩查询”为基本情境,写一个剧本片段,并通过细节来传递主人公的心理活动。

【课程实训 2】

实训目标: 能够对情节的各个要素进行有效的把握与区分。

实训内容: 观看英剧《黑镜:急转直下》,对剧中的激励事件、进展纠葛、高潮、结尾进行划分。

第二节　戏剧冲突

冲突对于故事而言,就好比声音对于音乐。两者都是时间的艺术,时间艺术的创作者需要带领受众在时间中穿行且不能意识到时间的流逝。在音乐中,这种效果是通过声音来达成的,乐器或歌声陪伴着听众一路向前。而故事的乐音就是冲突。冲突使观众的目光紧紧被情节所吸引,占据着观众的思想和情感,直到影片结束才意识到时间的消逝。

一、冲突的构成

真正构筑了戏剧冲突基础理论的人是美学大师黑格尔,他认为戏剧在本质上必然是引起冲突的,戏剧的整一性应当以完整的冲突过程为基础,以引起冲突的情境作为起点,这期间的戏剧冲突过程就是各种冲突的展现,等到冲突的结果出现才能进行结尾。根据剧情表达的需要,戏剧冲突情节的设定有繁有简,“在观念里固然不难把一些长段落的时间摆在一起来想,而在肉眼观看中却不能把几年的时间那样飞快地阅历遍。所以动作如果在它的全部内容和冲突上都很简单,它从斗争到结局所占的时间也最好紧凑些。但是动作如果需要许多不同的人物参加,而这些人物的发展阶段又需要许多在时间上先后隔开的情境,那就绝对不可能遵守一种形式上的时间整一性,规定出一种刻板式的期限”①。

冲突由两部分组成:一个是行动,另一个是反应。从概念上看,冲突就是矛盾对立,因此构成冲突的方法也不复杂,只需要将行动与反应对立即可。例如人物 A 向人物 B 打电话,想要获取人物 C 的电话号码。这里 A 是行动的发出者,B 是行动的反应者。如果 B 很爽快地把 C 的信息给了 A,那就不存在冲突。因为,B 的反应与 A 所预期的一致。如果 B 非常粗暴地拒绝了 A,B 的反应与 A 背道而驰,这样就产生了冲突。与冲突随之而来的是因冲突而产生的结果,这个结果又会成为诱发下一个冲突的开端。以英国电视连续剧《黑镜:急转直下》为例,故事发生在具有科幻感的未来世界,人们通过日常生活中的评价、点赞获得相应的个人信用评分,该分值对于个人的工作、生活等各方面都会有极大的影响。主人公黛西想要换一栋更大的房子,但只有个人评分达到 4.5 以上才能够租住,为此黛西想通过参加好友婚礼的方式,迅速提升自己的个人评分。在出发去往好友婚礼的途中,黛西发生了一系列冲突:

冲突一:黛西在家练习婚礼发言(行动),受到弟弟的嘲讽(反应),与弟弟大吵一架,被弟弟打了低分(结果)。

冲突二:黛西走出家门撞到行人(行动),被撞的人表示非常不满(反应),黛西被行人打了低分(结果)。

冲突三:黛西抵达机场给出租车司机打了高分(行动),司机却给黛西低分评价(反应),黛西目前只有 4.1 的评分(结果)。

……

总之,主人公的每一次行动都获得了与之相反的回应,情节就这样在接连不断的冲突下逐渐推进。

二、冲突的类型

根据黑格尔的悲剧冲突理论,我们在制造戏剧冲突时,可以把冲突划分为三种基本类型②:

---

① 黑格尔.美学:第三卷:下册[M].朱光潜,译.北京:商务印书馆,1981:251.

② 黑格尔.美学:第三卷:下册[M].朱光潜,译.北京:商务印书馆,1981:283-287.

(一)人与自己的冲突

在一个人的世界里,与其最近的对抗力量往往来源于自身。人的情绪、状态或者是身体并不是时时刻刻都能够按照我们的预期展开行动。就好比运动员都希望能更快、更高、更强,但他每一秒的提速都是对自我身体的对抗,是突破自我的拼搏。更多时候,人与自我的冲突表现为内在的心理斗争,如电影《黑天鹅》中,芭蕾舞演员妮娜为了获得出演《天鹅湖》的机会,不断挖掘自己身上黑天鹅的那部分性格特质,白天鹅的高贵、优美、纯洁与黑天鹅的邪恶、阴暗、狡诈亦如妮娜内心善与恶的一体两面,不断交替,最终导致她走向毁灭。在有些作品中,人与自我的冲突会使当事人陷入一种难以取舍的境地,如电影《唐山大地震》里姐姐方登、弟弟方达被同一块楼板压在两边,当时的情景下只能救出一个孩子,母亲李元妮需要在两个孩子之间做出选择,这种两难带来的不仅是母亲内心强烈的冲突,伴随而来的还有选择后的各种矛盾纠葛,从而引出后面的情节。

(二)人与人之间的冲突

步入社会后,社会常规为我们分派了所需扮演的各类社会角色。同一个人身上所赋予的社会角色往往不止一个,如一个已婚已育的职业女性,家庭中她是妻子、母亲,还可能是女儿;在工作单位她是职员、同事,还可能是领导。任何一种角色都有可能与其对应的人物关系发生矛盾冲突,这就形成了人与人之间的冲突关系。这类冲突关系涉及的范围广、形式多样,是组成影视作品冲突的主要类型。绝大部分的影视作品都以展现人与人之间的冲突作为冲突的主体,尤其是娱乐性、商业性特别显著的影视剧类型,如恐怖片(剧)、武侠片(剧)、爱情片(剧)、家庭伦理片(剧)、谍战片(剧)等,大多以展现人与人之间的戏剧冲突类型为主构思情节故事。

(三)人与环境之间的冲突

人与环境之间的冲突主要包含人与自然环境的冲突、人与社会环境的冲突两个方面。自然环境的冲突既可以指恶劣的气候、极端的天气,也可以是简陋的条件,总之物质环境都可以纳入该范围。像《流浪地球》《中国机长》《攀登者》等影片集中展现了人与恶劣环境之间的对抗。社会环境的冲突主要以对抗社会制度为主,如《出租车司机》《我不是药神》《飞越疯人院》等。需要注意的是,在讲关于对手的人物设置时,我们专门强调过对手最好是一个实体,因此,像社会制度这样的抽象概念在剧本中经常以某个具体的人来作为象征。在一些讲人与人之间冲突的作品里,其实也包含有人与社会之间的冲突。

冲突可以来自对抗力量的任何一方。简单的故事纠葛可以只表现上述三种冲突里面的任何一种,即只发生一个层面的冲突。但一颗石子抛向湖面,泛起的是层层涟漪,因此矛盾总是相互勾连在一起的,一个对立自然会影响到其他的关系相继发生改变。对于绝大多数的故事，三种冲突常常彼此交织、相互并存。例如影片《攀登者》，中国攀登队向珠峰发起冲刺，首先面临的是人与自然环境之间的冲突；为了克服这一冲突，登山队员进行体能训练，这就涉及了人与自己的冲突；在攀登的过程中，何时出发、何时登顶、何时撤回各方有不同的意见，展现的就是人与人之间的冲突。

总之，无论是大的情节段落还是小的场景设计，都可以借助冲突将简单的故事讲述得精彩动人。

【课程实训】

实训目标： 掌握戏剧影视作品中制造冲突的方法，能够区分冲突的不同类型。

实训内容： 1. 选取一部你感兴趣的电影，试用一句话概括主人公的目标与欲望，分析其在达到目标的过程中所遇到的冲突形式。

2. 写一页对话，对话中至少包含一种冲突类型。

第三节　情节设置的常用技巧

借助情节设置的技巧，不仅可以增添情节魅力，变换故事节奏，还可以调动观众情绪，增强故事的观赏性。本节主要介绍 7 种情节设置的常用方法——悬念、延宕、伏应、张弛、发现和突转、蓄势、戏仿。

一、悬念

悬念是指设置悬而未决的矛盾冲突，进而引起观众的关注。悬念对于观众而言是关切故事发展或担心人物命运的紧张心情；对于创作者来说是让观众在产生疑问和抛出答案之间的那个压力时段。

从受众的观影心理出发，常见的设置悬念方法有两种。

（一）揭秘式悬念

在这类悬念中，观众所知道的信息要少于剧中人物，于是便激发了观众想要揭开秘密的欲望。例如电影《失恋 33 天》中，黄小仙要去参加大学同学的婚礼，这必然会遇见同是大学同学的前男友陆然，为此她内心非常焦虑不安。出发前，王小贱给黄小仙说请她放心，他会为她保驾护航。此时，观众就知道在婚礼上王小贱将会有所行动，但王小贱具体怎么做观众却不得而知,正是这种未知激发了观众对“预发事件”的好奇。

(二)期待式悬念

这种设置悬念的方式主要是观众知道真相,而剧中人物并不知道,即观众所知道的信息比剧中人物多。希区柯克曾就这种悬念举过精彩的例子:“我们正在谈话……突然,‘砰’的一声,发生爆炸。观众很吃惊,但在爆炸之前,观众看到的是一个绝对普通、毫无趣味的场面。现在,我们来看一下悬念。……观众知道炸弹将在一点钟爆炸,还知道现在是一点差一刻……同样无足轻重的谈话突然变得十分有趣,因为观众参与了这个场面。……在第一种情况下,爆炸给观众 15 秒钟的惊奇。在第二种情况下,我们给观众 15 分钟的悬念。”[①]这就是期待式悬念。此时观众并不会因为知道更多内容而失去对故事的兴趣,相反他们会迫切想要了解剧中人物面对真相时的反应,为剧中人物危险的命运感到深深的担忧。

二、延宕

延宕主要指在情节的推进过程中,故意增加拖沓的感觉,从而呈现出一种艺术上的延缓,使观众产生强烈的观看欲望。电影《向左走向右走》运用延宕的艺术手法,一次次使居住在同一栋公寓中,且仅有一墙之隔的男女主人公,在同一时刻同一地点不断擦肩而过:旋转门的一进一出、电梯的一上一落、站台的两旁……看起来那么近的两个人,却又那么遥远,观众渴望两人相遇的心情便在这不断被拖延的邂逅中滋生、蔓延。除此之外,延宕也可以通过暂时中断故事的方式得以实现。例如网络剧《隐秘的角落》第 1 集,朱朝阳、严良、普普三人在观看外出游玩的录像时,意外发现了张东升谋杀岳父母的犯罪过程,而本集也就结束于此。这种刻意的暂停,无疑激发了观众对于后续情节的渴望,让人不由自主地开始了“追剧”之旅。

延宕往往和悬念放在一起叠加使用,以增强叙事的效果。许多创作者在设置了悬念后,并不急于揭晓真相,而是借助延宕的手法有意识地延长悬念保持的时长,从而延续观众对于情节的好奇与关注。例如电视连续剧《琅琊榜》在剧情之初就将梅长苏是林殊的秘密告知观众,而剧中另一核心人物靖王却到故事的第 49 集才得知这一真相。观众对于梅长苏的身份何时会暴露,会以怎样的方式暴露,以及他因此会受到怎样的伤害充满了好奇。剧本正是通过对延宕手法的使用,让这种期待几乎贯穿了全剧。

三、伏应

伏应包含伏笔与分晓两部分。前期先设置一个看似无特别意义的情节(一般而言,以小的细节为主),到了后续情节出现重大或奇异突变时,此前的情节信息被再次提及,并发生重要作用,从而形成前后呼应。伏应技法的使用,可以使情节发展产生既出人意料又在情理之

---

① 特吕弗. 希区柯克与特吕弗对话录[M]. 郑克鲁,译. 上海:上海人民出版社,2007:54.

中的效果。这种技法的使用往往与细节紧密相连，例如韩国电视连续剧《请回答 1988》的第 1 集，五位主人公的出场是聚集在一起看电影《英雄本色》，播放的是张国荣所饰演的男主角在生命的最后一刻给家人打电话的镜头；在本集结尾处，《英雄本色》结尾的片段再次叠化出现，配合画外音的旁白“别说英雄，哪怕是英雄的爷爷，最后一刻也要回到家人身边”，不仅是对此时电视机里所播放的《英雄本色》画面内容的对应，而且这种首尾一致的重复更突出了本集的故事主题。

四、张弛

张弛更多指对于情节节奏的控制。在故事中不会只有一个情节，在安排情节节奏时需做到张弛有度。若一味紧张，对于观众来说会形成一种观影压迫，产生视觉疲劳；而一味松弛，则会出现观众入戏慢或者频频出戏的情况，同样难以引人入胜。尤其是带有大量打斗场面的动作片或战争片，合理安排情节的轻重缓急对于整体叙事效果将产生重要影响。例如电影《八佰》，讲述 1937 年淞沪会战末期，国民党军队西撤，留下“八百壮士”坚守上海四行仓库，孤军奋战四天四夜的故事。作为标准的战争题材影片，创作者集中呈现了四次规模较大的战斗场面，而在每场战斗的间隙安排像慰问、战士之间的聊天、读家书、表演皮影等情节以舒缓叙事节奏。同时，剧中多次出现的浴血神俊的白马、“小湖北”所幻想的长坂坡中的赵云等意向，更为影片增添了一丝梦幻的超现实主义色彩，为阴冷、灰暗、压抑的基调增添了些柔性元素。

五、发现和突转

发现主要是指从不知到可知的转变。它可以是主人公对自己身份或者与其他人物关系的新发现，例如在大量影视剧中，主人公发现了自己身世的秘密；也可能是对一些重要事实或无生命实物的发现，如在侦探作品里常出现的一些重要线索。突转，“指剧情向相反方面的突然变化”①，即由逆境转入顺境，或由顺境转入逆境。在作品中，“发现总是与突转相互联用或者同时出现，剧本往往通过发现来造成剧情的激变”②。发现紧跟而来的就是突转。如在电视连续剧《甄嬛传》中，甄嬛受到灵犀在玩闹时“姐姐追着姐姐”的话语启发，明白了安陵容所说的“皇后杀了皇后”的真正含义，从而发现纯元皇后真正的死因。这个发现成为甄嬛扳倒皇后的重要条件，紧随而来的就是皇后迅速失势。突转和发现能使情节向一个新的方向发展，但在发现和突转的情节设置过程中，剧情设计既要合乎情理，突转又要出乎观众意料、经得起推敲，这种发现与突转的情节设置才是成功的。

六、蓄势

蓄势是指在设置冲突时要学会搁置，使剧情张弛有度，等到情绪积累到势在必行的时候

---

① 刘强.欲“说”还休：对《不能说的秘密》叙事学解读[J].电影文学,2008(2):56.

② 刘强.欲“说”还休：对《不能说的秘密》叙事学解读[J].电影文学,2008(2):56.

再推向高潮。在电视连续剧《天下粮仓》中,仓场侍郎米汝成在丫鬟柳含月的帮助下,从与总督苗宗舒的争斗中艰难胜出。在米汝成出场的戏中,他一直是以惩恶扬善的清官形象出现的,参与了粮食案的查办,揭露了双层仓贪污粮食的秘密,他的儿子米河也是协助办案的重要人物。第17集米汝成死去,直到第28集才由庞旺向柳含月道出米汝成是巨贪的秘密。第29集,儿子米河得知,双层仓是米汝成发明的,米汝成通过双层仓瞒报库存,将粮食发往米行牟利。原来米汝成的贪污就是为了儿子有朝一日去揭露他的罪行,以谋取仕途上的利益,这是米汝成对儿子米河的爱。故事发展到这里,我们才明白发生在米家的一些古怪事情,谜题解开后留下的震惊远比从一开始就把米汝成塑造成一个贪官效果更突出。正是对蓄势这一技巧的有效运用,剧情在有序发展的同时又增强了戏剧的冲突。

七、戏仿

“戏仿,又称谐仿,是在自己作品中对其他作品进行借用, 以达到调侃、嘲讽、游戏甚至致敬的目的。”①戏仿是否能够取得预期的效果,主要取决于戏仿对象的选择。越是那些知名度高的原始文本,如著名的文学作品、经典的影视段落、家喻户晓的人物事件等,越有被戏仿的价值。“因为戏仿就是要借助这些已经深入人心的形象来实现戏仿者自身经验的传达、自我意识的显扬以及个体身份的建构。”②假如我们在戏仿时选择了较为小众或鲜为人知的对象,对于接受者来说很可能连既定的印象都不存在,戏仿便无从谈起。

周星驰是善用这一技法的大师。综观其导演的作品,戏仿无处不在,其中最为典型的影片莫过于“大话西游”系列。该片以经典文学名著《西游记》为戏仿对象,一改原著中充满神性以及反抗的故事色彩,将叙事的中心从师徒四人斩妖除魔、历经艰难前往西天取经,转移为以至尊宝、紫霞、白晶晶三人为主体的复杂缠绵的爱情故事。通过这种颠覆,“大话西游”系列影片建构起全新的话语空间,为观众呈现出了与传统认知完全不同的“西游”故事。

情节设置的技巧与方法是多种多样的,无论采用哪一种,目的都是为了创作出精彩的剧本。剧本创作者除了要掌握理论写作技法外,更需要多看经典作品,多观察生活,并在写作过程中不断揣摩思考,才能日渐提高创作水平。

【课程实训】

实训目标: 在实际的写作过程中,能够根据剧情运用情节设置技巧 。

实训内容: 1. 选择一部好莱坞影片,分析其中所使用的情节设置技巧。

2. 结合本节所学内容,撰写一个带有悬念的微视频(3分钟以内)剧本。

---

① 百度百科“戏仿”词条[EB/OL].[2022-04-05].http://baike.baidu.com/item/戏仿/3682626?fr=aladdin.

② 李长生.论戏仿与互文性中的创造性问题:以周星驰电影为中心[J].电影评介,2014(9):10.

下编　应用篇

第六章
电影剧本写作

1895 年,在法国巴黎一家咖啡馆里,卢米埃尔兄弟的电影短片《火车进站》等公开放映,这些最初的电影故事大都以生活记录、杂耍段子、艺术表演为主,故事性不够突出,电影剧本更不太被重视。直到 20 世纪 20 年代,电影剧本第一次被出版,才引起大家的重视。中国第一个比较完整的电影剧本是由洪深编写的《申屠氏》,于 1925 年在《东方杂志》发表,而中国第一部电影《定军山》早在 1905 年就诞生了。电影艺术从早期的杂耍取乐工具发展到现在集传播信息、引导意识形态、教化审美于一体的重要媒介,剧本的不断成熟完善在其中厥功至伟。

经典电影的剧本不一定是经典,但没有好的剧本打底,绝对不可能生产出一部好的电影。在电影观众的审美品位与素质日益提高的当下,故事逻辑与人物设定的苍白无力最为人所诟病。对于剧本写作初学者来说,在没有庞大的专业团队、技术设备与资金支持的情况下,唯一能凭借的就是讲好一个故事、讲一个好故事。

第一节　类型电影概述

观众的个人经历不同,对电影的要求与喜好也千差万别,不会有一部电影能够同时迎合所有人的喜好。电影的创作者所能做的就是最大可能地抓住自己擅长的类型题材爱好者的喜好,使他们成为固定观众,成为稳定的票房来源,与此同时吸纳更多的人加入这个群体。电影归根结底是一种商品,它的创作离不开"受众定位""投其所好"。在商业电影不断发展的过程中,逐渐形成了不同的类型电影。不同类型的电影受众不同,套路、模式也不一样。

一、类型电影的形成与发展

最能体现电影商品特征的便是类型电影。美国学者托马斯·沙兹认为,类型的形成过程是一个创作者、批评家、观众三者共同作用的过程;类型电影是电影制作者的美学表现,同时也是艺术家和观众协同表达他们共有的价值观和理想的过程。美国学者布鲁斯·F. 卡温认为,类型电影是"以风格化或经常是惯例的方法处理某一特殊主题(或是对人类经验、关怀、关系、行为或意识的特定观点)的电影,根据某一共同的词汇、主题、价值观、人物或符码将论述转型和架构故事"①。中国电影学者蔡卫、游飞认为:"'类型电影'是指在主题思想、故事情节、人物类型、影片场景和电影技巧等方面具有明显相似性的一组影片。"②本节我们在分析各类型特征时主要依据的就是这种划分方式。可以说,类型电影是编导与观众共谋的产物,兼具商业性与审美性两大特质。

在20世纪10—20年代的好莱坞,类型电影便已具雏形。30—40年代类型电影发展成熟,该时段被称为经典模式的黄金时期。50—60年代,欧美政治、经济、文化、科技在迅速发展的同时,也产生了诸多社会问题,原本的电影观众逐渐对陈旧的类型电影模式感到厌倦,电视的崛起也冲击了电影市场,类型电影进入瓶颈期。70年代开始,随着时代、科技、观众审美需求、市场运作的变化,类型电影不断进行改良、杂糅、分化、创新,旧的类型电影不断突破原有模式,新的类型电影不断产生。

不同的类型电影在长期发展中都形成了最能吸引观众兴趣的故事公式和电影技巧。这些套路反映了社会集体心理中具有普遍性的经验,如对抗情结、英雄主义情结、两性冲突等,这些套路是观众需求与经济原则双向选择的结果。类型电影的观众对类型模式熟悉后,会不自觉地要求新的电影作品在遵循公式的基础上进行一定的突破与创新。布斯康布在《美国电影中的类型观念》一文中提出,类型电影的种种惯例是观众熟识的,这种熟识是大众文化艺术的审美快感体验。同时,类型是现实的窗口,体现了编剧看待人生的不同方式。当窗外的现实发生变化时,类型也会随之进行改变。类型之间相互融合,相互影响,因此,编剧在熟悉类型套路的基础上,要不断对旧类型进行自觉与明确的改造。

二、主要类型电影

(一)武侠片

中国创作武侠片的历史由来已久,在最早的电影《定军山》中便已出现了戏曲程式化的武打表演。20世纪20—30年代,随着特技的发展及当时提倡的尚武思潮,国产电影掀起武侠电影潮流,这些作品依托民间传奇、演义小说、侠义小说,以剑光斗法类的武侠神怪片为主,代表作如《火烧红莲寺》。50—60年代,在香港,旧式武侠电影的创作达到高峰,代表作如"黄飞鸿"系列,这些作品的故事模式离不开才子佳人、棒打鸳鸯、大侠相助、善恶有报的传统。70—80年代,金庸、古龙等人的新派武侠小说作品纷纷被搬上银幕,张彻、楚原的侠义电

① 卡温.解读电影[M].李显文,饶淑君,游惠群,等译.桂林:广西师范大学出版社,2003:673.

② 蔡卫,游飞.美国电影研究[M].北京:中国广播电视出版社,2004:3.

影成为当时影坛的独特风景。张彻的硬汉情结、双生模式、盘肠大战等成为武侠电影的经典模式,楚原的奇情电影将文艺片的视听模式融入武侠片中,他们共同铸造了香港武侠电影的黄金时代。80—90年代,观众开始厌倦香港武侠电影的传统模式,徐克等人依托高科技对老电影的传统叙事进行改造,结合香港当时的一些社会状况,使故事人物更具现代感,创作出《新龙门客栈》《青蛇》《笑傲江湖》等经典电影。电影的视听奇观随之成为武侠片吸引观众的最大武器。但与此同时,陈旧的故事套路、单薄苍白的人物形象设计、模糊的主题、牵强的故事情节、中国元素的缺失亦让观众感到厌倦。当下,制作中小成本的武侠片,将武侠与其他类型电影进行杂糅、融合,成为武侠片的新出路,徐浩峰编导的《师父》、路阳执导的《绣春刀》等为武侠片的发展做出了可贵的探索。

武侠片可以说是唯一在中国产生、发展成熟的类型片种,独特的中国文化元素与商业片工业化流水线生产模式相结合,打造了经典的武侠电影类型模式。武侠片最主要的类型特征表现如下:

第一,反抗+复仇+寻宝的情节模式。

武侠片是一种相对重形式轻内容的艺术,叙事线索较为简单,模式化、套路化的痕迹比较明显。几乎所有武侠片的套路都可以归纳为一句话:代表正义的侠客陷入危机,在学武、寻人、冒险、复仇、反抗的历程中获得成长,收获爱情或宝物,最终战胜邪恶的反派。

武侠片中占比最大的就是反抗+复仇+寻宝的情节模式。三者或两两相加,或三位合一。例如1928年张石川执导的《火烧红莲寺》,讲述主人公陆小青误入贼寺,艰难逃脱后携手侠客回寺对抗恶人,并在女侠、将士的帮助下最终战胜恶人的故事。1973年张彻执导的《刺马》与2007年陈可辛执导的《投名状》,讲述的都是三个义结金兰的兄弟如何在权势与美色的诱惑下分道扬镳,最终自相残杀的悲剧。1991年上映的《双旗镇刀客》讲述的是孩哥为保护未婚妻杀死土匪,与土匪头子生死决斗的故事。这些故事都是典型的反抗+复仇模式。2003年上映的《天地英雄》,讲述了土匪与官差携手与突厥人抗争,护送舍利子抵达长安的故事,在反抗+复仇中间又加入了舍利子这个“寻宝”元素。

一般来讲,武侠电影中出现的引得各方人马争夺的武林秘籍、神功、财富、秘闻、重要人物等都是寻宝模式的变种。例如《新龙门客栈》《龙门飞甲》讲述民间侠客为了保护忠良之后或皇子而与东厂鹰犬浴血奋战的故事,就是寻宝模式的变种。1986年张子恩导演的《神鞭》与2015年徐浩峰执导的《师父》虽然在创作时间上间隔了近30年,但在叙事上都套用了反抗+复仇+寻宝的模式,不过它们所寻之“宝”是“规矩”。两部作品不约而同地讨论了旧时江湖的内在规矩、等级秩序及落后的习俗观念,主人公在融入江湖过程中接触规矩;融入的同时又对抗规矩,复仇的对象既包括敌人,也包括过去的自己。借武侠之口,讽时事之弊,武侠电影具有与当代思想融合的时代意义。

电影《新龙门客栈》片段

观众为什么喜爱武侠片反抗+复仇+寻宝的这种情节模式?究其原因,这类情节模式容易制造强烈的冲突,故事会出现很多意料之外的突转;从叙事节奏来说，武侠片能够营造一波又一波的戏剧冲突，画面感强烈，视听冲击力强，在短时间内就能调动起观众的兴奋感，引导观众的兴奋情绪直达高潮，这也是武侠电影情节模式的制胜法宝。

第二，“暴力合法化”的典型环境——江湖。

无江湖不武侠，无论是什么背景、什么情节的武侠片，都有一个共同的贯穿意象——江湖。什么是江湖？江湖的称谓最早是由庄子提出的，出自《庄子·内篇·大宗师》：“泉涸，鱼相与处于陆，相呴以湿，相濡以沫，不如相忘于江湖。”而后在许多古文诗歌中涉及的江湖往往与朝堂相提并论，朝堂在明，江湖在野，一个有着官方的赫赫威权，一个有着地下的强大声势，它们都是中国人对权力、声望向往的体现。对于文人而言，江湖是进入朝堂之前或者归园田居之后修身养性之地；对于平民百姓或武者而言，江湖就是另一个朝堂。武侠小说大师古龙对江湖有过非常精辟的言论：“人在江湖，身不由己，有人的地方，就有江湖。”这个定义几乎成为所有武侠电影的精神内核。这里的江湖，指的其实就是中国人心中的世界，是社会文化的缩影。

武侠电影中的江湖通常是具有架空性质的、远离现实社会的故事环境。武侠片的背景设定往往淡化时空感，或者是增加与人们日常生活距离甚远的修仙、斗法、神魔玄幻等元素。武侠故事发生在什么时候并不重要，它可以套用到任何时代，这种叙事手法为武侠片增添了一分缥缈与浪漫。例如金庸小说原著中东邪西毒的故事发生在南宋时期，地点在江南一带、蒙古草原、北方都城与西南大理；西毒欧阳锋及欧阳克的“白驼山庄”处于大漠地区，但这个环境更多存在于人物的只言片语中，与故事主线关联不大。但在电影《东邪西毒》中，大漠成为主要的环境意象。大漠广袤无垠、人烟稀少，相应地与社会的关联度就减弱了很多，似乎处在与世隔绝的地带。江湖在这部影片里，具象化为一个人迹罕至的大漠中的小酒馆，主人公欧阳锋与来往的委托者、杀手构成了江湖的主体。这个江湖更在乎人性欲望的展现，鲜有国仇家恨等社会性矛盾。即使出现了要靠卖鸡蛋为弟弟报仇的女子形象，其设定也主要围绕她等待复仇的煎熬与内心的彷徨，而非对仇恨背后的社会环境进行深入探讨。

武侠片的另外一种环境设定方式是将故事发生的背景设置在乱世。乱世出英雄，也出枭雄。乱世中国家社会秩序遭到严重破坏，官民矛盾尖锐，各种反抗不断，法律无法正常运行，这些都给侠客们的“合法暴力”“以暴制暴”提供了充分的理由。例如《新龙门客栈》《绣春刀》等电影的时代背景均设置在明末时期，太监专权、士党之争、腐败统治、倭寇入侵等导致乱世的各种因素，让英雄们的反抗合情合理；影片通过保护忠良、对抗阉党等，来体现反抗意志与忧国忧民的情怀。

从武侠片独特的中国文化内涵来说，武侠片是实现观众“合法暴力”白日梦的重要途径。中国传统文化中的“中庸”“忍让”等思想有利于社会秩序的稳定，但人性中的反抗欲、破坏欲、暴力本能也是需要寻找发泄途径的。武侠片中的江湖等级森严，类似一个小社会，但可以用暴力对其进行颠覆,这是对观众破坏欲心理发泄的一种迎合,是观众深层次暴力欲望的一种心理映射。

江湖可大可小,争斗无处不在。在《英雄》中,争斗在民间侠客与朝廷的对抗中体现;在《独臂刀》《新独臂刀》中,争斗主要是各大门派对荣誉、权力、财富的争夺;在《新龙门客栈》中,周淮安、邱莫言代表传统正义侠客,亦正亦邪的客栈老板娘是草莽江湖的象征,东厂反派们在一定程度上是江湖邪恶势力与朝堂勾结的代表,几路人马的争夺构成了整个故事;在《笑傲江湖》中,争夺在所谓“正派”与“邪教”中展开;《卧虎藏龙》除了传统的江湖门派之争外,还加入了朝堂与民间侠客的斗争与合作;《天地英雄》以西域风光与民族风情作为卖点,在个人与朝堂、官与匪这些传统斗争因素外,又增加了突厥与唐朝的民族矛盾冲突;《东方不败》中又增加了抗倭背景。这些多元化的争斗背景为故事增加了传奇性,又从中体现了编导们对历史、对社会、对人性的看法,争斗背后的深刻内涵是引发观众思考回味的重要原因。《神鞭》将故事背景设定在清末民初,这一时间背景的设定不仅为故事提供了“乱世出英雄”“豪杰起于微末”的环境,还将主人公对“辫子”的认识变化与时代进步、思想启蒙联系起来——人们从固守老祖宗的规矩,将辫子功作为人生信仰,到舍弃辫子,认识到时代的进步。影片用开放的眼光看待武功与规矩,传达出与时俱进的思想,在救亡图存与自我心灵的成长上有了突破与升华。

第三,民族主义心理下的典型人物——侠客。

武侠片中最抢眼也最具中国特色的元素便是“侠”。近些年来,好莱坞也出品了如《功夫熊猫》等所谓武侠片,但对于中国观众来说,这些电影空有其形却无其神,究其原因,就是外国人对“侠”的理解始终是隔靴搔痒,未能真正理解其中之奥妙,因为侠的形象本身就是中国人独特的民族主义心理的一种体现。

什么是侠?《史记 · 游侠列传》中说侠的标准是:“其言必信,其行必果,已诺必诚,不爱其躯,赴士之厄困,既已存亡死生矣,而不矜其能,羞伐其德。”早期武侠片的侠客,一般是高大全式的完美人物形象,善武、搏命、轻财重义,有着路见不平拔刀相助的侠肝义胆,具有士为知己者死、肝胆相照、生死相随的精神。再进一步说,侠之大者,为国为民,在国家危难时刻能挺身而出,以爱国主义激情点燃观众。例如《射雕英雄传》与《神雕侠侣》中的郭靖死守城池,抵抗蒙古入侵;《天龙八部》中的萧峰纠结在契丹人的出身与北宋养育之恩的矛盾身份,即使被无数人误解、敌对而导致家破人亡,也最终为两国和平牺牲自我;《新独臂刀》中的封俊杰年少有为,但为了替一见如故、含冤引退的江湖兄弟伸张正义,为了武林江湖的公正,敢于单枪匹马到武林盟主山庄对抗;以黄飞鸿、霍元甲、陈真、叶问为主角的系列电影致力于号召国人抵御外敌,唤醒国人的自尊心与自信心,这些角色都是为了国家尊严不惜牺牲自我利益的充满魅力的形象。

随着时代发展与观众审美需求的变化,侠客也逐渐走下神坛,一批存在种种缺点的草根侠客形象也开始受到人们的欢迎。例如《神雕侠侣》中的杨过,前期性格比较偏执、自我、不羁、愤世嫉俗;《倚天屠龙记》中的张无忌个性软弱,左右摇摆不定;《七剑》《绣春刀》中,侠客们迷失在各自的私欲中,不断被人利用;《新龙门客栈》中,老板娘有着市侩狡猾、自私贪婪的阴暗面;在《刺客聂隐娘》中,主要角色几乎都有些病态,聂隐娘孤僻、阴郁,田季安疯狂、虚伪、懦弱,道姑师傅为达目的不择手段,田元氏工于心计。当下影坛中,这种"不完美的侠客"形象越来越多,观众看到的不再只是完美英雄的奋斗史,还有这些在人性善恶冲突中挣扎的污点英雄如何改变自我的过程。出于观众的英雄崇拜心理,这些角色即使在最邪恶、最潦倒的时候,也始终心存底线,有着常人所不能及的闪光点,例如正义感、原则性、忠心、爱国、坚持等。毕竟,侠客是观众白日梦的一种寄托,必须有超然物外的某种能力或情怀,才能让观众理解、喜爱,调动起观众的怜悯、同情和喜悦之情。《笑傲江湖》中的令狐冲有着心高气傲、放荡不羁、不遵教诲、酗酒成性等毛病,但却让许多观众喜爱,究其根本,是他洒脱豁达的境界为常人所不及,这种独特可爱的性格与《笑傲江湖》的浪漫主义相得益彰,给观众留下了深刻的印象。

需要注意的是,中国电影中的侠客与日本武士电影中的武士是不一样的。虽然在人物塑造方面,侠客与武士都深受儒家文化思想的影响,在追求武艺境界的同时强调忠贞节烈、仗义相助、自省其身,但两者有着本质的不同。在忠义方面,中国侠客的忠倾向于对国家社稷的忠,是"达则兼济天下,穷则独善其身""居庙堂之高则忧其民,处江湖之远则忧其君"思想的表现。侠客大都起于微末,用毕生技艺与侠肝义胆上报江山社稷、辅佐忠臣良将,下可为民请命、不平则鸣,侠客没有明显的阶级属性,处在一个灵活自由的位置。而日本武士片中的武士,无论是"大老"这样的高层武士,还是最微末的底层武士,在阶级划分上与上层贵族、普通百姓都有着明显区别。武士更像是雇佣兵,只效忠于雇主,这就使武士形象刻画在灵魂的自由性、政治理想的普世性等方面与中国侠客有着明显的区别。探讨武士阶层的存在价值,展现时代变化产生的阶层冲突与社会矛盾,刻画人物与命运的悲剧冲突,是日本武士电影最常见的主题。侠客精神与武士精神有着极大的区别,这是在涉及类似题材时需要注意的。

第四,善恶有报的主题表达。

武侠片的主题表达与西方的歌舞片有些类似,都是用一个经过华美包装的简单故事表达一个最主流、最朴实的道理:"善恶终有报,天道好轮回。不信抬头看,苍天饶过谁。"

在早期的武侠片如《火烧红莲寺》中,人物形象比较脸谱化,正义的侠客一方代表善,邪恶的僧人一方代表恶,善恶之间进行终极对决。而后随着时代的发展,阶级意识、民族意识、等级意识逐渐融入影片善与恶的定义中,不过这种划分还是比较简单的。

到了张彻、楚原的武侠电影黄金时代,受社会风气、西方思想及新派武侠小说的影响,人物是非善恶的定位更加复杂深刻。例如《刺马》中马新贻这一角色,勇武强干、有能力、有魄力、重情义、有内涵、痴情,但又为了权力与爱情害死兄弟、占有弟媳,作恶之后又活在纠结不安与良心谴责之中,是一个非常复杂的人物,突破了传统意义上恶人的脸谱形象。马新贻遭

电影《刺马》片段

遇义弟张文祥刺杀，在有重重卫兵可以保障自身安全的情况下仍选择单打独斗，带有赎罪与自虐的意识。马新贻因其行动违背道德伦常，从当时观众的角度而言，这一角色必须死亡，以体现恶有恶报的主题表达，但他死于曾经肝胆相照最为默契的义弟之手，令主题的表达更为复杂。在金庸的《笑傲江湖》中，代表江湖正义的所谓正派诸人中存在着各种伪君子，代表邪恶势力的日月神教中不乏忠贞可爱之人，使得江湖的善恶观更加模糊。

到了徐克的武侠时代，善恶的判定往往与民族危亡联系在一起。大是大非面前不拘小节，民族危亡时刻方显英雄本色，昔日恶徒在民族危亡时挺身而出，赢得观众赞叹，以此来彰显大善的存在；昔日豪杰危难时刻冷眼旁观或助纣为虐，最终身败名裂，以此来表现人性之恶的复杂性。善恶的评价始终都是随着时代的发展，以及观众对社会、对人性认识的提高而不断变化的。

第五，中国传统文化精神的表达。

除了善恶有报的主题表达，武侠片中还包含着许多中国传统文化思想，而这些传统思想往往是外国人无法理解，造成“照虎画猫”的重要原因，这也是武侠片与众不同之处。例如《卧虎藏龙》中的两种爱情，玉娇龙与罗小虎是西式的爱情，一见钟情，爱情在囚禁、相处中进一步滋生，情欲交融，这种感情中还包含了一个封建贵族女性对压抑的生活与制度的叛逆及反抗。李慕白与俞秀莲则是中式传统的爱情，即使两人青梅竹马，互有情意，即使双方都是单身，也因为“朋友妻，不可欺”的伦理观而不敢表达，不敢越雷池一步，带有一种中国式禁欲主义爱情的特征。另外像《三侠五义》中“御猫”展昭的人物形象以及“五鼠闹东京”等情节，侧面表现了江湖文化与朝堂文化之间千丝万缕的联系，表现了儒家思想对江湖文化的渗透与融合，这些是非常具有中国特色的。

第六，视觉奇观效果的武侠场景与武术设计。

武侠片以古代背景居多，侠客生活的环境与现代人有一定距离；时代也以乱世、架空等寓言式时代环境居多，带有猎奇化、传奇化的特点。侠客们学习的武艺既有中国武术的传统功夫，也有武侠小说创造的天马行空、充满想象力接近神话的创意武功，还有巫术、蛊术等民间技法，以及取材于民间传说与古典文学的神仙斗法、玄幻魔法等。奇幻巧妙的场景设计、精彩绝伦的武打设计、华丽惊艳的人物造型、快速凌厉的特效剪辑，都是武侠片商业化的重要表现方式。

盘点武侠片中的经典之作，这些电影即使抛开故事、人物的渲染，也是一场视觉盛宴。20 世纪 20 年代末是中国武侠片第一个创作高峰期，这段时期的电影主要通过剑光斗法等特效手段来吸引观众。香港 20 世纪六七十年代的武侠片因为拍摄成本与环境的限制，往往在棚内搭景，视觉重点倾向于舞台设计、服装造型与武打调度，例如楚原的楚留香系列、李寻欢系列便是用文艺片的舞美效果来进行拍摄的，即使今天看也颇有意趣，在武打设计方面则重实打、重意境。张彻是暴力美学的代表，在造型上大开大合，武打设计上喜欢“浴血白衣”

“赤膊血拼”“同生共死”等血腥惨烈又震撼人心的意象，例如《新独臂刀》中出现了“腰斩”，《十三太保》中出现了“盘肠大战”“五马分尸”等奇观。胡金铨的武侠片则讲究散文诗式的叙事与空灵缥缈的背景，例如《侠女》中的竹林之战当年惊艳全球，并在几十年后的《卧虎藏龙》《十面埋伏》中被致敬。《龙门客栈》中的客栈设计也被后来一系列武侠片中的龙门、悦来客栈所效仿。1982 年与 2017 年，袁和平先后执导了两部《奇门遁甲》，片中将中国的民间传说奇术、法术阵势、传统魔术与人物造型、布景道具、打斗设计巧妙结合起来，体现出天马行空的中式魔幻片魅力。

到了新武侠时代，随着商业化资金的投入与内地政策的开放，香港导演们得以走出摄影棚，从内地的大好风景中找寻新的灵感，内地导演在与香港导演的合作中也取得了长足的进步。在 20 世纪 90 年代前后，中国西北的沙漠风景成为武侠导演的最爱，在《新龙门客栈》《双旗镇刀客》《东邪西毒》等作品中沙漠成为重要意象。沙漠景观的美丽令观众惊叹，沙漠的浩瀚无垠、沙漠风暴的凌厉暴力以及人与沙漠的对抗都成为影片必不可少的部分，这股潮流直到《天地英雄》《天降雄狮》还在持续。随着《卧虎藏龙》的上映，江南风情、小桥流水、精致的亭台楼阁、精细的城镇设计调度、市井的街头巷尾也开始成为武侠类型电影中常见的元素。

（二）西部片

西部片是类型电影中诞生最早的片种之一，对类型片的发展成熟有重要影响。虽然西部片如今陷入低谷，但它毕竟曾经在类型片种中占有重要地位，了解西部片的类型模式，对了解整个类型片种的叙事模式具有重要意义。

如果说武侠片是“最中国”的类型片，那么西部片就是“最美国”的类型片。西部片主要是以美国拓荒时期为主要故事背景，西部的荒野小镇为故事地点，牛仔、歹徒、警察、印第安人的争斗为主要戏剧矛盾，反映西进运动时期东部文明与西部蛮荒、个人自由本性与社会束缚、掠夺发家与法制建设、印第安文明与西方文明等矛盾为主的类型电影。

1903 年埃德温·S. 鲍特的《火车大劫案》建立了最初的西部片模式，讲述的是一群歹徒劫掠火车后逃亡，被警察追击的故事，枪战、夺宝、代表社会秩序的警察和反秩序的匪徒打造了最初的西部模式。随后詹姆斯·克鲁兹的《篷车》和约翰·福特的《铁骑》把美国西部壮观的自然风光、资本家与印第安人的冲突搬上银幕。《关山飞渡》使西部片的发展走上巅峰，《正午》则成为“反西部片”的典型代表。20 世纪 60 年代之后，西部片技术日益成熟，但创作却陷入瓶颈，滑向低谷，少有佳作问世。1990 年《与狼共舞》横空出世，以新的角度阐释了西进历史，为印第安人正名，成就了西部片最后的辉煌。之后，一些新的元素如女牛仔、断背山等出现在西部题材中，但故事无论从外在还是精神内涵上与传统意义的西部片已经相去甚远。

西部片有其比较固定的形式元素，我们将其概括为以下几种：

第一,相对固定的题材与叙事模式。

作为最早形成的电影类型之一,西部片在很长一段时间内的题材与叙事模式都是相对固定的;同时也和其他类型片一样,随着人们认知的发展,它的故事题材与叙事模式也会发生一定的变化。但从西部片的整体来看,它的变化是有迹可循的,在每一个大的历史阶段,其题材与叙事模式都具有同一性。

绝大多数早期西部片讲述的是美国西进运动时期的故事。基本叙事模式是:来自美国东部的文明人与流浪者来到未开发的美国西部淘金,受到当地印第安人或歹徒的袭击,在危难之际,牛仔挺身而出拯救大家,顺带俘获姑娘的芳心,最终牛仔取得胜利之后形单影只地远离大家继续漂泊,《关山飞渡》就是这种典型模式的代表。这种叙事模式的背后一方面是美国人对西进运动历史的粉饰,早期西部片往往将印第安人作为恶势力进行刻画,将侵入方的资本家作为无辜受害的弱势群体,以期获得观众的同情,掩盖其中的黑暗历史;另一方面也侧面反映了美国西进时期的群体构成,在东部无法生存或犯有罪行的人进驻西部,以期获得新的生存空间,这其中不免穿插着暴力与血腥。

随着时代的发展,人们对西进运动与印第安人的认识逐渐深入,这种叙事模式和主题倾向也开始发生变化。《正午》刻画的是人性的自私与阴暗,到了《与狼共舞》,印第安人得以翻案,西进运动背后的血腥得以呈现,这也体现了社会思想的进步。

美国西部片叙事的核心在文明冲突,这种冲突一方面表现为表层的不同文化之间的冲突,如工业文明与蛮荒蒙昧地带之间,白人移民与印第安土著、不同移民种族之间都存在着激烈矛盾,并随着时代的发展以不同形式呈现出来;另一方面则表现为内层的心灵矛盾,如集体主义秩序、法治秩序与以牛仔为代表的个人英雄主义、原始天性之间的冲突,人物在与时代、命运、不可抗力的冲突对抗中自我反思。前者的代表作有《关山飞渡》《与狼共舞》,后者如《正午》《杀无赦》《虎豹小霸王》等。《关山飞渡》中男主人公的身份是被流放的罪犯,同行者是来自不同地区、等级身份各异的欧洲移民,他们共同追击、劫掠印第安人。本片在体现白人移民之间的矛盾同时,对印第安土著予以丑化,以此洗白西进运动残酷的一面,也形成了早期西部片的叙事模板。这点与20世纪90年代的《与狼共舞》截然不同,在《与狼共舞》中白人移民的劫掠与侵犯成为被批判的对象,印第安文化得以被客观中立地呈现。《正午》则跳脱开了原本的白人与印第安人之间矛盾的题材范围,从人性的角度讲述小镇中人心的冷漠与自私,使得西部片的主体价值有了新的突破。近年来的《断背山》《侠盗魅影》等作品分别从同性文化、女牛仔等角度丰富了西部片的人物刻画。这些变化体现了时代思想的进步。

第二,"美国梦"的主题表达。

好莱坞打造的"美国梦"通过影视作品为世人所熟知,"美国梦"不仅通过励志故事打造成功,体现美国的优越感,还在于它体现理想的美国精神:勇敢、开拓、进取、不羁、自由、个性解放、平等,当然还有极端个人主义与拜金思想等。

在西部片中,既可以通过警长展现法制,通过牛仔的勇武好战展现勇敢,通过牛仔与高雅淑女或低层妓女的爱情表现对浪漫、平等的向往,还可以通过对牛仔性格的刻画表现不羁狂野的天性。一无所有甚至声名狼藉的人在西部开发与斗争中获得财富、爱情、声誉、地位,并最终为了自由舍弃一切,实现心灵的自我追求,这种浪漫主义精神也是美国梦的一种体现。

当然,在这种史诗性作品的背后我们要看到,西部片对文明与法律的表达有着一定的悖论。作品大多赞美工业文明带来的便利与开化,突出西部拓荒地带的落后,也强调法律秩序的正义性,但正义的主角,无论是警长还是牛仔,最终只能通过以暴制暴来达到维护和平的目的。尤为讽刺的是,大部分作品中的牛仔作为孤胆英雄,在最初是无法被集体秩序和周围人所认同的,只有当他开始妥协,向集体主义和主流社会价值观靠拢,成为“正义的协同者”时,才能渐渐得到帮助。而当战争结束后,牛仔用鲜血捍卫的工业与法治文明又无法包容其自由的天性,最终只能通过牛仔的离开、继续流浪来终结矛盾。因此,牛仔虽为西部片的主角,但本质上只是局外人和被放逐者,这使得美国西部片在主题表达上出现了一些矛盾。

第三,牛仔的英雄主义情结。

如果说中国武侠片的英雄主义情结在侠客,那么美国西部片的英雄主义情结则主要集中在牛仔身上。

牛仔的外在装扮具有相对固定的模式,无论常见的宽边帽、牛仔服、皮裤、马靴,还是如同《原野奇侠》中的白衣白马,牛仔的装扮总是洒脱不羁、与众不同。牛仔腰间别着来复枪或者左轮手枪,手里拿着套马索,独来独往。牛仔经常出现在沙漠小镇的酒吧、驿站、铁路边,策马在沙漠或荒原中驰骋,晚间在野营地的篝火前烧烤和歌唱;牛仔在枪战中腾挪闪避,枪战后吹枪微笑,策马离去,留给观众一个孤单的背影。“我们在西部片的源头中找到了史诗乃至于悲剧的道德准则。它属于史诗范畴,因为主人公都超越了凡人的境界,他们的英勇事迹广为流传。比利小子如同阿喀琉斯一样刀枪不入,他的左轮手枪也从来都是弹无虚发,这个牛仔是配枪的骑士。”①总之,西部片中的牛仔用一切行动来诠释“孤胆英雄”这个名词,其人物行为如同他的穿着一样充满个性,似乎能够摆脱世俗的一切羁绊。牛仔片尾的离去行为跟中国武侠片中侠客最后的归隐颇有几分异曲同工之妙。不过中国的侠客归隐侧重表现看透世事的苍凉与中国哲学的隐世精神,而美国牛仔的离去更多强调的是不愿为世俗束缚,崇尚自由天性的不羁心理。

除了牛仔之外,警长、镇民、女性、印第安人、歹徒等类型化形象也是西部片的固定符号。警长是法律秩序的代表,是牛仔的帮手,例如《关山飞渡》中的警长,但在部分西部片中警长也会与歹徒同流合污。镇民则往往是贪婪自私、怯懦怕事的,以此来反衬牛仔的勇武坚强。西部片中的女性或为高雅贤淑的淑女形象,或为性感奔放的风尘女子形象。淑女形象象征

① 巴赞.电影是什么?[M].李浚帆,译.武汉:华中科技大学出版社,2019:339.

现代文明,但也是被敌人觊觎的主要对象,因此需要牛仔的拯救。淑女与牛仔的爱情,象征来自社会底层的牛仔与社会文明的融合过程,表现的是社会文明对牛仔逐渐接纳的过程。来自社会底层的性感女郎风流多情,往往是被侮辱与被损害的一方,但她们有着坚韧的生存意志与斗争精神,能够鼓舞牛仔,并与之并肩作战。这些人物符号在电影《正午》中表现得尤为突出,一位刚刚结婚准备离开小镇的警长收到电报,以前他抓捕的歹徒要来报复他。警长向镇民、同事求助,毕竟他当初将歹徒绳之以法也是为了小镇的安全,但镇民、同事由于种种原因而袖手旁观,导致警长要以一敌多,孤军奋战,只有前女友和新婚妻子对他施以援手。在这部片子中,警长担当的是牛仔的角色,体现出了孤胆英雄的苍凉与悲壮。

电影《正午》片段

第四,别有内涵的叙事代码。

西部片有许多延续至今的叙事代码,如荒无人烟的沙漠戈壁、人员混杂的低档酒吧、以马匹为代表的交通工具、追逐对决的激烈场面、英俊魁梧放荡不羁的牛仔、妖娆妩媚泼辣大胆的女郎等,整体上西部片的叙事代码意在呈现强烈的男性气质。杳无人烟的沙漠戈壁和荒原是西部片最具特色的故事发生环境,这种人烟稀少的蛮荒之地为恶徒为非作歹提供了足够的环境逻辑,也为牛仔只身对抗恶徒设置了凶险的背景。广袤的荒原戈壁下形单影只的牛仔凭借一己之力扫恶锄奸,更加突显了牛仔只身赴险的悲壮与个人英雄主义气概。

西部片发展至今,也记录了时代变化的印记。如西部片的交通工具不断变化发展,将美国西进运动过程中从农业文明向工业文明过渡的过程完整地体现了出来,牛仔使用的交通工具从马匹、马篷车到驿车、火车、汽车。在西部电影中,我们有时能看到多种交通工具轮番使用,它们有不同的代表意义,例如电影《正午》在开场及部分场景段落中有牛仔骑马奔腾的经典场面,主人公警长在与歹徒搏斗过程中也有短暂的骑马躲避镜头。马车在片中是警长与新婚妻子蜜月之旅的道具,警长一家乘着马车离开小镇,又因心系镇民而折返;影片结尾,心灰意冷的警长携妻子驾着马车永远离开了小镇。马车所承载的是从甜蜜到苦涩的诀别。此外,片中多次出现铁轨、火车的镜头,歹徒在铁路边等着火车运来他们的头领,准备开战;警长的妻子与前女友准备离开小镇时舍弃马车改乘火车。火车在这里不仅是一种交通工具,还代表着危险与别离。西部片巧妙地将交通工具的使用与时代环境交代、叙事节奏、人物塑造、视觉快感等联系在一起,成为剧本元素中不可或缺的存在。

第五,独特的视听语言设计。

在类型电影的剧本创作过程中,创作者要针对不同类型片对视听元素进行不同的编排设计,将故事转化为可视可听的具有独特风格的镜头。因此,西部片在视听语言设计方面具有非常明显的独特性。

西部片的故事场景大多发生在沙漠戈壁等空阔辽远的地区,展现广阔宏观的风情地貌,体现人与自然抗衡的一面,这是西部片与其他类型片的主要区别之一,远景、全景、大广角景深镜头在西部片中所占比例较多。西部片的重点刻画对象是牛仔与外部的冲突,在人物造型、人物与背景环境色差上，经常采用大反差对比与色彩饱和来突显人物。枪战、人物之间的动作冲突较多，镜头的动态与静态场面调度尤为重要，“西部片的场面调度通常为了突出主人公的形象，镜头安排具有明显的史诗风格：偏爱展现遥远的地平线，辽阔广袤的画面无时无刻不让人意识到人与自然的冲突”①。虽然视听语言风格、场面调度主要是导演考虑的问题，但编剧也应当尊重西部片独特的镜头表达方式，在剧本创作时予以突显。

西部片源于美国，这种具有理想主义风格的故事类型在很长一段时间里颇受观众喜爱。虽然许多国家也拍摄了具有自己民族特色的西部电影，但它们依然保持着西部片主要的叙事风格。

(三)爱情片

爱情是人类社会永恒的主题。爱情片的定义比较困难，如果说武侠片、西部片的类型个性突出，那么爱情片可以说是类型个性最模糊的片种，因为无论是文艺片还是类型片，无论叙事重心是家国历史、权谋历史、战争风云、灾难玄幻还是家长里短，爱情的元素总是包含在内，可以说，无片不谈情。比如《泰坦尼克号》，荡气回肠的爱情故事令观众印象深刻，但它同时也是灾难片，如果没有那强烈冲击性的灾难场面，它的爱情故事就显得比较老套单调。那么以描写爱情为重心的爱情片，又有什么类型模式呢？

第一，曲折离奇的故事模式。

“爱别离”“求不得”“怨憎会”是爱情片中常见的类型情境。爱情片的主要叙事模式便是主人公对爱情的追求与受到的阻碍进行的对抗。这些阻碍或者是门第之见、阶级等级冲突(如《新桥恋人》《一夜风流》)，或者是国仇家恨(如《罗密欧与朱丽叶》)，或者是伦理禁忌(如《烈火情人》《蓝宇》《纯真年代》)，或者是病魔事故(如《爱情故事》《生死恋》)，或者是战争灾难(如《英国病人》《泰坦尼克号》)，或者是族群冲突(如《惊情四百年》《剪刀手爱德华》)，或者是自身个性冲突(如《傲慢与偏见》《布拉格之恋》《罗丹的情人》《春逝》)，这些阻碍单个或集合地表现在爱情片中，使得故事叙事曲折往复。总之，在实现爱情的过程中，主人公不断地受到各种挑战，在挑战中体会“真金不怕火炼”，用简单幼稚或复杂曲折或喜剧或悲剧的方法最终实现爱情。

爱情叙事中最常见的套路有“灰姑娘遇到白马王子，麻雀变凤凰”模式，有“公主遇到青蛙，埃斯梅拉达遇到卡西莫多，贫民变王子”模式，有“世仇敌对家族的后代必然会看对眼”模式，有“才子佳人、棒打鸳鸯、多角恋爱、误会纠结、背叛复合、破镜重圆、阴阳两隔”等诸多模式。随着时代的发展与性别意识的觉醒，校园剧(职业剧)+爱情剧的模式也日益为我们所熟悉：校园/职场竞争对手互相拆台，斗中生情，相互欣赏，携手合作，终成眷属，在肯定爱情观念的同时也传达出性别平等、相互尊重、成长互助的社会观念变化。

---

① 巴赞.电影是什么？[M].李浚帆，译.武汉：华中科技大学出版社，2019：339.

在叙事方式上,随着观众审美品位的提高,爱情片也突破传统的直叙或倒叙套路,开始探索更多叙事可能性,意识流、多视角、碎片化、戏中戏等多种技巧被采用。例如《征婚启事》将女主人公的恋爱相亲经历通过一个个小品化的故事表现出来,辅之以女主人公心灵的成长过程。《非诚勿扰》《爱情呼叫转移》也是类似的叙事。《后来的我们》中全知视角与限制视角齐开,影片开头和结尾使用全知视角,持续时间放在现在时;在回忆过去时又采用了男女主角各自的回忆限制视角,使得观众既能在全知方面总揽全局,又能融到男女主人公各自的心理过程中,对整个故事有了更加深刻的理解。

第二,真爱至上的主题。

“死生契阔,与子成说。执子之手,与子偕老。”各种各样的爱情故事表达的都是一个主题,即爱情是最纯净、最美好的存在,是解决一切困难的终极办法,真正的爱情超越了性别、年龄、阶级、伦理、生死、种族。这种主题看似浅显并且超越现实,显得不切实际,但无疑是深受观众欢迎的,它迎合了观众内心深处对爱情的终极追求与幻想。现实中难以体会或经历到的情感渴求在爱情电影中获得疏解,所以爱情片中的爱情无比缠绵悱恻、曲折离奇、荡气回肠。当然,对真爱的追寻、对真善美的追寻也是爱情片的普遍话题。爱情对抗的背后是“情”与“理”的对抗,是个人与社会、文化、阶层等的对抗。

爱情片在中国甚至东方文化圈的创作是比较特殊的。爱情片很多,但真正讨论爱情本身、展现爱情的本能欲望的作品却不多。在东方传统语境中,爱情似乎是一个极其隐私、羞于说出口的话题,特别是中国电影,很长一段时间内爱情故事是服务于深刻的社会主题的;爱情只是个载体,通过一段或者几段爱情故事展现现代人的生活态度、展现社会变革下人们的迷失、人性的扭曲,反映社会问题才是编导更关注的。在“改革开放 40 周年中国十大优秀爱情电影”中,1980 年的《庐山恋》榜上有名,这部电影讲述了耿桦、周筠这对青年男女在庐山相识相恋的故事。男主耿桦的人物设定是共产党将领之子,虽然在“文革”中遭到冲击,但他立场坚定,对党、对祖国、对未来充满信心。女主周筠的设定是前国民党将领之女,现旅美华侨,对祖国充满好奇却又不甚熟悉。两人在庐山携手共游的同时,不仅流连于庐山的美好风光,还在古典文化与现代化建设等话题的讨论中增强了女方对家国的皈依感。最终,两个曾在战场上刀锋相向的家庭在建设祖国美好未来的统一理想下把手言欢。电影借助爱情外壳传达出的主要是当时的时代建设精神与爱国主义情怀。

当然,爱情片也可以减轻教化宣传的重担,主要谈爱谈情,但在对爱情主题的表达上要注意价值观等的表达是否符合时代精神,不能为了市场利益肆意传达唯爱论、情爱分离论、博爱论、感觉论等媚俗功利化的一面。一些爱情电影将金钱与友情、爱情挂钩,将物质享受与人的生命价值联系在一起,一些爱情电影对女性的“物化”表达与隐晦贬低等都需要引起我们的警惕。

第三,浪漫明亮的风格。

爱情总与浪漫、唯美联系在一起,华丽明快的视听节奏,清新雅致的布景道具,精美奢侈的包装造型，都市的车水马龙、琳琅满目，乡野的桃源风情、恬淡温情，美好浪漫的爱情故事常常在古堡别墅、绿荫花海、海边湖畔萌生发展，一切满足观众心中“王子公主”梦想的元素尽在其中。轻松、娱乐、华美的外壳是爱情片的一大特色。《罗马假日》里公主与记者在罗马盛景之下的热闹市井里萌生爱意；《我的父亲母亲》在宁静温馨的乡村，将日常生活细节用优美诗意的方式进行表现。爱情片的故事发生于现实，但又架空现实，过滤现实中沉重复杂的一面，放大真善美与理想化的元素，传达出诗意效果。

第四，理想化的人物设计。

爱情片是白日梦中对美的终极追求的表现之一，满足了男性的英雄梦和女性的公主梦。观众渴望看到的是理想化的故事，影片中的青年男女既是社会时代美好意识的缩影，也是观众理想情怀的寄托。爱情故事一般节奏明快、轻松幽默、宁静雅致，场景与人物造型设计精致。爱情片中的人物往往有着俊朗美丽的外形、黄金比例的身材、时尚的穿着打扮和高雅的气质，有着良好的家世或智慧，有普通人缺乏的某种美好品质或特长，有对爱情的执着追求与对伴侣的忠贞。总之，爱情片中的设定便是满足观众“灰姑娘情结”或“青蛙变王子”的各种要求，打造一个理想化的成人童话。如果爱情片中的角色没有任何吸引人的因素，又如何能让观众对之产生喜爱向往之情呢？琼瑶的爱情影视剧在很长一段时间内就是通过“时尚的生活会所+潮流服饰+俊男美女+痴男怨女”的模式影响了一代青年观众的爱情审美，如《烟雨濛濛》《我是一片云》《一颗红豆》《燃烧吧，火鸟》等。

需要注意的是，爱情片中的女主人公随着时代的变化，自我意识、职业意识、性别意识都逐渐苏醒。随着时代的发展，不断追寻自我价值的女主人公越来越多，女主人公不依附于男性而存在，她们积极主动地融入事业和爱情，爱情冲突与和解更多建立在互相尊重、互相成长的基础上。在经典韩国爱情电影《我的野蛮女友》中，女主人公在爱情追求上多处于主动强势地位，对其走出内心伤痛的过程描写也非常细致。2014 年迪士尼发行的《米其林情缘》，则通过男女主人公的厨艺交流，表现了印度、法国的文化冲突，使得电影在爱情层面之外触及的社会层面更加广泛。2017 年在许宏宇导演的《喜欢你》中，突显了女主人公顾胜男西餐厅厨师的身份，“小清新”形象的厨师凭借精湛的厨艺打动财阀，美食跨越了资本、阶层的限制。

第五，爱情细节的考究设计。

让观众为爱情片的主人公感动，未必一定要讲述一个生死相依、荡气回肠的故事，但一定离不开爱情细节的描写与刻画——男女主人公是如何相遇，如何生情，如何成长，如何将爱情燃至最烈？如何产生矛盾，遇到哪些困难，他们如何抉择，发生哪些变故，最终结局如何？

爱情片以贴近现实的人性描写和浪漫至极的爱情渴望打动观众。如韩国电影《春逝》的故事主线非常简单，就是讲述一对情侣从相恋到分手的过程，没有什么大的矛盾阻碍与戏剧冲突，男女主人公只是在细水长流的日常生活中一步步地出现分歧，最终默默分手，人物的心理变化刻画尤为细腻,演员的走位、姿态、动作和道具的使用处理都极其精到。电影的每个细节都经过文艺化处理,在看似波澜不惊的细节展现中慢慢浸润出爱而不得的忧伤。在《我的父亲母亲》中,母亲追求父亲的爱意表达就是一次次精心准备的饭菜,烧火、择菜、炒菜、包饺子、送饭,将母亲对父亲的浓浓情意全部融入这些看似日常的农村生活图景当中,纯洁的爱情被诗意而细致地铺展开来。

(四)喜剧片

笑是人类的本能欲望,喜剧片可以说是最受观众欢迎的片种之一。它将幽默、夸张的人物放到一个特殊的环境下,在曲折离奇、嬉笑怒骂、戏谑颠覆中表达对真善美的渴求、对假恶丑的鞭笞。根据故事冲突焦点与嘲讽程度的不同,喜剧片可以分为滑稽剧、讽刺剧、浪漫爱情喜剧、荒诞喜剧、闹剧和黑色幽默喜剧等。

喜剧是无国界的,但它又受制于民族文化、时代文化、观众口味变化。假如看卓别林的无声电影,观众可从演员的肢体、表情以及简单的情节中感受到笑意;如果看比利·怀尔德的《热情似火》,除了演员的表演外,台词的巧妙幽默也是一大笑点。观看《六人行》等充满美国民间俚语的影视剧,部分笑点中国观众可能感觉不出来,会出现“为什么会笑,有什么好笑”的想法。同样,外国观众在观看中国喜剧片时也会有类似的想法。可见,喜剧剧本创作中民族性的元素并不是全世界都通用的。

喜剧片,无论是什么样的故事情节,大都有以下特征:

第一,滑稽夸张的人物。

喜剧片的故事大都轻松幽默,人物设置相对扁平化、简单化;大都表现的是有着独特个性的人物因缘际会经历了一段曲折离奇的旅程,从中制造幽默的故事。例如著名的喜剧电影《虎口脱险》讲述的就是三个性格怪异、社会地位不同的男人被卷入到战争中,为了躲避敌人进行的一次次冒险之旅。《唐伯虎点秋香》表现唐伯虎为追求秋香,乔装打扮进入华府,多次涉险,制造笑料无数的故事。

第二,超现实的情节设计。

电影《热情似火》片段

制造喜剧最常用的方式便是极致的夸张、恶搞与颠覆、反常规,这些笑料有时细思之下并不合理。例如《热情似火》中为了躲避黑帮仇杀,两个大男人不得不男扮女装混入女子乐团,居然没有被认出来。其中一个甚至在变装中性别意识逐渐模糊,被一位同性的百万富翁爱上了。他们再遇黑帮后逃离的方式非常简单幼稚,当最后向百万富翁摊牌时,居然又被轻易接受。这些夸张与不合理之处,观众却能够接受,究其原因,一方面是影片对人物的刻画与笑料的制造非常细致,抵消了故事本身的不合理之处;另一方面是观众对喜剧片的审美期待倾向于娱乐效果,在娱乐中放松休闲,不会过多追究现实逻辑。

第三,嬉笑怒骂中的嘲讽主题。

喜剧片的核心是笑,而不是闹。让观众笑的方式有很多种,能令观众含泪的微笑,或者笑的同时产生思考,才是喜剧片追求的目标。增加喜剧片的审美内涵,最常用的就是嘲讽的手段。或者是善意的嘲讽,展现生活与人性中的不足之处,让观众在发笑的同时鞭策自己;或者是辛辣的挖苦,犀利地指出社会、生活、人性中的阴暗面,引发观众的深思。电影《热情似火》通过一个看似荒诞不经的故事将美国当时的同性恋、异装癖、黑帮文化等社会元素进行了整合。冯小刚的《甲方乙方》,用一个订制美梦的故事设定展现了中国20世纪90年代的社会风情,反映在社会变革中出现的一系列问题及对老百姓的影响,引发观众的强烈共鸣。喜剧通过嘲弄来告别昨天,通过谈论被禁止的话题、暧昧多意的表达引发观众思考,帮助大众观看生活中荒唐可笑或可怕的东西。

中国的喜剧片在近些年得到迅速发展,在娱乐大众、放松休闲的同时,也尽可能地将教化宣传与对社会问题的反映融入剧情。“在满纸荒唐言的话语泡沫下,在装疯弄癫的角色表演背后,隐藏了叙事者对意识形态权威的批判与解构;另一方面,回避话语系统,借助大众文化的编码来消费作为商品的‘权威’,以黑色幽默的方式重新赢取讽刺与批判的权力。”①喜剧在中国电影中承担了寓教于乐的职能,它对现实与历史进行娱乐化的解构,借古讽今,是大众文化一种深度的民间狂欢。

第四,时代性与平民化。

喜剧片的娱乐性通过明星阵容、档期制度、爆笑故事与夸张表演,建构起喜剧片的表层,而其内在则集中于时代性与平民化的表达上。无论故事发生在什么时代,讲述的是什么故事,喜剧片的主题始终是为当下观众服务的,社会的审美思潮与经济社会文化都影响着喜剧片的创作倾向。

喜剧片或者立足于都市,以轻松戏谑的方式来演绎都市年轻一代的爱情、职场生活,表达青春励志的主题,如爱情喜剧《爱情呼叫转移》《非诚勿扰》;或者以底层小人物为表现对象,表现他们为了生存和尊严拼命挣扎、苦中作乐的精神,如《三毛流浪记》《三毛从军记》将战争的正义表面、统治阶层的腐败灰暗与底层小人物的荒诞奇遇结合在一起,在嬉笑怒骂中对现代生活进行各种嘲讽与批判;或者融入黑色幽默,如《疯狂的石头》《疯狂的赛车》《我叫刘跃进》《让子弹飞》;或者表现生活本质的苦涩,如《没事偷着乐》《落叶归根》。

第五,狂欢化的影片场景。

狂欢节在许多国家都以不同的形式长盛不衰。在各种游行娱乐活动中,人们尽情释放天性,排解压力,挑战权威,突破现实中的阶层、贫富差距,达到表面上的全民娱乐平等,营造自由的乌托邦画面感。一部喜剧电影就类似于一个狂欢节,观众能够在观影过程中得到情绪上的发泄和平等感的满足。

---

① 聂伟.低成本的“笑”与喜剧电影的“嬉具”现实[J].北京电影学院学报,2010(2):13.

为最大限度地体现狂欢特性,喜剧电影的场景大都滑稽夸张,故事设定与现实有一定距离,故事在假定性基础上进行,使得观众在观影过程中无须与现实做太多对比。但场景无论是写实还是虚构,都是为故事表达、人物形象塑造服务的。例如《夏洛特烦恼》的穿越时空设定是虚假的,但涉及的香港回归、言情小说、流行歌曲等事件场景又是观众有共同记忆的,主人公狂欢的举动与观众的历史怀旧情绪通过场景融合起来,带给观众浸入式的体验。

值得注意的是,电影观众群体的年轻化,使得网络文化、网络词汇、热点网络事件开始渗透到喜剧电影创作中来。“网络小品化”的创作风潮拓展了喜剧片的题材,但对网络文化的过度依赖也容易让喜剧电影创作沦为速食产品,缺乏个性特色。能让人发笑,并把笑的完美形式与深刻的内在含义有机结合起来,才是真正优秀的喜剧。

(五)恐怖片

恐怖片是一种以制造恐怖为目的,让观众欣赏悬疑过程、享受惊悚感觉的电影类型,它具有高度商业化、小众化的特点。在文学上,恐怖片与哥特小说、侦探小说、心理小说的发展有重要联系。从渊源上来说,恐怖片与人类面对自然、面对高速发展的经济社会科技、面对未知世界的恐慌心理有重要关系。早期的恐怖片,如美国20世纪30年代出品的《化身博士》《弗兰肯斯坦》《金刚》,体现的是人们对人性善恶的纠结与对科技发展的恐惧;恐怖片一度集中在超自然力量对人类的威胁上,如超能力、鬼神恶魔、吸血鬼题材的创作热潮;20世纪60年代精神分析学兴起后,性本能、各种潜意识心理、人性的扭曲与变态也加入恐怖片的创作题材中。

恐怖片的类型模式具有如下特点:

第一,故事叙事模式简单。

恐怖片的叙事模式通常比较简单:原本正常生活的主人公无意中被卷入某个事件,生命遭受威胁,在连续爆发的困境与暂时脱困中不断挣扎,最终被击败或脱离困境。如不断被各国翻拍的恐怖故事《午夜凶铃》,原本生活正常的人不经意间观看了一个录像带,恐怖的贞子便会借助电视从中爬出来,杀死观看录像的人;接触到录像带的人为了生存拼命寻找真相,希望能够活下去。经典恐怖电影《歌剧魅影》《闪灵》《惊魂记》等都属于这种叙事模式。

第二,场景氛围阴森。

电影《闪灵》片段

恐怖片的发生环境是人物活动的主要空间,也是制造恐怖的主要因素,恐怖片的场景设计贵精不在多。例如《闪灵》产生恐怖氛围的场景设计,内景主要是在空旷寂静的酒店内,通过各种回音制造恐怖效果;外景则主要是重叠、复杂的迷宫式道路,观众伴随主人公的行走,不断对下一个路口后藏的是什么产生悬念,从而产生恐怖感。

恐怖片中的场景往往幽暗阴森,古堡、寺庙、荒岛、结构复杂的钟楼建筑、老旧的房屋等是常见的恐怖故事产生之地,这些恐怖空间远离人烟,类似于发生暴风雪后与世隔绝的山庄，因此在这些相对封闭、无法与外界联系的空间发生的恐怖故事被称为暴风雪山庄模式。

另一类恐怖场景设定以日本恐怖片为代表，主要在人们日常生活工作之地发生事件，如《鬼水幽灵》中的浴室，《鬼娃娃花子》中的厕所。这些影片的道具大都采用日常用品，例如《鬼来电》中的手机、《午夜凶铃》中的电视等，这类恐怖片主要营造恐怖事件就在身边，谁都逃不掉的氛围。

第三，严肃的主题与哲理思想。

暴力与血腥是恐怖片的主要元素。从观众的欣赏角度讲，恐怖片通过惊险刺激的设定带给观众噩梦般的体验，发泄观众内心积蓄的压力与暴力破坏本能，在观影过程中产生情绪宣泄的快感。但正如喜剧片不只是让人发笑一样，恐怖片的内涵也不只是惊吓观众，经典的恐怖片同样有着深刻的主题内涵。

恐怖片常见的主题有罪恶与拯救，如《鬼宿舍》探讨友情的真谛，《釜山行》表现父爱的伟大与人性的救赎，《闪灵》对人性潜藏的恶的挖掘；有对未知世界、强大生物的恐惧，如《死亡笔记》《异形》，中国电影中的鬼狐神怪题材也可以归到这一类；有对高科技、发达物质文化下人性畸变的探讨，如《孤儿怨》；有对权力与秩序的反叛与抗争，批判人类等级、种族歧视等不平现象，如《怪物》《亲切的金子》《午夜凶铃》；有对宗教的思索与反叛，如《罗斯玛丽的婴儿》《驱魔人》。无论是哪种主题，恐怖片倾向于表现的都是对人类社会现象的各种隐喻、对现实秩序的各种质疑与对人性深层本我意识的揭示。

第四，特定的形象元素。

恐怖片中最吸引人的往往是其中的超自然因素，不同寻常的恐怖形象设定是其看点，这些恐怖形象的背后是潜藏在观众心中的恐惧感，如吸血鬼、狼人、僵尸、机器人、外星人、怪兽、幽灵等都是常见的恐怖形象。恐怖片中的恐怖形象真正出场的时间并不长，最令人紧张的地方不是恐怖形象出来时的正面呈现，而是主人公在恐怖形象潜伏、伺机而动之前的漫长等待。

恐怖片的主人公以女性、儿童居多。他们在观众心目中属于弱势群体，在遭受恐怖时更能引发观众同情，而他们在事件过程中的成长与勇敢、魄力也更易让观众动容。当然从商业元素来说，也能满足观众“窥私癖”的心理。主人公处于孤立无援的状态，最终通过一己之力逃出生天，展现人类求生本能与顽强的生命力，给观众以鼓舞。

第五，非常规的视听形式。

恐怖片要想达到“一惊一乍”、让观众不断受到惊吓的效果，就要打破镜头的常规叙事。两极镜头的大量使用，上帝视点、怪物视点、主观视点的无缝衔接，变焦镜头、窥视角度、极端仰俯角、反常规不完整构图的使用，快速剪接与惊悚声音效果的设计等，都是恐怖片常见的视听模式。

(六)科幻片

电影与科技是密不可分的,蓬勃发展的科学技术使电影的传播和制作在技术手段上不断进步,给观众带来一场又一场视听盛宴;同时从科学常识认知到科学观、世界观、发展观的演进等方面,对人们产生影响。人们期待科技进步促进生产力的发展与生活质量的提高,同时对其不可控性、对自然生态的影响、被利用成为权势者称霸的工具等又存在着恐惧之心。科幻小说《月球旅行记》《太空旅行记》《海底两万里》等作品为处在起步阶段的世界电影提供了丰富的题材和主题,梅里爱拍摄的电影在展现科技奇观的同时也表达了对科学发展的忧虑和对人类依赖机器的反思。20 世纪 30—60 年代,科幻片在题材与呈现方式上更加丰富。经济危机、世界大战、计算机技术、登月计划等让世人看到了科技腾飞的前景,也充分认识到科技被野心勃勃的人利用后给人类带来的灾难后果,这使得科幻片在呈现充满想象力的浪漫时兼具恐怖、悲观的色彩。经典的科幻作品如《弗兰肯斯坦》《蝙蝠侠》《2001: 太空漫游》《星球大战》《终结者》等,国产电影科幻题材较少,但近年来也有《流浪地球》等作品问世。

科幻片的叙事模式具有如下特点:

第一,以一定的科学逻辑幻想未来。

科幻片不以科学传播为目的,而是在科学的外衣包装之下讲述故事,"人类未知的科学领域需要大量的科学知识作为前提使之做出符合逻辑的推理和判断,而电影的对象却是广大观众,而非广大科学家。这一矛盾的存在决定了科幻片不可能是'科学的',它只能是'幻想的'"①。

科幻片的故事题材多取材于当时的科学发现、科学设想,体现人们对宇宙、对人类发展前景的认知与好奇。有人们对未知世界的新奇想象,如《月球旅行记》《E. T. 外星人》《黑客帝国》;有对科技的不可控及对人类生存的担忧,如《弗兰肯斯坦》《人工智能》;有借助科幻外壳反思人类社会矛盾斗争的,如"星球大战"系列、"终结者"系列、"蝙蝠侠"系列、"复仇者联盟"系列等;有借助科技话题探讨人与自然生态变化、人的生存价值的,如《盗梦空间》《阿凡达》《流浪地球》。这些故事题材表面上具有一定的科学逻辑,实则想象的成分居多,它们在科学幻想的未知世界里探索人情人性。

第二,人类生存的想象性主题表达。

无论何种科幻题材,无论故事发生在哪个时代,人与科技、与自然生态的互动影响,以及对未来的思考始终是科幻电影的永恒主题。科幻电影寄托了人们对未来科学的各种想象,包括科技发展带给人类美好便捷生活方式的乌托邦想象,但更多的是对科技发展给自然生态、人类生存可能带来的可怕灾难后果的担忧。

---

① 聂欣如. 类型电影原理教程[M]. 上海:复旦大学出版社,2020:176.

乌托邦式的科幻想象寄托着人类对现代工业和科技文明的美好愿景。例如中国最早的一部科幻片是1939年新华影业公司出品的《六十年后上海滩》，主人公们在幻梦中对60年后上海滩人们衣食住行的变化给予了各种幻想，包括利用科技死而复生、汽车洋房公寓、全自动化生活设备、天气操控装置等。1958年，北京电影制片厂拍摄的《十三陵水库畅想曲》后半段，对20年后的十三陵展丌设想，太阳能、四季结果的果树、呼风唤雨的气象控制台、iPad有声传真书信、火星旅行等纷纷出现。1963年，王敏生导演的科教片《小太阳》中也展现了人造太阳、飞行汽车、宇宙飞船等高科技场景。1980年，在《珊瑚岛上的死光》中出现影响战争全局的高科技武器，在关键时刻其能够保家卫国。

随着时代的发展，人们认识到科技发展是人类生存的双刃剑，于是更多的科幻电影开始反思科技发展到极致给人类带来的灾难性后果，《阿凡达》《星际穿越》等科幻电影都展现了科技发展到极致状态后，人性的贪欲给人类生存带来的危机。

科幻电影也通过新奇的想象性故事诠释不同国家、民族的信仰与追求。中国电影《流浪地球》在人类不得不迁移地球求生存的悲情背景下，展现了中华民族特有的“舍生取义”的集体主义精神与家国情怀。美国电影《第五元素》在毁灭地球的邪恶势力与拯救地球的第五元素“莉露”的对决中，表现出对个人英雄主义的崇敬。

对真挚的爱情、亲情、友情的美好追求，是所有科幻电影都在不断表达的永恒主题。

第三，理想的扁平化人物塑造。

科幻片的戏剧核在于庞大的世界观构建、新奇的科学幻想设定，戏剧冲突的重点是人与外在不可控力的冲突。相对而言，科幻片没有足够的时间进行复杂的人物塑造，而科幻片主人公身上却寄托了观众的理想，如善良、勇武、智慧、自我奋斗、有担当、百折不挠、无私奉献、淡泊名利等，在和强大外敌如自然风暴、神秘力量、人工智能等的斗争中能够发挥人的最大潜能，是人类对自我潜能挖掘的终极想象。

虽然科幻片中主人公趋于完美的扁平化塑造，但其性格形成具有成长性与矛盾性。值得一提的是，很多科幻片中的主人公与西部片中的主人公一样，面临着个人与社会秩序之间的抗争。西部片的英雄需要放弃自己的偏执、孤独，暂时融入正面集体中才能获得别人的认可，在对抗结束后，又因为无法适应群体秩序而选择离去。科幻片的主人公也经常面临这种无人理解的孤独境地，例如在“超人”系列、“蝙蝠侠”系列作品中，主人公既要应对身世之谜造成的立场困惑，又面临着“举世浑浊我独清，众人皆醉我独醒”的尴尬境遇。“我是谁”“我为谁而生”“我”的存在价值等形而上的话题，在科幻片中提到的频率要大于其他类型片种，这使得科幻片原本简单的人物设计在完成叙事的同时，还要能引发观众更多的联想与思考。

第四，充满想象的视觉奇观。

优秀的科幻电影往往能够体现当时最高的制作水平，震撼性的陌生化视觉奇观是观众喜爱科幻片的重要原因之一。科幻片不仅记录着人们科学观念的变化，还充分展现着科技对电影工业的影响。数字特效、人机大战、超现实未来场景不仅需要丰富的想象力,还需要强大的拍摄与后期团队。国产科幻片《流浪地球》既展现了宇宙飞船空间站、宇宙星空的奇特景观,又呈现了人们在地表之下的日常生活、世界末日笼罩的地球表面被冰雪覆盖的死寂场面。

除却以上列举的片种外,还有战争片、犯罪片、魔幻片等多种类型电影。创作战争片,不仅要注重战斗本身的视觉奇观,还应立足意识形态的表达,或者致力于还我河山、保家卫国的爱国主义精神的表达,或者使人们认识到战争的残酷性,倡导和平的主题。创作犯罪片,不管是黑帮片、侦探推理片还是悬疑片,目的不是为了展现罪恶,而在于表现主人公内心的道德变化,表现人性在现实压力下的异变。魔幻片寄托着人类对未知世界的想象,表现出对不可抗力的恐惧与对抗精神。无论是哪种类型,都体现了观众释放本性欲望、渴求理解共鸣、渴望安全感与被认同、实现自我价值的潜在心理与集体无意识。

在当下的电影创作中,类型片不再只局限于单个类型片种,而是将多种类型元素进行杂糅,从而使影片的叙事更加丰富,戏剧冲突更加强烈,人物形象更加饱满,商业号召力更加强大,满足不同喜好观众的需求,扩大影片的受众市场。例如《泰坦尼克号》融合了灾难片与爱情片,《燃情岁月》融合了战争片、史诗片与爱情片,《阿凡达》融合了科幻片与恐怖片。类型片的杂糅与融合已成为当下商业片创作的重要标志。

【课程实训】

实训目标: 类型电影的创作特点。

实训内容: 阅读贾平凹的《小月前本》选段,选择一种类型片种,按照其基本类型公式设计剧情、人物,续写故事,写出详细的故事梗概。

山窝子里,天黑得早。从一块一块碎石板铺成的街面上,眯眼儿一看,高高低低的瓦槽,短墙头,以及街外纵横交错的土路,田地,河岸漠漠的沙滩,一丝一缕袅袅升腾的白气,渐渐地软下去,看不见了。但是,风没有起,暑热不能杀去,傍晚又出现了异常的沉闷。三只的,五只的狗,依旧懒懒地卧在街后坡根人家的照壁下,踢也踢不走,舌头吐着,不能恢复那种交配时期为争夺情爱而殊死撕咬的野蛮。

河湾的大崖,黑得越发庄重。当夕阳斜斜的一道展开在河面上,波光水影就反映在了崖壁,万般明灭,是一个恍惚迷离又变幻莫测的神奇妙景;现在,什么也没有。成千上万只居住在崖洞里的鸽子,不能为着那奇异的光影而继续激动,便焦躁不安地在河面上搅动起一片白点;白点慢慢变灰,变黑,再就什么也不复辨认,只存在着"咕咕""唧唧"的烦嚣。夜的主体站在了天地之间,一切都沦陷入沉沉的黑暗中去了。

河对岸的荆紫关里,一头草驴在一声声地叫。

这时候，街道上急急地奔过一条黑影。脚步抬得很高，起落如在了瓮里：人已经前去了，响声才"咚"地从碎石板上弹起。在街心的一棵弯柳下，他站住往一家屋里望；这家六扇开面的板门还没有关，黑隆隆的，只看见那对着门口的灶膛里，火炭红通通的。

"喂——老秦哥！喂——！"

"谁呀？"

"我。"

"和尚！"屋里应声了，"牛又不行了吗？把他的，不知牛跟了你霉气，还是你有了牛倒霉！进来吧，大热天的，这儿有茶。"

王和尚摸摸索索从门面中间往里走，撞翻了一个脸盆，"啷啷"响了一个圆圈儿。走到后院，月亮刚刚出来，老秦一家人正坐着乘凉品茶，老少好个受活。老秦的胖婆娘拿过一把小竹椅子，"噗"地将一盆冷水在上边泼了，挪到王和尚的身下。王和尚只是靠在后厦房的墙上喘粗气。

"你没有磨些豆浆给喝吗？"

"喝了，喝了两洗脸盆子；半罐子白糖也都贴赔在里边了！"

"皮硝呢？"

"耽搁了。我后晌磨豆浆，让小月到荆紫关去买，天黑回来，她竟忘了去。天杀的死妮子，事情全坏在她手里了！"

"这就怪不得我了！我就说嘛，怎么我老秦连一头牛都治不好了？"

王和尚的头上，汗又忽地冒了一层。他蹴下来，用衣襟擦着脸，声调里充满了哀求，说：

"老秦哥，我一心儿信得过你！上次买你的老鼠药，虽然把家里三只鸡毒死了，但那确实是真药，不比得荆紫关上那些充假的。你再去给我家那头牛看看吧，半后晌它就卧倒了，口里只是吐白沫，鼻子里出气像要喷火。我担心今个夜里不好过去啊！"

他说着，哭腔就拉了下来。

"这得要喝白公鸡的血了！"

"黄公鸡行吗？"

"不行。才才家不是有吗？前天我想买了吃，那寡妇倒不肯舍得，那公鸡特大哩！"

"哦。"

王和尚让老秦先向他家里走，自个便转身从前堂门面房里跑出去。老秦的胖婆娘叫喊着别再撞翻了盆子，王和尚应着"没事"，脚步早到了石板街道上。

第二节 微电影剧本写作

近年来,除了常规的电影作品,微电影成为电影产业的新兴力量。网络及移动设备的普及、智能技术与无线传播的发展都使“微文化”深入千家万户。微电影、微视频因具有篇幅短、戏剧冲突强烈、风格多样化、故事与主题相对轻松、创作门槛低以及播放平台广泛的特点,所以深受广大青年观众、大中专院校影视专业学生及电影爱好者、业内青年导演的青睐。微电影、微视频的商业价值与文化价值不断被挖掘,创作团队日益壮大。

随着拍摄设备的平民化、数字化、轻便化、普及化,电影创作群体不再只是局限于专业影视生产机构,越来越多的人拿起手中的相机、手机,加入电影创作中来,草根化与低门槛化成为当下影视创作的新兴现象。这些新的发展形势汇集到一起,最终诞生了近年来轰轰烈烈的微电影运动。

微电影,即微型电影,这个概念于2011年由杨志平提出,主要指时间简短、成本较低、创作团体多元,在网络、手持移动设备等媒体平台上播放,具有休闲、娱乐性质的短片。微电影是“微”时代的产物。

微电影《一触即发》片段

目前国内公认的微电影开山之作是2010年根据微小说《一触即发》改编的同名广告短片,这一短片在90秒的时间内呈现了一个紧张震撼的故事。其实,早在《一触即发》之前,国内就已存在微电影的雏形——DV短片。20世纪90年代后期,随着拍摄设备的数字化及人们生活水平、审美意识的提高,DV得到了迅速推广。特别是在大中城市,人们用家用DV记录生活日常,拍摄剧情故事成为一种文化现象。在大中专院校,大学生群体是DV创作的主要参与者。只是此时出现的DV短片主要用于专业交流或者新闻纪实,较少涉及商业性方面。2010年之后,拍摄设备日益普及,人们的拍摄活动更加轻松自由;网络的普及、视频网站的竞争,使得网友自制视频、原创视频成为视频网站的宠儿;人们对传统的广告营销模式感到厌倦,投资商尝试将广告宣传与微电影创作进行结合,推出广告微电影,在网络上取得了很好的推广效果。由此,微电影有了创作团队,有了播放渠道,有了投资商与商业价值,便迅速发展起来。

一、微电影剧本的特征

就目前来说,微电影的创作群体呈现出多元并存的状态,专业制作商、专业导演或艺人、电影发烧友或普通人纷纷加入微电影的创作阵营中来。其中大部分人只是出于兴趣,浅尝辄止,因此该领域固定的专业人才仍十分匮乏。微电影虽然看起来简单,实际上却需要在极短的时间内完成叙事、展现人物、表达主题,还要力求新意,非常考验创作者的能力。当前,国内微电影赛事虽然看上去红红火火,但好的微电影编剧十分稀缺。

微电影剧本的具体格式、基本要求与常规电影剧本基本相同,这里不再赘述。我们重点来了解微电影剧本的特殊性。

第一,微电影最大的特点就是“微时”。微电影少则 30 秒至 5 分钟,多则 20 分钟到 30 分钟。时间限制使得微电影剧本不会像常规电影一样循序渐进地展开叙事。微电影的故事集中紧凑,围绕一个冲突或者多个冲突展开,采取单线或者简单明晰的复线、多线方式,叙事场景控制在一个到十几个之间。微电影的叙事结构与常规电影也有所不同,开端和结局被尽可能地压缩,发展甚至被略去,高潮则用大篇幅来展现。例如微电影《东奔西游》,7 分钟左右的时间,其中开端、发展只有 3 分钟左右,剩下的大半时间是故事的抒情高潮,结尾只有半分钟左右。又例如《距离托那 12 英里》讲述了一个被疾病折磨的男人如何在 10 分钟的时间里同自我抗争,家人如何给予他精神支柱的故事。整个故事开端之后,叙事节奏逐渐加快,最终凝聚成情节高潮,然后迅速地完成下降动作,并以一个温馨的结局收尾。结局与前边紧张的情绪形成强烈的反差和对比。

第二,微电影的题材大多来自现实生活,即使是古装剧也带有强烈的时代感。这与网络剧的风格有些相像,与微电影主要面向年轻观众群体有关。

第三,微电影的视听风格相对先锋。因为时间的限制,微电影的故事不能充分展开,这就需要具有特色的画面语言与镜头运动来创造惊艳的视觉效果,借助视听艺术来吸引观众。例如《拳击手的秘密》中的心理蒙太奇产生的独特寓意效果使观众忽视了它相对零散混乱的故事叙事。

第四,微电影的制作周期很短。一般微电影的剧本确定后,于一周或数周内影片就可以拍摄、剪辑完成。

第五,微电影的成本相对较低。微电影的播放媒介通常为移动设备,观看屏幕较小,因此对视听效果的要求远低于电影。不同的视听效果所费成本不同,少则数百、数千元,多则数万元。

制作节奏的快速与成本的低廉要求编剧在创作时结合自己团队的实际情况,在选材、场景选择与设计等方面依据成本相应地修改剧本。

二、微电影的分类

微电影是一场全民参与的电影运动,在数年的发展历程中,微电影创作也出现了多种趋向。就微电影剧本的形式来说,可以分为微电影文学剧本与分镜头剧本;就类型来说,可以分为爱情微电影、武侠动作微电影、青春成长励志微电影、喜剧微电影、家庭伦理微电影、恐怖微电影、科幻微电影、儿童微电影、犯罪微电影、文艺微电影、社会问题微电影等;就微电影的用途来说,可以分为自发原创微电影、商业广告微电影、艺术创作微电影、公益宣传微电影等;就冲突设计来说,微电影可以分为微剧情类、微纪录类与微动画类。随着微电影影响的不断扩大,微电影的分众化、类型化、市场化、正规化已经成为趋势,下面我们就几种常见的微电影类型进行分析。

(一)爱情微电影

微电影的创作者与观众以青年居多,爱情是青春的永恒话题。微电影中相当多的作品属于爱情题材,大都以 15—30 岁的年轻人为表现对象,展现主人公的情感历程。

根据风格,微电影又可细分为纯爱情片、浪漫喜剧爱情片以及残酷青春爱情片。

纯爱情片顾名思义就是和“爱得纯粹”“爱的心理”相关的作品,此类作品对爱情之外的家庭社会、时代风云较少涉及,更多笔墨用于表现恋爱中男女的相处与微妙的心理变动,表达青春期的愁绪烦恼与懵懂心动;视听画面大都清新唯美,常见场所如校园、时尚广场、咖啡馆等浪漫别致之处。浪漫喜剧爱情片的重心放在喜剧上,将喜剧夸张离奇的效果与爱情相处过程联系起来,演员动作、表情动漫化、夸张化,叙事一波三折、“惊世骇俗”,女扮男装、男扮女装、离奇巧合、针锋相对的语言冲突是其常用技巧。残酷青春爱情片与纯爱情片的“不食人间烟火”截然相反,重心放在“残酷”一词上。此类影片披着爱情片的华丽外壳,更多探讨的是爱情与人性欲望、阶级等级、生存压力、危机意识、种族冲突、性别对立等社会话题,以及在社会压力下艰难挣扎又迷茫无措的青少年群体心理,可谓青春残酷物语。

纯爱情片、浪漫喜剧爱情片、残酷青春爱情片的共同点是都表现了奇异化、奇观化的爱恋故事,展现主人公执着的逐爱精神,控诉现实的残酷无情,对逝去的青春有着超越现实的浪漫感伤,强化对“爱情至上”价值观的认同。人物方面,大学生、未婚青年男女、年轻夫妻是主要表现对象。在冲突设计上,人物内心的矛盾斗争,人物之间因误会巧合、情感异变和天灾人祸导致的爱情危机,爱情与工作家庭、社交环境、门第阶级、金钱利益、伦理道德等社会因素产生的矛盾是爱情微电影叙事的主线。也有部分微电影定位于爱情闹剧,通过非常态的戏谑式人物关系、夸张的表演来制造“癫狂喜剧”的感觉。如微电影《X 爱情》,表现一对女汉子与娘娘腔男孩情侣,女汉子移情别恋,结果发现暗恋对象喜欢的居然是娘娘腔男孩。整个故事极尽夸张,笑料很多,但缺乏对爱情的深入思考,只是为笑而笑。

在创作爱情题材微电影的过程中,我们需要注意这样几个方面:

第一,叙事节奏的控制。微电影创作最不容易把握的便是叙事节奏。以爱情片来说,爱情片的常规叙事便是两人相识—相知—相恋—变故—相厌—高潮(爆发、解释、误会解除)—结尾(大团圆或曲终人散)。根据叙事方式不同,这些环节在剧情中出现的时间未必一致,但基本环节是固定的。一部传统电影,可能有 90 分钟的时间来描述这个过程,但微电影只有几分钟或十几分钟的时间,所以微电影的整体叙事节奏就要加快,但又不能让观众觉得突兀。没有经验的创作者在叙事节奏方面常犯两种错误:一是故事前戏面面俱到,入戏较慢,过程部分占的时间太多,而在人物情绪需要爆发的高潮部分戏份太少。二是创作者意识到了上述问题，没有面面俱到，能够围绕一种矛盾/一种情绪/一种心理去写，但在叙事节奏上过于追求意识流，使得整个故事有些支离破碎。例如学生作品《昨天》，主要讲述一个女孩在失恋后难以接受现实，在房间里不断重复失恋当天的行动，以此麻醉自己的故事。但剧本时空转换过于频繁，故事在不断循环往复中流于琐碎。如果是一部完整的电影，前面有丰富的剧情做铺垫，这样意识流式的短暂片段观众是可以接受的，但若一部微电影始终在意识流中不断穿梭，观众则难以理解。

第二，具有中心事件与中心人物。这与前面叙事节奏的把握是呼应的。微电影时间短，所以需要省略很多前因后果，突出强调最关键的核心冲突与某个人物即可。剧情中最关键的冲突点是什么呢？例如《X 爱情》，故事其实主要表现了三件事：女孩有了男朋友，两人性格天差地别；女孩移情别恋；暗恋对象喜欢的是自己的男友。这三件事哪一个是需要讲述的？通过这个故事想表达什么？按照情节逻辑，最后的误会应该是重点，也是爆发冲突、展现人物性格不同侧面的地方。但是《X 爱情》简单采用了三分法，第三件事尚未充分展开，引人一笑之后便结束了。这样一来，整个微电影类似于一个搞笑小品，又因为后续故事不够充实而显得比较老套、浅薄。在人物刻画上，爱情片自然有男女主角，那么在这两个角色中，哪个是重点刻画的对象？重点刻画这个对象的哪个方面？另一个戏份少的角色在剧中会涉及哪些伏笔铺垫，主要突显哪种性格？这其实是微电影爱情片人物创作的难点。

第三，爱情与其他类型题材的融合还需要进一步加强。爱情很美妙也很复杂，普通的微电影制作者由于阅历与经济能力所限，能表现的爱情题材偏窄。这些创作者可以尝试着将爱情描写与其他类型片风格杂糅；可以借鉴职业剧的方式，将职业特色与爱情片的故事套路融合。例如同样是爱情故事，可以将人物的恩怨纠葛与制陶的细腻工艺过程相结合，既可以刻画角色的不同侧面，也能让观众对画面产生联想，同时还能起到文化宣传的目的。

（二）青春成长微电影

该类型的叙事主要表现青年人面临的各种生存环境及为成长付出的代价。叛逆的青年主人公如何在多元文化混杂、冰冷疏离的现代都市中挣扎求生存，面对性、权力、暴力、犯罪等诱惑，艰难地蜕变，最终获得成长。理想与现实的矛盾、坚守自我还是随波逐流是这类影片探讨的主要话题。在冲突设计上，该类型主要聚焦于人物与社会的冲突以及人物内心的冲突。例如微电影《老男孩》讲述两个执着追梦的中年人找寻青春之旅的故事，影片在网络上一夜成名；微电影《无明》讲述一对父子经历时空穿越的故事，在亲情中升华了自我；《等待》讲述青年人在爱情与事业中的迷失及对自我的追寻。

在创作该类题材时，同样要注意叙事节奏、中心事件、中心人物及职业特色的问题。例如微电影《相思赋予谁》将学生对戏曲的热爱、追求与人物成长面临的现实问题相结合，以戏中戏的形式，借助唱词传情达意，《入戏》借助角色在文学创作、人剧不分的情况下展开了现实—幻觉双重叙事结构，显得新颖有趣；《我想说》将话剧演员彩排话剧《阮玲玉》的过程与女主角所处环境的变化、内心的自我叩问套在一起,借助话剧演出表现主角倾诉的欲望,突显想说的话题,升华了故事主题。

微电影创作初学者特别要注意剧本主题的确定。成长的话题千千万,这部微电影到底要表达哪一个方面的成长?为什么要成长?成长的过程结果如何?成长题材微电影要从小处着手,从细微处着手。在学生作品中,成长题材微电影主要的问题是假大空,貌似面面俱到,但什么都没有讲透,以至于故事只暴露了成长面临的困境或社会问题后,人物突然因为一两句话就想通了、振作了,之后的转变过程草草结尾,导致整体节奏出现问题。

当前青春成长微电影作品较多展现抑郁症和校园暴力两个比较热门的话题,但这些作品在叙事上大多套路化,不够深刻;有时存在着过度描写"恶"的一面,对真善美缺乏深度表达。例如微电影《狗尾巴草的案例》,表现一个女孩备受欺凌且无人关爱,最终决定跳湖自杀。女孩刚走到湖边,之前曾与她擦肩而过的一个男生回到她身边突兀地说了一句"你还有我们的关心",于是这个女孩立刻顿悟,马上振作起来,故事就此结束。一共 10 分钟左右的微电影,作品用 7 分钟来表现主人公怎么备受打压、压抑自闭、排斥外界,1 分钟表现主人公矛盾犹豫的心理过程,最后只用 1 分钟就完成了女孩被关爱、醒悟振作的过程,这样的结构安排非常不合理。故事将恶和消极的一面展现得淋漓尽致,但在需要解决问题的时刻,比如怎样走出抑郁重振自我、怎样对抗暴力救赎自我这些观众最为期待的情节却无话可说,靠"顿悟"来模糊交代过去。究其原因,主要是因为创作者囿于阅历所限,对于如何处理该类问题并不是很了解,又缺乏调研,导致情节突兀而不自然。

刻画人物的被动、消极性格是当下青春成长微电影的主要特色,但青春成长不是对人生的绝望,还有希望与进取。从接受美学角度而言,更多的观众喜爱具有主观积极能动性的人物作为主人公,因为主人公的主动行为是助力故事发展、变化、转折的推手,主人公在面对压力时所采取的行动,最能反映他的性格。当下青春成长微电影塑造的人物总是郁郁寡欢、沉闷无语,被天上掉下来的事情砸中后亦被动消极承受,整体呈现一种"丧""懒散""无意义"的生活态度。这样的角色几乎无法让观众产生观看的欲望,也不能展现真正的青春成长。

(三)家庭伦理微电影

家庭伦理微电影重在表现人伦情感的多元化。婚姻家庭的变故、两代人的冲突与和解往往是故事的主线,在叙事中重点表现两性之间或者两代人的对抗意识,冷漠疏离的家庭关系以及由此而生背叛、破坏行动是常见的故事设定,这在某种程度上体现了个体与秩序的对抗。家在影片中有着独特的象征含义,代表主人公心灵的最终归宿。最终矛盾的解决、人物关系的和解体现了当代社会对家的意义的确认。

例如微电影《父亲》,通过女儿与父亲的隔膜、对抗与和解的感人叙事,讲述了当下社会的人伦情感,展现了人们对亲情、真情的渴求。《熠一生辉》同样是父女交流的话题,女儿学习舞蹈,父亲从持"不务正业、伤风败俗"的老式观点,到被女儿带着学习,并借此接触到短视频软件,走上直播舞蹈的网红之路,打开了新世界的大门。作品在解决代沟问题、在交流方式和技巧方面刻画得比较详细。微电影《老马回东》以孙子对音乐梦的追逐与家人产生矛盾为主线,以一家三代人在同一地方扎根奉献,对现实的困惑、对未来的理想憧憬为暗线,在"理想很丰满,现实很骨感""要理想还是面包"的常规话题外,寄予了对家乡变化的思考与前景关注。《你是我的姐妹》表现一对姐妹从幼时的相互扶持共患难,到长大成人后的误解矛盾,触及了很多现实存在的家庭问题,具有一定的社会意义;对姐妹因性格与职业发展规划不同造成误解描写得也比较细致,表达了家人宽容理解的可贵情感。《球徒》的男主人公因赌球而失去了绿茵梦,屋漏偏逢连夜雨,他引以为傲的奖杯与求婚戒指又被盗,同时面临着事业、婚姻与兄弟情的破裂;影片对男主人公如何走出阴霾、亲朋之间的互动进行了细致展示,让主人公最终醒悟并转变显得更加合理。

(四)喜剧微电影

喜剧微电影又可细分为滑稽微电影、讽刺微电影、浪漫喜剧微电影、黑色幽默微电影。滑稽微电影通过夸张、变形、恶搞、戏仿等方式抖包袱,踩香蕉皮、扔蛋糕、掉坑里等肢体语言制造的滑稽冲突是常见技巧;讽刺微电影常用比喻、象征、对比、潜台词等技巧,达到批判、揭露社会问题,警醒世人的效果;浪漫喜剧微电影顾名思义是将重心放在浪漫环节的设定、浪漫时空的想象上,对现实生活的真实表述与逻辑冲突方面的要求不是太严格,常将喜剧方式与爱情题材、科幻题材相结合;黑色幽默微电影较之讽刺微电影更多了些戏谑、无厘头和荒诞元素,用荒唐离奇的故事与人物态度在讽刺时事的同时达到"苦中作乐"的效果,以娱乐、夸张的方式展现现实生活中的种种不足、不公正、不平等现象,表现小人物的不幸与执着。

喜剧微电影经常和其他类型片种相结合,这在网络剧中有充分的展现,类似"万万没想到"系列的戏谑型微电影如今也比较常见。例如《疯狂大乐透》带有强烈的黑色幽默色彩,主人公误打误撞得到一张中奖彩票,之后多方人马对此展开追逐,产生妙趣横生的戏剧冲突;《X 爱情》通过女汉子梗、娘娘腔梗等制造笑料;《球徒》的主人公嘴贫、玩世不恭、死要面子活受罪、又勇又怂,影片通过刻画其夸张的性格来制造笑料。

目前,喜剧微电影作品中存在一些共同问题需要克服:首先,当前许多喜剧微电影是对经典作品的模仿、借鉴,尤其对经典作品故事设定、人物设计、夸张手法、经典表演与台词段落等进行模仿。这种方式对创作者在短时间内学会喜剧手法的运用会有所帮助,但在原创性及个人风格形成方面会造成不良影响。其次,一些喜剧微电影包袱笑料的设计受网络流行文化的影响较大,有些涉及人格尊严侵犯、性别歧视等,导致故事虽看似可笑,但实则缺乏内涵、内容低俗。

(五)儿童微电影

该类微电影表现儿童成长中遇到的各种矛盾与冲突,包括个体成长诉求与成人世界规定之间的对立冲突、赤子之心与社会潜规则之间的对立冲突等,这些儿童成长的烦恼背后是对社会问题的揭示。例如微电影《红领巾》便是通过孩子价值观与成人死板教条的处事规则之间的对立碰撞来引发观众的思考。值得一提的是,好的儿童微电影不仅仅是以孩子的眼光去批判、讽刺成人世界,对儿童的生活状态本身也应该进行充分展示。微电影《霸王年代》虽然描写的是农村留守儿童题材,但并没有表达留守儿童的凄凉生活,而是以喜剧温情贯穿整个微电影。故事的主人公失去父亲,母亲要外出打工,但故事的主线没有丝毫苦情感,重点讲述他在村里怎样与小霸王斗智斗勇,最终成为新一代孩子王,并感化了小霸王的故事。欢乐的气氛、童真的生活气息使这部微电影具有较强的观赏性。

(六)微纪录片

微纪录片是以认知、宣传、教育、娱乐、商业为主要目的,强调作品的社会意义与文化意义。根据创作手法和表现内容的不同,可以分为纪实类、调查类、文化类、历史类、科教类微纪录片。

文化类、历史类、科教类微纪录片重点在于科普知识、探讨历史故事与民族文化,具有主题先行的特点;制作比较精良,文化气息比较浓厚。例如微纪录片《三苏园》便以优美的文字、精良的镜头阐述了苏轼文化的传承;《扯脸》《轧琴》介绍了昔日的传统手艺,对传统艺术、古代风俗进行了科普。

纪实类、调查类微纪录片立足现实生活,创作者走访某一群体,表现这一群体的思想情感与生存状态,提出社会问题,思考解决方案,展现社会民生与人间冷暖。弱势群体、特殊群体、新兴行业与夕阳产业是这类作品的创作对象。此类作品讲究平民视角,多采用同期声,具有现实鲜活的生命力。例如微纪录片《三十二》走访了广西地区当年的“慰安妇”,展现她们生活的际遇和顽强的生活态度;《乡村教师》表现中部山区乡村教师的奉献情怀。这些作品没有卖弄苦情,而是从人性、人的生存态度的角度进行叙事,让观众产生共情。

(七)广告微电影

广告微电影用故事来包装需要推广的产品,让产品隐匿在微电影的故事之中。这类微电影通常以热门门户网站、视频网站为播放平台。目前市场上的广告微电影大都是以亲情、爱情、友情、青春、现实、梦想等青年人热衷的话题与情感诉求为主题,以戏剧性的情节设计、贴近现实生活的题材、浓郁的情感表达来引起观众的情感共鸣。

广告微电影的兴起源于广告宣传发展的需要。观众已经厌倦了影院里、电视里赤裸裸的广告宣传,对广告产生抵触情绪,于是商家开始采取广告植入的方式,将商品与故事叙事、人物造型、人物台词、人物行动等结合起来。特别是在《小时代》《一起去看流星雨》等主打青春偶像的粉丝电影中,这种植入痕迹尤为明显,但观众对这种方式也逐渐产生了审美疲劳。如何达到良好的宣传效果且不引起观众的抵触,投资商们开始将目光投向网络,投资剧情微电影与广告微电影的拍摄，宣扬产品与消费观念，以期获得青年观众的关注。

广告微电影的制作要兼具吸引观众的艺术性与广告植入宣传的商业性。广告微电影可以分为产品微电影、消费理念微电影、企业品牌文化微电影三大类。产品微电影类似电视广告，在极短的时间内将产品融入故事，并对产品进行隐晦宣传。例如万合天宜为某品牌方便面做的广告微电影，讲述了一个奇幻的爱情+武侠+科幻的喜剧故事：紧急关头，一桶方便面改变了主人公的选择。消费理念微电影重点在于宣扬某种消费文化，提高年轻观众的购买欲望，为长期的产品宣传做准备。企业品牌文化微电影的特殊性在于它不是直接宣传消费，而是通过煽情动人的故事打造文化品牌，给观众一种高、雅、正的审美体验，无形之中增强观众对该公司品牌的信任。例如，微电影《岸边的记忆》利用爱情故事对武汉的城市文化进行宣传。

三、微电影剧本的写作要求

微电影剧本的写作格式、基本要求与常规电影剧本有很多相似之处，但也有其独特性。

第一，在选题上，微电影要注意“钩子、锤子、镜子”原则。即故事前提要钩人，紧抓当下热点，通过一个小故事或独特视角表现编剧对现实生活的思考，题材的新颖与创意是吸引观众的先决条件。在故事发展方面，要遵循锤子原则，有发人深省、当头棒喝的作用。在故事结局设定上遵循镜子原则：通过故事要表达什么？给现代人什么样的借鉴？是否真实反映了社会现实？这是微电影选题的三原则。如“时间”是个既普遍又令人不断思考的话题，要在10分钟里表现对于时间的认识，即使是国际知名的大导演也只能将这一话题化微化细。在“十分钟年华老去”系列作品中，有对生死时速、风云突变、命运转折的表现，如《十分钟后》《距离托那12英里》《生命线》；有一生的缩影与慨叹，如《水的故事》《关于时间2》《一瞬间》；有对时间形而上的哲学思辨，如《启迪》《沉溺于星》；有借助时间话题表达对家国、文化、自然的看法，如《狗没有地狱》《百花深处》《几千年前》。这些作品都是从微观视角表情达意，主题突出而具体。

第二，微剧本情节设计简洁明快，情节尽量别出心裁。微电影不需要设计过多的支线、副线，只需围绕主题合理设计情节。一般的情节结构，开端部分要巧妙、新奇、有悬念，发展部分要紧凑、集中，高潮部分要有强烈的戏剧冲突或情感冲突，结局设计最好能引发观众的回味与联想。在“十分钟年华老去”系列微电影《十分钟后》中，只有一个室内场景。一开始便是一位中年妇人在家中客厅准备结婚周年晚餐，随后丈夫醉酒回家，两人发生争执，争斗中妻子刺伤丈夫。整个过程都发生在客厅一个场景中，只有不断播放的电视剧画面增添了故事和外界的一些联系。这种情节设计鲜明地表达了“十分钟足以毁灭人的一生”的主旨。在微电影《准时》中，一个行李箱可以神奇地显示30秒后发生的事件，借助行李箱能预知事情结果的功能，年轻人帮助了本来应该在30秒后才找到登机牌的女士，自己也提前30秒走入登机口，

微电影《准时》片段

恰恰由于这提前的30秒,让年轻人错失了与寻找他的恋人相遇的机会。人们都梦想自己具有未卜先知的能力,微电影《准时》却讲述了一个占尽先机未必最好,“准时”有可能才是恰如其分的人生的故事。

第三,人物定位要明确,角色不要设置太多。人物关系可以是主辅式、主仆式、伙伴式、对立式、引领式。微电影《国际组织 · 拖车 · 夜晚》虽人物众多,但始终以女演员为中心,将她的反应与心理变化作为刻画对象。人物的个性可以夸张,但要与故事主题结合,微电影《百花深处》中的疯子要求搬家工人在一片废墟上搬花瓶等根本不存在的物品,将具有赤子之心的疯子与漫不经心的搬家工人做对比,缅怀日渐逝去的传统文化。

微电影《百花深处》片段

第四,故事背景的设计具有特色,故事背景设计有利于故事内容的表达。用具有地域性、独特性的场景、方言、音乐、音响、细节、道具等展现自然、社会的独特文化。例如《小老头与电影院》将人物活动的空间主要放在具有地方特色的建筑群与陈旧的电影院里,少量的外景主要用于抒情写意,这种极具地方特色的文化呈现给观众带来一定的新奇感。

随着微电影的不断发展,出现了各种形式新异的微电影,其艺术性特征越来越被创作者关注。一些微电影的表达极具个性,在“十分钟年华老去”系列微电影作品中,《关于时间2》一直将一个屏幕分成四块,在10分钟的时间里演绎了40分钟的内容,每块屏幕讲述的故事有时和其他屏幕讲述的故事有联系,有时又突兀地表现其他的内容,内容涉及战争与和平、生存与死亡、现实与艺术创作等。故事表达晦涩难懂,表现形式奇特多样,可以从各个角度对电影的内容、主题进行解读。这些形式多样的微电影能够拓展微电影的表现空间,提高微电影的艺术影响力,为微电影的发展做出可贵的探索。

微电影《关于时间2》片段

【课程实训1】

实训目标: 初步掌握微电影剧本的创作规律,能够创作合格的微电影剧本。
实训内容: 根据以下故事梗概,创作一个微电影剧本,时间要求在10分钟左右。

小徐夜晚经过某间教室,看到了鬼影。小徐很有正义感,喜欢侦探片,崇尚冒险刺激。带领小伙伴展开调查,发现学校经常发生灵异事件。小伙伴A退缩;B报告老师,寄希望于学校;C支持小徐;D对小徐有好感;E展现疑点。

小徐带人第二次去教室寻找真相,抓到所谓鬼影,误会。

小徐等人被批评,私下坚持调查,走访保安、教师寻找线索,小伙伴们闹矛盾后,终于团结一心,得到宝贵线索。

小徐与同伴第三次去教室寻找真相，抓到鬼影，得到真相，
虚惊一场。

【课程实训 2】

实训目标：初步掌握微电影剧本的创作规律，能够设计有创意的微电影。

实训内容：在三道题目中任选一题，创作一个 1—3 分钟的广告微电影。

1. 某商品广告。
2. 给一家淘宝店创作企业文化微电影。
3. 给所在的学校或城市设计一个微电影宣传片。

第七章
电视剧剧本写作

电视剧是一种融合了文学、音乐、舞蹈等诸多艺术形态,利用戏剧舞台艺术和电影艺术的表达形式在电视上进行播放的大众化艺术。电视剧是时代发展的产物,是现实生活的写照。在视听层面,人们对于电影的推崇是有共识的,但这并不能动摇电视剧在观众心目中的地位。电视剧以其区别于电影的传播方式,获得观众的认可,衍生出巨大的经济和社会效益。中国的电视产业和电视剧发展经历了一次次的飞跃,从早期每个家庭都渴望拥有一台自己的电视机,到电视机的发展从黑白变为彩色,再逐渐演变到今天的宽屏、高清。电视剧的发展从 1958 年北京电视台(中央广播电视总台央视的前身)以直播形式播出的第一部电视剧《一口菜饼子》开始,经历了直播、录播到今天的制播形式,逐渐成为电视台的收视保障,成为一种全民性的娱乐化享受。当电影院的热门电影场场爆满,一部部影片突破亿元甚至十亿元大关时,中国的上千万家庭则守在电视机前"追剧"。当专业的影评人通过纸媒和数字媒体对时下热门的电影作品进行评论或讨论时,热门的电视剧是普通民众茶余饭后的谈资。随着互联网产业的迅猛发展,依托网络平台异军突起的网络剧,逐渐成为中坚力量,无论是《白夜追凶》《最好的我们》,还是《长安十二时辰》《隐秘的角落》均获得了点击率和口碑的双赢,成为大众"追剧"的新目标。

任何一部艺术作品在衡量其价值上,一般可分为艺术价值和商业价值。中国电视剧的价值判断标准则包括政治标准、艺术标准和商业标准。中国电视剧作为一种意识形态,承载着艺术价值,同时也承担着社会舆论的传播和宣传作用。电视剧题材选择的首要标准,是题材本身及其所包含的内容符合国家的主流意识形态,即价值判断的政治标准。以中国电视剧飞天奖为例,如表 7-1 所示:

表 7-1　第 31 届中国电视剧飞天奖获奖名单

奖项	获奖名单
现实题材优秀电视剧大奖	《鸡毛飞上天》《欢乐颂》《安居》《深海利剑》《小别离》《刑警队长》
历史题材优秀电视剧大奖	《于成龙》《白鹿原》《大军师司马懿之军师联盟》《那年花开月正圆》
重大革命历史题材优秀电视剧大奖	《海棠依旧》《彭德怀元帅》《绝命后卫师》《彝海结盟》《热血军旗》《三八线》
优秀编剧奖	申捷《鸡毛飞上天》《白鹿原》
优秀导演奖	陈力《海棠依旧》

作为中国最重要的电视剧奖项，飞天奖在评判标准上融合了电视剧的政治标准、艺术标准和商业标准。从获奖作品中不难看出，政治标准对于中国电视剧创作的重要性。同时，对于作品的艺术性和商业性的考量也囊括其中，历届获奖名单中不乏《闯关东》《士兵突击》《金婚》《潜伏》《人间正道是沧桑》《心术》《父母爱情》《老农民》《海棠依旧》《鸡毛飞上天》等口碑和收视率双赢的作品。

在电视剧与市场紧密相连的今天，收视率成为主导剧本创作的决定性因素，因此商业标准对于电视剧的价值判断得以加强。收视率是一把双刃剑，过于强调收视率会导致制作者为迎合受众而降低电视剧的艺术水准。电视剧作为一种文化形式，属于大众文化的范畴，相较于电影、戏剧、雕塑、绘画等艺术形态，电视剧的受众群广泛，程度参差不齐，因此不能单纯地以艺术标准来衡量电视剧的价值。艺术性和商业性的平衡是电视剧创作需要探讨的命题，要将“雅”与“俗”有机地结合在一起。

第一节　电视剧剧本写作的基本特征

相较于电影和戏剧来说，电视剧的大众化和娱乐化特征更加显著。一个好的故事需要由人物、事件、矛盾冲突、因果关系构成基本的内容，再通过立意的提升丰满故事内涵。故事在一定的表达层面上，是社会物质和精神意识的一种交融。在所有的艺术门类中，电视剧对于故事的依赖性最强，要求最高。一个好的电视剧剧本需要编剧来讲述一个完整的、条理清晰的、生动有趣的故事。

作为电视剧剧本的创作者，编剧必须会讲一个好的故事，继而编写一个好的剧本，这是层层递进的关系。我们必须认识到，电视剧剧本的创作不同于其他艺术的创作，它既拥有时间、分段等电影不具备的优势，又可以表现文学创作中的每一个细节。同时，电视剧剧本具备制作和播出时限自由、容量大、信息多、功能全等特点。探究电视剧剧本写作的基本特征，可从以下几个方面来理解：

一、时代性

作为艺术创作的重要手段,作为大众化艺术表现的直接表达,电视剧的剧本创作成为时代最鲜明的发声体。电视剧的创作直接受到时代环境的影响,不同时期的电视剧作品呈现出各自所处的时代特征。1958 年根据同名小说改编的中国第一部电视剧《一口菜饼子》,讲述了母亲在逃荒的路上,把最后一口菜饼子给了自己的孩子,把生的机会留给了孩子的故事。当生活条件变好了之后,妹妹拿枣丝糕去逗狗,被姐姐呵斥,姐姐告诉她不能忘本,忘记历史就是背叛。20 世纪五六十年代,中国社会正处于物质匮乏时期,这个作品响应了国家"忆苦思甜""节约粮食"的号召,呈现出艺术作品"泛政治化"的特征,生动地反映了整个社会的时代特征。1990 年,中央电视台播出了 50 集电视连续剧《渴望》,这部剧通过刘、王、宋三个家庭,高干楼和四合院两个主要生活场景,展现了以王沪生等为代表的知识分子群体和以刘慧芳为代表的平民群体之间的悲欢离合,讲述了当时社会大背景下,普通人的身边事,将人性的真善美生动地诠释了出来。该剧贴近生活现实,贴近群众百姓,在当时引起了巨大的反响。

20 世纪八九十年代,中国社会的经济和社会状况发生翻天覆地的变化,人们从关注"大我"转向关注"小我",文艺作品开始透过日常发现生活,进而还原生活本相。此时的电视剧作品关注人的生存处境和生存方式,以及生存中感性和生理层次上更为基本的人性内容。在电视连续剧《北京人在纽约》中,大提琴家王起明和妻子郭燕从肯尼迪机场下机伊始就陷入了一种可怕的幻灭感,为了谋生,王起明进餐馆打工,郭燕去工厂干活。在严酷的现实面前,他们放弃了同甘共苦的初衷,走上了一条充满竞争、心酸、冷漠的人生之路。虽说王起明暴发有了钱,郭燕找到了新的家,但他们都没有获得幸福安宁。在新的生活波折中,王起明大起大落一贫如洗,郭燕被逐出家门流落街头,他们的女儿也要离家出走。又有一批中国人走出肯尼迪机场,望着他们兴奋的面孔,王起明百感交集。美国对大多数中国人来讲是一个遥远而陌生的国度,来自大洋彼岸的消息也各不相同,有人说那里是天堂,有人说那里是地狱。该剧恰恰迎合了这一时代特点,将国人对外面世界的关注融入其中,将真实的"美国梦"通过这部万人关注的电视连续剧呈现了出来。

进入 21 世纪,电视剧的时代特征呈现出多样化发展的态势。电视连续剧《欢乐颂》讲述了在摩登都市上海,五个性格、家庭背景全然不同的女孩在"欢乐颂"小区发生的种种故事。安迪是海归精英、公司高管,是高智商低情商且特立独行的代表;樊胜美供职于外企,性格要强,但内心深处始终有着原生家庭之痛;曲筱绡是古灵精怪的富二代,我行我素,爱憎分明;邱莹莹是来自小城市的普通姑娘,做事鲁莽,平凡善良;关雎尔是家教良好的乖乖女,一直按照规划的路线生活。五个女孩为了梦想各自努力,共同克服生活、爱情等诸多困难,彼此帮助,蜕变成长。这部电视剧不再只有贤妻良母式的女性形象,相反,女性形象体现了大多数的社会形象,有更多个性化和自主化的存在。该剧中的新时代女性形象,对社会、家庭、情感等有了更深层次的思考。

当下,电视剧作为时代最鲜明的发声体,涌现出各种不同类型的作品。例如都市商业题材电视剧《鸡毛飞上天》,反腐题材电视剧《人民的名义》,围绕“三农”问题的电视剧《喜耕田的故事》《马向阳下乡记》等。

二、戏剧性

电视剧作为现代艺术的重要组成部分,是逐步汲取其他艺术资源综合而成的表现形态。在不断的发展过程中,电视剧将其本体的戏剧性特征进行了全面的继承和发展。电视剧的时代性特征将电视剧创作的基本要素——时间、地点、人物、事件进行了界定,在创作的客观条件上不具备很强的拓展空间,因此,电视剧的关注度和收视率主要依靠戏剧性特征。

与电视系列剧、电视情景剧相比,电视连续剧需要环环相扣、引人入胜。通俗来讲,电视连续剧需要能够保证长期的、连贯的、有效的收视率。一部电视连续剧开始讲述一个故事,开头是否设置了有效的情节点,使观众对整部电视剧产生兴趣,发展过程中是否有高潮迭起的呈现,结尾部分能不能满足观众的审美享受,这些都是电视连续剧宏观层面需要考量的问题。从微观层面上来说,电视连续剧由本身具有连贯性的一集一集剧作组成,那么最直接的问题就出现了,如何能够让观众看完这一集后仍愿意追看下一集(就是所谓的“追剧”)?吸引观众追剧的手段层出不穷,将上一集的结尾通过剪辑技术固定在情节点上,设置开放式的结局,引发观众对剧情发展和人物未来命运的揣测,当这种心理期待产生时,观众的需求和表现便成了编剧的囊中之物。一般情况下,电视连续剧会在上一集结束后,播放1—2分钟的下集预告,将下一集剧中可能会吸引观众的情节点进行浓缩式的播放,以引起观众的观看兴趣。这些都成为吸引观众追剧的常规方法。归根到底,电视连续剧必须紧跟戏剧的步伐才可以完成剧集的基本形态,失去戏剧性就等于其连续化的态势被大大削弱。

与电视连续剧不同,电视系列剧、电视情景剧的每集故事内容相对独立,如果就此断言其不需要戏剧性,必然有武断之嫌。电视系列剧每集的故事自成一体,单集的吸引力需要提升到一定的高度,否则就会在播放的过程中逐渐失去观众。

三、大众性

电视剧剧本的大众性特征应从三个方面进行理解:首先,作为剧本创作者的编剧是普罗大众中的一员;其次,由创作者创作出的人物必须具备大众性的特征;最后,电视剧产生于大众的心理诉求之下,必须为受众的需求负责。编剧在很多人的心目中是一个神秘莫测的职业,他们夜以继日地工作,创作出一部又一部的影视作品满足受众的需求。在现有的职业选择过程中,一些人在没有尝试的情况下,常常会出现对自我的否定,这是一个极大的误区。

我开始写作的过程很有趣,我听到一段对话,就把它记录下来,接着我又听到了另一段对话,我又把它记了下来,就这样渐渐地,我写成了一个剧本。当我写第一段对话的时候,我根本不知道它最终会发展成一个剧本,这个40分钟的小剧本,仅仅是把人们的谈话记下来而已。这种感觉就像是,写作自己找上了我,而我之前全然不知。①

如果说,一些特定电影类型和风格的创作者,本身需要具备较强的艺术创造力和想象力,那么具有大众性的电视剧创作者则可以放心,电视剧创作者只是普罗大众中的一员。这个身份的界定非常重要,它时刻提醒创作者去把握自己的创作轨迹,为所创作出的人物的大众性提供保障。电视连续剧《父母爱情》中的男主人公江德福虽是穷苦出身,但他凭借自身努力成了海军军官,女主人公安杰原是资本家大小姐,两人的身份、阅历、家庭悬殊,但在几十年的风风雨雨中,夫妻二人患难与共,彼此默默付出。《父母爱情》剧情虽看似平淡,但恰恰通过家庭中的琐事和亲情的羁绊,引起了观众的共鸣。

作为大众情感和生活的最直观表现形式,电视剧的发展随着时代和社会的变化,在主题和人物设置上都呈现出新的景象,例如电视连续剧《都挺好》就是当下大众家庭生活的全新展现。故事中的主人公形象各异,自私的父亲苏大强,愚孝的大儿子苏明哲,啃老族二儿子苏明成,女强人三女儿苏明玉,一家人在亲情的羁绊中磕磕碰碰。苏家是众多家庭的一个缩影,剧中没有一味地温情脉脉,而是给予观众现实一击,这样的家庭环境是由当下社会环境发酵而来的,也是电视剧大众化特征的全新表现。

编剧写作剧本的过程中,要设身处地地去理解所谓的大众性。当一个创作者开始创作人物,为人物命名、写作人物小传时,就需要在脑海中想象人物的基本形象。人物可以具有自己的个性,但要结合剧本的创作背景给人物以恰当的身份、职业,甚至赋予他和现实中的身边人相似的外貌、体态特征。将自己的个人经验带到剧本的创作过程中是很多创作者的首选,因为只有这样人物形象才可以变得鲜活生动。人物的性格特征让人物形象栩栩如生,人物的对话和表情也会更加真实可信。同时,创作者对于这些内容的需求会激发他对生活的加倍关注,留心观察、研究大众的生活习惯、语言和神态。这样的环形结构会形成良性循环,逐步完善剧作和创作者本身,可谓一举两得。

电视剧产生于大众的心理诉求之下,必须为受众的需求负责,回归其创作本源,迎合观众的需求,这是受众的基本要求。我们可从以下几个角度检验电视剧的大众性是否达标:

第一,电视剧是否具有较强的观众号召力。

观众是否关注或喜欢某部电视剧,标准很简单:一方面要看电视剧的故事内容是否有吸引力,另一方面则看电视剧的演员阵容是否具有影响力。正午阳光旗下的作品《伪装者》《琅琊榜》《山海情》《大江大河》等作品,以故事内容取胜,且演员的表演能力较强,因而广受好评。

---

① IGLESIAS(伊格莱西亚斯).编剧自我修养[M].魏俊彦,译.北京:电子工业出版社,2012:11-12.

第二,电视剧的观众对于已观剧目的评价。

电视剧整体的比例是否合理,有没有出现虎头蛇尾的现象,观众有没有看了一段时间后便丧失了兴趣,有没有对于人物或者剧情产生感同身受的心理,这些都可以成为评判电视剧大众性达标与否的基本标准。但是,我们在探讨这个问题的过程中,却发现了一个普遍规律,这些对于大众性标准的评判,恰恰是我们创作任何一部电视剧时都需要秉持的原则,或者说是逆向思维后必须考虑的问题。

第三,明星效应。

明星效应需要渗透在电视剧创作的各个环节。明星效应主要包含两个方面:首先,故事中的角色需要利用明星效应对整部作品的收视率提供保障;其次,好的人物设置可以培养、锻炼新人演员,形成长期的明星效应机制。这两个方面相互制约,共同促进。当然,明星二字即说明了演员具有一定的观众影响力和收视号召力,可以发动或者促进观众因为明星而关注、收看剧集。凭借一个角色一举成名,是很多演员可遇而不可求的梦想,因此,好的人物角色可以充分地体现编剧的创作水准。编剧在进行剧本创作时,结合某一明星或者某一演员的个人外形、表演特质来刻画角色的性格,往往可以取得事半功倍的效果。

与其他艺术门类不同,电视剧融合了多种艺术形态,是大众艺术的产物,其剧本创作具有鲜明的时代性、戏剧性和大众性特征。不同历史时期涌现出不同类型的电视剧作品,电视剧创作不仅为时代发声,更成为记录社会发展的重要载体。在进行创作的过程中,电视剧对于其他艺术形式的戏剧性特征进行继承和发展,并不断强调戏剧性的重要性,只有故事环环相扣、引人入胜,才能保证电视剧长足的发展。同时,电视剧的创作者也是普罗大众中的一员,他所创作的人物必须具备大众性的特征,所创作的故事必须产生于大众的心理诉求之下,为受众的需求负责。

【课程实训 1】

实训目标: 初步掌握电视剧的基本特征,能够对人物形象的设置有全面的认知。

实训内容: 观看电视连续剧《鸡毛飞上天》,为主人公陈江河写作人物小传。(提示:需要从主人公之前的个人情况开始写作,结合电视剧进行前推式分析)

【课程实训 2】

实训目标: 在了解人物形象建构的基础上,进一步理解人物关系。

实训内容: 观看电视连续剧《都挺好》,列出人物关系图谱,并对每个人物进行 20 字以内的概述,将人物关系立体化地呈现出来。

第二节 电视连续剧的剧本写作

当我们提到电视剧,首先想到的便是电视连续剧。在整个亚洲的语境内,无论是中国、韩国还是泰国、日本这些在电视剧上有较大发展的国家,都以电视连续剧为主要的剧集表达形式。虽然各个国家的电视剧制播方式不同,但是电视连续剧的影响力却是有目共睹的。中国电视剧采取日播制,于每晚的黄金时段播出。在韩国,边写边拍边播的创作机制使电视剧采取周播制,一周之中各种各样的电视娱乐及其他节目充斥屏幕,就只有电视连续剧能够吸引着观众每周如一日地等下去,这就是电视连续剧的独特魅力。电视连续剧作为分集播出的多部集电视剧,主要人物和情节是连贯的,每集只是整个故事的一部分。但它也可以单独成立,只是在结尾时留下悬念,以待下集人物和情节再继续发展。它类似我国的"章回小说"和"长篇评书",往往情节发展到紧张和高潮处,便来一个"欲知后事如何,且听下回分解",借以吊起观众的胃口,达到吸引观众收看下集的目的。

一、电视连续剧的基本特征

电视剧是电子时代的产物,是科学技术发展的结果,这使它有条件跨越时空的限制,步入真正的"自由王国"。有一种十分奇特的文化现象:一部电视连续剧"连续"的时间越长,越能巩固观众的收视率。电视连续剧为什么能把"剧"长期地连续下去呢?

(一)连续性

从"电视连续剧"的字面和内涵来看,我们首当其冲要考虑的是其创作中的连续性特征。连续性是一部电视连续剧进行创作的先决条件,也是其能够博得收视率的内部动因。电视连续剧的连续性主要体现在以下几个方面:

首先,事件发展的连续性。在一部电视连续剧中,事件由一条又一条的结构线串联起来,形成多条故事线并行的复杂且完整的叙事。

其次,人物关系的连续性。一般情况下,主要人物贯穿一部电视连续剧的始终。观众对于故事的猜想、对于人物命运的关注是剧集的重中之重,因此,人物的连续性是电视连续剧极为重要的创作特性。

再次,主题的连续性。中国的电视连续剧从创作伊始到放映之前,已经完成了全部的创作,主创人员秉持着的故事性原则是不会破坏主题的连续性的。韩国的电视连续剧创作和播映同步进行,有时候主创人员为了顺应观众的期待和民意调查,而对故事进行一定程度的改变,甚至会对整部剧集的主题产生影响。但是,事实证明,凡是故事的高潮和结局与原本的主题和发展有所背离的，这部剧一定会被观众诟病。这就是电视连续剧的神奇之处。

最后，电视连续剧就像一个圆圈一样，从第一笔开始画，到最后一笔结束，正好形成一个圈，符合中国传统文化中“起始亦是终”的原则。也就是说，与电影的高速发展和形式多样相比，电视连续剧的模式从宏观上来讲始终是固定的。

（二）开放性

电视连续剧需要在连续性基础上具备艺术的开放性。电视剧艺术讲求为观众的需求提供样本，电视连续剧的创作需要时刻满足受众的心理节奏，即张弛有度。从开放性的内涵去理解，电视连续剧的故事创作需要观众介入，这种介入不是直接的，而是代入式的。一方面观众将自己的个人体会和情感诉求代入剧集的情节内容之中；另一方面电视连续剧留给观众极大的想象空间，让观众有思考的空间，有进一步拓展的余地。观众一边向电视连续剧提供自己的需求，一边从电视连续剧中汲取各种信息和想象空间，在这一进一出的过程中电视连续剧完成其开放性。

电视连续剧的播放时间长，创作空间大，为其开放性原则提供了沃土。电视连续剧的起承转合时刻与观众的心理诉求相贴合，讲求张弛有度。观众需要一波三折的故事情节、环环相扣的故事线索来满足自己的心理诉求。电视连续剧在很大程度上弥补了电影和其他电视剧类型在这一点上的短板，通过一二十集甚至四五十集的篇幅将故事娓娓道来。更多的思考空间也为观众的代入性思维提供了极大的便利，观众可以将对于故事情节的推测、人物命运的揣摩与观影感受密切相连，产生自我判断，在结果未出之前，观众会始终被电视连续剧所吸引，产生“追剧”效应。

（三）叙事性

艺术发展到当代，戏剧、电影、电视都紧紧围绕着叙事而发展，绘画、雕塑、舞蹈等也开始呈现出故事性的走向。形式是外在的表现，内涵是本质的升华。电视剧具有艺术形式中少有的固定化模式，它比其他艺术对于形式和内涵的契合度要求更高。当代的戏剧和电影艺术都可以商业性和艺术性进行区分，例如后现代的艺术感受力已经渗透进了电影和戏剧之中，许多艺术至上的创作者，可以在一定程度上放弃商业化的需要，寻求艺术感的进一步提升。电视剧则不能以此为据，这也是电视剧从一定程度上来讲最大的特点——“俗”。也就是说，电视剧以什么样的形式出现，以什么样的题材诠释，都无法规避观众和收视率的需求。这也说明，想要成为一名电视剧的创作者，必须在“雅”的同时与“俗”共赏，否则，只能令观众望而却步。我们可以在主题上追求“雅”，在利益上追求“俗”，在形式上追求“新”，在人物关系上追求“杂”，但必须以故事为中心。电视连续剧是叙事性最直观的体现。

电视剧的剧本创作有其特殊性。创作者可以自主掌控自己作品的长度，电影编剧可以基本对影片有一个时间长短的限定，但是，对于电视剧创作者来说，特别是对于电视连续剧创作者来说,它的作品集数即总长度要受到导演的主观创作和制片方的客观商业考虑的影响,在主客观的双重作用下,编剧在进行剧本写作时,要尽可能做到环环紧扣、丝丝相连。只有保证整体故事的完整性和连贯性,才能在真正成片播放时有较高的艺术表现力。

二、电视连续剧的分类

电视连续剧在整个电视剧的发展过程中具有举足轻重的地位,原因有三:第一,收视率的保证;第二,大比重的市场份额;第三,题材日趋多样化。这三点保证了电视连续剧的良性发展。因此,对于电视连续剧的特点分析,需要进行以点带面、举一反三的发散性思考。下面从几种典型的题材类型入手,寻找电视连续剧的特点,为创作提供框架和佐证。

(一)都市题材

都市题材电视连续剧主要以当代为时间节点,是内涵最宽泛、受众面最广的一种题材类型。1990 年,以都市家庭生活为叙述主体的电视连续剧《渴望》播出,该剧在当时产生了巨大的影响,一度“举国皆哀刘慧芳,举国皆骂王沪生,万众皆叹宋大成”。1998 年,都市婚恋题材电视剧《牵手》引起了极大的争议,开创了中国此类型电视连续剧的先河。进入 2000 年以后,都市题材开始蓬勃发展,占据了电视连续剧较大的市场份额,主题也呈现出多样化的态势,既有《中国式离婚》《金婚》等适合中年阶段受众的剧集,也有《蜗居》《奋斗》《媳妇的美好时代》《辣妈正传》《欢乐颂》《我的前半生》《三十而已》等以热门话题为切入点的电视连续剧。形式多样、内容广泛的都市题材已经成为黄金时段电视剧播放的上乘选择,也是拥有 14 亿受众的中国电视剧产业的生力军。

第一,话题式的主题。

随着都市题材电视剧的蓬勃发展,扎堆拍摄和播映的情况屡见不鲜。什么样的都市题材可以一举夺魁呢?答案很简单:新颖。电视剧的创作和电影的不同点也体现于此,电影的创作来源于生活但高于生活,电视剧的创作一般情况下要做到来源于生活并融入生活。这就需要创作者在追求题材新颖的同时,必须取材自生活。例如科幻、灾难等未来话题的剧作类型并不适用于电视剧的创作。想要在主题上出新,只能遵循“追求时效性”的原则,即以热门和即时的话题作为电视剧创作的源泉。例如 20 世纪 90 年代后,中国开始进入高速发展阶段,在物质得到满足的同时,人们开始在精神层面有更多的需求,于是在烦琐的日常家庭生活中“出轨”成为一种社会现象,《牵手》《中国式离婚》应运而生。进入 21 世纪,越来越多的年轻人开始迷茫,盲目地追求物质,高额的房价使得越来越多的年轻人失去了追逐爱的权利,在面包和爱情面前顾此失彼,于是,就有了话题之作《蜗居》。80 后的年轻人逐渐成为时代的主力军,他们闪婚闪离,他们没房没车没户口,他们只有两个人却有四位操心唠叨、想要抱孙子的父母,同时他们还有着奋斗的梦想,于是《裸婚时代》《辣妈正传》等成为人们茶余饭后的谈资。如今,越来越多的年轻人开始关注自身的发展和成长蜕变,而作为电视连续剧的主要受众群体——女性，也逐渐在社会中扮演越来越重要的角色，《我的前半生》《欢乐颂》《三十而已》等作品聚焦新时代女性在社会、工作、家庭中的身份转变。流行什么，什么就会跃然荧屏，这才是都市题材电视剧的魅力。

但是，就文化发展而言，“人云亦云”始终是发展的固有形态。许多人害怕尝试，不敢触及社会题材，害怕被“枪打出头鸟”。电视剧的商业化需求使得很多的创作者放弃了话题式的主题这一颗最闪亮的星星，担心自己的剧作像流星一般陨落。当某一话题式的主题轰轰烈烈地产生了影响，创作团队便开始“依葫芦画瓢”，有前瞻性的创作者尚可分得一杯羹，脚步略慢的则会被新的题材所淹没，甚至被“限播令”拦腰斩断。因此，作为商业体制下的电视连续剧创作，恰当的话题式的主题是一部作品成功的首要因素。

第二，大众化的人物。

我们看电影时，总会羡慕片中的人物，因为他们身上有我们所没有的特质——即使只是一个平凡的小人物，也会有幸运和机遇光顾他——所以，电影的观影体验是让观众在 90—120 分钟的时间里体验一把平时所没有的人生。电视连续剧的人物则呈现出迥然不同的设置方式。如果我们用菜肴来比喻，电影就是偶尔浪漫的红酒法餐，电视连续剧则是每晚必备的家常小菜，二者的味道大相径庭。电视连续剧是每天的消费品，没有哪个观众喜欢天天坐过山车，更多的时候我们需要脚踏实地地生活，故而我们往往会在电视连续剧的人物身上找到自己的影子、亲人的影子、朋友的影子。电视连续剧的创作者向我们传达出的人物设置理念只有一个：“他”是你或者你身边的某一个人。同时，单一化的人物形象是不切实际的，如果人物性格完全取材自生活而不进行创作，就会使艺术形象大打折扣，但这种艺术化的处理是不能过于高于生活的，于是便有了汲取多个人物特点的形象，共同勾勒出一个具有完整背景、形象、语言、动作、经历和性格的人物形象，从而达到艺术形象的饱满度。因此，电视连续剧中的人物形象是大众化的，可以满足不同年龄层次、文化层次和生活层次人群的需求。

第三，重复式的情节。

同电视剧的其他体裁不同，电视连续剧常为人所诟病的就是重复式的情节。很多电视连续剧创作者和研究者常常探讨如何规避俗套的情节，但始终对此存在误解。我们不妨从另外一个角度来看待这个问题。对于电视连续剧来说，重复式的情节既被人所厌弃，但同时又有着巨大的关注人群。很多人都会在看电视连续剧的时候被问到一个问题：“结局都可以猜到了还看什么？”这个问题的确很常见，很多电视连续剧有了开头便可以猜到结局，但这并不妨碍它取得较高的收视率。在电视连续剧中，分手、绝症、离婚、死亡是常见的故事情节，人物之间的误会和错过是故事曲折前进的动因，这些基本上可以涵盖都市题材电视连续剧 80%以上的情节，并且在一部剧中不止一次出现重复式情节，只需略做改变，即可一次次成为观众的关注焦点，这就是较为典型的“换汤不换药”。因此，重复式的情节是电视连续剧不可或缺的因素。

(二)军事题材

军事题材电视剧拥有固定的观众群,不仅仅被主流意识形态所接纳,而且被普通民众所喜爱。近年来,军事题材的电影作品屡见不鲜,如《战狼》《红海行动》等。军事题材的电视连续剧题材多样,有抗战题材的《亮剑》《雪豹》,也有反映新时代中国军队风貌、技术和作战实力的《突出重围》《我是特种兵之利刃出鞘》《火蓝刀锋》《蓝军出击》等。

第一,军事为主,感情为辅。

军事题材的电视连续剧与其他题材的电视连续剧不同,它有自身独特的创作要求。一般情况下,我们进行一部剧集的创作会以人物用语言和行为勾勒出的故事为中心点,但是在军事题材的电视连续剧创作中则需要利用双线结构,以人物的军事行为为主线,以人物的情感行为为辅线,二者相互呼应,构成完整的叙事。例如在电视连续剧《雪豹》中,故事的发展始终围绕着男主人公周卫国在各个阶段各种环境中的抗日活动,而男女主人公周卫国和陈怡之间的感情线虽贯穿始终,但观众更多关注的是人物的命运、人物的军事行动,感情生活只是枯燥的军旅生涯的调剂。

因此,我们可以探讨一个新的话题,即在以男性为主的军事题材电视连续剧中女性的存在价值。我们以创作年份为参照,在拍摄时间较早的《激情燃烧的岁月》和《亮剑》中,女性形象更多是男性军事生活的后勤保障,符合传统中国文化中的“男主外女主内”模式,女性的职业也是围绕文工团和医院展开的。随着中国电视剧的发展,在新的军事题材电视连续剧创作中,女性的地位和军事因素开始得到提升。《雪豹》中陈怡是八路军抗日阵营中的主力,《我是特种兵》第二部中女主人公是能文能武的高科技军事人才,到了《我是特种兵》第三部则直接以女特种兵为叙事主体,女性形象在军事题材电视连续剧中开始呈现出军中绿花的别样风采。不管女性和男性在军事剧中的表现和比重如何分配,我们首要考量的因素都是他们对于军事的贡献和作用力。也就是说,大部分电视连续剧所追求的男女主人公碰撞所产生的感情火花在军事题材中只能作为调剂。“军事为主,感情为辅”是军事题材电视连续剧创作的首要考量因素和基本形态。

第二,宏大场面。

对于场景的设置,不同的类型有不同的要求,都市题材追求时尚、潮流,历史题材追求厚重、真实,而军事题材则要求场面宏大。在抗战类军事剧中,中日双方之间的激战,需要大量枪林弹雨的战争场面来支撑剧中近三分之一的篇幅。在当代的军事题材电视连续剧中,常见的是大量高科技军事演习和海外维和任务,先进的军事设备和高科技的战争手段在电视荧屏上为观众营造出了极具视觉冲击力的宏大场面。如果说任何一种类型的电视剧都需要有一个或多个亮点来吸引观众以保证受众群和收视率的话,那么,在军事题材中,宏大的战争场面便是亮点。

自新中国成立以来,特别是改革开放后,中国开始进入完全的和平时代,但安逸的生活并没有消磨掉普通人对军队的向往，越来越多的优秀人才和大学生投身军队，他们怀揣着的是心中永恒的军事梦想。可是真正能够从军的人数毕竟是少数，大部分热血男儿没有办法一圆夙梦，军事题材的电视连续剧便成为他们情感寄托的载体。观众会在观看电视连续剧的过程中拟定自己为故事中的主人公，与人物的命运一起跌宕起伏，经历各种战争场面。如果一部军事题材电视连续剧中没有宏大的军事场面，就如尖刀失去了刀尖而没有任何的杀伤力。近几年，《蓝军出击》等军事题材电视连续剧在表现宏大场面的同时，强调科技强军，彰显大国的军事科技实力。

第三，固定叙事。

军事题材电视连续剧从时间上可粗略分为抗战时期与和平时期。抗战时期的军事题材需要如实反映历史状况，所有此时期的作品都需遵循"道路曲折，前途光明"的原则，秉持战争终将胜利的固定化叙事。和平时期的军事题材无论是反映军事演习还是维和任务，都以反映国家综合军事实力和彰显领土主权完整为基本要求；"道路曲折，前途光明"的原则依旧适用，同时秉承着在危险关头力挽狂澜完成军事任务的固定化叙事。

近几年来，随着电视剧产业的发展，在原本的军事题材的基础上，以早期的反特剧为蓝本衍生而来的谍战题材电视连续剧成为荧屏新的宠儿。谍战剧在剧本的创作上更加丰富，不仅在专业性上引人入胜，而且在情节设计上增加矛盾冲突，人物形象也更加多元化，从《敌营十八年》《誓言无声》，到《潜伏》《黎明之前》《暗算》《风筝》等，几乎每一部都是收视率的保证。虽然其类型特点与军事剧略有不同，但是对于谍战剧的探讨可以辅助分析军事题材电视连续剧的创作特点。

（三）家族题材

中国五千年的文化积淀为家族题材电视剧的创作提供了沃土。家族剧在当下的创作语境中，已成为现代社会情感召唤的媒介载体。家族题材也成为中国电视连续剧的收视保障，不但在创作投入、演员阵容上具备较强的影响力，而且其所产生的社会影响力和话题热度甚至可以被称为一种文化现象。

第一，传统家族理念的皈依。

家族题材电视连续剧的生成语境深受中国传统文化的影响，尤其受到传统家族理念的召唤。从整体上来看，在中国的浩瀚历史中，中国人始终将家国天下的观念深埋其中，讲求"齐家治国平天下"，这是社会的主流趋势，也是传统文化的积淀，这些直接促成了家族剧的产生，家国理念直接映像在了家族题材电视连续剧之中。从个体上来看，中国传统观念讲求尊卑有序、仁义道德，这些理念随着时代和社会的发展呈现出日渐衰落的趋势，电视剧作为时代的风向标，可以对观众起到宣传教化的作用，而家族题材的电视连续剧将中国的传统家族观念演绎得淋漓尽致，通过潜移默化的作用传递给观众。

在家族题材的电视连续剧中，《乔家大院》是一个范例。晋商乔致庸弃文从商，虽因为家族危机而不得不接管家族生意,但仍努力稳定局势,大刀阔斧地进行改革,以“义、信、利”赢得了所有人的支持,为汇通天下而努力。同时,在中国乃至东方的传统理念中,血缘关系是不可忽视的内部力量,是维系一个家族的根本,是东方理念的根基之一。电视连续剧《人间正道是沧桑》将杨家四兄妹的理想追求和政治立场放在国共两党这个对立面上,但是无论时局如何跌宕,战局如何发展,兄妹之间始终彼此牵挂。抛开理想与追求,他们虽然没有走在一起,但他们永远是一家人。在《那年花开月正圆》中,周莹面对丈夫和公公的先后过世,毅然决然在纷乱时局中扛起重振吴家东院的大旗。家族剧中血浓于水的亲情为家族剧的发展提供了客观保证,完成了观众的精神皈依。

第二,现代社会的情感召唤。

社会的发展变化满足了人们的物质需求,很多人开始渴求精神上的满足。但是,儒家的传统理念,例如仁爱、诚信等,在追求物质、名利的过程中逐渐流失。人们意识到了这一点,于是呼唤传统文化的回归,家族题材电视连续剧在创作的过程中满足了观众对于传统文化的心理需求。换言之,家族剧是现代社会的情感召唤。同时,家族题材电视连续剧是中国电视剧将主流的宣传理念不着痕迹地融为对观众进行宣传教化的成功范例。在剧集中,塑造了一个个人物性格鲜明,为了国家和民族的未来而舍弃小我的形象,这是爱国主义最集中的体现。当现代社会还在为了“扶不扶老人”展开讨论的时候,家族剧中的主人公已为时代做出了最好的范例。

第三,人物的类型化特征。

家族题材的电视连续剧经历了不同流派和人物形象的变化,但始终万变不离其宗。无论是京派的《大宅门》,还是山陕一派的《乔家大院》《那年花开月正圆》,综合其特性可以发现,人物呈现出类型化的特征。

首先,男性大家长的形象鲜明。在中华民族的传统观念中,男性是社会的脊梁,是家族的领头人。《闯关东》中的朱开山、《乔家大院》中的乔致庸、《那年花开月正圆》中的吴蔚文都是典型的男性大家长形象,他们聪明、机智、有想法,且拥有话语权。

其次,女性形象的受难与觉醒。与男性形象相对,中国的女性形象大多停留在受难者形象上,但同时也塑造了女性觉醒的人物形象。《知否知否应是绿肥红瘦》中的盛明兰,虽是庶女且幼时经历了丧母之痛,但在家族遇到奸佞之时,却敢于直言;《那年花开月正圆》中的周莹则冲破了旧时“男主外女主内”的束缚,带领家族振兴改革,最终成为陕西女首富。

最后,在家族剧中必然会出现所谓的叛逆者,他们不甘于被家族的条条框框所束缚,甚至想要去追求自己的理想,为了更高更远的国家民族正义而努力奋斗。《闯关东》中的朱传武,极具个性,敢爱敢恨,敢作敢当,却是爹娘口中始终要闯出大祸的儿子;《人间正道是沧桑》中的杨立青,没有接受家人的安排,虽在黄埔军校,却愿意跟着共产党闯出一片新天地,甚至不惜与家人为敌。

这些人物形象的特征呈现出类型化的趋势,同时也成就了家族剧的影响力和收视率。

三、电视连续剧的创作方法

在创作能力具备的情况之下，编剧怎样才能把一个故事变成一个剧本甚至是一部电视剧呢？首先，结合电视剧大众性的特点，在进行剧本创作时，发现生活中的细枝末节、点点滴滴，把握在平时生活中关于一点或者一个事件的想法，特别是突发性、转瞬即逝的想法，这些灵感往往能够激活故事，把握立意和灵魂。其次，为故事赋予恰当的形式，根据故事的线索和发展拟定故事的长度，用连续剧、系列剧或是情景剧的形式对故事进行分段，使故事初见电视剧的雏形。再次，电视剧的人物塑造具有决定性意义，故事中的人物必须能够引起观众的共鸣，甚至愿意进行代入式观赏，才可以保证电视剧的播放持续、有效。最后，扩充故事容量。电视剧与其他艺术形式不同，素材量直接决定了故事的丰满度，素材必须将一二十集，甚至五六十集的故事填充完整。在人物形象的基础上塑造一两组复杂的主要人物关系，完善几组甚至更多的次要人物关系，设置多而有吸引力的场景，具有戏剧冲突的故事情节，有一定的细节，这些可以促进故事在整体框架之下有内容、有含量。

（一）与主流意识形态贴合的立意

一个优秀的影视创作者应该具备基本的素养：与时俱进的社会意识；对相关政策信息的敏感性；对观众收视心理、兴趣偏好的准确把握。对电视连续剧《亮剑》的题材界定，其最终的落脚点为：这是一部成功的主旋律作品，讲述了八路军优秀将领李云龙极富传奇色彩的一生。美国的电视剧中塑造了各式各样的个人英雄人物形象，李云龙则是主流意识形态下中国式的英雄，这一人物形象将爱国主义和英雄主义巧妙地合二为一，李云龙形象引发的“亮剑精神”，满足了观众的心理期待。电视连续剧《人民的名义》则极大地彰显了我国反腐败的决心和力度，该剧以真实的事件为原型进行创作，不仅体现了对社会和人性问题的思考，也引发了观众对于时政的关注，同时宣告了反腐剧的强势回归。主人公侯亮平始终坚持自己作为一名检察官的职责，为了维护社会法制和公平正义，在情感、金钱、权力面前毫不动摇。《人民的名义》是抛开说教，而以故事情节取胜的主旋律题材电视连续剧。

所谓立意，是创作者从题材中提炼出来的思想，或者说是创作者通过题材本身所要表达的理念，它是电视剧的灵魂。电视剧是用画面讲述人生故事的一种艺术，电视剧作品主题的审美特性就更为鲜明。①《大江大河》讲述了在改革开放大背景下，宋运辉、雷东宝、杨巡三人各自不同的奋斗故事。宋运辉凭借个人努力考上大学，一步步成为国企技术人员；雷东宝是个大老粗，带领村民包产到户，为大家谋福利；杨巡是个体户，虽一次次身陷囹圄，但在摸爬滚打中逐步成长。这三个人物的经历正是在改革开放浪潮下无数中国人的缩影，他们从底层起步，不畏艰险不怕失败，始终坚持自己的原则和方向，在属于自己的人生中谱写独特

---

① 曾庆瑞.电视剧原理：第二卷：文本论[M].北京：中国传媒大学出版社，2007：57.

的篇章。宋运辉对于技术的钻研,雷东宝对于小雷家全村人的奉献,杨巡不畏艰险的勇气,这些都是属于我们中国人的“骨气”。《大江大河》中的亲情、友情、爱情引起了很多人的共鸣,时代与情感交织,鲜明的时代性跃然荧屏之上。

(二)环环相扣的结构形态

电视连续剧的创作形态主要表现在故事的结构形态上,需要满足环环相扣的叙事脉络。由于电视连续剧的连续性特征,我们可以将其看作一个整体——需要有好的开场,对故事予以充分展开,依靠冲突和情节,达到故事的高潮,完成结尾——这是一个完整故事的全部。套用一句俗语,即“虎头、猪肚、凤尾”。一部优秀的电视连续剧需要一个好的开场,开端的重要性不言而喻,在故事的开头即可以看出整个故事的框架铺设和人物关系,同时它也决定了观众是不是能被这个开头吸引,继而观看一整部电视连续剧。故事的结尾是观众最为期待的,也是观众心理诉求的结点,因此,我们将完美的落幕称为凤尾;故事的结尾通常需要满足大多数观众的心理诉求,比如大团圆结局,就是很多观众观看电视剧的内心源点。如果说观众对于电视剧的期待和喜欢迎合了娱乐性的原则,那么深入挖掘则不难发现,这其实最终迎合了观众心中的理想主义期待,华丽的落幕使观众在结尾部分得到心理满足。故事的中间部分,即为猪肚,通俗来讲就是容量大,内容饱满。这就对故事有了较高的要求,猪肚虽然没有虎头和凤尾那般夺目,但它必须起到很好的沟通和连接作用。好的开头是引领故事发展的起始,完美的落幕是由故事的发展、高潮所产生的。从整体层面来看,开端、中段、结尾,即虎头、猪肚、凤尾,三个部分环环相扣,共同完成起承转合。

从小的层面来看,就需要谈到情节的建构和悬念的设置。

悬念是设置一些未知的情节来达到叙事的目的。悬念和推理显而易见的区别在于,悬念是由因而果,推理是由果而因。与推理不同,悬念适用于大部分的电视连续剧,推理则只适用于固定的类型和题材。电视连续剧的故事发展讲求由因而果,观众关心的是故事的发展走向和最后的结尾,属于现在进行时。正是这种未知性才能够吸引观众连续地观看,直到最后的结尾产生。悬念能够引起观众的心理期待,最后达到心理满足的效果。悬念解开之前层层推进,让人产生不安、好奇等心理,代入产生喜悦、痛苦、悲伤等情绪,面对未知产生紧张感抑或震撼感,但与此同时,也对创作者的故事建构能力要求很高,创作者在一步步铺设悬念的前提下,将各种情节有机地整合在一起,完成一个完整故事的讲述。

情节是故事的内核,需要在逻辑上梳理清楚。首先,需要理出故事的主线,加以突出。其次,需要对副线进行考量,看它是不是对主线有作用力,看它是否具有合理性。主副线相辅相成,才能更好地完成情节的建构。情节要自然真实,要时刻围绕人物的性格和命运展开;同时,要将情节和戏剧冲突有机地联系在一起,把握人与人的冲突、人与社会的冲突、人与自然的冲突。例如,冒名顶替、失而复得、借刀杀人等都是常见的情节建构技巧,在一部电视连续剧中可以交叠使用,创造出跌宕起伏的故事情节。

电视连续剧《琅琊榜》开篇即引人入胜，“麒麟才子，得之可得天下”引出主人公梅长苏，这是该剧的明线，各方势力为争取梅长苏而展开角逐。该剧还有一条暗线，这条暗线才是该剧的主线，主人公为昭雪多年前的冤案，步步为营扫除奸佞，最终沉冤得雪并扶持明君登基。除了明暗两条故事线并行外，该剧还不断设置悬念，环环相扣且内容完整。例如设置“庆国公案”“兰园案”“私炮房案”等诸多情节线索，利用悬念层层推进，反复使用多种情节构建技巧，既完成单一案件的解决，也推动了故事主线的发展。

（三）完备的人物形象和人物关系

人物是电视剧创作的灵魂，是编创者在剧中最直接的发声窗口。人物设置的原则是：表现故事立意；性格设置有差异；将人物置于一定的环境之中，每个人物的性格鲜明；考虑剧集的长短。人物设置的步骤为：首先设置主要人物；其次围绕主要人物设置次要人物，次要人物也要设置得有血有肉。

在进行人物设置的过程中，要充分理解人物形象，设置有生命力的人物，增添真实性的观感。这就需要人物形象本身具备一定的真实性和相对完备的整体设置。讲故事必须通过情节证实一个人物的性格；必须用艺术的方法，去感知人物的特性。动作并不完全指“干什么”和“怎么干”，人的思想、感觉、语言同样也是动作，只是它们的表现形式不一样而已。在电视连续剧《平凡的世界》中，孙家两兄弟孙少安和孙少平虽然成长在一个家庭中，虽然都有着不屈的奋斗精神，却呈现出截然不同的性格和行为表现。孙少安是平凡的世界中的行动创造者，他想要让自己的家致富，想要带领整个双水村致富，他努力奋斗，不向命运低头；而孙少平则是平凡的世界中的精神创作者，生活带给他苦难，他如同困兽，一次次碰壁，却努力追求精神上的突破，无论爱情还是最后的人生选择都在完成人物形象的精神升华和追求。

情节是处于一定社会关系中的人物在一定的情境下发生关系而产生的，有什么样的人物性格、人物关系就会产生什么样的故事情节，所以人物性格、人物关系是剧情产生的基础，任何脱离或违背人物性格和人物关系的情节都是虚假的。人物形象的设置要体现出人物的价值，只有具有价值的人物形象才能吸引观众。在不同人物的建构中，要充分体现层次感，通过分层来完成人物性格的塑造，这样就可以满足不同受众的心理诉求。在此基础上，要塑造不同层面上的典型人物，使整个人物建构体系丰满而完整。

人并不是单一的个体，这一原则在电视连续剧中需要加以强调，我们需要理清主要人物之间以及主要人物和次要人物之间的关系。人物关系的合理化设置直接影响着电视剧的连续性原则，使得人物之间被人物关系所影响，设置冲突才能合情合理。在人物关系的建构上，通过传统的血缘关系所牵绊的亲情，通过感情关系所引出的爱情和友情，都是可以满足人物形象的关系处理的。人物形象的多元化建构在一定程度上促进了人物之间关系的交叠，因此人物形象的设置是基本，人物关系的处理是进一步的丰富和完善。在人物关系的设置上，常常会出现机缘巧合的情况，需要对此稍加处理，既满足故事的可看性，又不让观众对故事的真实性产生怀疑。电视连续剧《北京青年》是在当代语境下,直接以人物关系为建构方式展开叙事的。何东、何北、何西、何南是堂兄弟,这种人物关系的设定,直接用血缘将他们联系起来,无法割断。何东抛开女友和稳定的生活,想要找寻自己真正的人生目标;何西期待属于自己的怦然心动;何南是"海归",却面临创业之路的坎坷;何北家境富裕,却希望成就属于自己的理想。故事中的女性角色则是因为与四兄弟之间的情感关系而进入整个团体之中的。四兄弟在重走青春路的过程中,努力找寻自己的梦想。这是一个典型的人物性格和人物关系的设置,将原本的暗线提升到了明线的层面,通过人物关系来勾画情节,展开叙事。

《闯关东》的人物形象塑造和人物关系的建构满足了电视连续剧的基本要求。从人物形象上来看,两代人物形象代表着不同的观念。在父辈中,朱家大家长朱开山机智果敢,对整个朱家具有绝对的领导权。他参加过义和团,挖过金矿,白手起家开创自家菜馆,虽历经磨难,却从来没有放弃为了这一大家子而努力。文他娘作为典型的中国女性形象,为了这个大家庭,再苦再累都要帮衬丈夫,拉扯孩子,张罗一大家子的琐碎事,与朱开山形成呼应和互补的人物关系,为整个朱家稳定的人物关系网打牢了根基。在子辈中,三个儿子被设置成了截然不同的形象。老大朱传文是典型的中国旧式农民的代表,老实巴交,没有度量,小农意识泛滥。老二朱传武从军,个性鲜明,是当兵救国的典型代表。老三朱传杰踏实、努力,展现出了从学徒到民族企业家的成长脉络,有着早期民族资本家的影子,是实业救国的典范。三个儿子有着不一样的性格,不一样的人生境遇,但综合来看满足了观众对于中国男性在国家、民族、家庭中的较为完备的心理期待。子辈中的女性人物形象也和男性一样,具有迥异的性格,但归宿趋同,都回归到了大家庭之中。大儿媳妇那文虽是格格出身,却家道中落嫁给了传文,她性格活泼,本性善良,因丈夫的汉奸行为而毅然与其决裂,独自照顾家中的菜馆生意,对朱家二老十分孝顺。二儿媳妇秀儿,性格执着,为了一个她认定却不爱她的男人坚守着,在朱家虽没有丈夫陪伴,却始终是这个家称职的媳妇,对公婆孝敬有加。三儿媳妇夏玉书,家中条件优裕,在学校当老师,是传杰的贤内助,是家中的明理之人,最后和父辈一起返回山东老家。三个儿媳妇的性格各异,但是彼此之间性格互补,代表着传统的中国女性形象在不同境遇中的不同体现。《闯关东》故事中还设置了谭鲜儿这一人物形象,她与朱家有着千丝万缕的联系,与朱家老大、老二之间都存在复杂的情感纠葛,最后成为朱家二老的义女,完成了由一个农家姑娘到为国舍命的女英雄形象。在全剧的叙事中谭鲜儿历经磨难,但她始终坚持自己的追求,人物形象十分鲜明。

2019年热播电视连续剧《小欢喜》紧贴社会热点问题,讲述了在高考背景下,不同家庭不同个体所做出的不同选择。方家爸爸方圆乐观开明,妈妈童文洁则对儿子"恨铁不成钢",儿子方一凡古灵精怪,外甥林磊儿因为高考和家庭变故来到方家生活,他不善言辞却和方一凡彼此互补,如亲兄弟一般;乔家是一个离异家庭,单亲妈妈宋倩对女儿乔英子要求非常严格,女儿成绩优异爱好天文,母女二人在高考填报志愿的过程中爆发冲突,父亲乔卫东对女儿更多的是宠溺和物质上的满足；季家父亲季胜利忙于工作，和儿子季杨杨十分疏离，母亲刘静是典型的贤妻良母，叛逆期的儿子在母亲生病期间逐渐长大。三个家庭的父母因为朋友、闺蜜、邻居等身份成为教育问题上彼此的倾诉者，三个家庭的孩子因为同学和朋友的身份，在即将高考的过程中相互鼓励。剧中勾勒出的是不同的三个家庭、性格各异的三对父母，以及个性十足的孩子们。人物形象的建构层次分明，将社会大环境中各式各样的家长形象浓缩在三个小家庭中，让受众可以在剧集中产生共情。孩子们的形象也不是单一的，有成绩优异的也有调皮捣蛋的，有听话乖巧的也有叛逆不羁的，正是因为人物形象的丰满且富于变化，才使得剧集能够建立合理的人物关系，推动故事情节的发展。

电视连续剧的创作要考虑连续性、开放性、叙事性的特征，选取合适的题材类型入手，并辅以与主流意识形态贴合的立意、环环相扣的结构形态及完备的人物形象和人物关系。同时，在创作过程中，要反复强调连续性，保证集与集之间的关联度，以满足受众对于电视连续剧的心理期待。

【课程实训 1】

实训目标：了解情节的铺设，并和之前的训练相结合，完成对某一集电视连续剧的分析。

实训内容：观看并任选一集电视连续剧《破冰行动》，记录一集中有多少场景，多少场戏，哪些是主戏，哪些是过场戏，人物关系是怎样建构的，故事情节和戏剧冲突是怎样展现的，逐步完成对电视连续剧的分析。

序号	场景	主要人物	人物关系	重场戏或者过场戏	情节	备注

【课程实训 2】

实训目标：结合相关章节的理论知识，领会电视连续剧的创作方法，完成基本的改编和再创作训练。

实训内容：分组合作完成 20 集电视连续剧故事大纲和分集大纲的写作，并在此基础上创作该剧 1—3 集的文学剧本。具体要求如下：都市题材电视剧，题目自拟，主题积极向上，具有完整的人物形象和人物关系。

第三节　电视系列剧的剧本写作

电视系列剧的主要特征是以人物贯穿全剧,每集的人物有连贯性,但情节是相对独立的,它不像电视连续剧那样各集之间必须有情节上的关联或人物关系上的纠葛。电视系列剧的每一集都是一个独立成章的故事,表达一个独立的主题意念,而各集"结合"起来,又共同塑造一个或几个人物,表达一个共同的主题。如果把电视连续剧的结构比作"多人一事",那么,电视系列剧则是"一人多事"。因此,电视系列剧要求每集人物性格的统一和行为逻辑的一致;同时每一集的起承转合要安排得合情合理,使每一集都保持相对的独立性。[①] 观众即使不按顺序看,或者漏看几集,或者偶尔看一集,也不影响对剧集人物和情节的了解。

一、电视系列剧的创作特征

对于电视系列剧而言,创作具有一定的难度,它涉及电视系列剧创作的关键点——目标观众。一般情况下,我们将以整部剧集大的中心点为支柱,各集各成一个完整段落和故事的电视剧称为电视系列剧。这就意味着电视系列剧有两个创作的关键点:

第一,全剧的中心点。这个中心点的把握要准确,必须在创作之前就明确,并且围绕着它进行系列剧的创作。在 1986 年版电视剧《西游记》中,唐僧师徒四人克服"九九八十一难",去西天求取真经的目标,也是全剧的中心点。

第二,各集自成体系。在第一点的基础上,同时要求每一集的故事自成一个体系,形成一个有因有果、结构完整的故事。1986 年版电视剧《西游记》的每一集几乎都可以独立成为一个故事,"大闹天宫""三打白骨精""女儿国"等故事都可以独立成篇,具有独立因果的完整故事。

以上两点是电视系列剧的形式特点。但是,电视系列剧在人物设置上必须遵循电视剧的基本特征。也就是说,电视系列剧虽然每集自成体系,但需要有贯穿全剧的主要人物。同时,这些人物是电视系列剧中非常重要的隐形链条,从内部将电视系列剧串联起来形成有机的整体,而不会断裂开来。

二、电视系列剧人物形象的塑造

电视系列剧的开端很重要,当观众被电视剧所吸引,那么诱导观众一集一集看下去的是人物,人物是电视系列剧的核心。虽然在戏剧、电影、电视剧的创作过程中,人物都是极其重

① 壮春雨.电视剧学通论[M].北京:中国广播电视出版社,1989:74.

要的一个环节,但是它对于系列剧来说更加重要。只有当电视系列剧中有好的人物,人物拥有独特的性格和个人魅力,才能带动整个剧集的发展。如英剧《神探夏洛克》中的夏洛克·福尔摩斯便是如此。

在电视系列剧中,一般情况下会设置多个主要人物,次要人物分批分集出现,有些"铁打的营盘流水的兵"的意味。但是多个主要人物的设置,必然会出现人物性格的重叠和语言的重复。作为编剧来讲,一个复杂而又完整的故事,经过较长时间的思考和梳理,可以在脑海中形成比较清晰的脉络,因此有且仅有一个故事在向前发展。主要人物的设置并不是随意的。人物小传是当下创作中很常见的对主人公的一种描摹,可以帮助编剧和导演更好地对人物的性格和命运进行把握。在电视系列剧中我们也可以采用这样的方法来辅助人物的设置。

在电视系列剧中,人物的塑造同样不能忽略其命运与剧情的紧密联系。剧中的人物为了达到一个目的,与外部的环境频频产生冲突,陷入进退两难的境地。随着剧集的发展,电视系列剧中的人物需要有更进一步的性格剖析,观众需要了解人物性格的变化,挖掘人物真正的心理状态。电视系列剧通常都会对人物和剧情进行不同程度的情感置换和联络。例如在美国电视剧《记忆神探》第一季中,女主人公凯莉回到警队是为了查清楚姐姐被谋杀一事,与她搭档的是她的前男友,这种人物关系的交叠起到了吸引观众的作用。而在《记忆神探》第二季的第4集,被害人是曾经对女主人公有极大帮助的科学家,女主人公在案件侦破过程中穿插了许多对往事的回忆片段,使观众对于主人公的过往经历有了进一步的了解。

三、电视系列剧情节的建构

好的开始是成功的一半。对于电视系列剧来说,开端是全剧的核心,如果剧集一开始便抓住了观众的眼球,那么这部系列剧的主创就可以长吁一口气了。如果剧集的开头出现了问题,特别是第一集的创作没有吸引力的话,目标观众就会大量流失。与电视连续剧不同,电视系列剧需要每集的创作都投入巨大的精力,每一集都不容有闪失。由于电视系列剧每一集都相对自成体系,观众会对每一集都有心理期待,如果一集出现了疲软或者是不吸引人的状态,就极有可能流失目标受众群,更有甚者可能会被叫停。在美国的电视剧创作语境下,电视剧的续订情况完全和收视率挂钩,作为电视系列剧的多产国,考验尤为艰巨。因此,在电视系列剧中,情节的建构就成了核心元素,什么样的情节可以既不重复又一直吸引观众的眼球,成为编剧时时刻刻要探讨的问题。

第一,在一个单集的故事中,主人公的人物性格应当主导整体的风格走向,成为独树一帜的标杆,并与其他的单集故事相呼应。例如在美国电视剧《福尔摩斯:基本演绎法》中,男主人公福尔摩斯性格鲜明,在工作和生活中有着许多不同于常人的所谓怪癖,这就为他在剧集中的许多行为作出了解释,也使观众在适应这种节奏后逐渐喜欢上了这个人物形象,进而想要去探究他的下一步行动计划和行动方式。在传统的福尔摩斯剧集中,华生以同盟者和见证者的男性人物形象出现,而在《福尔摩斯:基本演绎法》中,则由华裔女性刘玉玲出演女版的华生,这是一次大胆的突破,也帮助观众摆脱了传统福尔摩斯剧集的禁锢,建立起新的思维体系。

第二,单集的故事在情节的建构上要相对完整。对于电视系列剧来说,每一集故事的相对独立和完整是非常必要的,这就需要在45分钟左右的时间里,将一个有开头、发展、高潮、结尾的故事讲清楚,抑或是通过推理的方式将故事的结果逐步展现出来,这就需要创作者深谙电视系列剧的创作方法和情节建构的技巧,认真思考如何吸引观众,如何让观众在观看的过程中产生代入式情感和心理期待。《福尔摩斯:基本演绎法》第一季的第16集中,正直的贝尔警官在夜间行车时被人袭击,黑帮老大柯蒂斯成为头号犯罪嫌疑人。柯蒂斯是一个狡猾的街头流氓,当年抓获他令警队队员煞费苦心。贝尔的哥哥在贝尔的帮助下被保释,兄弟两人多少有些误会夹在其中。随后有人陷害贝尔并将柯蒂斯射杀。明白这一切的福尔摩斯悄悄转移证物保护贝尔,但陷害还在继续,这回的矛头指向了贝尔的哥哥。为了还弟弟一个清白,身中三枪的安德烈写下了"不是马库斯"。华生发现安德烈的保释申请与前警长自杀的时间十分接近。前警长为逮捕柯蒂斯不得已"陷害"柯蒂斯,被正直的贝尔发现并揭发了上司,换来保释哥哥的机会。雷伊斯警官发现后怀恨在心,想出这一系列手段陷害贝尔。这一波三折的故事情节,使观众在观看的过程中不自觉地沉浸其中,努力去推想真正的凶手究竟是谁,同时还要面临未知的伤亡带来的变数,这在很大程度上形成了剧集的吸引力。

第三,电视系列剧在每一个单集,即一个情节段落结束后,要达到相对完满的状态,也就是在这一集的结尾处将悬念或者推理的结果展现出来。观众追捧电视系列剧的一大因素也正源于此。电视连续剧需要观众经过一段较长的时间才可以看到结局,获得心理满足,而在观看电视系列剧的过程中,每一个小节就是一个结点,观众可以多次享受满足感。这种相对独立的情节建构也可以满足周播的播出形态,给观众留下回味和联想的空间。同时,我们也要看到,在电视系列剧最为盛行的美国市场,剧集的种类多而繁杂,一些电视系列剧开始在剧集中展现出一定的连续性,比如在关键的剧集或者有停歇性的播放区间,会在上一集的结尾处留下悬念,以吸引观众继续观看。而在一季结束时,通常会有起始性的情节出现,为下一季的创作和拍摄做铺垫。

【课程实训】

实训目标: 掌握电视系列剧中的人物建构,能够对人物有全面的认知,通过人物了解电视系列剧情节的铺设。

实训内容: 观看电视系列剧《案发现场》(第一部),分析主人公陈冰在每一集中的作用,阐释人物在电视系列剧中的重要性。

第四节　电视情景剧的剧本写作

电视情景剧最早产生于美国。20 世纪 90 年代,中国的电视剧开始尝试情景剧的创作,《我爱我家》的拍摄和播出在当时引起了广泛的关注和讨论。情景剧首先是喜剧,也就是说,不是喜剧也就不是情景剧。其次,情景剧必须是室内戏,一般不用外景。情景剧创造什么情景呢?像卓别林,早期一个人或几个人,在一个小戏园子里演,很多人坐那儿看,边看边笑,现场呈现出乐呵呵的情景,这就是情景剧。后来广播介入了,广播转播,再后来电视发明了,情景剧随着技术的发展而发展,把笑声作为后期添上去,这也是情景剧。

一、电视情景剧的特征

对电视情景剧特征的研究,应该从评价的主客体关系上展开讨论。斯托洛维奇对于"主体—客体"和"个性—社会"两条轴线的研究,把评价放在心理和反应之间,认为评价就是从个人精神世界、利益和需要出发,对现实现象的反应,是心理和反应相互作用的结果。这种主客体之间的关系直接影响着情景剧的特征要求。

首先,电视情景剧具备娱乐性特征。这种娱乐性一方面具备自娱性,另一方面具备娱人性。电视情景剧相较于电视连续剧来说,在时间、空间以及情节结构上不具备优势,与电视系列剧相比在逻辑性和完整性上相对欠缺,因此必须抓住电视情景剧的特色优势,对其创作进行深入了解。娱乐性是电视情景剧的第一特性。在情景剧的发展过程中,以情景喜剧为基本形态,以娱乐性为基本手段。电视情景剧的自娱性表现在故事的台词和行为表现力上,同时要求演员与演员之间能够碰撞出火花,产生戏剧效果。《我爱我家》是中国第一部电视情景喜剧,截取了 20 世纪 90 年代北京一个六口之家以及他们的邻里、亲朋等构成的社会横断面,反映了社会上的各种人物性格,展示了一幅改革大潮中绚丽斑斓的生活画卷。贾志国、和平夫妻俩支撑起了中国 20 世纪 90 年代最普通的一个家庭,家里面有鸡毛蒜皮的小事,有与老父亲、女儿、小叔子、保姆之间的轶事。没有宏大的叙事,但是每一集都可以带给观众欢笑,这就是电视情景剧的魅力所在。在自娱效果产生的同时,娱人性也相应而生,观众之所以喜欢看情景喜剧,就在于可以在较为轻松的环境中享受快乐,这是其他剧种相对来说不太突出的。在电视情景剧中寻找快乐,是此类型电视剧受众的主要需求。

其次,电视情景剧要具备贴近性原则。观众喜欢看电视情景剧是因为故事中发生的事情就是我们身边的故事,故事中的人物就是我们身边的人物。这种贴近性的心理诉求直接影响到观众在观剧时能否产生共鸣。举一个反差较大的例子,电视情景剧《武林外传》的故事发生在虚拟的明代关中小镇七侠镇的同福客栈,它虽然是虚拟和古装的剧集,从表面看,与贴近性并没有太大的关联,但我们将故事予以分析,就会发现剧中的人和事都是我们身边的,都具备贴近性原则。佟掌柜是个抠门却又善良的女性形象,一口地道的陕西方言,一出场就让观众亲切感倍增。白展堂的机智与幽默,郭芙蓉的坦诚加野蛮女友形象,吕秀才的“子曰”不离口,李大嘴的“不务正业”,都使我们联想到身边的人。同福客栈也褪去了古代的外衣,成为现代社会的一个缩影。在客栈中发生的是啼笑皆非但又真实可信的故事,有纠葛的感情故事,有歪打正着的奇遇故事,这些情节在故事中出现得自然、可信,观众很容易被其所吸引,不会产生距离感。

最后,我们需要重视电视情景剧的地域性原则。虽然各个电视剧种类都存在所谓的地域性,但是电视情景剧是依靠语言和行为艺术来娱乐观众的,因此尤为重视受众的喜好。例如,美国电视情景剧《生活大爆炸》刚刚出现在中国观众视野中时,中国的年轻观众需要在一段时间后才能融入它所营造的情景理念中。这部美剧以四个研究量子物理学的天才科学家和一个怀揣演员梦想的餐厅金发女招待为主角,新颖的角度和独具一格的笑料令观众耳目一新。这部美剧不论是在欧美还是在中国都掀起了一阵“科学家热潮”,成为近年来美国电视剧中最为成功的喜剧作品。张口就来的科技知识包罗万象,除了他们本行的物理学外,其他的诸如化学、生物学、医学、电子信息等他们也能脱口而出。再比如,如果将中国的《武林外传》送入西方观众的视野内,依旧会面临西方观众对剧中“包袱”的无法理解,只有在经过一段时间的语境适应后,才可能与剧集碰撞出火花。

二、电视情景剧的创作定式

(一)场景

从字面上理解,电视情景剧与其他电视剧种类最大的区别就在于“情景”二字,电视情景剧将故事的展开进行了空间的界定,故事的主要发生地点必须在一个固定的场景中。例如《爱情公寓》直接以场景为题。归国博士陆展博和落跑千金林宛瑜意外相识,一同投奔陆展博的老姐胡一菲。陆展博、林宛瑜、胡一菲以及电台夜间主持人曾小贤、老冤家陈美嘉和吕子乔、远渡而来的日本漫画家关谷神奇,她们七个人都住在爱情公寓。《爱情公寓》就是在一个以“爱情”为题的公寓发生的故事,却不仅仅讲述爱情。整个剧集故事在叙事上采用多线并进的方式,努力超越原本所呈现的单线结构,使故事内容更加丰满。

同理,以“家”为故事发生场景的剧集在电视情景剧中也经常出现,如《家有儿女》讲述了一个复杂却又充满欢笑的家庭故事。再婚夫妻夏东海和刘梅带着他们各自的孩子夏雪、夏雨和刘星组成了一个新家庭。五个人性格迥异,却生活在同一屋檐下,他们在“家”这个固定的情境中各司其职,演绎了一段段快乐幸福的家庭生活故事。

因为电视情景剧具备场景的固定性,所以我们还可以从另一个角度探讨——如果脱离这个固定的情境,电视剧会产生怎样的发展走向。电视情景剧从出现伊始,就被很多人拿来与电视系列剧进行比较，但经过发展变化，我们可以看到系列剧和情景剧成为两个分支。电视系列剧每一集都是相对独立完整的，而电视情景剧虽每一集都有不同的命题，却很难集中地进行表达，于是固定的场景表述就成为弥补集中性不足的有利条件。电视情景剧如果脱离开故事的固定场景，则会丧失与其他种类比肩的优势，沦为没有特征的电视剧创作。

(二)人物

从电视连续剧到电视系列剧，每一种电视剧类型人物的塑造都各有特色，但也有共同的人物设置与塑造要求。人物性格和人物关系是电视剧首先且必要的创作条件。对于电视情景剧来说，人物塑造依旧要纳入定式的范畴进行探讨。

第一，作为喜剧类电视剧的集大成者，电视情景剧的人物形象必须具备喜剧定式，即人物形象具备幽默的风格色彩。《武林外传》中的佟掌柜一口陕西方言，再搭配上“回头一笑百媚生”的人物设定，产生了令观众捧腹大笑的效果。吕秀才始终“子曰”不离口，多情而迂腐的人物形象呼之欲出，再与古装版的野蛮女友郭芙蓉搭配，其人物设定就是直奔喜剧性而去的。《爱情公寓》中曾小贤经典的挑动眉毛与“好男人就是我，我就是曾小贤”相搭配，人物的喜剧定式贯穿于《爱情公寓》整个系列之中。

第二，人物性格和人物关系相对固定。在这里使用“相对”二字，有两个范畴需要理解。第一个范畴，与喜剧性是从宏观层面进行整体把握有所不同，人物性格的固定性是针对某一剧集而言的。在一部电视情景剧中，我们对一个人物的性格进行设定，这个人物的性格及其特点就要伴随他始终，在故事的发展过程中不可随意调换，例如《武林外传》中白展堂的“葵花点穴手”、郭芙蓉的“排山倒海”，都是有别于他人、能够产生戏剧效果的武功特色。第二个范畴是指电视情景剧的人物关系设定是相对固定的，虽然会有一些过场人物不断进入或离开，但故事中主要的人物关系不能发生过多变化，甚至可以一直保持不变，例如《武林外传》中的佟湘玉和白展堂、《爱情公寓》中的曾小贤和胡一菲的情侣关系，电视情景剧在人物关系的设定过程中有着相对固定的思维范式。

第三，电视情景剧与其他电视剧种类相比，由于人物固定范式的设置，要求演员与角色的贴合度较高，所以在选角时着重考虑演员与角色的神形兼备，相对忽略所谓的明星效应。好的电视情景剧是创造明星的沃土，作为我国第一部古装情景喜剧，《武林外传》独特的人物设置捧红了闫妮、沙溢、姚晨、喻恩泰、姜超等主演；《家有儿女》则使还处于青少年阶段的张一山和杨紫走上了演员之路，为广大观众所熟知。

【课程实训】

实训目标：掌握电视情景剧的基本形态，能够通过固定的环境设置铺设人物和故事情节。

实训内容：观看电视情景剧《爱情公寓》第一季，以其为创作范本，写作名为《520宿舍》的10集电视情景剧的第1集，并拟定后9集的故事提纲。

第五节 电视短剧的剧本写作

电视短剧就屏幕播出的时间来说，长至一二十分钟，短到七八分钟；就其文学剧本的字数来说，多到一两千字，少则五六百字，都可以构成一个“小品”或“短剧”。①

一、电视短剧的创作特征

20世纪90年代，电视短剧出现了萎靡的态势，逐渐被电视连续剧所取代。《中外影视名作辞典》对电视短剧《多棱镜》的第1集有一段“释文”，可用来诠释电视短剧的艺术特点：首先，以小见大，在选材上，或通过某一生活侧面，或通过某件小事的描绘，反映一个普遍存在的社会问题，阐明一个富有哲理性的观点，揭示一个重大深刻的主题，以期引起观众的共鸣和深思；其次，以情取胜，短剧在有限的容量里，要使立意得以实现，并引起观众思索，产生情感共鸣，着眼点不仅要放在故事上，而且还要放在人物感情脉络上；最后，镜头对准人物，将镜头的运用作为体现电视艺术风格的重要手段，将交代过程、情节的镜头压缩到最低限度，而将镜头的焦点对准人物，捕捉最富表现力的一瞬间，用镜头塑造人物形象。②

随着电视剧产业的发展，近几年来，借助相关的电视播放手段和电视节目，电视短剧开始呈现抬头之势。当下的电视短剧有了一个新的名称——电视栏目剧。我们将其在新时代的特征概括如下：一是节目时长较短，控制力强。电视短剧的时长一般在30分钟之内，这就为创作者节省了大量的精力，能够在较短的时间里创作符合要求的剧本。二是时效性强，贴近度高。电视短剧相较于电视连续剧、电视系列剧，能够及时反映当下最流行、最热门、最被关注的话题，观众的接受程度更高、关注度更高，收视率有一定的保障。三是灵活度高。电视短剧的节目形态可以根据节目要求随时进行调整，结合主题和立意的表达灵活转换，与当

---

① 中国应用电视学编辑委员会，北京广播学院电视系学术委员会.中国应用电视学[M].北京：北京师范大学出版社，1993：300.

② 李恒基，王汉川，岳晓湄，等.中外影视名作辞典[M].北京：国际文化出版公司，1993：775.

为艺术母体的重要性。深刻认识戏剧母体,会有助于我们的编剧创作。

第一节　戏剧的本质和特征

什么是戏剧?戏剧的本质是什么?关于戏剧本质的讨论,自戏剧诞生以来一直不断,颇多论述。梳理古今各种观点,对戏剧本质的认识,主要分为两种观点。

一、戏剧的本质

(一)模仿说

在古希腊时期,亚里士多德在他的戏剧论著《诗学》里指出,戏剧是一种模仿,主要是对人的行动的模仿。模仿说是关于戏剧本质的最早论述,也是对后世产生深远影响的主要观点。

模仿说指出了戏剧与现实的关系。模仿,是人类的一种天性和本能,人类通过模仿认知世界,表达自己对世界的看法。剧作者创作戏剧的行为是一种高级形式的模仿,他在剧本中将自己的人生体验通过艺术手法进行再现,表达自己对世界的独特经验和观念。

演员的表演也是一种模仿。苏联戏剧表演理论家斯坦尼斯拉夫斯基创立了以"体验基础上的再体现"为基本内容的斯坦尼斯拉夫斯基体系。体验,是斯坦尼斯拉夫斯基体系的核心,演员在广阔的现实生活中体验到的情感、动作等,要通过演员再现性的表演传达给观众,而观众通过这种传达,能够唤起自己曾经的生活体验,并实现情感和认知的升华。我们通常认为,斯坦尼斯拉夫斯基体系的理论基石是现实主义,它的重心是解决戏剧的真实性问题;它从表演的角度,强调演员必须在舞台上呈现出具有世俗生活特征的生动表演,而演员自然真实、富有激情的表演,又在一定程度上体现剧作深刻的社会体验和人物的心理深度。

在中外戏剧史上,经典的剧作特别强调对现实生活的模仿和表现。古希腊时期,著名戏剧家阿里斯托芬的喜剧既充满喜剧色彩的想象,又有着深刻的现实主题。他的代表作《鸟》充满了荒诞意味的想象,剧中有两个雅典人和一群鸟建立了一个名为"云中鹁鸪国"的乌托邦。这部喜剧虽然天马行空,但是深刻讽刺了雅典城邦中的寄生生活,是欧洲文学史上最早描写理想社会的作品。这部剧作想象力非常丰富,情节虽然是虚构的,但主题很现实。这一喜剧作品像是用一面凸凹不平的镜子来映照生活,镜中的形象虽然是漫画式的,却反映了生活的本质。阿里斯托芬的语言生动活泼,具有强烈的生活气息和民间趣味。

中国戏剧的现实主义色彩更浓厚一些。中国传统戏曲的创作秉承"文以载道"的传统,强调戏曲的“高台教化”作用,从剧作的创作到演出,都特别强调戏曲作品与现实的关系。例如元代著名戏曲家关汉卿的代表作《感天动地窦娥冤》,通过弱女子窦娥被人陷害,深陷囹圄,魂断法场的悲剧故事,深刻反映了元代官场黑暗、法制崩坏、恶霸横行的社会现实。中国话剧诞生在动荡的20世纪初,成立于日本东京的春柳社是中国话剧史上第一个创作和演出团体。1907年,春柳社推出了与中国戏曲截然不同的表演形式——话剧,创作了被欧阳予倩称为“可以看作中国话剧第一个创作的剧本”——《黑奴吁天录》。这部话剧剧本是曾孝谷根据美国小说《汤姆叔叔的小屋》的中译本《黑奴吁天录》改编的,改编者对原著进行了创造性的加工,融入了中国元素,以中国动荡且危急的社会背景为故事情境,突出了奴隶的反抗精神,反映了中国人民的民族思想。

中国话剧的百年历史都与中国历史现实息息相关。著名文学家老舍用话剧观照历史现实。《茶馆》是他的代表作,故事发生在北京一个普通的茶馆里,这个茶馆上演着各色人等的悲欢离合——茶馆就是一个浓缩的小社会。老舍先生用纯熟的戏剧语言,生动地展示了中国社会各阶层、各势力的冲突,浓缩了半个世纪的时间,写活了60余个人物形象,表现出旧北京的社会风貌和小人物的生存状况,是中国半封建、半殖民地社会现实的高度提炼和艺术化再现。

总之,模仿说强调戏剧的外源性本质,戏剧家通过虚构故事实现对现实生活的模仿与再现,演员通过来源于生活而又高于生活的角色创造,使自己的表演获得了真实性。戏剧的模仿本质,强调了戏剧与现实的关系。从戏剧诞生到20世纪之前,戏剧的创作,无论是剧本创作还是演员的创作,都强调戏剧必须源于现实而又高于现实。

(二)表演说

20世纪前后,戏剧艺术的重心开始向表演向度转移,使戏剧的本质在另一维度被认识,戏剧家越来越重视戏剧的表演性。当代波兰著名戏剧家格洛托夫斯基用剥离法对戏剧的本质进行了排除式寻找,他认为,“经过逐渐清除被证明是多余的东西,我们发现没有化装,没有别出心裁的服装和布景,没有隔离的表演区(舞台),没有灯光和音响效果,戏剧是能够存在的。没有演员与观众中间感性的、直接的、活生生的交流关系,戏剧是不能存在的”[①]。从这一论断可以看出,格洛托夫斯基特别强调表演的重要性,他认为服装、布景、舞台、灯光、音响等都属于戏剧的外部附着品,因演员的表演而形成的演员与观众之间的关系才是戏剧的艺术核心。

戏剧的表演性本质强调,戏剧是流动的、在场的艺术,演员的表演是戏剧艺术的核心。戏剧创作与其他文学艺术样式的创作有很大不同,因为戏剧的创作并不随着剧本的完成而完成,剧本的创作仅仅是戏剧的一度创作,而通过演员的表演将剧作以活生生的角色和舞台

---

① 格洛托夫斯基.迈向质朴戏剧[M].魏时,译.北京:中国戏剧出版社,1984:5.

效果呈现在剧场里，是戏剧的二度创作。这种二度创作有更多因素参与，例如，演员的表演能力与表演状态，舞台的灯光、舞美、道具、服装等因素，以及演员与观众的现场交流等。

更为重要的是，戏剧的表演性本质着重强调了围绕表演所形成的观众与演员的交流关系。格洛托夫斯基强调，以演员的表演为核心，演员与观众构成了“感性的、直接的、活生生的交流关系”，这种交流关系对于戏剧来说至关重要，因为这种交流所反馈的信息，可以对剧作者的文本创作产生影响，剧作者据此对剧本进行叙事性调整和修改，以适应表演的需要；同时，这种交流关系也会影响戏剧的表演，促使参与二度表演的导演、演员、服化道等都做出相应调整。

中国戏曲对表演尤为重视。中国戏曲本就是活在舞台上的，讲究表演层面的唱念做打。例如，最早的元代杂剧刊本《元刊杂剧三十种》并不是完整的戏剧文学剧本，而是主要记载元杂剧唱段的曲本，传达出元代对戏曲演唱的重视。随后，中国传统戏曲如明代的传奇、杂剧等，特别重视戏曲的声腔，明代的传奇就有余姚腔、海盐腔、弋阳腔、昆山腔之分。传统戏曲对声腔的强调，是尊重舞台表演、尊重各地观众观演习惯、强调戏曲的歌舞演唱特征的体现。

当然，中国戏曲除了声腔的表演之外，舞台的综合表演呈现也至关重要，所谓“台上一分钟，台下十年功”的俗语，展示出中国戏曲对舞台表演的重视。《三岔口》是中国京剧武生的传统剧目，故事说的是宋朝年间，大将焦赞因杀死谢金吾而被发配到沙门岛，途中住进刘利华店中。任堂惠奉命暗中保护焦赞，一路跟踪，也住进此店。夜间，任刘双方均猜测对方对焦赞图谋不轨，引发一场恶战，后来焦赞出面，解除了双方的误会。在这出戏里，任堂惠和刘利华在客栈“摸黑打架”的片段是中国戏曲表演的著名折子戏。二人在明亮的舞台上，模拟伸手不见五指的黑夜里打斗，没有演唱，舞美道具也比较简单，单靠二人的精湛表演和配合来表现对打的激烈和惊险，同时又妙趣横生，是中国戏曲靠表演构建观演关系的经典之作。

在中国话剧中，独幕剧《放下你的鞭子》是一个独特的存在。1931 年，《放下你的鞭子》由剧作家陈鲤庭执笔写成，田汉改编成独幕剧。该剧的主要内容为：“九一八”事变以后，从东北沦陷区逃出来的一对父女在抗战期间流离失所，以卖唱为生。一日，在街头卖唱的女儿香姐正要开唱，却因饥饿难熬，晕倒在地，老父举起鞭子打她。观众中一名青年工人见状十分愤怒，大声指责：“放下你的鞭子！”并夺下老父的皮鞭。老父和香姐诉说了日本侵华、家乡沦陷等辛酸，全场感动，集体高呼“打倒日本帝国主义”，激起观众强烈的抗日救国情绪。《放下你的鞭子》采用街头表演的形式，演员与观众并未处在一个封闭的剧场空间，而是在街头打成一片。该剧完全借助演员的表演来形成戏剧的观演关系，是典型的格洛托夫斯基意义上的“质朴戏剧”。这出戏剧在“九一八”事变后演遍中国大江南北，展示了东北人民在日本帝国主义残暴之下的悲惨遭遇，让广大观众认识到必须团结抗日才有出路。这出戏剧的成功，也证明中国话剧强大的表演魅力，表演性是这出戏剧最突出的特性。

戏剧艺术源远流长，综合性强，对于戏剧本质的论述也多有不同见解。模仿说特别强调戏剧与现实之间的关系，是从戏剧的外源性特征概括戏剧的本质特征，而表演说则是从戏剧的艺术核心出发,强调戏剧的本质是以演员的表演为核心,构建起的观众与演员之间充满交流的观演关系。这两种观点,对我们把握戏剧的特征和创作戏剧剧本,均有指导意义。

二、戏剧的特征

戏剧作为一门独立的艺术,既有人类艺术的共同特点,也有作为艺术类别的独特特征。从戏剧的本质出发,其特征大致可以归纳为以下几个方面。

(一)戏剧具有表演性特征

著名戏剧理论家周贻白指出:"戏剧本为上演而设,非奏之场上不为功。"①余秋雨更明确地指出:"任何戏剧作品都是为了演给由若干人组成的一群观众观赏的,这就是戏剧作品的真正本质,这就是一个剧本存在的必需条件。"②戏剧作为一种以剧场排演为主要传播方式的艺术样式,兼具文学性和剧场性双重特性。相比之下,剧场性更能突出戏剧的艺术门类特征。

所谓剧场性,是指戏剧呈现的场域特征。从戏剧的表演性本质出发,我们可以知道,戏剧剧场性的核心,是由演员的表演而与观众构成的实时的、直接的、生动的观演关系,而这种观演关系,是建立在演员的戏剧表演之上,并主要由演员的表演所主导。所以,表演性是戏剧艺术的首要特征。表演性是指演员在舞台上借助角色而传达的动作、语言以及所营造的戏剧情境。戏剧的表演性特征,是贯穿戏剧构思、剧本创作、剧场呈现整个创作过程的指导性特征。

剧本作为戏剧文学,不仅具有文学性特征,还具有作为戏剧的独特性本质特征。戏剧剧本具有很强的实用性,它不是为了满足读者阅读需要而创作的文本,是为剧场演出而创作的。所以,一个优秀的剧作家总会特别重视剧场和表演的预设性,剧本的创作者在抽笔捻毫之初,就已经在脑海里构建出一个活生生的舞台,这个舞台上人物的形象、情态、颦笑、话语都被剧作者形象而具体地勾勒出来,用文字描摹下来,为日后演员的表演和导演的剧场处理提供指导性依据。

同时,一个故事如何借助演员的表演在剧场空间里展开叙事,观众会有怎样的观看反应,这些问题都是剧作者创作剧本时要全面考虑的。剧作者在进行剧本构思时,必须以剧场呈现为写作目的和重心。在有限的舞台上如何展开故事,剧场表演会达到什么效果,优秀的剧作家往往会在创作剧本时就有准确的判断。

(二)戏剧具有叙事性特征

在绝大多数情况下,戏剧离不开故事。一部戏剧往往讲述一个曲折且富有深意的故事,

---

① 周贻白.中国戏剧史[M].上海:中华书局,1953:1.

② 余秋雨.戏剧审美心理学[M].成都:四川人民出版社,1985:178.

所以,戏剧是叙事的艺术。与小说等其他文艺样式不同,戏剧的叙事往往从文学创作和剧场演出两个层面展开,这两个层面息息相关,互相影响,造就了戏剧独具特色的叙事特征。

从叙事学角度分析,戏剧讲述一个故事,必须兼顾三个叙事的基本问题:讲述什么故事,谁在讲,怎么讲。从这个角度而言,所有的叙事艺术都是相似的,戏剧与小说、电影、电视剧的创作都要进行上述叙事学问题的基本设计。首先,绝大多数的戏剧作品都要通过讲述一个经过剧作者提炼加工的故事,来传达创作者独特的生命体验。具体到戏剧来说,戏剧又呈现出独特的叙事艺术特征,因为这个故事必须适合戏剧剧场的呈现,必须能够通过演员的表演来实现。其次,谁在讲的问题,对于戏剧来说稍微复杂些。戏剧的剧作家往往是剧作的叙事者,但是剧作家又受到舞台演出和观众接受度的影响,因而最终呈现在舞台上的戏剧演出也融入了导演与演员的集体创作智慧,这使戏剧的创作不像小说一样由创作者主宰,而是混合了多种叙事者的视角。最后,故事怎么讲述是戏剧技艺的核心,每一种戏剧样式都有自己独特的艺术呈现方式。比如中国传统戏曲的载歌载舞,西方音乐剧、歌剧、舞剧对叙事呈现方式的独特要求,话剧对语言、动作等基本手段的强烈依赖……戏剧的叙事手段丰富多样。

(三)戏剧具有抒情性特征

一部戏剧架构了完整的故事,形成了完备的剧场表演机制,并不意味着它具备了所有的要素。戏剧还必须能够充分传达创作者的人生体验,具有打动人心的艺术特质,这种艺术特质使戏剧具有抒情性的特征。抒情使戏剧能够从内部打动人,与观众的内心情感产生高度共鸣。

戏剧的抒情性表现在它与戏剧叙事紧密相连,是一种具象化的抒情。与诗歌、小说、散文其他文艺样式不同,戏剧的抒情必须借助角色的语言、动作等来实现,必须与具体的故事情境相融合。

中国传统戏曲以歌舞演故事,唱词在文本中居于主要地位,戏曲的唱词从中国以言志抒情为传统的诗词演变而来,具有浓厚的抒情性。以元代著名戏剧家王实甫《西厢记》中的第三折为例,这一折以张生被迫入京赶考,和崔莺莺二人缠绵离别为主要叙事内容。崔莺莺有一著名唱段:“碧云天,黄花地,西风紧。北雁南飞。晓来谁染霜林醉?总是离人泪。”这段唱词脱胎于范仲淹的词,叙述的是长亭离别之事,抒发的是男女生离之情。元代刊本有题评:“景中有人、有情,虚情实写,正语反诘,俱臻妙境。”除了载歌载舞的传统戏曲,话剧也能够借助人物的语言,尤其借助人物的独白,展现人物性格,抒发人物情感。例如,曹禺的戏剧语言充满了抒情性,非常善于用诗性的语言来抒发情感。在他的代表作《雷雨》第二幕中,蘩漪有一段著名的独白:

热极了,闷极了,这里真是再也不能住的。我希望我今天变成火山的口、热烈烈地冒一次,什么我都烧个干净,当时我就再掉在冰川里,冻成死灰,一生只热热地烧一次,也就算够了。我过去的是完了,希望大概也是死了的。哼,什么我都预备好了,来吧,恨我的人,来吧,叫我失望的人,叫我忌妒的人,都来吧,我在等候着你们。

这段经典的独白,体现出蘩漪的焦灼、压抑和苦闷,她“爱起你来像一团火”,“恨起你来也像一团火”的炽烈的情感和阴鸷的性格也熔铸其中,且通过这诗一般的语言,艺术地传达给观众。曹禺在他的剧作中,善于赋予人物以简约凝练的戏剧语言,这些语言的情感分量远远超过它们的字面意思,或委婉隽永,或浓烈奔放,极富抒情意味。

戏剧的抒情性,要求创作者必须跳出具体故事,将情感升华到更高层次。戏剧是传情言志的艺术,创作者既要化身剧中人物,切身揣度人物所处的情境,代人物抒情,又要跳出具体人物的情境限制,高屋建瓴,传达个人的主观情感和人生体验,使角色的各种情感得到超越剧作本身的升华。中国古典戏曲文学以“人情”为审美对象,以“人情所必至”为主要内容。

相比之下,外国戏剧从古希腊开始,强调戏剧的创作要通过模仿外部世界来组织故事情节,因此,长期以来,西方传统戏剧文学具有强烈的客观性。亚里士多德在《诗学》一书中,曾列出六个戏剧的必要成分:情节、性格、思想、语言、歌唱和造型。他一再强调,情节在戏剧的六要素中位列首位,并进一步强调情节对于戏剧所具有的根本意义。由于情节是“事件的安排”,是戏剧家对生活中的行动的模仿,所以,西方传统戏剧的客观性比中国传统戏曲更强。但是到了文艺复兴时期,“人”被重新发现,人的性格、意志、情绪、感情在戏剧中被大量表现,以至于诉诸情节,化为冲突,从古希腊延续而来的叙事传统发生了较大改变,戏剧的抒情性大大增加,成为与叙事同样重要的戏剧特征。

简言之,戏剧的抒情性要求创作者将自己的主观情感对象化、具体化到戏剧中,这种被对象化和具体化的情感的集结与凝聚,共同传达出创作者深刻的人生体验和个人情感,使戏剧具有强烈的抒情性。

(四)戏剧具有综合性特征

从创作流程来看,戏剧是包括了剧作者、导演、演员、服装、化装、舞美、灯光、道具、音响、作曲、观众等多方面、多环节的综合性、集体性创作。一般来说,剧本、演员、观众被称为戏剧三要素,再加上戏剧得以实现的物理空间——剧场,便成了四要素。

戏剧创作的综合性和集体性,要求参与戏剧的所有成员必须充分发挥创造性,为戏剧的最终完成贡献才智。特别是作为戏剧创作核心要素的剧作者、导演、演员,在进行戏剧创作时应有全局意识和综合意识。剧作者在构思剧本时,应充分考虑整部戏剧的舞台设计,在脑海中构建虚拟但具体的舞台形象,细致地将自己的构思具体化到角色身上。导演在进行戏剧改编和搬演时,既要充分领悟剧作者的创作意图,赋予剧作自己的理解和创造,又要根据舞台演出实际,将文本层面的剧本呈现在舞台上。而演员在进行创作时,也会在人物塑造和表演上,与导演和剧作者进行充分沟通,并将个人的理解和表演赋予角色。和其他要素相比，观众似乎并没有主动参与到戏剧创作中来，但观众是创作效果的最终检验者，他们通过观演关系进行信息的反馈，促使其他创作者对剧作进行修正。

所以，戏剧创作是一个集体合作完成的系列工程，绝不仅仅止于剧作者的案头文本创作。因此，作为剧作者，应当具有全局意识，充分意识到剧作的综合性，在完成剧本创作的同时，兼顾表演性和剧场性，通盘考虑，准确预测，使自己的剧本既具有文学观赏性，成为优秀的文学剧本，又能够顺利地被搬演到舞台上，成为“场上之戏”。

【课程实训】

实训目标：掌握戏剧的本质与特征。

实训内容：根据教师提供的剧本，分析这个剧本是如何体现戏剧的本质与特征的。

第二节　戏剧创作的基本原则

我们在进行戏剧创作时，应该遵循戏剧艺术独特的本质和特征，从这一艺术的本质和特征出发，进行戏剧创作。在创作中，有以下基本原则需要遵循：

一、戏剧是叙事艺术，必须遵守特定戏剧样式的叙事规则，发挥其艺术特性

古今中外，戏剧以多种艺术形态呈现在舞台上。仅就艺术特性而言，流行在当今戏剧舞台上的形式就有话剧、歌剧、舞剧、音乐剧等。在中国戏曲体系中，较为流行的有昆曲、京剧及各种地方戏。之所以戏剧会有如此丰富的艺术形态，是因为戏剧是一种容纳性很强的艺术样式，它不断主动吸收借鉴其他艺术样式，丰富自己的表演媒介。例如，表演艺术与文学的结合，产生了话剧；表演艺术与音乐的结合，形成了歌剧和音乐剧；表演艺术与舞蹈艺术的结合，产生了舞剧。中国的戏曲更是如此，在漫长的发展过程中，中国戏曲吸收了文学、舞蹈、音乐、武术、杂技甚至魔术等各种表演形式，并将其融汇到戏曲中，使中国戏曲成为一种“载歌载舞”的艺术形式，综合性特征十分明显。

所以，进行戏剧创作，既要遵循戏剧的基本创作规律，尤其是戏剧的叙事规则，更要兼顾不同戏剧样式的艺术特性。戏剧创作者在进行艺术构思时，有多种戏剧样式可供选择，创作者要决定的是哪种戏剧样式更能充分传达自己的戏剧构思，因为戏剧样式能够极大地影响戏剧的接受效果。例如，创作一部充满现实意义的当代题材戏剧，多数剧作者会选择话剧这一现代戏剧样式，因为从表现手段上来说，借助贴近现实生活的语言与动作，有助于拉近戏剧与观众的距离，观众在审美上也更易于接受。而如果采用戏曲的形式，戏剧创作者就需谨慎选择，因为

戏曲作为一种传统的戏剧样式,它的表现手段不一定适合创作者的艺术表现需求。

当然,并没有哪一个戏剧构思必须采用哪一种戏剧样式的刻板规定,戏剧的多重表现手段给戏剧创新提供了强大的支持,创作者可以充分展示艺术个性,尝试不同的表现形式。在戏剧史上,优秀的文学作品往往被多次改编,创作者尝试用不同表现手段来重新诠释经典。例如,中国古典四大名著之一——《西游记》至今仍是影视、戏剧改编的经典题材,不仅影视剧有多个版本,在戏剧舞台上也多有体现。在民国的戏曲舞台上,“孙悟空戏”即“猴戏”广受欢迎,“猴戏”还演化出了多个表演派别,著名京剧演员杨小楼、盖叫天、李少春等均有自己的看家猴戏剧目。又例如,英国戏剧家莎士比亚的剧作有多种语言的版本,被话剧、音乐剧等多种戏剧样式呈现在世界各国的舞台上。“一千个人心中有一千个哈姆雷特”,每一次戏剧名著的搬演,都是一次戏剧艺术的创新性尝试。

剧作者不仅要选择合适的戏剧样式来进行创作,更要在创作的时候充分发挥该戏剧样式最独特的传达优势,突出其艺术特性。表演媒介与戏剧文学有机结合,才能形成一部浑然天成、独具艺术特色的作品。中国传统戏曲的观众喜欢欣赏折子戏,折子戏是一部完整的戏曲中最具特色或最精华的表演片段。传统京剧名作《玉堂春》中的“起解”是该剧著名的折子戏。《玉堂春》的主要内容是:明代江南名妓苏三与士子王金龙(也有版本为王景隆)两情相悦,后王金龙千金散尽,被赶出妓院,他立志发奋读书,后考取功名。苏三被妓院老鸨卖给山西马贩子沈洪为妾,沈洪正妻与邻里私通并害死沈洪,嫁祸苏三,后贿赂县官,苏三被关入死牢。王金龙任山西巡按,得知此事,密访洪洞县,为苏三平反昭雪,二人终成眷属。“起解”是苏三蒙冤得罪,从洪洞县监狱被提审,出了县衙大牢,悲愤难平,可是身在异乡,举目无亲,绝望之余,跪在大街上乞告路人,于是有了这段西皮流水的经典唱段:

苏三离了洪洞县,
将身来在大街前,
未曾开言我心内惨,
过往的君子听我言:
哪一位去往南京转,
与我那三郎把信传,
就说苏三把命断,
来生变犬马我当报还。①

这一唱段是中国戏曲文学的典范,创作者用这段唱词为我们勾勒出一个弱女子的处境和心境,言简意赅,通俗易懂,但感人至深。同时,这段唱词唱腔优美,情感丰富,是京剧旦角

① 王文清.南腔北调:中国传统戏曲[M].济南:山东大学出版社,2017:144.

的入门戏。它采用了京剧中最有代表性和剧种特色的西皮流水唱腔，这一唱腔刚劲有力、节奏紧凑，非常适合表现欢乐、跳跃、坚定或愤懑的情绪。所以，这一经典唱段，既能很好地叙述事件，描摹角色心理，又能恰如其分地利用京剧经典唱腔的表现特长，音乐、唱腔与唱词相得益彰，是京剧艺术的典范之作。

英国著名音乐剧作家、音乐家安德鲁·劳埃德·韦伯的著名作品——《猫》自从 1981 年问世以来，曾在全球 150 多个城市，以 10 多种不同的语言上演。这部音乐剧情节简单，主要讲述了一个有着童话色彩的故事，杰利克猫家族要在月圆之夜选出一只能够获得重生机会的猫，形象、性格各异的猫各显其能，争夺这个机会。其中有一只邋遢落魄的跛足老灰猫格里泽贝拉，她早年美丽且勇敢，受到猫家族的排挤后，离开猫家族开始流浪，后来黯然返回猫家族。她在月圆之夜，以一曲《回忆》追忆了自己的一生。格里泽贝拉流浪落魄，并未对未来丧失希望。她曾经快乐而有魅力，经历过美好的爱情，如今依然渴望着同伴间的温暖。《回忆》是这一音乐剧的经典歌曲，它在《猫》剧中一共出现了三次。作者将著名诗人艾略特的诗歌与自己的戏剧构思相融合，用一首歌曲传达出格里泽贝拉落魄又曲折的经历以及她对爱情和温暖的回忆与渴望。谁不曾拥有美丽和爱情，谁又不曾经历悲伤和痛苦，而这一切就是生活的意义，“如果你找到了幸福的真谛，新的一天即将开启”，任何时候，都不要对生活失去信心和希望，这就是生活的真谛，也是这部音乐剧的主题。剧作者安德鲁·劳埃德·韦伯将这首歌曲作为整部音乐剧叙事的支点；同时，优美的旋律、演唱者细腻的演绎，使这首歌曲成为戏剧叙事和艺术表现完美结合的代表。

总之，剧作者创作一个戏剧作品，除了进行基本的戏剧构思之外，还要发挥个人特长，勇于艺术创新，将戏剧的基本创作规律与戏剧样式的艺术特性结合起来，使其相得益彰。

二、戏剧是剧场艺术，戏剧创作必须具有舞台意识和表演意识

作为一种必须在剧场中体现价值的艺术样式，戏剧是剧场的艺术，这要求创作者必须始终具有舞台意识和表演意识。

创作者的舞台意识，体现在戏剧剧本的语言是为戏剧的舞台呈现服务的，角色的语言、动作是剧作创作的重心。任何故事都必须有特定的时空背景，戏剧的时空背景必须具化到一个能够在剧场呈现的时空里，这要求剧作者必须熟悉各类戏剧演出的基本特点，例如，中国传统戏曲的舞台时空相对灵活，舞台布置较为简单，多数传统剧目“一桌二椅”即可开唱，甚至画地为台，也能完成表演。中国传统戏曲的虚拟性强，时空转换的处理较为灵活，有“一个圆场行千里，一个趟马万重山”的说法。戏曲的舞台时空转换虽然较为灵活，但对戏曲演员的表演要求较高。作为一门高度程式化的表演艺术，创作者必须熟悉戏曲表演的基本套路和程式，为演员设计合适的表演动作。

相比之下，话剧的时空处理较为现实，所以它更重视“场”与“幕”的设计，重视演员的语言与舞台提示。所谓“幕”，是话剧的大段落，是一个较为完整的时空段落，而“场”，是在这

一时空段落中划分的若干情节。舞台时空受场地所限,话剧的故事情节发生的时间和地点往往较为集中,登场人物也有一定数量的限制。虽然戏剧故事可以不受到时间和空间的限制,一幕到另一幕,一场到另一场,也许一晃就是十年二十载,但是演出会受到剧场时间、空间的限制,因而剧作者就必须把发生在不同地点和较长时间里的事情集中在有限的舞台和两三个小时的演出中表现出来,这是戏剧创作者必备的基本功。

对于独幕剧和当下较为流行的短剧、小品来说,舞台意识更为重要,因为这些形式灵活、体量短小的戏剧形式更要依靠表演来呈现,甚至许多短剧、小品就是为了特定的表演形式和演员特点量身定制的。创作者往往需要临场发挥,根据特定的舞台时空进行创作,这要求创作者时时从表演出发,在有限的舞台时空里集中且有效地展开剧情,设计表演。

剧作者还必须具有表演意识。所谓表演意识,是指创作者必须时刻从表演呈现的角度展开创作,舞台设计、台词、动作提示等都围绕着表演而展开。这要求创作者在创作剧本的时候,脑海里就在模拟上演自己笔下的戏,精心设计并细致勾勒一个舞台时空,让自己的角色在台上张口说话,执行动作。所以,剧作者想要创造一个有血有肉的人,不仅要有调动自己的生活经验和想象力的能力,更要有将生活经验和想象力具象化为一个个生动具体的角色的能力。

以表演为中心,剧作者心中还要时时预测和照顾观众的心理。剧作者在创作作品时,应该有观众意识:我的剧作将演员与观众之间的观演关系定位为何种关系,是需要观众冷静旁观还是热情参与?剧作的某一段落应该激起观众什么样的反应,这一段落的创作能够实现目标吗?一个好的剧作者,是可以较为准确地预测观演关系的,并能通过剧作和表演对观众进行情绪的控制,从而实现较为理想的剧场效果。

传统曲艺对观演关系尤为重视。例如,作为一种追求喜剧效果的表演形式,相声非常重视"抖包袱"。所谓"包袱",是相声术语,指经过精心组织铺垫而达到的喜剧效果。相声的艺术,就是"抖"包袱的艺术。"抖"的过程,是引导观众的注意力,推测观众心理的过程;"抖"开了"包袱",让观众开怀大笑,是准确推测观众心理并实现预期观演效果的结果。

总之,剧作者在进行戏剧创作时,心中就已经搭建起了一个虚拟的舞台。在这个舞台上,剧作者已经建构起了一台生动具体的戏剧,而舞台下,也预设了观众。如果一个剧作者具有充分的舞台意识和表演意识,那么,他的戏剧在剧本完成之时,就已经成功了大半。

三、戏剧是多次创作的艺术,必须经过多次演出的检验

一个文学创作者写完自己作品的最后一个字,就是他的艺术作品完成之时。但是,对于一个剧作者来说,完成剧本的文字创作工作,并不意味着剧作的最终完成。戏剧剧作必须经过舞台演出的考验和反馈,剧作者吸收这些反馈信息,并对剧作做出相应的调整和修改。

作为文学作品,剧本具有一定的文学欣赏价值,但是戏剧剧本的舞台呈现,是这一作品价值的终极体现,剧作者必须尊重和体现表演艺术的创作规则。在中国传统戏曲漫长的演

进过程中,很多著名的作品都经过了不同创作者的改编,例如至今在戏曲舞台上盛演不衰的《西厢记》,这一故事的最早源头是唐代诗人元稹的传奇《会真记》,这篇唐传奇将莺莺描绘成懦弱且屈服于命运的女子,元稹文过饰非,将张生的始乱终弃称赞为"善改过",使后世许多读者为之不满。此后,在宋代的说唱作品《商调蝶恋花鼓子词》中,作者赵令畤对莺莺寄予了更多的同情。而到了金代的董解元把这一故事改写为青年男女为了争取婚姻自由而大胆地与封建家长展开斗争的作品《西厢记诸宫调》。到了元代著名戏剧家王实甫的笔下,张生和莺莺冲破封建礼教,追求自由爱情,并提出"愿天下有情人终成眷属"的美好愿望。明清时期,《西厢记》秉承这一主题,并着力刻画红娘这一形象,赋予红娘反抗礼教、透知世情的智者和反抗者形象。从这一题材的演变可以看出,《西厢记》故事的演变,是顺应时代潮流和观众审美趣味变化而进行的创作改编。推动这一题材演变的动力,正是舞台演出的检验,是为了顺应不同时代观众审美的转变。

戏剧创作者通过舞台演出的反馈,可以发现剧作的种种问题,例如,预设的观演效果没有实现,剧作结构、角色设计、冲突构置等存在问题,发现的问题可在下一场演出前及时进行调整,以追求更加完美的演出效果。这种修改对于剧作创作初学者来说很重要,因为这种修改训练,可以使初学者迅速建立起剧场意识和表演意识,对日后的创作大有裨益。

戏剧创作者还必须考虑和照顾不同演出环境对剧作提出的不同要求,对剧作进行适当的调整。戏剧演出的剧场条件和观演条件往往会有很大的区别,好的戏剧能够灵活适应场地和观众,但同时也需要根据演出实际情况对剧作进行适当调整,所以,一部戏剧可能会有多个演出台本,这些演出台本需要导演进行设计。如有条件,剧作者参与其中,会使戏剧的改编、调整事半功倍。

【课程实训】

实训目标: 掌握戏剧创作的基本原则。

实训内容: 阅读冯梦龙《警世通言》中的《白娘子永镇雷峰塔》,观看京剧《白蛇传》、话剧《青蛇》(或者以这一故事为蓝本的其他改编戏剧),结合戏剧创作的基本原则,分析不同戏剧形式对这一传统故事的不同表达。

第三节　戏曲作品的创作技巧

中国戏曲源远流长,自第一个成熟的戏曲样式——南戏诞生以来,走过了近千年的历史,孕育了风格各异的几百个声腔剧种。在影视艺术诞生之前,戏曲曾是中国的"全民艺术”,上到达官贵人,下到市井百姓,都对戏曲喜爱有加。20 世纪以来,虽然戏曲受到了来自电影、电视等新兴艺术的冲击,观众群有所萎缩,但是它面对挑战积极革新,国家对戏曲也大力扶持,戏曲依然是人民大众喜闻乐见的艺术形式。

中国戏曲的创作具有强烈的民族特色。宋元时期,戏曲多是从事表演的“戏文弟子”集体创作而成,这批中国最早的戏曲从业者中,有落第的文人、戏曲表演艺人等,当时的戏曲创作多数是集体完成的,如现存最早的南戏剧本《张协状元》,编著者标注的是温州“九山书会才人”,“才人”是对当时以文为生的底层文人的统称。金元时期,文人作家也开始关注戏曲,王实甫、关汉卿、马致远等人留下了传世佳作。文人戏曲的创作高峰是明清时期,上到皇家宗室,下到普通文人,都热衷于戏曲创作。此时著名的《牡丹亭》《桃花扇》《长生殿》等文人戏曲将中国戏曲创作艺术推上了历史最高峰。但是,清代康乾时期,文人戏曲创作逐渐衰落,以迎合市民趣味的“花部乱弹”戏曲逐渐战胜了格调雅致的“雅部清音”,以京剧为代表的地方戏成为大众喜闻乐见的艺术形式,而戏曲的创作又一次被依附戏班、靠戏为生的戏曲艺人和底层文人所承担。地方戏在随后的发展中逐渐兴盛,据统计,在戏曲发展的高峰期,全国曾同时存在 400 多个声腔剧种,遍布 31 个省、市、自治区,创作繁荣,演出兴盛。

新中国成立后,全国多数剧团改制成为国有、集体文化团体。在国家的大力支持下,各地兴建剧场,鼓励创作,涌现出一批优秀剧作,特别是现代题材的戏曲创作,成为新中国成立以来戏曲发展的重要成果。随之而来的是戏曲创作格局的转变,全国各戏曲团体基本都有专职的戏曲编剧,编剧成为剧团中一个重要且独立的职务分工。

回顾我国戏曲的发展和戏曲编剧的样态可以发现,我国的戏曲创作与戏曲演出密切相关,戏曲创作者必须从戏曲艺术的剧种、风格和表演需要出发,编写适合表演的“场上之曲”。

在中国戏曲的漫长发展历史中,由于每个时代的创作风格和表演需要不同,戏曲的文体也千差万别。近现代,受到话剧等外来戏剧形式的影响,中国戏曲的文体出现了话剧化的倾向。

戏曲的文体大致可分为文本和台本两种形式,这两种形式是一部戏曲在不同创作时期的不同文本形式。在一部戏曲创作之初,需要构思故事,完善情节,所以,戏曲创作者先要完成的是文本形式的剧本,这个剧本与话剧剧本的体制基本相同,主要用来架构故事,设计唱词、念白、动作,这是戏曲创作的开端,也是一部戏曲最重要的创作阶段。当文本完成后,需要进行演出台本的设计,这往往需要戏曲的剧作者和音乐导演共同完成,设计配乐,尤其是唱词部分,行腔走板、乐器配合的设计是重中之重。台本是音乐乐谱和曲词兼有的全谱形式。台本完成后,将成为这部戏演出的依据,供戏曲演员与乐队排练、演出使用。

本节主要介绍戏曲创作的文本规范与技巧,因为文本创作是戏曲创作的开端,不仅能够建构情节,同时也是戏曲台本的主要组成部分——唱词创作的关键环节。

一、掌握戏曲的基本文体规范

我们以著名京剧《四郎探母·坐宫》为例，来介绍戏曲文本的基本规范。

京剧《四郎探母》的主要内容如下：北宋时期，忠臣杨令公之子杨延辉（杨四郎）兵败被俘，改名木易，机缘巧合被辽国招为驸马，与铁镜公主成婚。15年后，辽国萧太后摆下天门阵，杨四郎之母佘太君帅兵来到雁门关。杨四郎思母心切，将自己的身世讲给铁镜公主听，铁镜公主设计盗出令箭，交给杨四郎。杨四郎前往宋营探访母亲及兄弟，并连夜赶回。此事被萧太后得知问罪杨四郎，经铁镜公主等人求情，杨四郎被赦无罪。《坐宫》一折是四郎探母的核心情节，讲的是杨四郎愁坐宫中，思念前来征战的母亲，想去探望，可又苦于没有出关令箭，且无法与公主说明自己的真实身份。公主携子前来，见四郎落泪，几番试探，知道了真相，决定帮四郎拿到令箭。扫描二维码，阅读京剧《四郎探母·坐宫》剧本片段。

京剧《四郎探母·坐宫》剧本片段

从这个剧本片段可以看出，戏曲的文本规范和体例基本与话剧相同，主要分为舞台提示、对话和动作。但是，戏曲"以歌舞演故事"，所以它的文体与话剧又有明显的不同。分述如下：

（一）舞台提示

舞台提示主要是剧本创作者为戏曲演出提供的建议性的舞台说明，主要包括三部分内容：

人物表——主要介绍戏曲的所有出场人物及角色说明。

故事背景——主要交代故事发生的时间、地点，此场戏发生的具体环境。

舞台设计——主要包括舞台的服装、化装、道具、美工、灯光、音响等的构思，以及人物的上下场安排。这些说明性的语言一般不要求文学性，而应该用描述性的语言突出其实用性，语言风格简练、扼要、明确。这部分内容一般出现在每一幕（场）的开端、结尾和剧情进展中，一般用方括号或圆括号括起来，标示与剧作主体语言的作用不同。特别要强调的是，戏曲的舞台提示比话剧多了"音乐提示"这一项，用以显示剧作者对该剧主要唱段的音乐构思。

第一，人物表。

在一部戏曲的开头，遵循戏份的多少，按照主次关系，剧本需简明扼要地交代本剧所有的出场角色，如他们的年龄、身份、性格等。这是剧作者对人物形象设定的简要说明，也是日后剧作排演时的重要参考依据。《四郎探母·坐宫》对人物的介绍语言简洁，可做参考：

人物表：

杨四郎——杨令公第四子，流落北番，化名木易，与铁镜公主成婚，北番驸马。

铁镜公主——萧太后之女，公主，杨四郎之妻。

第二,故事背景。

故事背景是指戏曲发生的年代或重大历史背景,为戏曲的创作提供基本的历史限定,是戏曲情节发展的基础。因为中国传统戏曲多取材于历史,故事也多根据历史人物、真实事件改编、衍生,所以一般不需要做故事背景说明。在京剧《四郎探母·坐宫》中,四郎开场用唱段交代了自己的处境,较为详细,所以在文本中,不必再做故事背景的专门说明。

但是,在某些虚构性较强的戏曲中,需要对故事背景做出说明。例如,豫剧《朝阳沟》在第一场戏开场之前,就较为简略地交代了时间、地点和时代环境。

时间:春暖花开的时候。

地点:公园一角。

布景:台中间,一个花池,盛开着五颜六色的花朵。台右一根路灯杆,上面三个白色圆球形路灯。台左靠花池有一张二人的小连椅。

[开幕时远处传来隐隐约约的敲锣打鼓声,不是向党送决心书,就是庆祝某项建设工程顺利完成。随之乐队奏起烦闷的开幕曲,显然和刚过去的锣鼓气氛不调和。银环,扎着两条大辫子,背着书包,拿着一本戏剧报,无精打采地走上,她往右台下看了一眼,坐到连椅上,翻了两页书,看不下去,看了看手表,站起来,靠着路灯杆。

银环:(唱慢板)杏花谢,桃花开,白里透红,
冰雪消,百草生,杨柳发青。
蝴蝶儿随风舞飞过头顶,
(钟声响)从南关又传来放学的钟声。
冬天过春天来日月长在,
白天思夜里想难下决心。①

第三,舞台设计。

舞台设计的主要组成部分包括对舞台美术设计和戏曲发生的具体时间、地点、舞台布景的说明。一般来说,除非故事发生在较为特殊的时间和环境里,作者对剧作的时间、地点和舞台布景的说明较为简略,仅提示基本要素,满足叙事即可。例如,《四郎探母·坐宫》以铁镜公主与杨四郎的对话为主,在舞台设计上,基本就是一桌二椅的传统舞台布景。在创作时,除非有特殊道具或需要,不做特殊说明。

因为戏曲的排演受到舞台因素的限制,剧作者应尽量考虑演出条件,除非剧情需要,不做过多限制。

对于人物上下场的设计,此出戏主要设计了铁镜公主的出场、丫鬟的上下场等,能够满

① 杨兰春.朝阳沟[M]//吴祖光.中国新文学大系 1949—1976:第十六集:戏剧卷 2.上海:上海文艺出版社,1997:491.

足舞台表演的基本需要。

（二）唱与白

戏曲是载歌载舞的艺术，以“唱”“白”构成戏曲文学的主体。戏曲是以“唱”为主的艺术。“唱”是戏曲中配合音乐演唱的曲词片段，唱段是戏曲剧本的主体，戏曲的歌舞性特点主要体现在唱段上。白，主要是人物的独白、对白，也包括出场诗、下场诗或者具有韵文性质的念白。念白多出现在传统戏曲剧目中。

第一，唱。

剧作者在创作唱段时，必须兼顾两个因素：音乐因素和文学因素。音乐因素是剧作者创作时首先要考虑的，一般情况下，一个剧种往往具有一定数量常用的曲调和板式，剧作者在进行戏曲创作时，必须熟悉这些曲调和板式，以及它们之间的连接规则和变化规律，这样才能创作出符合戏曲音乐规则、突出戏曲声腔特点的剧作。所以，剧作者创作的文学文本必须以音乐体制为前提，这样创作出来的剧作不仅具有完整的戏剧故事，而且也为随后的戏曲排演设计了唱腔和音乐体系，是较为实用的剧本。剧作者在创作剧本时，应建议性地标示戏曲的板式和唱腔，如在《四郎探母·坐宫》剧本中，通篇的音乐设计是西皮，在具体的唱段中，作者又标明了唱段的板式变化，如“快板”“流水板”“摇板”“慢板”等。

由于戏曲的唱腔板式决定了音乐节奏的快慢，戏曲文本的文学韵律节奏须与唱腔板式相对应，这需要剧作者有深厚的戏曲修养和舞台经验做支撑，这也是戏曲创作者创作的基本功。在音乐因素的主导下，剧作者还必须兼顾文学因素。由于中国戏曲的“曲本位”特点，剧作的文学因素必须服从音乐因素，唱词的合辙押韵、曲词长短、感情基调等，都必须与合适的音乐风格相匹配。这种创作经验，建立在剧作者十分熟悉该声腔剧种音乐体制的基础上，需要剧作者具有扎实的实践基础。

第二，白。

在戏曲中，历来有“千金话白四两唱”的说法，这句俗语强调了白在中国戏曲中的重要作用。其实，在京剧中，白对戏曲演员的要求很高，在没有音乐伴奏的情况下，必须富有韵律、节奏、情感，并且符合人物的身份、心境，表现出情感的变化，所以，在戏曲作品中，白也是主要的艺术表现手段。对于某些戏曲行当来说，例如丑角、花旦、架子花脸等，他们的表演往往多以白为主。

戏曲中的白有多种。念白是指节奏性强、有韵文性质的独白，是介于读与唱之间的表演形式，是角色交代故事背景、抒发感情的重要表现手段。例如在《四郎探母·坐宫》开篇，四郎用“沙滩赴会十五年，雁过衡阳各一天。高堂老母难得见，怎不叫人泪涟涟”四句念白点明了自己的处境。

戏曲的白还有独白和对白，是混杂了创作者对剧情说明、人物情感的说明性文本。例如在《四郎探母·坐宫》中，杨延辉的开场白就是如此：

(白)本宫,四郎延辉。我父金刀令公,老母佘氏太君。只因十五年前,沙滩赴会,本宫被擒。蒙萧太后不斩之恩,反将公主招赘。昨闻小番报道:萧天佐在九龙飞虎峪,摆下天门大阵,我母解押粮草来到北番,我有心,过营见母一面,怎奈关津阻隔,插翅难飞,不能相见。思想老母,好不伤感人也!

这段念白以叙事为主,以杨延辉独白的口吻简单交代了他的身份和处境,寥寥数语,即将观众带入了戏剧情境。这段念白既有情感的抒发,也有效地交代了故事背景,为叙事服务。

(三)动作提示

动作提示是指对角色表演动作的设计。戏曲的表演高度程式化,人物在台上的各种动作都有较为成熟的套路,这些套路是戏曲演员根据生活的自然形态,加以艺术提炼和加工而形成的规范化表演,在舞台呈现上极富美感和表现力。所以,戏曲的动作提示一般较为简略,仅对人物的大动作或者对剧情有较大影响的动作做简单提示即可。如《四郎探母·坐宫》中,"杨延辉背脸拭泪""铁镜公主站起,接喜神"等。

二、把握戏曲剧种的文体特征

自宋元南戏以来,中国戏曲传承千年,艺术传统悠久且丰厚,声腔纷呈,剧种多样。就戏曲的文本而言,戏曲的文本创作与中国的诗歌传统有千丝万缕的联系,正所谓"词为诗余,曲为词余"。随着明清时期地方戏的兴起,鲜活的民间文化给戏曲输入了新鲜的血液,也使戏曲具有浓厚的俗文化色彩,丰富了戏曲的表现形式。

中国戏曲在漫长的发展过程中形成了独特的文体特征,大致有三方面的特征需要创作者了解。

(一)韵散结合

中国戏曲的文体基本上以韵文为主,辅以灵活的散韵,韵散结合。戏曲文体的韵文规律并不像传统诗歌要求那么严格,而是采用朗朗上口、富有节奏、韵脚清晰的较为宽泛的韵文形式,这样在配合戏曲音乐演唱时,能够产生节奏感,达到"乐"与"文"的和谐。

第一,戏曲的韵文创作。

戏曲的唱段基本上使用韵文,且文体多变。在各个剧种中,较为流行的有7字韵文、9字韵文、10字韵文、11字韵文等。在行文中,不拘泥于字数和韵脚,灵活多变,节奏丰富。例如京剧《四郎探母·坐宫》中杨延辉的经典唱段:

杨延辉

（西皮原板）　　贤公主细听我表一表家园：

我的父老令公官高爵显，

我的母佘太君所生我弟兄七男。

都只为宋王爷在五台山还愿，

潘仁美诓圣驾来北番。

你的父设下了双龙会宴，

我弟兄八员将就赴会在沙滩。

（西皮快板）　　我大哥替宋王席前遭难，

我二哥短剑下命丧黄泉；

我三哥被马踏尸骨不见，

有本官和八弟失落北番。

我本是杨……

[铁镜公主急示噤声，杨延辉、铁镜公主同出门分至两侧看，双进门。

铁镜公主　　（白）快点儿说吧。

杨延辉　　（哭头）啊！贤公主，我的妻呀！

（西皮摇板）　　我本是杨四郎把名姓改换，

将杨字拆木易匹配良缘。

从整体来看，这段唱词以10字韵文为主，但也随着人物叙述和情感变化需要，句式、板式有灵活的变化。这段唱词是杨延辉对自己身世的介绍，从“贤公主细听我表一表家园”开始，以西皮原板为板式，句式韵散结合，富于变化。随着对大哥、二哥、三哥战死沙场的叙述，杨延辉感情激动悲愤，所以用西皮快板来呈现他的情绪变化。铁镜公主示意杨延辉噤声，杨延辉的情绪得到调整，最后以西皮摇板来表现他此时此刻悲伤的情绪，表明自己杨四郎的身份。

整个唱段很好地体现了戏曲创作的韵文传统，但句式又不拘泥于严整的格式，而是随着叙事需要和角色情感的变化灵活变换句式。

戏曲的唱段虽以韵文为主，但多数戏曲并不追求传统诗歌那种高雅的、精英化的审美趣味，而是追求浅显易懂、富有生活气息的俗文化品格。这是因为，虽然戏曲在漫长的发展过程中受到了诗歌传统的影响，但是作为一门大众艺术，戏曲多流行于乡野和市井，表现的题材多数是乡村生活或者平民百姓的家长里短，即使是表现王侯将相、才子佳人等题材，也往往带有强烈的民间立场。所以，戏曲具有一种活生生的俗文化气息，剧作者在进行戏曲韵文的创作时，应立足大众审美，力图浅显易懂，富有生活气息。

第二，戏曲的散句创作。

在戏曲中，人物的念白往往采用生活化的散句，这些对话在戏曲中主要起过渡剧情、调节气氛的作用。戏曲的念白遵循生活化的语言规律,多采用方言,语言生动,有强烈的地域性和浓厚的生活气息。

戏曲中的散句创作,主要体现在人物的对白上,作用是表明人物的身份、体现人物的性格。散句创作得出色,也能为戏曲增色不少。在《四郎探母·坐宫》中,铁镜公主的对白设计合理,体现出她细心体贴、豪爽直率的性格。剧中的“猜心事”环节集中体现了这一点。

[杨延辉、铁镜公主同坐。

铁镜公主　(白)我说驸马,自你来到我国,一十五载,朝欢暮乐,未尝有一日忧思。我瞧你这两天,总是这么愁眉不展的,莫非你有什么心事不成吗?

杨延辉　(白)本宫无有什么心事,公主不要多疑。

铁镜公主　(白)哦,你说你没有什么心事啊,那么你瞧你的眼泪还没有擦干净呢!

杨延辉　(白)哦。

[杨延辉背脸拭泪。

铁镜公主　(白)哎,现擦可也就来不及啦。

杨延辉　(白)公主,本宫心事确有呃,慢说公主,就是大罗神仙,也难以猜透。

铁镜公主　(白)怎么着?你说你的心事咱家我猜不着啊?慢说你的心事,就是我母后的国家大事,咱家不猜便罢!

杨延辉　(白)若猜呢?

铁镜公主　(白)要猜呀?也猜个八九分儿。

杨延辉　(白)今日闲暇无事,就请公主猜上一猜。

铁镜公主　(白)对啦,闲着也是闲着,那么待咱家猜上一猜。丫头。

丫鬟　(白)有!

铁镜公主　(白)打坐向前!

铁镜公主出场就注意到了杨延辉脸上有泪,暗自担心自己的丈夫,但表面上却调侃他“现擦可也就来不及啦”。随后,她言意委婉,以猜心事的方式,猜测是否母后怠慢、夫妻少欢、琵琶别弹,排除了这三种猜测后,她确认杨延辉是思亲心切。这段对话很好地体现了铁镜公主的性格。

(二)方言

中国戏曲大都以方言作为主要声腔,各个剧种一般都是根据各自方言区的语言体系创作的,豫剧、越剧、婺剧、赣剧、沪剧等,以其声腔流行的地域而得名。有“国剧”之誉的京剧,也带有强烈的方言色彩,只不过它的辐射力更强,流播广远,覆盖面比其他地方戏要宽广。

戏曲的地域性特色主要体现在戏曲的方言体系上。我国民族众多,地域辽阔,汉族虽占人口的绝大多数,且主要通行语言是汉语,但是由于我国幅员辽阔,汉语呈现出一体而万殊的面貌——同为汉语但方言众多,不同方言的语音、语调、词汇差异很大。相应地,各地流传的地方戏所采用的语言体系与本地方言相吻合,具有强烈的地域特征。

戏曲运用方言进行创作,首先,韵文的创作必须遵循方言的语音和语调。汉字虽是我国通行最广的文字,但是语音、语调在各个方言体系中却千差万别,这要求剧作者必须使用自己熟悉的方言进行创作,特别是在合辙押韵上,要遵循方言的语音、语调。其次,戏曲运用方言进行创作,要考虑使用方言词汇。与通行的普通话相比,方言词汇更加丰富生动,具有原汁原味的生活气息,更能贴近民众的生活,符合民众的欣赏趣味,也更能获得该方言区观众的文化认同。

(三)曲词和音乐

中国戏曲具有"曲本位"的特征。所谓"曲本位",是指戏曲以曲为主体,戏曲的音乐体制是戏曲的灵魂,无论是古典戏曲遵循的曲牌联套体音乐,还是近现代流行的地方戏所遵循的板腔变化体音乐,都要求戏曲的文本尊重并适应音乐体制的需要。

对于戏曲创作者来说,创作首先要积累大量的戏曲经验,尤其要对戏曲的乐曲风格、板腔变化规律、音乐的情感基调等熟稔于心,这样才能做到曲词与音乐的和谐。脱离戏曲的音乐进行戏曲剧本创作,终究难以让戏曲成为能够服务舞台演出的"场上之曲"。

曾有戏曲家指出,当下中国戏曲编剧之所以难培养,主要原因就是戏曲的创作需要剧作者有扎实的戏曲实践经验,且能够架构剧本,胜任戏曲文本的创作。这对编剧来说,没有漫长且深厚的戏曲积淀,是很难完成的。作为一个剧作者,掌握戏曲的基本文体规范,了解戏曲的基本文体特征,还远远不能胜任戏曲的创作。想成为一个合格的戏曲剧作者,必须由衷热爱戏曲,长期浸淫在戏曲的文化氛围中,沉心研究戏曲的基本规律,大量积累戏曲实践,这样才能真正创作出观众喜闻乐见、能够立于舞台之上的合格作品。

【课程实训】

实训目标:掌握戏曲剧本创作的基本方法。

实训内容:模仿《四郎探母·坐宫》,创作一段以京剧西皮为主要唱腔的戏。

第四节　话剧作品的创作技巧

与传统戏曲相比,话剧只有百余年历史。20 世纪初,在社会政治发生剧烈变革的同时,中国戏曲界在全国兴起了改良活动。中国留日学生看到日本在19世纪末于自由民权运动中诞生的新派剧,立刻就被其新颖的形式及所体现的民主精神所吸引,随即仿效。1906年冬,中国留日学生在日本东京成立春柳社,开始研究这种新派剧,并最先建立演艺部。春柳社以“冀为吾国艺界改良之先导”为活动主旨,强调戏剧作为一门综合性艺术所特有的社会功能,认为话剧在反映社会生活、启发民智等方面要优于其他艺术形式。1907年,他们正式公演大型剧目《黑奴吁天录》,这部剧的剧本按现代话剧分幕形式用口语写成,因而被欧阳予倩称为“可以看作中国话剧第一个创作的剧本”。这次演出在东京引起了轰动,亦在中国各地产生了重要影响。

话剧由于诞生在动荡飘摇的时代,因此被赋予了很强的社会教化和宣传功能。在《黑奴吁天录》之后,中国话剧走上了现实主义创作的道路。短短几十年,伟大的作品频出,《雷雨》《上海屋檐下》《法西斯细菌》《放下你的鞭子》等现实主义风格的作品在中国话剧史上占有重要地位。话剧走上抗日阵线的前沿,为中国革命摇旗呐喊;话剧植根于敌后民间,针砭时弊,发挥着批判和教化作用。话剧的现实主义风格在新中国成立后更加发扬光大,涌现出了《龙须沟》《陈毅市长》等优秀作品。

话剧虽以现实主义为主流创作风格,但浪漫主义、现代主义风格的创作也异彩纷呈。早在20世纪20年代,以田汉的《获虎之夜》等为代表的浪漫主义戏剧萌芽并迅速发展,郭沫若历史剧《棠棣之花》等优秀作品也带有几分浪漫主义色彩。到了20世纪70年代,以高行健的《车站》等作品为代表,中国的现代主义戏剧、小剧场戏剧和先锋戏剧等得到迅速发展,积极呼应着世界戏剧发展的新潮流。

在话剧百余年的发展历程中,话剧的剧本形成了较为规范的创作模式。现将话剧的基本规范做如下介绍,以供初学者参考。

一、话剧的基本格式规范

话剧《茶馆》剧本片段

我们以我国著名文学家老舍的代表作《茶馆》为例,来学习一下话剧的基本格式规范。扫描二维码,阅读话剧《茶馆》剧本片段。

(一)舞台提示

舞台提示是剧作者为话剧演出提供的创作说明,主要包括三部分内容:

人物表——主要介绍话剧的所有出场人物及角色说明;

故事背景——主要交代故事发生的时间、地点,每一场戏发生的具体环境说明;

舞台设计——主要包括舞台的服装、化装、道具、美工、灯光、音响等的构思,以及人物的上下场安排。

第一,人物表。

话剧剧本的开头,往往有一份比较详细的人物表,对登台的演员做简要介绍。话剧的人物表一般需要说明人物的年龄、身份、主要性格特征以及其他需要特殊说明的情况。人物表一般按照从主要角色到次要角色的顺序排列，主要角色的介绍相对较为详细，为以后演员塑造角色提供重要依据。《茶馆》的主人公是王利发，这个人物贯穿三个时代，也是茶馆的主人，所以对他的介绍就详细一些：

王利发——男。最初与我们见面，他才二十多岁。因父亲早死，他很年轻就做了裕泰茶馆的掌柜。精明，有些自私，而心眼不坏。

次要角色的说明比较简略，往往仅交代年龄与身份，例如：

松二爷——男。三十来岁。胆小而爱说话。

常四爷——男。三十来岁。松二爷的好友，都是裕泰的主顾。正直，体格好。

李　三——男。三十多岁。裕泰的跑堂的。勤恳，心眼好。

二德子——男。二十多岁。善扑营当差。

马五爷——男。三十多岁。吃洋教的小恶霸。

《茶馆》以老北京一家大茶馆的兴衰变迁为线索，向人们展示了从清末到抗战胜利50年中的社会风貌及各阶层人物的不同命运。在这一宏阔的历史长卷里，三教九流各色人等逐一出场，老舍在篇首的人物表里详尽列举了50余人，加上“难民”“公寓住客”“宪兵”数人，人数达60余人，是我国话剧史上出场人物最多的话剧之一。老舍在人物表中对人物身份、性格、社会地位和人物关系的简单勾勒，为我们展示了一幅20世纪上半叶的北京市民图谱。

第二，故事背景。

话剧的故事背景需要简要介绍该部话剧的时间、地点、出场人物。如果是多幕话剧，出场人物众多，时空区别较大，往往还需要对每一场故事发生的时间、地点、出场人物予以介绍。《茶馆》是三幕话剧，分别展示了清末、民国、抗战胜利后三个时代的茶馆变迁及人物命运，时间跨越50年，老舍在每一幕都较为详尽地介绍了该幕戏的时间、地点、出场人物。

一般来说，话剧需要对故事发生的背景做较为详细的说明，这是因为，话剧的写实性特征要求创作者营造一个具体而真实的故事环境，这需要创作者为故事设定种种情境，需要创作者对故事发生的时代环境、故事的具体情境等作出较为详尽的描摹。例如，在《茶馆》中，老舍先从老北京茶馆的社会功能入手，介绍了茶馆是老北京市民生活中重要的社交、休闲场所。随后，较为详细地介绍了茶馆的具体格局。这是《茶馆》的宏观故事背景。接下来，老舍具体介绍了第一幕戏的故事背景——1898年戊戌变法期间，茶馆是三教九流聚集的热闹场所，两帮势力因为一只鸽子要动手，在茶馆中进行调解。

从整体思路来说，老舍对故事背景的介绍从宏观到具体，既为整部话剧铺垫了故事背景,也具体到第一幕,为第一幕的叙事做了较为详细的铺垫。这种由宏观到具体的故事背景介绍思路,为很多话剧所采用,可为话剧创作者提供借鉴。

第三,舞台设计。

剧作者在进行话剧构思时,也应对舞台设计进行简要说明。剧作者进行舞台设计,主要从两个方面入手:

首先是故事情境。

话剧演出需要一个完整而具体的故事情境,这个故事情境是由剧作者在剧本创作时就赋予的。一般情况下,剧作者会在剧作的开头,用较为详尽的描述性语言描摹故事发生的时代背景和故事情境,并将这个故事情境具体化到舞台设计之中。剧作者通过对服装、道具、灯光、音效等舞台美术进行详尽描述,呈现出一个具体的环境,因为话剧演出对服装、化装、道具、美工、灯光、音效、转场等的要求比较高。剧作者在舞台设计方面的考虑,往往出于叙事需要,为了方便人物形象的塑造和故事情节的展开。例如,在话剧《活着》开场戏中,对舞台设计、灯光要求、舞台背景视频等做了非常细致的要求:

[光渐起,勾勒出舞台的空旷和深邃。舞台前端置放着一把椅子,福贵站在舞台深处,在灯光的照耀下,显得孤零零的。

[静场。

[富贵以扮演者的身份走到台前,向观众鞠躬。

福贵的扮演者　大家好,欢迎大家来国家大剧院,在这秋风初起的晚上,在天安门大会堂,在中国的心脏旁边,来听我阅读一部著名的小说。(坐在椅子上)

[一束光打在福贵的扮演者手中的书本上,同时也在大屏幕上现出了他要读的文字——

福贵的扮演者　(朗读)我比现在年轻十岁的时候,获得了一个游手好闲的职业,去乡间收集民间歌谣。

[大屏幕上出现了影像记录。

福贵的扮演者　(继续朗读)那一年的整个夏天,我如同一只乱飞的麻雀,游荡在知了和阳光充斥的村舍田野。

[视频形象转变成为卡通影像,带有童话的色彩。

福贵的扮演者　(继续朗读)我遇到那位名叫福贵的老人时,是夏天刚刚来到的季节。

[视频逐渐变得没有颜色,变成铅笔素描。①

剧作者在设计故事情境时,主要应考虑两个因素。第一个因素,从叙事角度来说,这一

① 张先,许绿绝.活着[J].剧本,2013(2):22.

故事情境必须能够满足叙事需要,剧作者应给出关键道具的具体描述,给出灯光、服装、道具的具体说明,以供日后排演参考。第二个因素,剧作者设计的故事情境应遵循演出实践的需要,剧作者对舞台美术的设计应符合戏剧舞台的舞美规律,能够较为方便地呈现在舞台上,并具有一定的形式美感。

其次是舞台类型。

话剧的舞台多种多样。较为传统的舞台是三面墙一台口的设计,是一个相对封闭的四方形空间,只有台口一面朝向观众。这种传统的舞台较适合现实主义风格话剧的演出。

随着现代舞台技术的飞速发展及戏剧观念的革新,20 世纪下半叶以来,话剧的舞台样式繁多,甚至出现了带有颠覆意味的实验剧场。实验剧场打破传统舞台的设计,加设多种舞台装备;舞台形制多种多样,使剧作者在创作手法和风格上有了很大的创新空间。剧作者可以根据自己剧作的风格,选择合适的舞台类型。

第四,人物上下场。

对人物上下场的交代也是剧作者需要考虑的主要内容之一。在话剧中,现场与观众进行交流表演,不能像影视剧那样通过蒙太奇的方式随时让人物出现或消失在镜头里,所以需要将每一个人物的上场、下场都考虑周全。剧作者应该根据叙事需要,合理设计人物的上下场。如皮兰德娄著名话剧《六个寻找剧作家的角色》中帕奇夫人的上下场:

父亲　好的,我解释给您说。如果我们能把舞台布置很漂亮,她就会被这些店铺里的东西所吸引,或许会吸引她自己来到这里……(让演员们转身看向台后的门)快看呀！快看呀！

[台后的门打开,帕奇夫人走了进来。她是个已经发福的肥胖老太婆,脸上涂满脂粉,穿着一件华丽的红色绸缎面料衣服。像西班牙女郎那样,一朵玫瑰花搭在那蓬松的假发上。她一手拿一把羽毛扇,另一只手夹着一根香烟。她的出现把演员们吓得想要逃跑,有的尖叫着跑下舞台,拥到通道中。恰恰相反,继女快步走上前迎接她,她恭敬的样子就像是在接待老板。

继女　(快步走向她)来了！真的来了！

父亲　(高兴地)她真的来了！正是她,我之前说过的。

……

继女　(同时回到帕奇夫人面前)夫人,我们继续吧！

帕奇夫人　天哪,我不要,我不要。只要你母亲在这儿,我就没法继续下去了。

继女　别闹了,赶紧开始吧。快让那个"要和我谈谈心的老先生"进来吧！(急忙向众人)这段戏终究是要开场了,大家看好戏吧！——快来,我们接着来！(向帕奇夫人)您可以下场了！

帕奇夫人　好,好,我走！我自然是要走的,不用你赶我！(她捡起假发,戴在头上,狠狠

地剜了一眼那些起哄鼓掌的演员们,气冲冲地下场)①

帕奇夫人在《六个寻找剧作家的角色》中只是一个次要人物,她的上场与下场方式、上下场的位置都介绍得比较详细,这样才能更好地服务于舞台表演,方便演员演出。

(二)台词

话剧的主体内容是台词。台词是指角色在舞台上的语言,是话剧展开情节、塑造人物、营造戏剧冲突的主要手段。

话剧中的台词既有生活化的一面,也有诗化的一面。话剧的"话",不仅指出了这种戏剧形态的基本语言特征,而且也强调了它用具有特色的台词推动剧情发展、塑造人物形象的语言表达风格。作为话剧的语言,它的台词当然不能像日常说话那样随意。话剧的台词都是经过创作者艺术加工和提炼的。

台词一般包括对白、独白和旁白。

第一,对白。

对白是指话剧中角色的对话,是台词的主要形式。语言是人类交流的媒介,具有强大的表意功能。剧作者对话剧的艺术设想,主要通过对白来实现。对白是剧作者可以运用的主要语言手段——运用对白,剧作者才能让角色在舞台上活起来,才能传达出角色的身份、地位、性格以及他们的心理活动、立场态度等。

优秀的对白往往能够传达出多重含义,让人物的语言具有多重表意功能。例如,在《茶馆》第一幕中,王利发与唐铁嘴的对话:

王利发　唐先生,你外面溜达吧!

唐铁嘴　(惨笑)王掌柜,你捧捧唐铁嘴吧!送给我碗茶喝,我就先给您相相面吧!首相奉送,不取分文!(不容分说,拉过王利发的手来)今年是光绪二十四年,戊戌。您贵庚是……

王利发　(夺手回去)算了吧,我送给你一碗茶喝,你就甭卖那套生意口啦!用不着相面,咱们既在江湖内,都是苦命人!(由柜台内走出,让唐铁嘴坐下)坐下!我告诉你,你要是不戒了大烟,就永远交不了好运!这是我的相法,比你的更灵验!

这段台词非常精彩,在第一幕的开场,就能让观众(读者)感受到王利发的生动形象和强烈的时代特征。王利发是个生意人,他"精明,有些自私,而心眼不坏",作为一个 20 多岁的

① 皮兰德娄.六个寻找剧作家的角色[M].吴苗,译.北京:北京理工大学出版社,2015:41-45.

年轻生意人,看到“身穿一件极长极脏的大布衫”的唐铁嘴,他怕影响自己的生意,所以让他外面溜达去。但是唐铁嘴一哀求,王利发也没有坚持赶走唐铁嘴,反而还送了一碗茶水,并劝唐铁嘴戒了大烟。短短几句对话,突显了王利发活络的生意经,以及快人快语、“心眼不坏”的性格特征。他规劝唐铁嘴戒了大烟的对话,也体现出清末鸦片泛滥,毒害国民的社会现实。

所以,话剧对白往往不仅仅用来传达信息,而且还承担多重的表意功能,是创作者传达主题、塑造人物、推动故事情节发展的重要手段,需要创作者句句斟酌,细心锤炼。

第二,独白。

独白是指文学作品中角色的自言自语,往往指角色的自我表白。话剧作者通过独白来揭示人物的内心世界,介绍、说明一些不太适合通过对白介绍的事情,使观众能够更深入地了解人物的思想活动。在《茶馆》第三幕的结尾,裕泰茶馆即将被改造为沈处长的“俱乐部”,暮年的王利发苦心经营50多年,最终也没能保住茶馆,他和秦仲义、常四爷两位老茶客一起,给自己撒纸钱送终,最终吊死在裕泰茶馆中。在这最后一场戏里,王利发有这样一段独白:

王利发　改良,我老没忘记改良,总不肯落在人家后头。卖茶不行啊,开公寓。公寓没啦,添评书!评书也不叫座儿呀,好,不怕丢人,想添女招待!人总得活着吧?我变尽了办法,不过是为了活下去!是呀,该贿赂的,我就递包袱。我可没有做过缺德的事、伤天害理的事,为什么就不叫我活着呢?我得罪了谁?谁?皇上、娘娘那些狗男女都活得有滋有味的,单不许我吃窝头,谁出的主意?

这段台词采用独白的方式,让王利发对自己一生的悲剧命运进行回忆与反思。他秉持中国人的规矩人情,固守本分,努力迎合时代的变迁,但是,在一个没有希望、需要彻底革命的时代,不做一个彻底的反抗者,彻底改变这个时代,而是努力改良,王利发注定是没有活路的。这段独白深切道出了他在一个没有希望的时代里徒劳迎合、走投无路的悲剧性下场,可怜又可悲。他对每个时代都会出现的凌驾于普通百姓之上的“皇上”“娘娘”这些作威作福的统治者的追问,也是整部话剧主题的凝结。

独白在话剧中具有非常独特的作用。舞台上的独白是人物与现场观众直接交流的,假定旁边其他的舞台人物听不到。独白的这种功能,既能让人物做自我介绍,也是人物随时随地表达自己心理活动的一种非常有效的方式。

第三,旁白。

旁白是指话剧中跳出具体的戏剧情境,从旁观者或叙述者的角度对话剧做介绍和评价的台词。旁白可以由剧中人道出,但一定是剧中人跳出情境,说给观众听的话,起到解释、说明的作用。旁白也可以由剧外人以叙述、评价的方式出现,这个人不出现在戏剧舞台上,却为观众提供了一种欣赏视角,对观众理解剧情、升华主题有重要的作用。

传统话剧中较少使用旁白,因为旁白的出现容易让观众"出戏",容易让观众将注意力放在旁白提供的另一个视角上。但是,旁白引起观众"出戏",也可以营造一种"间离效果"。

时间:2014年。

地点:香港,宾馆。

人物:男人一——王国庆,60岁左右。

男人三。

……

男人三　2014年,7月,午夜。香港,宾馆。窗外,大雨,哗啦哗啦地下。闪电,从窗外照进屋子,白色的床单显得异常阴森。王国庆裹在床单里,不停地扭动着,能听到床吱吱呀呀的响声,都快要散架了。雷声轰隆轰隆。哗啦哗啦、吱吱呀呀、轰隆轰隆、哗啦哗啦……吱吱呀呀……轰隆轰隆……

[雨声渐停,雷声消失,闪电消失。

男人三　哗啦哗啦……吱吱呀呀……逐渐地安静下来。

[男人一在床上扭动着,发出不安的喘息声。他嘴嚼动着,发出哼哼叽叽的含糊不清的呓语。

男人一　乌鸦?乌鸦。乌鸦!妈,妈!乌鸦!妈,妈!(尖叫着)妈!

男人三　王国庆掀开床单,从床上一下子爬起来。他喘着气。

男人一　我站在地板上,喘着气,墙上的钟才一点。镜子里站着一个男人,看不清楚,他赤条条的,身材并不好,精瘦精瘦的,像只筋疲力尽的狗。我得弄点儿吃的。对,方便面。弄点儿吃的。我路过卫生间,没有穿鞋,地板冰凉,我打了个冷战……①

在这部话剧中,"男人三"通过旁白,介绍故事发生的时间、地点、环境以及主人公王国庆("男人一")的行为。旁白造成的"间离效果",使观众与剧情保持距离,保持理性思考的能力,这种演出效果往往是某些当代话剧或具有实验意味的先锋话剧所追求的。

(三)动作

角色的动作提示是话剧舞台提示的重要组成部分。角色要想活生生地立在舞台上,除了要赋予他生动的、性格化的语言外,还应有丰富的、独具个性的动作体系。角色的动作必须与台词相配合,共同完成推动剧情、塑造角色的任务。

① 喻荣军.乌合之众[J].剧本,2015(4):19.

角色的动作大致可以分为两种:外部动作和内部动作。外部动作也称形体动作,是角色在舞台上的主要动作,包括角色的头、肢体、五官等能够被观众快速捕捉到的幅度较大的动作。这些动作与台词一起,承担主要的叙事作用。剧作者在进行动作的创作时,一般仅设计具有叙事意义的主要动作。例如:

王利发 (向宋恩子、吴祥子那边稍一歪头,低声地)说话请留点神!(大声地)李三,再给这儿沏一碗来!(拾起地上的碎瓷片)

内部动作也称心理动作。这种动作往往是角色内心情绪的体现,动作幅度不大,但往往能够体现出人物的微妙心理或性格。

特别需要指出的是,话剧的动作设计要求合理而夸张,角色的动作既要符合生活逻辑,也要经过剧作者的艺术加工,实现准确、简洁而富有表现力的效果。

二、话剧创作的基本技巧

对于初学者来说,在话剧创作实践中,首先,应该将创作的着力点放在台词创作上,精心设计人物的对白、动作。其次,应该了解话剧的基本结构,处理好场幕划分。最重要的是,在进行话剧创作时,要认真设计好冲突。冲突是话剧的主要叙事要点,冲突集中体现了话剧的戏剧性,冲突也能展示人物性格,揭示创作主题。当然,话剧剧本作为一种主要为舞台服务的实用性文本,创作者也要完成舞台的主要设计。

(一)台词的要求

话剧剧本的台词是一种较为特殊的文学语言,它与小说、散文等其他文体的语言要求截然不同。台词是剧作者能够使用的主要语言手段,承担着多重功能。从话剧的艺术特性出发,写作话剧台词应该注意以下几个方面:

第一,台词的俗与雅。

(1)台词的生活化、口语化。

话剧的语言体系往往来源于观众熟悉的日常生活,其词汇、语调、风格均能给观众一种亲切感,有较强的语言亲和性。但是,这并不意味着我们可以把生活中的语言直接拿来使用,因为生活中的语言往往感性、随机、碎片化,原生态地搬用生活语言,会使话剧丧失美感,也会影响话剧的表意和叙事。

因此,话剧的语言,尤其是台词,要从生活中来,经过创作者精心的提炼和加工,再以一种具有高度生活化特征的方式呈现给观众。

话剧的语言应当简洁流畅,通俗易懂,富有生活气息。生活化的语言风格能够传达出一种细腻的戏剧情境,将观众快速引入一个虚拟却极具真实感的氛围中。台词的创作也可以有意识地使用俗语、俚语、歇后语等,有助于增强台词的口语化特征。另外,使用方言会增加剧作的亲和性,使观众感受到地域文化的特色。

老舍的话剧语言非常具有“京味儿”特征。老舍较为系统地使用北京话进行话剧创作,这种平实、生动又不乏幽默感的语言,是经过老舍艺术提炼的北京普通话,用以写北京的人和事,真实还原北京市民阶层的生活风貌。话剧中使用方言除了具有一定的文学意义之外,也与一种基于地域文化的文化精神紧密相连。老舍的“京味儿”话剧绕开了那些北京这个中国政治、经济、文化中心的“过客”——达官显贵、巨商学者,而是聚焦中下层与小人物,因为这些人的生活才是北京人的常态,才是普泛意义上的“北京人”,最具群体代表性。老舍赋予这些小商人、小市民以生动的形象,通过他们的语言,我们能深刻体会到他们“顺世安身的中庸之道、讲求‘体面’的文化心理、追求趣味的现实心态等正反面因素兼备的北京市民精神”①。

(2)台词的诗化。

话剧要在有限的时空表演中表现其艺术特质,使观众受到感染,就需要剧本的台词具有诗的特质、诗的力量。台词的诗化是指让台词具有诗的韵味、诗的节奏,使台词言辞优美,感情充沛,富于感染力。“话剧的语言与日常生活中的讲话是有区别的。……剧作家在写戏的时候,不仅要考虑到剧中的对白在舞台上上口不上口,是否准确、鲜明、生动地表达了内容情节,而且要注意它的艺术性、音乐性、节奏感等。戏剧的语言要经过仔细推敲和提炼才能使剧本本身成为名副其实的文学作品。”②

莎士比亚《哈姆雷特》中的诗化语言表达使得这部话剧具有直指人心的感染力,尤其哈姆雷特关于“生与死”的著名独白被广为流传:

生存还是死亡?这是一个值得考虑的问题;默然忍受命运的暴虐的毒箭,或是挺身反抗人世间的无涯的苦难,通过斗争把它们扫清,这两种行为,哪一种更高贵?死了;睡着了;什么都完了;要是在这一种睡眠之中,我们心头的创痛,以及其他无数血肉之躯所不能避免的打击,都可以从此消失,那正是我们求之不得的结局。死了;睡着了;睡着了也许还会做梦;嗯,阻碍就在这儿;因为当我们摆脱了这一具朽腐的皮囊以后,在那死的睡眠里,将要做些什么梦,那不能不使我们,那不能不使我们踌躇顾虑。人们甘心久困于患难之中,也就是为了这个缘故;谁愿意忍受人世的鞭挞和讥嘲、压迫者的凌辱、傲慢者的冷眼、被轻蔑的爱情的惨痛、法律的迁延、官吏的横暴和费尽辛勤所换来的小人的鄙视,要是他只要用一柄小小的刀子,就可以清算他自己的一生?谁愿意负着这样的重担,在烦劳的生命的压迫下呻吟流汗,倘不是因为惧怕不可知的死后,是它迷惑了我们的意志,使我们宁愿忍受目前的折磨,不敢向我们所不知道的痛苦飞去?这样,重重的顾虑使我们全变成了懦夫,决心的赤热的光彩,

---

① 谷海慧.京味儿话剧审美要素论析[J].戏剧艺术,2006(1):90.

② 丁西林.戏剧语言与日常讲话有别[M]//孙庆升.丁西林研究资料.北京:知识产权出版社,2010:58.

被审慎的思维盖上了一层灰色，伟大的事业在这一种考虑之下，也会逆流而退，失去了行动的意义。①

话剧人物用言辞优美、音韵铿锵的诗化语言表情达意，不仅使舞台表演更加富有艺术感染力，也能够使观众得到艺术的享受。

综上，话剧台词作为一种文学创作语言，创作者需要调动自己所有的生活体验和语言积累，根据剧情表达的需要，赋予角色以准确、生动的个性化语言或富有艺术韵味的诗化语言，让角色活生生地立在舞台之上。当然，当代话剧的风格多样，对台词的要求也不一而足，剧作者必须为自己的戏剧构思选择恰当的语言形式和语言风格，创作适合自己戏剧构思的台词。

第二，突显角色的性格与心理。

观众（或读者）主要通过台词来认识角色，而富有性格特征的人物往往能给观众（或读者）留下深刻印象，所以，台词创作的第二个要求，是台词必须能够突显角色的性格与心理。

怎么突显角色的性格与心理呢？首先，要求剧作者深入揣摩、精心设计自己笔下的人物，从人物的创作构思出发，根据人物的年龄、性别、社会阶层、职业、教养、所处时代、交流对象等多个层面，赋予人物极具个性的语言特征。其次，将人物放置在具体的故事情境中，梳理人物的性格演变和心理变化，通过语言来展示这种变化。剧作者深入角色的处境，触及人物的灵魂，体会人物的内心感情，才能写出富有感染力和个性化特征的语言。所以，剧作者应当在生活中多观察、多体验，对不同类型的人物进行深刻的理解认知，揣摩不同人物的情感与心理，这样才能让人物多姿多彩。深厚的生活体验和丰富的语言创作经验是写好台词的前提。

第三，富有动作性。

台词的创作应富有动作性。什么样的语言才是富有动作性的语言呢？有人认为，角色用台词来说明自己已经或者正在进行着的动作的语言，就是富有动作性的语言。也有人认为，能够有相应动作配合的语言，就是富有动作性的语言。这两种观点均有偏颇。台词不是角色行动的说明书，更不是舞蹈配乐式的辅助性存在，对于话剧来说，语言和动作都是不可替代的，承担着不同的叙事和表意功能。

台词的动作性，首先表现在它能够激发角色的外部形体动作，推动剧情的发展。话剧的语言以对白为主，角色的台词也必须能够激发自己或对方的进一步行动（体现在角色的外部形体动作上），引发冲突，推动情节的发展。其次，台词还要兼顾人物的心理变化，如果能够通过台词显示人物细微而复杂的心理动作，台词就能较为细腻地刻画人物，为话剧的故事发展注入情感动力，人物形象也会更加丰满生动。

---

① 莎士比亚.莎士比亚悲剧集[M].朱生豪，译.北京：作家出版社，2016：47-48.

我们以《雷雨》为例来学习曹禺富有动作性的台词创作。在《雷雨》中,周朴园逼迫蘩漪喝药的片段很有代表性:

朴 (四凤端茶,放朴面前。)四凤,(向冲)你先等一等。(向四凤)叫你跟太太煎的药呢?

四 煎好了。

朴 为什么不拿来?

四 (看蘩漪,不说话。)

蘩 (觉出四周有些恶相)她刚才跟我倒来了,我没喝。

朴 为什么?(停,向四凤)药呢?

蘩 (快说)倒了。我叫四凤倒了。

朴 (慢)倒了?哦?(更慢)倒了!——(向四凤)药还有吗?

四 药罐里还有一点。

朴 (低而缓地)倒了来。

蘩 (反抗地)我不愿意喝这苦东西。

朴 (向四凤,高声)倒了来。

[四凤走到左面倒药。

冲 爸,妈不愿意,你何必这样强迫呢?

朴 你同你妈都不知道自己的病在哪儿。(向蘩漪低声)你喝了,就会完全好的。(见四凤犹豫,指药)送到太太那里去。

蘩 (顺忍地)好,先放这儿。

朴 (不高兴地)不。你最好现在喝了它吧。

蘩 (忽然)四凤,你把它拿走。

朴 (忽然严厉地)喝了药,不要任性,当着这么大的孩子。

蘩 (声颤)我不想喝。

朴 冲儿,你把药端到母亲面前去。

冲 (反抗地)爸!

朴 (怒视)去!

[冲只好把药端到蘩漪面前。

朴 说,请母亲喝。

冲 (拿着药碗,手发颤,回头,高声)爸,您不要这样。

朴 (高声地)我要你说。

萍 (低头,至冲前,低声)听父亲的话吧,父亲的脾气你是知道的。

冲 (无法,含着泪,向着母亲)您喝吧,为我喝一点吧,要不然,父亲的气是不会消的。

蘩　(恳求地)哦,留着我晚上喝不成吗?

朴　(冷峻地)蘩漪,当了母亲的人,处处应当替子女着想,就是自己不保重身体,也应当替孩子做个服从的榜样。

蘩　(四面看一看,望望朴园又望望萍。拿起药,落下眼泪,忽而又放下)哦!不!我喝不下!

朴　萍儿,劝你母亲喝下去。

萍　爸!我——

朴　去,走到母亲面前!跪下,劝你的母亲。

[萍走至蘩漪面前。

萍　(求恕地)哦,爸爸!

朴　(高声)跪下!(萍望着蘩漪和冲;蘩漪泪痕满面,冲全身发抖)叫你跪下!(萍正向下跪)

蘩　(望着萍,不等萍跪下,急促地)我喝,我现在喝!(拿碗,喝了两口,气得眼泪又涌出来,她望一望朴园的峻厉的眼和苦恼着的萍,咽下愤恨,一气喝下!)哦……(哭着由右边饭厅跑下。)

在这个著名的话剧片段里,周朴园的语言非常具有动作性。周朴园作为一个封建家族的大家长,对仆人、妻子和儿子有绝对的权威。在这个片段里,他把这种权威发挥得淋漓尽致,所以,他的台词基本上都是祈使句。他命令四凤端来药,命令蘩漪喝下去。当蘩漪稍加反抗不愿意喝时,他的语言更加凌厉,用简短和命令式的短句,逼迫两个儿子跪下劝母亲喝药。蘩漪最终受不了逼迫,不得不将药喝下。周朴园的台词充斥着强烈的动作性,他的台词激起了他与蘩漪、蘩漪与周冲、蘩漪与周萍、周朴园和两个儿子之间复杂的冲突。

细细揣摩蘩漪和周冲的台词,我们会发现,在这场戏里,蘩漪的心理发生了从躲闪到反抗,再到妥协的变化,这些变化都是在她和周朴园的对话中一步步体现出来的。从表面上看,周朴园和蘩漪之间是喝不喝药的矛盾,可二者的实质性冲突,是作为封建家长的丈夫不允许已经具有个性解放意识的妻子有丝毫的反抗,所以,这段台词又充满了心理动作的张力。

总之,台词是话剧主要的语言手段,剧作者要想把台词写好,必须积累深厚的生活体验和语言素材,更要沉浸于故事情境中,揣摩角色的处境及身份,经过艺术加工和提炼,创作出富有生活化、口语化和动作性特征的话剧艺术语言。

(二)场幕的设计

场幕是话剧结构的显在体现,也是戏剧独特的结构特征。剧作者在完成戏剧故事的构思后,接下来的一项重要任务,便是根据剧作的情节,为作品划分出场幕。那么,什么是场幕呢？严格来说,场和幕是两个相互联系的概念。

第一,幕及幕的设计。

幕,顾名思义,是话剧表演时舞台台口悬挂的大幕。幕启,话剧演出开始;幕落,话剧演出告一段落,需要转场、换道具或预示话剧的结束。但是对于剧作者来说,幕的概念并不仅仅具有演出的意义,它还是标示话剧结构的主要手段。一幕戏,就是一个较大的叙事段落。一部完整的话剧,往往由几个较大的叙事段落组成,话剧大多由一到六幕构成。例如,我国著名喜剧作家丁西林的剧作多数是独幕剧,老舍的《茶馆》是三幕剧,曹禺的《雷雨》正戏四幕,前后分别有序幕和尾声。

对于剧作者来说,幕不仅用来标示叙事段落,也要从舞台演出角度考虑,将自己的话剧故事集中在少数几个场景中。这要求剧作者在划分幕的同时,进一步集中戏剧冲突,凝练故事与场景。例如,《茶馆》是三幕话剧,三幕戏分别展示了 1898 年、民国时期、抗战胜利后三个时代的裕泰茶馆,戏剧故事高度集中,极具代表性。

第二,场及场的设计。

一幕戏往往被划分成若干场戏。在舞台表演中,一场戏是一个小的完整的叙事段落。在一幕戏里,往往会用灯光、换景、二道幕的启闭等手段进行若干次转场。

剧作者在进行场的设计时,要考虑叙事段落的细分,一幕戏需要划分成几个小的叙事段落。如莎士比亚的《罗密欧与朱丽叶》第二幕共有六场戏,叙述了罗密欧与朱丽叶由相爱到结婚的故事,每一场戏都发生了空间的转移:第一场,凯普莱特花园墙外的小巷;第二场,凯普莱特家的花园;第三场,劳伦斯神父处;第四场,街道;第五场,花园;第六场,教堂。而且,每一场戏都发生了一个核心故事,如第二场戏在凯普莱特家的花园,罗密欧与朱丽叶互诉衷肠,相约定情。第六场戏在教堂中,罗密欧与朱丽叶在神父的主持下,秘密结为夫妻。

场与幕是兼具叙事和表演双重意义的概念,是剧作者进行话剧构思的主要内容。剧作者一方面要根据剧本创作的叙事原则,按照故事的发展划分场幕;另一方面也要心怀舞台,从舞台表演出发,兼顾戏剧的转场和表演需要。话剧舞台的场与幕的设计一定要慎重,既要为故事的讲述提供最合适的发生地点,也要注意不能太过频繁地转场,因为在舞台上转场需要相应的舞台布置、道具的转换;频繁转场既不方便舞台表演,也会给观众理解剧情造成很大的困扰。

(三)明场戏与暗场戏的结合

明场戏也被称为场内戏,是指演员在舞台上表演,观众能够直接看到故事发生发展的戏;暗场戏也被称为场外戏,是指演员不在舞台上直接展现相关的故事,而是由人物在台词中叙述、交代,或通过幕后的音响效果以听觉的方式让观众了解的戏。如阿瑟·米勒的《萨勒姆的女巫》节选:

阿碧格 （拽她离开窗口）我都跟他说了；他现在知道了，咱们干的事他全都知道了——

贝 蒂 你喝血，阿碧！这你没告诉他！

阿碧格 贝蒂，不许你再提这事！不许你——

贝 蒂 你喝了，你就是喝了！你一边喝血，一边咒约翰·普洛克托的老婆快死！你喝血咒普洛克托大娘快死！

阿碧格 （给她一记耳光）住嘴！你给我住嘴！

贝 蒂 （瘫倒在床上）妈妈，妈妈！（她抽抽噎噎地哭起来）

阿碧格 你们都听着。咱们跳过舞。蒂图芭念咒召唤过萝丝·普特南死去的姐妹的鬼魂。就这些。注意，别的事你们俩人谁要是露一句，或者含混地提到，我就会在哪天吓人的黑夜里来找你们好好算账，厉害得叫你们浑身打哆嗦。你们知道我说得出做得到；我见过印第安人在我枕头旁边砸碎了我亲爱的爹娘的脑袋，我见过黑夜里所干的血淋淋的勾当，我能叫你们一见太阳落山就胆战心惊！（她朝贝蒂走去，粗暴地把她拽起来）现在你——给我坐起来，不许再哭！①

贝蒂希望将她们做的事如实跟大人们说，但阿碧格不允许她说。贝蒂讲述阿碧格“一边喝血，一边咒约翰·普洛克托的老婆快死”的事情、阿碧格讲述“印第安人在我枕头旁边砸碎了我亲爱的爹娘的脑袋”的事情，都是通过两人的台词表现出来的，并没有在舞台上直接表演，这些相关的戏就是暗场戏。

由于舞台的限制，话剧舞台不能像影视剧那样通过镜头的灵活切换，比较自由地讲述不同时空发生的事件。话剧舞台的时空相对固定，通过明场戏和暗场戏的结合，可以拓展舞台的时空领域，扩大话剧表达的容量，有效避免舞台的限制。明场戏与暗场戏的选择处理要考虑到话剧情节的主要性与次要性，话剧的重要故事一般都作明场处理，不太重要的故事、不太方便在舞台表演的情节场面，则作暗场处理。

作为人类艺术皇冠上璀璨的明珠，话剧高度的综合性和独特的艺术特性，需要剧作者运用高超的创作技巧来完成剧作，需要深厚的生活体验来为创作做支撑，需要扎实的舞台演出实践来最终实现话剧的舞台呈现。对于初学者来说，了解话剧的基本规范，掌握话剧创作的基本规则和技巧，仅仅是万里长征迈出的第一步。一个话剧剧作者的成熟，需要大量经典话剧观摩、创作训练和演出实践的积累与锤炼。

---

① 米勒.萨勒姆的女巫[M]//米勒.外国当代剧选4.梅绍武，译.北京：中国戏剧出版社，1992：165.

【课程实训】

实训目标：掌握话剧创作的基本方法。

实训内容：根据教师提供的创作素材,将其改编成一个话剧作品。

第五节　多幕剧的写作

戏剧从场次容量划分,可分为多幕剧、独幕剧和戏剧小品。在戏剧的发展历程中,多幕剧以人物的多样性、时空的开放性和情节的复杂性,始终在戏剧舞台,特别是近年来的商业戏剧舞台上占据重要的席位。

一、多幕剧概述

在传统戏剧演出中,舞台口的大幕启闭一次为一幕。大幕启闭两次以上者,称多幕剧。欧洲戏剧在 17 世纪以后开始分幕,一幕之内又可分成若干场。幕与幕、场与场之间必须互相连贯,使全剧成为统一的艺术整体。相比独幕剧,多幕剧具有如下特征:

(一)人物的多样性与复杂性

戏剧是以人为中心的艺术,运用舞台和人物语言,将角色放置于戏剧情境之中,让其产生戏剧反应,表演给观众观看。多幕剧具有丰富的时空容量,能够容纳更多的人物在舞台上进行展现;能够更加细致地塑造众多人物形象,可以表现出人物之间的外部矛盾冲突,也可以深入地表现人物个体内心的矛盾,共同构成人物内外矛盾冲突交织的戏剧性场面。

多幕剧的人物较之独幕剧更多样、更丰富,不同类型的人物设置相对更多,人性更复杂。“说人是一种力量和软弱、光明和盲目、渺小和伟大的复合体,这并不是责难人,而是为人下定义”[①],在多幕剧中,有足够的时间和空间对主要人物进行性格的多维度展现,体现人性的复杂。在《萨勒姆的女巫》中,男主人公普洛克托正直善良,具有坚定的信仰,但他在宗教裁判所面临生死抉择时,因为惧怕死亡而违心地在认罪书上签下了自己的名字;当宗教裁判所决定将他签名的认罪书贴到教堂大门口时,他毅然决定撕毁认罪书,走向绞刑架。当人面临生死抉择时,多数人会不由自主地选择生存的机会,这是人性;但当生死抉择面临国家民族或信仰大

话剧《萨勒姆的女巫》片段

① 狄德罗.狄德罗哲学选集[M].江天骥,陈修斋,王太庆,译.北京:商务印书馆,1983:27.

义时,有的人会放弃生存的机会,为了大义选择死亡,这是高贵的人性。只有将人物进行多维度的展现,人物形象才会生动,才会更接近现实人性。

(二)时空的开放性

戏剧艺术的最终呈现载体是舞台。戏剧舞台大多数是镜框舞台,传统写实的室内景有三面墙,沿台口一面不存在的墙在戏剧界被称为"第四堵墙"。"第四堵墙"是存在于观众想象中的,起到隔绝演员与观众的作用。有了"第四堵墙",可以让话剧演员对自己的角色更具认同感。观众在进行审美活动鉴赏时,可以从多方面进行立体深入的沉浸式体验。

从时空层面来看,舞台表演与受众在表现与观看的形式和时空方面是相对固定的。演员诠释人物要在舞台上进行表演,且整个表演过程是不间断的,需要在一定的时间段内完成。在这样的表现形式下,观众观看戏剧活动的地点是固定的,观看戏剧活动的时间和自然时间基本一致。但是,戏剧作为极具想象力的艺术形式,需要突破时空对其创作的限制,延续戏剧时间,拓展戏剧空间,以求更好地诠释现实生活。

在多幕戏剧中,人物肢体动作在固定空间和自然延续的时间中持续快速发展,并在一定的时间段内完成。戏剧的这种时空特性,导致戏剧在一幕(场)戏中的时间容量受到较多的限制。为了能够扩充剧作的时空容量,表现更广阔的社会生活内容,剧作家需要采用分幕或者分场的方式,中断人物的连续性表演,通过明场戏与暗场戏扩大情节的容量,进而对戏剧的时间和空间进行拓展。例如,在老舍的经典作品《茶馆》中,舞台上人物动作只是经历了分场和分幕的几分钟间隔时间,上下幕所表现的时间已经跨越了几十年;许多发生在茶馆之外的事件影响了茶馆的生意,在舞台上无法表演,但通过暗场戏的形式进行了充分的表述。

(三)情节的复杂性

戏剧是一种集众多艺术于一体的综合性艺术,多幕剧的时间长、容量大,因此情节更为复杂。

在日常生活中,当即将发生某种一言难尽的矛盾、纠葛,进而会导致人际关系突变时,人们常会说:"有好戏看了!"这里所说的"戏"并不是真正意义上的戏剧创作或者戏剧活动,只是人们对于生活中的事件是否具有戏剧性或者冲突性的一种表达。

多幕剧的情节是艺术创作的核心点,不仅是人物性格和故事发展的载体,也是戏剧冲突的直观反映,没有冲突就无法称之为戏剧。在戏剧创作中,戏剧情节由人物的行为动作产生的戏剧冲突构成,并借角色之间的冲突来进一步刻画人物。相较于独幕剧,多幕剧的戏剧冲突更为激烈,层层递进的人物对话和行为将矛盾冲突逐渐推向高潮,由此构成较为复杂的戏剧情节。人物性格也在复杂的戏剧情节中不断发展变化,形成鲜明的人物形象。古今中外优秀的多幕剧作品,无不具有情节的复杂性和冲突性。莎士比亚的经典作品《哈姆雷特》正是借由主人公的内心冲突,在与其叔父的外部矛盾冲突的激发下,相互交织爆发出复杂的戏剧矛盾,形成跌宕起伏的故事情节。曹禺的《雷雨》则在周家错综复杂的人物关系下构建激烈的矛盾冲突,形成复杂的故事情节。

二、多幕剧的创作要点

对于初学者来说,在多幕剧创作实践中,应该宏观设计剧本的结构,掌握话剧的基本结构划分方式,处理好场幕划分;进行人物设计,根据选材与主题的需要,确定人物;进行戏剧冲突设计,通过冲突体现话剧的戏剧性,展示人物性格,揭示创作主题;进行台词设计,为人物设计对白与动作;同时一定要谨记剧本要为舞台服务,完成舞台的其他设计。一些共通的创作要点在之前已有论述,在此只介绍多幕剧独有的创作要点。

(一)多幕剧的结构

顾仲彝结合自己的戏剧创作经验,认为剧本动笔前先要把剧本的结构确定下来,“在写出第一句台词之前,先把全剧的结构拟定出来,先把原始材料根据不同的时间和地点分成几起,初步规定了几幕几场,然后把每一幕的布景计划出来,把戏里所需要的东西画上去”①。以幕或场为标志的结构方法是戏剧艺术独有的,如何将需要表达的素材通过结构予以安排,在合适的幕(场)中进行表达,是编剧需要认真思考的问题。

生活时间或自然时间是无限的,而戏剧和电影的时间是有限的,艺术家必须对时间和空间重新进行整合。在戏剧、影视剧中最常见的顺序结构方式是以时间为轴所做的结构,即时序结构。在时序结构中,既有按时间顺序来安排的,也有把时间顺序倒过来安排的,还有把时间顺序打乱来安排的,于是出现了对时间的不同处理,相应地便形成了不同的时序结构。

三段式是时序结构中最古老、最常用的方式。它按照时间的正常顺序来组织篇章结构,即开端、中段和结尾。这种结构方式遵循了生活发展的逻辑,被称为自然结构,也是观众最容易接受的结构方式。关于三段式最早的表述来自《诗学》,亚里士多德说:“悲剧是对于一个严肃、完整、有一定长度的行动的模仿;它的媒介是语言。”②这个著名的悲剧定义就涉及戏剧的结构,所谓完整,指有头、身、尾。所谓“头”就是开头,指事之发端者与推动者;所谓“身”,即中间,指承前启后者;所谓“尾”,即结尾,指依循因果规律而结果。这种结构方式为后世的戏剧家广泛采用,成为戏剧的基本结构方式,如古希腊戏剧大师欧里庇得斯的《美狄亚》就采用了这种结构。开头:伊阿宋背叛妻子要与公主结婚,国王下令驱逐美狄亚;发展:美狄亚毒死国王和公主,杀死她与伊阿宋所生的两个儿子;结尾:美狄亚与伊阿宋两败俱伤,悲剧结束。

四段式结构是在三段式结构基础上演变而来的,也就是在开端、发展之后,在结局之前加上一段高潮的故事段落。这种结构方式与中国传统的起承转合结构相类似,亚里士多德

① 顾仲彝.编剧理论与技巧[M].上海:上海人民出版社,2016:126.

② 亚里士多德.诗学[M].罗念生,译.北京:人民文学出版社,1962:19.

将这种结构过程总结为开端、发展、突转、结局。阿瑟·米勒的《萨勒姆的女巫》(又名《炼狱》)取材于1692—1693年发生在马萨诸塞湾萨勒姆镇的一系列关于女巫的审判,全剧共四幕,采用了四段式结构。第一幕是故事的开端,一群女孩子在阿碧格的威胁下,不敢说出在村边祈祷的真相,被别有用心的人诱导,违心承认自己是被村里魔鬼的使者引诱而参加巫术的。剧中大部分人物在这一幕出场,交代了人物关系和故事情境。第二幕是剧情的发展,阿碧格由于与男主人普洛克托曾经发生私情,被女主人伊丽莎白发现并解雇,阿碧格借此机会对宗教法庭指控伊丽莎白是魔鬼的使徒,伊丽莎白被捕。第三幕是剧情的进一步发展,普洛克托为拯救妻子的性命,羞愧地承认奸情来证明阿碧格撒谎,而阿碧格故伎重演,污蔑普洛克托也是魔鬼。第四幕,在信仰和谎言、生与死之间,普洛克托撕毁了忏悔书,选择了信仰,同其他的真理坚持者拒绝忏悔,从容赴死。这是全剧的最高潮,剧本在高潮处结束,高潮即结尾。

三段式、四段式结构最关键之处有两点:一是它的完整性,这个完整性体现在事件上是线索明晰、首尾呼应,体现在人物上则是行动连贯、逻辑清晰,所以观众看到的不是片段,而是整个事件的全貌和人物的整体性格;二是它的高潮段落明显,决定了戏剧的走向,给观众一个强烈而深刻的印象,从而将事件的核心和人物突显出来。这两种结构方式符合人们接受故事的一般认知规律,因而它们成为多幕剧创作最常用的结构方式。

幕和场是戏剧结构的基本存在形式,无论是三段式结构还是四段式结构,在多幕剧中,都要通过幕(场)的形式来划分。幕(场)在戏剧艺术中历史久远,尤其是场,它几乎是伴随着戏剧艺术的诞生而问世的,这从历史最为悠久的古希腊戏剧中便可找到例证。幕虽然诞生的比场晚,但它和场一样,在戏剧的发展过程中占据着重要地位。随着戏剧的发展,幕和场的作用得到了进一步的加强,因此成为戏剧艺术最重要的特征之一。场幕也成为多幕剧处理时间和空间的手段与形式,是其基本的组织结构。

故事的时间具有延续性,从几分钟到几十年不等,但是戏剧故事在创作过程中存在一个观演时间的问题。也就是说,戏剧故事所创作的过程和观众观演的过程是同步的。因此戏剧演出的时间就受到观众一次性欣赏时间最长可能性(多幕剧一般在3小时以内)的严格限制。也就是说,无论剧作家构思故事的时间长度如何,大部分戏剧几乎要在3小时以内完成;戏剧的创作者在进行故事情节设计的过程中,必须按照时间限制的要求,对故事发生的时空进行选择,并进行详略区分。

创作者对故事情节中的时间和空间进行选择和组织的过程,就是通过幕与场的结构设计表现的。在上一节“话剧作品的创作技巧”中,对场幕已有说明,多幕剧的场幕设计和话剧是基本相同的,不再赘述。此处稍做补充。

常见的多幕剧大多3—6幕。根据剧情表达的需要,也有两幕或六幕以上的多幕剧。如阿瑟·米勒的话剧《推销员之死》,全剧只有两幕,第一幕主要围绕“威利的美国梦”来组织剧情,第二幕以“美国梦的破灭”为叙事目标,无论是威利被解雇,还是他与儿子之间的冲突等剧情,都是围绕着这一目标展开的。

通常情况下,多幕剧的分幕越多,讲述的故事越复杂,相对来说需要舞台表演的时间就越长。由赖声川编导的话剧《如梦之梦》,整部话剧共有12幕,需要8小时左右的表演时间。在实际演出时,如果《如梦之梦》用一天的时间表演完,中场休息时甚至需要预留出观众用餐的时间。

剧作家多幕剧作品虽然分幕的数量不同,但是每一幕均体现出了对时间的切割作用和对叙事段落的概括提炼。对于剧作者来说,幕不仅用来标示叙事段落,也要求剧作者从舞台演出角度考虑,将自己的话剧故事集中在少数几个场景中。因此,剧作者在划分幕的同时,要进一步集中戏剧冲突,凝练故事与场景,使戏剧故事高度集中。

随着科技的发展和戏剧创作的不断创新,现代戏剧对传统戏剧提出了全面的挑战,各种新的形式突破了旧的形式。在这各种形式之中,就包括了场幕的演变。但在实际创作过程中,剧作者并没有完全摒弃幕与场,而更多的是打破场幕的时空限制,运用现代舞台技术扩展时空的容量,使戏剧舞台的时空拓展更为广泛、更加自由。如在《推销员之死》中,老推销员威利对当下工作、家庭越来越失望,于是不断地回忆年轻时的生活,不断出现幻觉。现实与回忆、幻觉不断交织呈现,突破了传统舞台对时空的限制。

(二)多幕剧情节设置技巧

第一,起承转合。

多幕剧最常用的情节设置方式与传统的结构方式是相对应的。传统的结构方式为起承转合,即开端、发展、高潮、结局,多幕剧最常见的情节设置也是按照这个方式进行的。一般情况下,剧本的第一幕是开端部分,交代矛盾关系,介绍人物出场,提出冲突的核心问题,指明剧情发展方向,引起观众兴趣。第二幕至最后一幕是戏剧的开端到高潮,是剧作的发展部分,容量较大,也是全剧的主要部分,剧作者利用矛盾冲突将主要人物、事件依次展开,并根据事物发展的规律,将矛盾冲突逐级提升、剧情跌宕起伏。高潮一般出现在倒数第二幕的结尾或者最后一幕,矛盾双方经过几个回合的斗争,进入到白热化阶段。高潮出现的时机非常重要,是戏剧性最突出、矛盾冲突最激烈的那一刻,如在《俄狄浦斯王》中,主人公的真实身份被发现之时,其命运发生突转,这也就是高潮的到来。结尾部分出现在高潮之后,也有许多多幕剧在高潮处即结尾,让情感在最震撼的时刻戛然而止。

在《雷雨》中,第一幕是故事的开端,第二幕、第三幕都属于剧情的发展,第四幕才是高潮和结局。周朴园与鲁侍萍虽然在第二幕已经相遇,但直到第四幕,两人之间30多年的爱恨情仇及其所引发的人伦冲突才浮出水面,呈现在众人面前,矛盾达到白热化阶段直至爆发,周萍、四凤等人不可避免地走向毁灭的悲剧结局。《大胆妈妈和她的孩子们》是布莱希特1939年创作的著名的反战戏剧。这部戏的主题是“战争,这是个做买卖的另一形式;它扼杀了人类的道德"[①]。虽然这部剧集中体现了布莱希特陌生化和间离理论的特点,但仍然延续了开端、发展、高潮、结尾的剧本结构。特别是在结尾部分,以一首胜利歌曲结束:"带着幸福,带着危险,战争,它一直在延续。战争,它延续一百年,小人物哪能得到利益……"[②]

剧作家对于战争的讽刺和揭露,通过歌曲的形式在结尾部分展现出来,表现了战争的荒谬,突出其反战的主题,这就是戏剧结尾的意义和精髓所在。

第二,悬念与延宕。

戏剧悬念是编剧利用观众对人物命运、情节发展的期待心理,为了使情节引人入胜,维持并不断加强观众兴趣而使用的一种创作手法。[③] 西方编剧理论最早涉及悬念手法的是亚里士多德的《诗学》。在中国戏曲理论著作中,虽无悬念一词,但李渔在《闲情偶寄·词曲部·格局》中提出的有关"收煞"的要求,内涵与悬念基本相似,主张"令人揣摩下文,不知此事如何结果"[④]。

根据悬念在剧作中的位置和作用,悬念可以分为总悬念和小悬念。总悬念围绕戏剧行动贯穿全剧,在故事的开端出现,伴随戏剧冲突逐渐增强。例如《雷雨》的总悬念是鲁侍萍30多年前经历的悲剧会不会在她女儿四凤身上重演。《玩偶之家》的总悬念则是娜拉在冒犯了资产阶级公认的法规后,还能否得到丈夫的宠爱以及她后续的生活走向将如何。小悬念在某一幕或某一场中出现。小悬念营造情节的紧张,不仅可以帮助总悬念不断吸引观众的注意力,而且还可以起到承上启下的作用。如在《雷雨》第三幕中,周萍与四凤的相恋是偷偷摸摸不被众人所知的,二人晚上11点相约在四凤房间并拟定暗号,以免被鲁家人发现。这里设置悬念是非常有冲突点的,鲁侍萍知道二人的不伦关系,鲁大海仇视周萍,鲁侍萍、鲁大海均是周萍与四凤恋情路上的阻碍。因此,当周萍马上就要依约到来,而鲁侍萍和鲁大海还在四凤的房间,局部的紧张情势呼之欲出,观众的心也被这一悬念提了起来。虽然鲁侍萍、周大海离开了,但周冲的到来又引发新的悬念:周冲、周萍兄弟二人在四凤房间碰到后会发生什么?一系列的悬念成功地把观众的注意力和兴趣引向下一场,期待看到悬念解决后的结果。

悬念亦可分为期望式悬念和突发式悬念。期望式悬念,顾名思义,建立在观众对于有一定了解的事件或情节所产生的未知性期待,在实际创作过程中它多用于对性格的描写。突发式悬念的出现,则需要具备意料之外、情理之中的戏剧要素,在创作过程中多用于刻画戏剧情节。期望式悬念和突发式悬念在戏剧创作中相辅相成,期望式悬念保证观众对于剧目持续性的关注,突发式悬念则利用跌宕的情节营造观众在观看过程中的紧张感,吸引观众的眼球。

---

① 叶志良.戏剧鉴赏[M].北京:对外经济贸易大学出版社,2009:281.

② 叶志良.戏剧鉴赏[M].北京:对外经济贸易大学出版社,2009:278.

③ 谭霈生.戏剧鉴赏[M].北京:高等教育出版社.2004:115.

④ 李渔.闲情偶寄[M].郁妏,校注.南京:江苏凤凰文艺出版社,2019:63.

在悬念的设置过程中,还需要依靠“延宕”的艺术手法。延宕也称拖延或缓解,通常是指在矛盾冲突跌宕紧张的发展过程中,某一情节或者场面以阻拦或干扰的形式出现,表面上缓解了冲突的紧张性,实则进一步加强了故事的冲突和观众的期待。同时,故事在高潮或者冲突最紧张的时刻戛然而止,即“欲知后事如何,且听下回分解”,这样的创作方式也是延宕的表现。无论是短暂的喘歇,还是对下一回合的期待,都是符合受众心理期待的创作范式,为故事的高潮蓄积力量。

悬念的设置既要符合戏剧的创作规律,又要安排得合理、巧妙,对于创作者来说是极具考验的,这就要求故事的发展必须来源于生活、取材于生活,符合生活逻辑的发展规律,符合人物性格的转变基础,不能突兀,也不能凭空创作。莎士比亚的《罗密欧与朱丽叶》将男女主人公是否能够在一起的悬念留在了剧终。当悬念揭晓,观众看到了戏剧的结尾,悲剧的魅力也在这一刻被无限放大。

第三,发现与突转。

发现与突转是一个组合手法,简而言之就是,一件事情突然有了重大的发现,随之而来的便是一个一百八十度的大转弯,事件不再按照之前的情节去发展,开始出现重大的改变。最早提出发现与突转叙事技巧的是亚里士多德,他在《诗学》中认为发现与突转是情节的主要成分。突转是指故事突然朝与原来故事轨迹不同方向的转变,也称突变。这种表现手法可以不断加强人物内心和情感的转变,故事可能由此向相反方向发展,由顺转逆或由逆转顺。夏衍的《上海屋檐下》讲述了底层小市民悲欢离合的曲折故事,就在这几户人家繁芜琐碎的生活中,林家迎来了一位意想不到的访客,他就是葆珍的生父、彩玉的前夫、林志成的好友——匡复,林志成面对这突如其来的变故惊愕得不知所措。原来匡复在八年前入狱后便杳无音讯,林志成一直照顾彩玉母女,苦熬了三年,林志成和彩玉走到一起,组建了家庭。匡复的归来令林志成内心深感愧疚,沉痛忏悔。而得知真相的匡复也为自己打破了林志成平静的生活而引咎自责。匡复的出现就是一个突转,他的到来使林家平静的生活状态被打破,让所有人都陷入茫然无措之中。

发现,顾名思义就是对于新事物或者新关系的发现。发现与突转往往相伴出现,二者共同作用,引发故事的突变与发展。例如,索福克勒斯的《俄狄浦斯王》的第四场,俄狄浦斯在努力解救城市苦难的过程中,却发现是自己在无意间犯下的过错,主人公由此从国王突转到自我放逐。《雷雨》的高潮段落亦如此:蘩漪揭开周萍与四凤为同母异父的身份秘密,令当事人无法接受现实,酿成悲剧。

第四,巧合。

中国有句古话:无巧不成书,是指在具有戏剧性的故事创作中,巧合具有非常重要的作用。话剧《暗恋桃花源》讲述了两个毫不相干的剧组——《暗恋》剧组和《桃花源》剧组——的种种巧合。演出在即,两个剧组阴差阳错必须在同一个时空进行排练。《暗恋》是一出现代爱情悲剧,男女主人公在40年前因战乱而被迫分开,40年后男主人公在弥留之际登报寻人，二人虽相见却物是人非。《桃花源》是一出古装喜剧，武陵渔夫老陶发现妻子春花与房东袁老板有私情，老陶被逼无奈出海打鱼，历经千险，误入桃花源，遇到长相酷似春花和袁老板的夫妻，三人共度美好时光后，老陶回到武陵；老婆与袁老板认为老陶已死，二人再婚生子，生活充满矛盾。两个剧作相遇在舞台之上，相互打岔，却又因台词意外融合，彼此串场。这样的巧合创造出传统与现代、悲剧与喜剧的矛盾冲突，加上剧作中的寻找情人刘子骥的年轻女人的登场，进一步增强了剧作现实与虚幻的相互交织，突出了巧合的作用。

话剧《暗恋桃花源》片段

（三）多幕剧的舞台设计

在上一节“话剧作品的创作技巧”中，对舞台设计已有说明。多幕剧的舞台设计要求和其一致，都需要剧作者从故事情境和舞台类型两方面入手。只不过由于多幕剧故事体量大，故事情境的设置相对于独幕剧与短剧小品而言会更加复杂。

多幕剧的舞台类型多种多样，剧作者可以根据自己剧作的风格，为自己的剧作选择合适的舞台类型。如赖声川的作品《暗恋桃花源》讲述了两个剧组在同一时空排演话剧，现实与虚幻、古装与现代、喜剧与悲剧交织，在舞台上不仅有“戏”出现，也有“戏中戏”的存在。特别是在高潮部分，两个剧组同时排演各占一半，将舞台的作用发挥得淋漓尽致。在第三幕中，利用舞台灯光的明暗来隐喻时光的流逝，利用两个剧组的出现，打破戏剧平衡，从剧中回归现实。

【课程实训 1】

实训目标：掌握多幕剧剧本写作中划分幕、场的思路。

实训内容：教师引导学生阅读张先、许绿伦的话剧剧本《活着》，分析多幕剧划分幕、场的思路。

【课程实训 2】

实训目标：掌握话剧创作的规范格式与写作方法。

实训内容：从救援、复仇、骨肉竞争、鲁莽四种戏剧模式中选取一种，构思一个多幕剧，进行剧本场幕、人物、舞台设计，并为每一幕撰写故事大纲。

第六节 独幕剧的写作

独幕剧的概念是个舶来品,one-act play 本意是“一次动作的戏”,后来这一概念用作剧情在一幕内完成的小型戏剧的统称。“独幕剧是一种瞬间的艺术。但仅如此是不够的,它又要求激变迅速达到高潮,在短暂的限度内完成一个大转变。”[①]独幕剧通常在一场一景中将故事的发生、发展、高潮、结尾全部完成,线索较少,情节集中,利用一个核心的矛盾冲突形成一个较为完整的故事。

戏剧理论界认为独幕剧大约产生于 17 世纪,当时叫它为小戏。它一般在大戏开始之前演出,目的是为了照顾那些迟到的观众。现代意义上的独幕剧,是伴随着 19 世纪末西方戏剧史上名噪一时的“小剧场运动”而诞生的一种戏剧体裁。独幕剧在时间长短上没有特定的限制,根据剧情的需要,可长可短。最短的独幕剧是未来派剧作家康纪罗在 20 世纪初创作的《只有一条狗》:

登场人物
一条街,黑夜,冷极了,一个人也没有。
一条狗慢慢跑过这条街。
(幕下)

1907 年,话剧作为西方的舶来品由留日学生曾孝谷、李叔同传入中国。中国独幕话剧的源头可以追溯到胡适创作并发表于 1919 年的《终身大事》。

独幕剧是相对于多幕剧而言的。多幕剧需要通过具体的生活过程来反映生活全貌;独幕剧则选取生活片段最精彩的一点来展开故事情节,通过较少的、富有鲜明性格的人物表达单纯而深刻的思想。

一、独幕剧的艺术特色

(一)场景的集中性

由于独幕剧舞台表演的限制,故事发生的环境需要布景,因此情节的设计尽量浓缩在有限的舞台场景之中。随着科技的发展与话剧手段的革新,当代的许多话剧尝试运用各种手

① 周端木.戏剧结构论[M].上海:上海人民出版社,2015:98.

段对场景的限制进行突破。独幕剧可以有一个场景,也可以有两个以上的场景。但是它的场景转换与多幕剧相比,场景展现依然比较集中。例如胡适的《终身大事》、田汉的《获虎之夜》、欧阳予倩的《泼妇》、丁西林的《三块钱国币》、菊池宽的《父归》、约翰·沁孤的《骑马下海的人》等。

(二)冲突的集中尖锐性

独幕剧是一种集中地描写突变的舞台艺术。它需要在固定时间里,依靠“一次动作”,通过舞台空间的表演来引起观众的观赏兴趣,引起观众的共鸣,这就要求独幕剧具有较强的可看性。独幕剧吸引观众的可看性通常要求通过扣人心弦的戏剧冲突来呈现,即便是先锋戏剧,虽然淡化了矛盾与悬念,但它多是把传统上的冲突转化为观念与观念、理想与现实、人类与自然之间的冲突,而不是将戏剧冲突进行消解与解构。

独幕剧的创作既要保证情节线索扣人心弦,又要使人物形象鲜活生动。丁西林根据自己朋友的真实经历创作的《三块钱国币》即为其中翘楚,该剧以强烈的喜剧色彩描绘了当时抗战后方的人生百态。欧阳予倩创作的独幕剧《泼妇》,女主人公于素心是受了“五四”思想影响的新女性,她对带有浓厚封建思想残余的丈夫发出大胆的诘问:“你不是反对一夫多妻制的吗?你不是主张神圣恋爱的吗?你不是自命为主张女子解放的中坚分子吗?你不是绝对以真实不欺为信条的吗?你不是主张‘废娼说’,不忍拿金钱去压迫那无辜的女子吗?你始终不能不取掉你那正义人道的假面,到了今天,你证明自己从头至尾全是诈伪!”①于素心一连串有力的发问,既传达出了中国女性受男权社会压迫的心声,又将独幕剧中冲突的集中与尖锐体现得淋漓尽致。

二、独幕剧的创作技巧

我们以著名剧作家丁西林的代表作《三块钱国币》②为例,来学习独幕剧的创作技巧。

(一)较少而鲜明的人物设置

时间　民国二十八年抗战期间。

地点　西南的某一省城。

剧中人

吴太太　抗战期间,西南的某一省城的热闹街上所看到、听到、碰到的无数外省人之一,年三十以上,擅长口角,说得出,做得到。如果外省人受本省人的欺侮是一条

---

① 刘秀丽.中外独幕剧选读与赏析[M].昆明:云南大学出版社,2017:69.

② 丁西林.三块钱国币[J].戏剧创作,1980(4):76-81.

公例,她是一个例外。

杨长雄 抗战期间,跟着学校转移,上千的流离颠沛的大学学生之一。年二十左右,能言善辩,见义勇为,有年轻人爱管闲事之美德。如果外省人袒护外省人是一条公例,他是一个例外。

成　众 休假日期,杨长雄卧室中进进出出的许多少年朋友之一。年与杨相若,言语举动常带有自然而自觉的幽默。如果一个人厌恶女人的啰唆,喜欢替朋友排难解纷是条公例,他好像是一个例外。

李　嫂 物价飞涨,工资高贵的非常时期中,许多从乡间来省谋生赚钱的年轻女佣之一。年二十以下,毫无职业经验。初出茅庐,虽得其时,而未得其主。如果一个女佣只有赚钱,不会贴钱,只有正当地或不正当地增加财产,不会损失财产是一条公例,她的确是个例外。

警　察 当然是西南某一省城内许多维持治安的警察之一。但在数目的比例上,微有不同,因为在这一个城内,不但警察数目较多,卫队宪兵纠察侦探亦较多,然这与本剧无关,没有说明之必要。如果警察应该尊重权威专门招呼汽车是一条公例,他不是一个例外。

丁西林的《三块钱国币》是独幕剧的代表作品,故事发生在云南昆明。在当时社会的大背景下,主人公吴太太与大学生杨长雄因一个打碎的花瓶产生争执,引发矛盾冲突。从人物表我们可以看出,独幕剧中人物一般较少,该剧由五个主次要人物构成,主要人物为吴太太与杨长雄。

吴太太是一位雇得起仆人的中年妇女,剧本通过一系列尖酸琐碎的语言形象地刻画出一个满腹牢骚的世俗阶层人物形象。而另一个主要人物杨长雄则与之相反,他代表明辨是非、词锋锐利的知识分子阶层。面对吴太太的一系列言语和举动,他作为知识分子的正义感被激发出来。我们再来看这部剧中次要人物成众的语言与行为(数字为编者所加):

1.成众 老兄,你也应该客气客气啊!怎么连将军你都不说一声!

2.成众 (并非认真的)唉,老杨,我和你赌一个输赢好不好?这盘棋,如果你赢了,我出三块钱;如果我赢了,你出三块钱。赢的钱送给李嫂让她还债,怎么样?

3.成众 (走去把杨拉开)下棋,下棋,下棋,下棋,下棋,下棋。

4.成众 (燃着一支香烟,也回到原来的位置,静默了一会)这盘棋大概是没有希望下完了罢?(无意的一人代表两方,进行未完的棋局)

5.成众 (似乎经过了一番考虑)和一个女人打架?不大妙,可是我赞成给她一个教训。

6.成众 (知道这不过只是说说,所以也就随便应应)不甚赞成。(又走了几着棋)

7.成众 对不起,我在下棋,没有留心到我四周围的环境。

8.成众　(危险暴风波渡过,得到了这一场恶斗的结论)和棋。(收拾棋子)

从表面上来看,成众所有的台词都和下棋有关,颇有些“事不关己,高高挂起”的意味。但是,细究之下,他作为吴太太和杨长雄二人冲突的旁观者,对整个故事的发展起到了推波助澜的作用,也是缓解二人争执的中间人,是极具戏剧特色的人物形象。他也属于知识分子阶层,但作者在塑造成众时与杨长雄的形象大相径庭。杨长雄打抱不平、爱管“闲事”;成众则圆滑世故、独善其身。用次要人物成众衬托主要人物杨长雄的人物形象,乃作者有意而为之,既显示出剧作家的社会责任感,也体现出其在创作独幕剧时人物设置技巧的纯熟。

(二)集中的场景

布景

一个旧式住宅的四合院子。上面是有廊子的三间正房,是吴太太的住所。右面是两间矮小的厢房,是杨长雄的公寓。左面两间厢房,一为厨房,一为出门的过道。院子里有树有花,也有晒着的被单,女人的内衣和小孩的尿布等。廊子上堆着别无放处的桌子、椅子、茶几、板凳和小孩的车马等。

独幕剧场景的设置都比较单一,《三块钱国币》故事发生在一个旧式住宅的四合院子里。故事的开端就是李嫂打碎了吴太太的花瓶,对此剧中并没有过多的内容赘述,而是直接展开矛盾。中间叫来警察去当铺卖李嫂的被褥、当铺看不过去白给三块钱等情节,编剧将之处理为暗场戏。本剧场景高度集中,整个故事都在“旧式住宅的四合院子”中发生、发展、结束,剧情紧凑。

(三)集中单一的事件

独幕剧要选取最能体现主旨的生活片段来展开故事情节,将故事浓缩为最有利于展开戏剧冲突的核心故事。在《三块钱国币》中,不同人物围绕“李嫂打碎了花瓶该不该赔偿”这件生活小事产生了激烈的戏剧冲突。这个剧本的开头在初刊时与后来再版时有很大的不同,我们从丁西林对自己剧本的修改过程来体会独幕剧集中单一事件表达的创作技巧。初刊剧本的开头是这样的:

[开幕时,李嫂在擦吴太太的东西,杨长雄和成众坐在窗外下棋,吴太太在晒太阳。“啪”,李嫂打破了一只花瓶。

吴太太　呀!我的宝贝花瓶!

李　嫂　(诚惶诚恐)太太,真对不起,我一不小心。

吴太太　不小心！不小心就完事了，你赔我的花瓶，三块钱国币。

杨长雄　太太，何必呢？一只花瓶，没必要让她赔。

吴太太　什么没必要？三块钱国币，一分都不能少。

李　嫂　我没钱。

吴太太　没钱？让我搜搜(搜李嫂身，找出三毛钱)才三毛钱，剩下的呢？

李　嫂　太太，我真是穷人。

吴太太　穷人，穷人，这年头，哪一个不穷呃，哪一个不是穷人呃？白米卖到六十块钱一担，猪肉一块五毛钱一斤，三毛钱一棵白菜，一毛钱一盒洋火，从来没有听说过。穷人，穷人，是的，做佣人的是穷人，做主人的个个发财吗？这年头，只有军阀，只有奸商，没有良心的人，才会发财呀。是的，我雇的佣人是一个穷人，我承认，可是我并没有欺负她。这么贵的伙食，她一个人吃了三个人的饭，我都没有扣她的工钱呃。(转调)打破了我的东西，不赔！还有旁人帮忙，说不应该赔。我倒要听听这是什么道理。

而修改后发表的版本①开头是这样的：

[开幕时，吴太太在收拾晒干的东西，有的只是折好，有的先需熨平。杨长雄坐在窗外的一个蒲团上看书，晒太阳。

吴太太　(继续开幕以前的口角)穷人，穷人，这个年头，哪一个不穷呃，哪一个不是穷人呃？白米卖到六十块钱一担，猪肉一块五毛钱一斤，三毛钱一棵白菜，一毛钱一盒洋火。从来没有听说过。穷人，穷人，是的，做娘姨的是穷人，做主人的个个是发财的吗？这年头，只有军阀，只有奸商，没有良心的人，才会发财呀，我们可不是这样的人——这样的三间破房子，一个月要四十块钱的房租。打仗以前，连四块钱都没有人要。简直是硬敲竹杠！这样的事，才是欺负人的事，这样的人，才需要旁人去管教管教——(一面说话，一面已折好几件衣服，说时，目常向杨藐视，他显然是她管教的对象)

杨长雄　(想用两手掩耳，则无手拿书。不得已，用一手把对着声浪的一耳掩上)

吴太太　是的，我用的娘姨是一个穷人，我承认，可是我并没有欺负她。这样贵的伙食，她一个人吃三个人的饭，我并没有扣她的工钱呃。(转调)打破了我的东西，不赔！还有旁人帮忙，说不应该赔。我倒要听听这个大道理。

修改版本删除了李嫂打破花瓶、吴太太逼李嫂赔钱的段落，而是直接让吴太太一边抱怨

① 丁西林.三块钱国币[J].戏剧创作，1980(4)：76-81.

物价贵，一边将李嫂打破花瓶应该赔偿的事情用暗场戏的方式交代出来。原剧本的开头方式虽然直观地介绍了产生戏剧冲突的原因，但这种开头安排让剧本产生了两个戏剧冲突，一个是吴太太与李嫂之间要求赔钱与赔不起的戏剧冲突，一个是吴太太与杨长雄争论该不该赔钱的戏剧冲突。修改后的剧本通过删除吴太太逼迫李嫂赔钱的情节，使故事集中于是否应当赔三块钱国币这一事件，戏剧冲突更加凝练。

（四）集中而尖锐的矛盾冲突

优秀的独幕剧往往能够以小见大。在《三块钱国币》中，剧作家虽说讲述了发生在"旧式住宅的四合院子"这个狭小空间中的故事，但市井小院作为社会公共空间的缩影，却能展现众生相。冲突由两个主要人物构成（吴太太、杨长雄），由一个次要人物（李嫂）引发矛盾冲突，另一个次要人物（成众）推进剧情发展并适当激发或缓和冲突。矛盾双方在内外力双重作用力下从言语矛盾上升为行为矛盾，从而达到全剧的高潮。

吴太太　（再转向杨长雄，一逼）你以为我没有听见是不是？无耻，我请问你什么叫无耻？（得不到答复）无耻，是的，旁人的事，本不用他管，他来多事，这才是无耻。一个在背后骂人的人，这才是无耻。

杨长雄　（仍旧无言，一忍）

吴太太　（再逼）——一个大学生，以为了不得，自己说话不通，还想来教训旁人，自以为是受过高等教育，开口骂人！泼妇，请问什么叫做泼妇，哪一个是泼妇，讲啊！

杨长雄　（欲言而止者再，再忍）

吴太太　（三逼，转到杨的面前）你没得说了是不是？刚才你很会说话，怎么现在连屁也不放了？你骂了人你不承认。你骂了人你不敢承认，这才是无耻。是的，无耻！下流！混蛋！

杨长雄　（面白手颤，忍无可忍，忽然看到了茶几上放着的花瓶。急忙地走去，抱在手中，走到吴太太的面前，双手将花瓶拼命地往地上一掷，花瓶粉碎）

吴太太　（血管暴涨，双手撑腰）你这怎么说！

杨长雄　（理缺词穷，闭紧了嘴唇，握紧了拳头，没得说。忽然灵犀一点，恢复了面色，伸手从衣袋中摸出了三张纸币，送上）三块钱——国币！

吴太太　（事出意外，一时想不出适合环境的言辞。抢了纸币，握在手里，捏成纸团，鼓着眼，看着对方）

在独幕剧的最后，杨长雄无法忍受吴太太的语言暴力，将另一只完好的花瓶摔碎，而后又伸手从衣袋中摸出——三块钱国币。作品的名称就是这部独幕剧的关键所在，这"三块钱国币"解除了窘迫，保护了尊严，既揭示了小市民的庸俗性，又显示出喜剧性，为观众所津津乐道。这部分是全剧的高潮段落,随着几个人对话的展开,情节的发展、高潮、结局一气呵成,体现出了独幕剧冲突集中的舞台效果。

(五)“偶然性事件”的选材,“突转”写作技法的运用

在独幕剧中,作者常常会借助“偶然性事件”进行独幕剧的故事构思,运用突转等写作技法讲述故事,营造各种戏剧性场面。《三块钱国币》由李嫂不小心打破了一只花瓶这个偶然性事件引出了该不该赔偿的激烈冲突,冲突双方争执不下,最后杨长雄忍无可忍摔碎了另一只花瓶,以这种令人猝不及防的情节突转完成了全剧的高潮与结局。在爱德华·阿尔比创作的荒诞派独幕剧《动物园的故事》中,流浪汉杰利在公园里偶然遇到正在看书的彼得,于是开始絮絮叨叨地讲述自己的故事,并不断挑衅不想理会他的彼得,拿出短刀交给彼得要求决斗,最终自己冲向拿着短刀的彼得而死去,这种令人震惊的突转结局能够引起受众对人类生存的关注与思考。

独幕剧在创作要求上,如台词、舞台设计等方面和多幕剧有异曲同工之处,在创作过程中可以彼此借鉴。但是受到场景和篇幅的影响,独幕剧比起多幕剧来更为凝练集中:场景集中、人物集中、故事集中,在一场一景中将一个故事的发生、发展、高潮、结尾完整地创作出来,运用突转的方式吸引观众的注意力,使之沉浸其中。一部独幕剧作品,不仅要有好的场景和人物设置,而且要有事件冲突的尖锐性,更重要的是,还要在作品中表现出呼应社会与人生的主题——这才能真正实现独幕剧的创作意义。

【课程实训 1】

实训目标: 掌握独幕剧与多幕剧的异同。
实训内容: 对高行健的《车站》剧本进行分析。

【课程实训 2】

实训目标: 掌握独幕剧创作的基本方法。
实训内容: 以亲情为创作母题,完成一部独幕剧的剧本创作。要求有一组完整的人物关系,按照故事的开端、发展、高潮、结尾进行创作,情节发展一波三折。

第七节　短剧、小品的写作

一、短剧的写作

(一)短剧概述

小型戏剧,简称小戏,是相对大戏而言的一种戏剧体裁,它包括小型话剧、小型戏曲以及戏剧小品。有论者认为戏曲折子戏和影视短剧也属于短剧大家庭。[①] 小型话剧即独幕剧,是从国外引入的一种戏剧样式,主要通过人物的对话和动作来表现戏剧内容,一般演出时间在40分钟之内。小型戏曲是我国特有的一个艺术品种,它以歌舞演故事,是歌舞对话、动作等的结合体,通常为“单折本”戏曲,一般演出时间在30分钟左右。小型戏曲其实也是“一次动作的戏”,它以唱念做打为手段,在自由的舞台时空内,表现一个完整的行动。短剧、小品是一种极其短小的艺术形式,篇幅明显短于常规的独幕剧,它们具备独幕剧的基本要素,但又有其独特性。

从大的层面上看,短剧、小品其实从属于独幕剧。它们的整体特点都符合独幕剧的特点,但从剧本篇幅与容量、表演时间角度看,容量更小、演出时间更短是短剧、小品与其他独幕剧最大的区别。

短剧的特征,主要有以下几点:

第一,篇幅小。短剧是一个片段的戏剧,但是这个片段是独立且完整的。由于体量的限制,短剧要求在有限的时间和空间内营造情境、展开冲突、塑造人物、揭示主题。短剧一般只有2—3个主要人物,表现一件事甚至是事件的某个方面,主要表现一些生活小场景,甚至是一个片段式的再现。短剧的篇幅无法与常规戏剧作品相提并论。一般情况下,从演出时间上来看,传统戏剧的演出时间往往在90分钟及以上,体量庞大,对舞台、表演、舞美等的要求较高。短剧从属于独幕剧,篇幅很小,时长一般不超过20分钟,多数控制在15分钟以内。

第二,场面少。一般而言,短剧演出是不换幕的,场面相对单一,场景布置比较简单,故其情节安排受场面的限制较大。从演出规模来说,传统的戏剧演出团队动辄十几人甚至几十人,而短剧的主要演员少则一两个,多则四五人。在场景的选择上力避宏大场面,往往在生活小场景中展开故事,东北农民的家、街边的电话亭旁、等待装修的公寓,甚至马路边、公交车上,都是短剧常见的戏剧场景。

---

① 陆军.短剧的魅力[J].上海艺术评论,2020(2):82.

第三,戏剧冲突集中。由于短剧的体量限制,且必须具备戏剧性的特征,所以它需在有限的时间和空间内营造情境、展开冲突、塑造人物、揭示主题。短剧虽然篇幅有限,但创作难度并不低,非常考验剧作者的创作能力。它多聚焦于普通百姓的生活片段,从一个小的角度切入现实生活,通过简单而激烈的戏剧冲突,传达生活感悟,批判社会不良现象,讴歌真善美的人类情感。

(二)短剧的写作技巧

一个好的短剧作品具备戏剧创作的各个要素,作者必须具备完整的戏剧创作技巧,才能最大限度地实现短剧的艺术性,体现短剧的受众性。

第一,短小精悍。

短剧作品与传统的戏剧作品不同,它不能完整反映宏大的主题,表现深刻的社会内涵,但是"麻雀虽小,五脏俱全",这是对于短剧创作技巧的金标准,人物、情节、矛盾、冲突缺一不可,同时还要兼具故事的开端、发展、高潮、结局。"人们常常用'短''小'等词语来提炼短剧的艺术特征,似乎短剧只是大型戏剧的压缩,它的创作方法与大型戏剧并无差异,其实不然,相比于大型戏剧,它更考验编剧的技术应用,简单来说就是人物动作更单纯、情节更为简洁、冲突更为紧张、进入危机更为迅速、情境更具张力,创作大戏有足够的时间与空间去延展动作和铺陈情节,短剧则是要在短时间内完成情感的爆发和思想的碰撞,它是节约的艺术更是凝练的艺术,这就是对短剧独特的认识。"①

第二,多聚焦于普通人的生活片段,体现现实社会问题。

短剧的演出时长通常在15分钟左右,所以,剧作者在创作时应尽量从小的角度切入现实生活,通过简单的戏剧冲突,传达出生活感悟。日本剧作家菊池宽的《父归》,讲述了妻子年轻时被丈夫抛弃,含辛茹苦地将儿女养大成人,而浪荡丈夫年老后生意失败、孤苦无依,希望家庭能够收留他的故事。作者将这个故事安排在准备吃晚饭的时间,母亲、儿女都完成了一天的工作聚集在家里,这时失踪多年的父亲找上门来。这部短剧讲述的事件涉及几十年的时间,故事在晚饭前、家庭场景中展开,既符合生活逻辑,又能够将所有相关的人物聚集在一起,表现出不同人对这一事件的态度。

第三,场景的选择上,往往在有助于主题表达的生活小场景中展开故事。

短剧表演时间短,从经济成本的角度考虑,场景通常不需要宏大场面,布景也比较简单,但要考虑故事发生发展、主题表达等各方面与场景的关系。在契诃夫的《天鹅之歌》中,68岁的喜剧演员斯维特洛维多夫被遗忘在化妆间。酒醒后,他回忆起年轻时为了事业的踌躇满志,而如今辉煌不再,前路茫茫,对死亡产生了极大的恐惧。《天鹅之歌》将故事聚焦于一个年迈衰朽的喜剧演员,选取他在演出后被遗忘,酒醒后面对"熄了灯的黑夜的戏园子"的悲

---

① 陆军.短剧的魅力[J].上海艺术评论,2020(2):83.

凉恐惧片段,以小见大,表现出生活的无常、人与人之间的冷漠及个体的孤独。

短剧由于篇幅短小,演出场景要求相对简单,多表现社会现实问题,讲述普通人的故事,因此在生活中应用的频率比多幕剧、时间较长的独幕剧要高很多。短剧的创作方法与独幕剧有很多相似之处,但在实际创作过程中,短剧对时间的要求更短,人物性格要更加鲜明,人物语言要凝练且贴近形象,情节要更加简单,冲突要更有张力,进入发展、高潮段落要更加迅速,结尾部分要更有特点,直击人心。

二、小品的写作

(一)小品概述

小品是20世纪80年代初在我国兴起的一种短小的戏剧样式,一般演出时间在15分钟左右。小品以戏剧化的手法,表现现实生活中较为普遍的社会现象,并在其中挖掘出较为尖锐的矛盾冲突,传递给观众一定的哲理和意趣。

1983年,在中央电视台第一届春节联欢晚会上,斯琴高娃、严顺开表演了小品《逛厂甸》,王景愚、姜昆表演了哑剧风格的小品《吃鸡》,自此小品这种新的艺术形式走进了观众的视野。借助电视和网络等大众媒体,小品逐渐成为普通观众最喜爱的戏剧样式之一。例如,在历年春节联欢晚会上,语言类节目——相声和小品往往是最受人关注和喜爱的节目类型,近年来兴起的《欢乐喜剧人》《我看你有戏》等表演类选秀节目,以小品为主要节目形式,获得了不错的收视效果。

经过近些年的发展,在融合了其他艺术形式的基础上,小品形成了多种多样的艺术表现类型。有的作品强调喜剧性、娱乐性,寓教于乐,这类作品我们多以小品统称,例如赵丽蓉主演的《打工奇遇》、开心麻花团队的《今天的幸福》等;有的作品遵守话剧创作的艺术规则,强调表演的张力和感染力,这类作品我们多以短剧统称,如CCTV电视小品大赛职业组的获奖作品《接受》《坑道深处》等。

小品究竟是不是一种独立的戏剧形式,自小品诞生以来,这个争议一直存在。小品体量短小,所能容纳的内容和艺术手段有限,并且它主要通过大众媒体传播,加上杂糅的艺术形式,使小品的戏剧品格受到质疑。但是,总体看来,小品基本符合戏剧的艺术特性,可将其视为一种简单、初级的新型戏剧形式。小品要求表演者用通俗易懂的语言和贴近生活的表演方式,在篇幅较短的文本创作中诠释出符合人物性格和人物关系的角色。自20世纪80年代开始,小品成为我国文化舞台上的常青树,特别是喜剧小品,经常出现在大型晚会和各种集体活动的现场,受到广大观众的喜爱。

归根溯源,小品是一种小型话剧或者是话剧片段的表现形式,最早出现在戏剧教学的过程中,是学生进行课堂表演训练的蓝本。随着传媒行业的高速发展,尤其得益于央视春节联欢晚会,小品借助电视媒介走进千家万户,迅速成为大众喜爱的艺术形式。在每年一届的央视春节联欢晚会中,小品创作者不断开拓创新,涌现出大量脍炙人口的作品,这不仅仅是小品这一艺术形式的进步,更标志着小品已经成为一种较为成熟的艺术表现形式。

虽然小品兴起的时间不长,但它逐渐形成了一些为观众和创作者接受的艺术特色与艺术准则。

第一,短小精悍。

小品的篇幅很小。历届 CCTV 电视小品大赛将参赛小品的时长控制在 12 分钟以内,超时要扣分;在各类晚会上,小品的时长也很少超过 20 分钟,多数在 15 分钟以内。

小品的视角往往较小,从一个小小的角度切入现实生活,通过简单的戏剧冲突,传达出简单的生活感悟或社会主题。

2014 年央视春节联欢晚会上的小品《扶不扶》就是一个典型而成功的例子。普通青年郝建追尾了别人的汽车而受伤,路上遇到一个大妈摔倒。由于社会类似事件的教训,郝建对扶不扶倒地的大妈很是犹豫,但是最终良知战胜顾虑,郝建要帮助大妈,结果反被大妈误会是肇事者。交警介入,还郝建清白。这个小品从一个小小的社会事件切入,从一系列的误会和巧合中洞察人心,宣扬实事求是、尊老爱幼的社会美德。视角虽小,主题却有一定深度和社会意义。

小品之小,既是限制也是优势。能够以小见大、给人欢乐和思考的小品,才是优秀的小品。

第二,雅俗共赏。

小品作为大众喜闻乐见的一种戏剧形式,在 20 世纪 80 年代勃兴,以大众文化的兴起为背景,也与当时大众传媒——电视的普及有重要的关系。著名编剧崔凯曾经这样总结:“时代孕育了喜剧小品,人民大众是喜剧小品的接生婆,电视文艺晚会是小品的产房。”①许多经典的小品十分注重戏以载道、寓教于乐的社会功能,例如赵丽蓉主演的《打工奇遇》揭露黑心餐馆的骗人伎俩,潘长江主演的《过河》展示农村青年积极向上的爱情观,开心麻花团队的《大城小事》则讲述了新北京人在城市里的奋斗。这些小品往往扎根普通民众的现实生活,用巧妙的情节、幽默的语言、扎实的喜剧表演使人开怀一笑。但是,20 世纪 90 年代以后,在大众文化浪潮中,功利主义、娱乐至上的文化倾向使某些小品的喜剧精神发生了偏离,“在感官享受越来越取代了理性反思的当代社会里,娱乐至上、享乐主义的审美需求刺激了喜剧小品对世俗性、娱乐性、商业性等特征的追逐。各种晚会、综艺类节目,为搞笑而搞笑,过分追求形式上的新鲜、离奇、刺激、逗乐,导致作品苍白浅薄、恶俗异化,小品质量滑坡成为必然”②。

小品,尤其是喜剧小品,应该追求什么样的审美品位呢?我们可以从广受欢迎的小品作品里寻找答案。优秀的小品往往符合喜剧创作的基本规律,具有浓郁的生活气息,与时代和

---

① 崔凯.关于喜剧小品的再思考:兼与彭俐先生商榷[C].“首届全国喜剧小品探索与争鸣研讨会”专辑,2003.

② 谢旭慧.关于喜剧小品的反思与展望[J].现代传播,2013(2):69.

社会现实紧密相连，以喜剧的手法传达真善美的主题。那些脱离现实，违反生活逻辑、浮于社会现象表面或仅卖弄流行词汇的肤浅创作，注定被观众所抛弃。

小品之小，并不意味着可以简单随意地进行“急就章”式的创作。小品作为一种戏剧样式，同样需要编剧具有扎实的生活体验和熟练的创作技巧，这样才能使创作出来的小品作品关心民生，直面现实，嘲讽邪恶与丑陋，维护真理与正义。果戈理在100多年前就曾指出，真正喜剧的笑“不是那种由轻松的效果、浅薄的俏皮话和滑稽的双关语引起的笑，也不是那种让社会上的俗众开心的笑”，“而是那种像通了电流一样，使人精神焕发的笑，它是情不自禁、毫无拘束、突然间直接从被智慧的强烈闪光触动的心灵里爆发出来的，是由平静的愉悦产生的，只有具备很高的智慧才会发出这种笑”。①

第三，形式多样。

小品诞生并兴盛于多元化的大众文化中，它生命力强，形式灵活，可以吸纳许多其他艺术样式为其所用，形成形式多样的小品类型。下面仅将一些流行的小品形式做简单介绍。

（1）喜剧小品。

喜剧小品是小品最常见的类型。喜剧小品遵循喜剧的基本创作规律，用幽默生动的语言和表演获得观众的喜爱。喜剧小品不仅是把无价值的东西撕破了给人看，它往往还带有强烈的讽刺意味，能够揭露不良社会现象和人性弱点，让人们在笑声中认识社会、反省自己，让人们的灵魂在笑声中得到洗礼、净化和升华。

喜剧小品主要的喜剧手法是幽默的语言和经典的喜剧技巧。小品是语言的艺术，用幽默的语言技巧来呈现生活智慧，洞察社会现象，是小品的主要艺术手段。优秀的喜剧小品往往充分利用误会、巧合等手法来营造喜剧效果。开心麻花团队近年来异军突起，得益于其扎实的喜剧语言与表演。

（2）歌舞小品。

一些小品吸收歌舞表演作为艺术表现手段之一。小品吸收歌舞表演，可以更好地传达真情，升华主题。例如赵丽蓉主演的著名小品《打工奇遇》和《如此包装》，巧妙地利用流行歌曲和歌舞表演来增强艺术效果。当我们看到一个善良实在的农村老太太被包装成慈禧太后，包装成不土不洋的“麻辣鸡丝”的时候，不禁会心一笑，因为这是对我们身边那些打着发扬传统文化旗帜，进行过度文化包装的恶俗现象的讽刺。

小品《打工奇遇》

（3）戏曲小品。

戏曲是具有深厚大众文化基础的艺术样式，小品吸收戏曲作为表演手段，使两种大众艺术样式相得益彰。

戏曲小品往往借鉴传统戏曲的题材和内容，老戏新编，或旧瓶装新酒，在审美趣味上与

① 果戈理. 一八三六年彼得堡随笔[M]//果戈理. 果戈理全集：第6卷. 冯春，译. 石家庄：河北教育出版社，2002：112.

戏曲相近。例如,河南著名戏曲演员范军曾有一系列的戏曲小品问世,流传甚广。范军的戏曲小品往往借鉴河南豫剧中丑角的创作手法,说媒拉纤的媒婆、嫌贫爱富的丈母娘、痴迷戏曲的戏迷等,都是他戏曲小品的主角。他的作品《相女婿》《戏迷说戏》《友情如玉》等,是豫剧小品的代表作。

戏曲小品的创作需要有较强的戏曲创作能力和表演能力,所以戏曲小品既能让观众欣赏到令人开怀的喜剧情节,也会因为著名戏曲演员的演唱而满足观众对戏曲的欣赏需求。

(4)哑剧小品。

哑剧艺术的历史源远流长,哑剧小品则吸收了哑剧创作的艺术精髓———仅靠肢体表演来营造戏剧效果,是一种较为特殊的小品表演类型。哑剧对演员的肢体表演水平要求很高,仅用动作来讲述故事,传情达意,对于剧作者来说,并非易事。优秀的哑剧小品凤毛麟角,王景愚的《吃鸡》是哑剧小品的经典之作。

综上,小品也需遵循戏剧创作的基本规律,它诞生并兴盛于大众文化流行的当代。小品应该秉承戏剧的基本审美品格,充分吸纳其他艺术样式的优势,扎根现实生活,从小视角切入,以小见大,弘扬真善美,抨击假恶丑,以大众喜爱的方式,在戏剧舞台上谋得一席之地。

(二)小品的写作技巧

创作一部优秀的小品并非易事。小品虽小,但它对创作者的要求并未降低。小品必须在短时间内呈现主题、建构冲突、塑造形象,还必须有一定的娱乐效果,因此,小品创作的难度并不亚于一部长剧的创作。

对于初学者来说,怎样才能创作一部合格的小品呢?

第一,主题简单鲜明。

小品自诞生之日起,就打上了鲜明的大众文化审美的印记。这就要求小品的主题必须符合大众审美的品位,不能像大型戏剧那样充分展开情节、深挖主题;小品主要借助大众媒体进行传播,或者在节日晚会等场合进行演出,它必须兼顾作品的娱乐性和艺术性,所以,小品的主题必须简单鲜明。

怎样才能使小品的主题简单鲜明又为观众喜闻乐见呢?我们身边每天都会发生很多引发大众关注的新闻事件,某些新闻事件往往会引起观众的强烈关注,如果小品能够关注现实事件,深挖这些事件背后的社会意义,并运用戏剧技巧将其呈现在舞台上,必然会引起观众的兴趣。小品《扶不扶》这个作品,以近年来社会上出现的老人摔倒事件为背景,用一串巧合来拷问一个普通人的灵魂。作品并没有停留在扶不扶这个问题的答案上,而是呼唤良知,呼唤公正,将主题提升到了道德的高度。

小品之小,仅能容纳简单鲜明的主题。但是,简单鲜明并不意味着停留在现象表层,应进一步升华和深挖,以小见大,引发观众思考。

第二,冲突单一集中。

小品要在短时间内展开情节,讲述故事,呈现主题,这就要求小品的冲突设置要单一集中。单一集中的冲突,需要剧作者设置简单明了的故事情境,让观众迅速入戏,了解故事发生的背景。在许多小品的开头,角色一上来,先自报家门,然后说明故事的前因后果,因为在小品中,不能像大型戏剧那样,对人物形象做详细的铺垫和表现。尽快介绍清楚故事情境,是建构冲突的前提。接着,主要角色登场,作品围绕一个中心事件展开,而戏剧冲突往往只设置一个,通过误会、巧合等经典戏剧手段,建构冲突,制造矛盾,营造喜剧效果。冲突的建构和展开是小品的主体内容,是剧作者创作的重心所在。最后,小品还要给出一个明确的结局。这样,才能使主题的表达更加清晰完整。也有很多小品在故事的结尾,会对主题进行明确的强调和升华。

小品要建构单一集中的冲突,并不意味着降低小品对冲突的技术要求。相反,它要求小品的故事有开端、发展、高潮、结局,剧作者必须纯熟地运用各种戏剧技巧,讲述故事和展开冲突。

第三,语言幽默。

小品的"小场面",使剧作者在进行创作时,不用花费太多功夫去营造故事情境,也不用耗费精力进行舞台设计,而主要进行戏剧冲突的营造和戏剧语言的写作即可。所以,小品经常被归为"语言类节目",就是因为小品的主要艺术表现手段是语言与动作,语言决定了小品创作的成败。

成功的小品往往都是具有较强语言风格的作品,它们充分运用具有地方特色的方言土语、歇后语、抖包袱等语言技巧营造娱乐氛围。平实但富有幽默感的东北方言为很多小品增添了较强的喜剧色彩;麻花团队近年来异军突起,得益于他们扎实的喜剧语言与表演。

喜剧小品是广大观众喜闻乐见的小品形式,一般情况下,小品均会带有喜剧色彩。剧作者如果具有较强的喜剧创作才能,小品的创作就成功了一半。

近年来的小品舞台上,各种风格的喜剧小品异彩纷呈,但是有一些小品将喜剧等同于"搞笑",为了引发观众的"笑",不惜牺牲小品的故事性和深度,作品内容浅白低俗,表演夸张甚至装疯卖傻,这种肤浅的创作,最终将会失去观众。

第四,充分利用其他艺术形式。

如前所述,戏剧是一门综合的艺术。小品不是一种单纯的戏剧形态,在大众文化的生态环境中,小品应该广泛吸收其他艺术形式,丰富自己的艺术表现手段。

当下小品可以利用的艺术形式,有戏曲、歌舞、哑剧、杂技、曲艺等,在创作小品时,剧作者要根据创作题材进行合理选择。在选择艺术形式时,剧作者应根据题材内容进行合理挑选,让其他艺术样式为小品服务,切不可喧宾夺主,为了突出某种艺术样式而牺牲小品的完整性和戏剧性。同时,剧作者还要考虑自己的创作特长和表演者的艺术特长——很多吸收其他艺术样式的小品之所以能够成功,往往就是因为有特殊表演才能的演员的参演,这就要求剧作者与小品的表演团队及时沟通,根据自身的创作特长与演员的表演特长,进行表演形式的创新。

小品创作应该遵循喜剧创作的基本规则,贴近生活、情趣盎然的喜剧风格是剧作者应该追求的,也是观众最为期待的。小品的创作者应该扎根生活,用一种乐观幽默的心态去看待生活,用一种严谨的态度去创作,深挖生活中的故事,借小品的舞台展示市井百态和人生百味。

戏剧是人类艺术皇冠上的明珠,在所有的艺术形式中,戏剧往往被认为是最能代表一个民族水平的艺术。戏剧创作是困难的,它需要创作者积累深厚的生活体验,并对这些生活体验高度提炼,深入反思,运用戏剧技巧,将其呈现在戏剧文本和舞台之上。

【课程实训 1】

《煎饼果子的味道》剧本

实训目标: 掌握短剧、小品的分析方法。

实训内容: 从人物、情节设置、戏剧冲突等方面,对短剧《煎饼果子的味道》剧本(见二维码)进行分析,并写作 500 字的短评。

【课程实训 2】

实训目标: 掌握短剧、小品创作的基本方法。

实训内容: 创作一个短剧或小品并进行表演。

第九章
影视剧改编

改编是影视剧本创作永远绕不开的一个话题。综观世界影坛，文学作品与电影在开始时便紧密相连。当电影还处在起步阶段时，根据当时的流行小说、经典名著改编的电影作品便相继出现。改编风潮至今兴盛不衰，目前，改编的素材来源除了传统的文学作品、戏剧、传奇话本外，还包含网络文学、网络游戏、动画等新兴产物。

法国著名导演弗朗索瓦·特吕弗说："如果说25年来我学到了一些东西，那就是把一部小说改编成剧本比自己写一个剧本难。更确切地说，当我从零开始，也就是一切从一张白纸做起时，我能使观众更好地理解我。"①提到改编，我们要摆正一个思想，改编绝对不是照搬原作，仅仅只在格式上做少量调整。改编本质上是一种再创作，是将原作的内核、结构、功能和形式进行再调整，从一种媒介改编成另一种媒介，是一个全新的艺术创作过程。

第一节　影视剧改编概述

一、影视剧改编的素材来源

影视剧改编的题材来源广泛，从传奇话本、戏曲戏剧、经典名著、诗歌、散文到网络小说、现实社会事件等都会成为改编的素材，文学改编和真实的社会事件改编是影视剧两种基本的素材来源。

（一）文学改编

文学是影视作品重要的灵感源泉，许多文学改编作品成为影视史上的经典之作。2005

---

① 特吕弗.《最后一班地铁》——为何拍？如何拍？［J］.世界电影，1988(4)：200.

年,美国《图书标准》杂志曾做过一份统计分析,结果显示,在电影史上,有五分之一到三分之一的影片改编自图书,而在奥斯卡奖最佳影片的提名作品中,这一比例高达五成。[①]

首先,优秀的文学作品往往能够给电影提供一个成为精品的良好基础。作为叙事艺术,优秀的文学作品最能吸引剧作者的是它能够提供一个引人入胜的故事,这个故事能够保证剧本的叙事质量,这对于影视作品来说至关重要。其次,优秀的文学作品,尤其是长篇文学作品,一般故事曲折,细节丰富,可给创作者提供较大的改编空间。优秀的文学作品还能给电影提供丰富而深刻的思想。文学作品倾注了文学创作者个人的生活体验,凝聚了创作者深厚的人生体悟,这使文学作品达到了较高的精神境界。剧作者对文学作品的改编,往往是站在巨人的肩膀上,起点较高,能够保证影视作品拥有深厚的精神内涵。当然,畅销的文学作品拥有较为庞大的阅读群体,改编这类文学作品,通常能获得较为良好的市场回报。

文学作品究竟应该怎样进行改编?在戏剧史上,改编自文学创作的作品数不胜数,中国古典戏曲中的很多传奇,如明代汤显祖的《牡丹亭》《邯郸记》等著名作品改编自唐代传奇,清代洪昇的《长生殿》改编自文学作品中长盛不衰的李隆基与杨贵妃的故事。在电影史上,自从法国著名电影家梅里爱将凡尔纳的科幻经典作品《月球旅行记》搬上银幕开始,电影与文学就发生了紧密的联系。关于文学作品的改编方法,西方理论者将其归纳为移植式、注释式、近似式;[②]在中国,关于文学作品的电影改编,也大体可以分为忠于原著、主观创造、以电影的形式忠于原著的折中派三种。[③]

从当下文学改编的趋势来看,对原著进行具有个人特色的再创作,是文学改编的总体趋势。中国许多著名影视创作者的主要创作都与文学改编有关,早期如第一代电影导演郑正秋、张石川,当下有著名电影导演张艺谋、陈凯歌等。在中国当代电影创作中,张艺谋的电影多数改编自文学作品,据统计,截至2014年年底的作品《归来》,张艺谋导演的20部电影中,有包括《红高粱》《活着》在内的14部影片改编自文学作品。张艺谋一直强调电影与文学的密切关系,“我一向认为中国电影离不开中国文学。……我们谈到第五代电影的取材和走向,实际上应是文学作品给了我们第一步。就我个人而言,我离不开小说。”[④]我们主要通过张艺谋的电影改编作品,研究如何对文学作品进行影视剧改编。

(二)叙事改编

文学作品能够为电影提供新颖独特的高质量故事。张艺谋1992年的电影《秋菊打官司》改编自作家陈源斌的中篇小说《万家诉讼》,张艺谋说,“我觉得他(陈源斌)首先写了一

---

① 奥斯卡:文学改编卷土重来[N].中华读书报,2012-12-01(4).

② 瓦格纳.改编的三种方式[J].世界电影,1982(1):31-44.

③ 孟中.文学改编:一次特殊的电影心理活动[J].电影艺术,2004(2):9-12.

④ 李尔葳.张艺谋说[M].沈阳:春风文艺出版社,1998:10.

个很好的故事。同时，这个故事中还包含着很多内容可以让我们展开"①。"原作提供的角度，就是一个女人打官司的故事"②。"打官司"的电影作品很多，而《秋菊打官司》的独特之处在于，打官司的主角是一个对法律一知半解的农妇，她要告的是村长，这是一个典型的"民告官"的故事，告状的主人公是个农村女性。这个故事表面上看是一个法制故事，从深层次来看，秋菊打官司是因为村长踢伤了自己的丈夫，使丈夫有失去生育能力的可能，也是一个关于人的尊严和农村宗族、伦理的叙事文本。所以，中篇小说《万家诉讼》提供了一个充满张力的故事，这个故事具有可供发掘和延展的多层叙事空间。这在电影《秋菊打官司》里，也得到了充分的体现。

文学创作受到的限制性较小，所以文学作品往往行文恣肆，情节丰富。剧本是为戏剧、影视作品提供脚本的创作，而戏剧、影视作品往往受到体裁、投资等的多重限制，需要对原作的故事情节做较大改编，需要根据影视剧的不同长度要求，重新梳理故事情节，建构叙事线索。张艺谋的电影作品《山楂树之恋》就是典型例子。电影《山楂树之恋》改编自美籍华人艾米根据好友的经历写成的爱情故事，女主人公静秋与恋人老三之间的爱情被誉为"史上最干净的爱情"。在小说中，静秋是个自强自立的女性，在"文革"后期，静秋家庭成分不好，生活艰难，但是她没有丧失理想和尊严。静秋在编写教材下乡体验生活时，爱上了军分区司令的儿子老三。老三重情义，甘愿为静秋提供诸多帮助，但是静秋坚持靠自己维持家庭生活，完成学业，找到工作。静秋的自强自立赢得了老三的爱情。静秋工作转正，老三却英年早逝。在电影《山楂树之恋》中，删减了静秋为维持家庭生计而付出的努力，降低静秋自强自立的性格成分，着重突出静秋和老三纯洁的爱情。情节的简化和叙事线索的删减，可以使故事的叙事更加简洁明了，符合电影的创作规律，符合观众的欣赏习惯。

文学作品的剧本改编要求创作者充分研读原作，并且要与电影导演充分沟通，了解导演对改编的基本意图；然后，剧作者均衡原作和导演要求等诸多因素，结合自己的人生体验，进行叙事层面的二次创作。

（三）主旨改造

为了符合剧本创作的规律，剧作者在进行文学改编时，往往也会对创作主旨进行改造。

剧作者改造原作的主旨，先要发掘原作的现实意义。原作的现实意义可以从两个角度考虑，一是文学原著所展现的内容是否在当下具有现实性，是否能引起观众的关注。张艺谋的电影《秋菊打官司》诞生在中国建设法治社会的关键时刻，法制问题是举国关注的政治热点和民生问题。《秋菊打官司》用一个独特的案例展示法治社会进程中的种种现象，具有强烈的现实意义。这种现实意义可以使电影获得较高的社会关注，电影中的种种现象会让观

---

① 李尔葳.张艺谋说[M].沈阳：春风文艺出版社，1998：34

② 李尔葳.张艺谋说[M].沈阳：春风文艺出版社，1998：35.

众产生切身感和情感共鸣。二是剧作的主旨是否具有强烈的时代感。剧作者改编的文学作品可能并不来源于当下,为了突出、强调作品的现实意义,或者为了符合戏剧、影视剧创作的规律,剧作者必须对作品的时代背景、故事情境做较大的改编。在改编过程中,剧作者往往仅保留原作的基本故事情节和基本主旨。张艺谋的电影《满城尽带黄金甲》脱胎于曹禺著名话剧作品《雷雨》,电影在时代背景、人物关系、故事情境上对《雷雨》做了较大的改动,但它保留了《雷雨》的基本主旨:探讨人的欲望与人的命运。这一主旨使《雷雨》能够超越创作的时代性,具有永恒的意义,也使《满城尽带黄金甲》能够用五代十国时期一个帝王家庭的悲剧诠释这一主题。因为《雷雨》主旨的永恒性,《满城尽带黄金甲》也会激起当代观众对欲望、人性、命运的思考,这部古装电影也就有了时代感和现实意义。

剧作者在改编文学作品时,应当特别关注文学作品中能够冲击受众情感,引起情感共鸣的部分,这部分往往是改编的立足点和高潮,是剧作者将其转化为创作激情和创作成果的重要部分。2000 年,张艺谋在解放军艺术学院答戏文系学员提问时,谈到了电影《我的父亲母亲》的创作,特别强调原著小说《纪念》带给他的情感冲击。他说,“我看小说很注重心动的感觉。比如,东北作家鲍十,名不见经传,他的小说《纪念》写得很平实,读后感觉散文似的,我当时被一个细节打动了:主人公的老父亲是个老教师,上课回来很累,炕上一坐,经常是她妈做好饭端上时,他爸在炕上睡着了……这个细节突然打动了我,就想拍。我自己看电影、看戏,也有这种心动的感觉。在某个高潮时,也突然心动一下,或者是突然掉泪,这是真正的心动,不是别的感觉。我觉得一部电影让观众在观看时,心动的感觉有一次,那么这部电影就成功了”。虽然在电影中,张艺谋提到的这个细节并没有出现,但是《我的父亲母亲》所表现的青年时期“我”父母的纯洁坚贞的爱情,与打动导演的平实、细腻的感情是非常类似的,这是《我的父亲母亲》这部电影的情感基调,也是激发创作者(编剧和导演)创作激情的情感动力。

通过研究较为成功的文学改编作品,我们能发现,创作者对原作的主旨和思想体系往往会做较大的改变。文学创作可以用较为自由的笔触去讨论严肃的哲学问题,其中不乏深邃艰涩之作,影视作品对这类严肃文学作品进行改编时,往往需要降低原作的思想高度,强调原作中容易被观众接受的思想,以适应影视作品的大众属性。当然,创作者对原著思想内涵的“降格”,并不是肤浅地理解原著的精神内涵,简化甚至俗化原作的主题,创作者对严肃文学作品的改编应当慎之又慎。剧作者只有充分理解严肃文学作品的精神内涵,才能对原著的精神进行选择。张艺谋 2014 年的电影《归来》改编自著名作家严歌苓的小说《陆犯焉识》,这部小说体量巨大,塑造了陆焉识这个经历了 20 世纪重大政治风浪的知识分子的蜕变过程。但是,电影《归来》并没有探讨中国知识分子与宏观政治环境的关系,它撇去了《陆犯焉识》的时代意义和政治喻指,甚至省略了陆焉识与妻子冯婉喻曲折而纠结的感情关系,只紧紧抓住陆焉识与冯婉喻深厚的爱情,展示他们在艰难环境中的夫妻情深。这种改编虽然没有原作的思想高度与广度,但是它强调了作品的世俗情怀,使观众能够在有限的观影时间里理清剧情，捕捉剧作的主旨。

剧作者阅读文学作品，能够延展自己的视野，丰富自己的学识和素养；更重要的是，改编文学作品是剧作者重要的创作方法，文学作品为创作者提供了丰富的间接生命体验，这些间接生命体验和创作者的个人阅历、创作才华相碰撞，能够使文学作品在改编过程中焕发新的生命力。

（四）真实事件改编

生活远比戏剧精彩，许多优秀的戏剧、影视作品都是根据真实事件改编的。20 世纪 40 年代意大利新现实主义电影的代表作《偷自行车的人》就是导演维托里奥·德·西卡根据报纸上的新闻报道改编而来的；侯孝贤编剧、执导，获第 28 届台湾电影金马奖最佳剧情片、最佳原创剧本奖的电影《牯岭街少年杀人事件》也是根据 20 世纪 60 年代初发生在台北的真实事件进行的创作；2014 年，根据英国物理学家史蒂芬·霍金的生平创作的传记电影《万物理论》获得了第 72 届金球奖中的剧情类最佳男主角、最佳电影配乐等奖项。

那么，我们应该怎样对真实事件进行改编呢？

第一，根据真实事件改编影视作品，必须获得相关当事人的许可，尽可能细致地收集素材。如果事件的主要人物依然健在，创作者和投资方应和他们进行充分沟通，尤其是创作者需要对事件的具体情况、事件当事人或参与者进行细致的采访。很多名人传记类型的影视作品往往改编自传记类的文学作品，如电影《万物理论》改编自简·王尔德的回忆录《飞向无限：和霍金在一起的日子》，这部回忆录讲述了知名物理学家史蒂芬·霍金和他的第一任妻子简·王尔德始于剑桥大学的爱情故事及霍金患病前后的传奇故事。回忆录往往能给剧作者提供较系统的创作素材，贯穿在回忆录里的情感和思想，也往往能给剧作者以启发。

2018 年上映的《我不是药神》改编自 2015 年广受关注的“陆勇案”。陆勇是一个白血病患者，为了活下去，也为了救别人，他代购印度盗版抗癌药物，最后受到了法律制裁。影片并未改写真实事件的结局，而是以深挖故事的现实意义、开掘人性深度作为影视创作的突破口。进口的救命药无法进入医保报销，药品昂贵，需要终身服用，而得病的普通人又吃不起药。慢性白血病患者群体的这一两难境地背后，是普通人面对病痛与生死的不同态度，有人坚持，有人放弃，有人逃避，更使主角完成了从“为钱”到“为众生”的人性蜕变。这部电影引起了广泛的社会关注，也助推了国家进行医疗体系和医保政策的完善。该片对程勇的人物塑造十分出彩，作为一个生活在社会底层，面对自己经济和生活双重难题，程勇铤而走险，发现了走私贩卖抗癌药品的生财之道，此时，程勇是一个一心发财的底层小人物，他唯利是图却良心未泯；随着走私药品被打击，程勇将这一生意转给他人，但在发现往日的朋友吕受益等人因为无钱购买药物濒临生命的绝境时，程勇为救朋友再次铤而走险走私药物，这时候，程勇是一个人性觉醒、品行高贵的形象；最后，程勇为了拯救更多的白血病人，不计利益地卖药甚至送药，他成了拯救众生的“药神”一样的人物，最终因违法犯罪被判入狱。程勇的蜕变,有扎实且生动的剧情步步铺垫,合情合理又感人至深,是该片最为精彩的地方。

第二,真实的事件和人物不能成为剧作者进行创作的束缚。剧作者在创作时,在不违背基本逻辑的前提下,可以在主题的传达、人物的塑造、细节和场景的设计上充分发挥想象力,进行艺术虚构。在《我不是药神》中,程勇被判入狱,从法庭出来坐上押送犯人的警车,往日他救助过的白血病人夹道送别,这其中有尚在人世的受益患者,也有已经去世的患者朋友。程勇透过车窗看着他们,他们的身影叠印在车窗上,蕴含了同情、惜别、致敬等多重含义,虽然超越了现实的范畴,但它将观众的情感推向高潮,也是突显主题的重要段落。在《离开雷锋的日子》中有一个精彩的故事段落,讲述了乔安山部队转业后的一次出车经历。在这次出车过程中,他惩治多占座位的不良行为,见义勇为抓小偷,将难产的产妇送到医院并给产妇献血。这个故事段落进行了充分的戏剧性加工,在一次出车经历中浓缩了多个践行雷锋精神的事件。

电影《离开雷锋的日子》片段

二、影视剧改编的基本原则

对于改编者而言,在把握原作故事素材与内涵的基础上,应围绕着尊重原作素材、与时俱进的主题与时代审美、叙事与人物的视听造型化和满足观众的期待心理四个方面进行。

(一)尊重原作素材

原作能成为影视改编的对象,必然在文学价值、市场价值、社会价值、艺术价值等方面有独特之处,了解并尊重原作素材是改编工作的必由之路。但尊重不等于照搬,改编者应当在吃透原作、理解原作、把握原作内涵主题的基础上,结合时代精神与时代需求,讲述符合时代审美需求的故事。

改编者要尊重原作的主要人物和核心情节,尊重原作的基本风格。改编者只有对原作的时代背景、主题、风格样式、叙事特性、人物形象、情节等深入理解的基础上,才能更有针对性地对原作进行提炼,根据改编需要删减或增加角色与事件,改编出具有独特艺术价值的作品。《集结号》小说中,主人公谷子地与两位女性发生过情感纠葛,这些爱情故事虽然能够体现谷子地多元复杂的人性,但电影《集结号》的主线主要围绕着谷子地几十年执着地为牺牲的战友恢复名誉展开故事叙述,复杂的感情纠葛与主线关联不大,电影改编舍弃了这些爱情故事的情节,反而使谷子地的形象更为纯粹感人。

尊重原作,同样可以对剧中人物进行美化或升华。在贾平凹小说《高兴》中,主人公刘高兴有着非常复杂的内心冲突,自农村来到城里打工后受骗,弱肉强食的城市生存法则迫使他不得不放弃传统的道德价值观念,为此,刘高兴始终意难平,充满了孤独感。改编为电影时,尽可能淡化刘高兴的孤独感,转而以戏谑、自嘲的姿态突显人物乐天知命的生活态度,给整个故事增添了温馨的亮色。古典名著《水浒传》中部分人物的行动与逻辑在当今观众看起来有不少难以接受之处,为了使人物的行为动机更加符合当代价值观,在改编电视剧的过程中对人物塑造与情节设置进行了较大的变动。例如李逵在原作中嗜杀成性,发作起来无论男女老幼皆不放过,为了赚朱仝上梁山将无辜稚童杀害,在扈成向梁山示好达成共识后仍血洗祝家庄,但在1998年版电视剧改编中将其滥杀无辜的一面隐去,对其鲁直忠恳、赤子之心的一面放大,直爽憨厚的形象塑造使这个角色深受观众喜爱;在武松形象塑造上,也弱化了武松嗜血杀人残暴的一面,突出其为穷苦百姓服务、锄强扶弱的一面,如在"血溅鸳鸯楼"这场戏中,原著中武松将张都监全家无论老少、无论主仆全部杀光,表现出武松性格中嗜杀残忍的一面,在电视剧的改编中,武松屠杀张都监一家时详细刻画了他内心的激烈冲突,并增加了他与玉兰的互动;《水浒传》原作中女性形象的塑造因时代的局限性刻画得偏单薄、负面,在电视剧改编过程中则进行了补充、完善,小说中的潘金莲恶毒狡诈,但电视剧中将她由贤淑规矩、不得不安于现状到对武松怦然心动的女性意识觉醒,由被武松拒绝的愤懑郁结到被引诱后的放纵不安的转变过程进行了较为细致的描述,人物形象较原著要丰满、生动许多;阎婆惜、扈三娘、孙二娘等角色也增加了不少性格细节,使角色更符合现代观众的审美。

尊重原作的主要人物和核心情节、尊重原作的基本风格,并不意味着改编必须忠实于原著的人物、故事、风格,而是强调改编者要深入理解原著,明确改编目标,在此基础上择其所长,根据需求进行改编。

(二)与时俱进的主题与时代审美

"一切历史都是当代史",无论是忠实记录还是艺术虚构,原作或社会事件从产生年代到成为影视作品面世都有一定的时间差。观众的思想与审美是不断向前发展的,影视剧创作出来终归是给当代人看的,对于原作的时代局限性,改编者要有敏锐的分析眼光,结合时代审美予以改编,对原作的现代价值意义进行深刻的挖掘,才能让原作焕发出新的生命力。

20世纪80—90年代,中央电视台改编了四大名著,这四部电视连续剧在尊重原作的基础上,结合时代需求进行改编,受到专家及广大观众的一致好评,至今仍不断重播,成为文学名著改编为电视剧的经典范本。1986年版电视连续剧《西游记》在美化孙悟空等角色的形象、行为基础上,用更通俗易懂、更具人性化的方式解读西游故事,在教化娱乐的同时也将原作对现实社会的批判隐晦地表达了出来。1987年版电视连续剧《红楼梦》在忠实原著的基础上没有采取流传最广的高鹗续书情节,而是根据曹雪芹原作判词暗示,描写了贾府的"忽喇喇似大厦倾"来刻画"黛玉之死""探春远嫁""香菱之死""狱神庙小红探监""刘姥姥义救巧姐""凤姐之死""宝云重逢"等,谱写了没落时代的挽歌。由于时代的局限性,小说《三国演义》在表达民族文化时精华与糟粕并存,1994年版电视连续剧《三国演义》经过改编,突出表达了中华民族的军事文化、智谋文化、管理之道以及忠义豪情,"它们是民族的宝贵精神遗产,是我们进行现代化建设的中国人应该继承发扬的"①。1998年版电视连续剧《水浒传》对

---

① 李习文.电视连续剧《三国演义》成都研讨会侧记[J].电视研究,1995(6):47.

原作部分人物的行为进行了较大修改,同时也没有避开梁山招安后的悲剧命运,对“投降派”的结局、政局腐败及小农意识的局限性都通过人物故事展示了出来,电视剧的主题表达与人物行为更能够被当下观众所接受。

(三)叙事与人物的视听造型化

剧本改编绕不开如何将原作的文字语言转化成剧本中具体可感的台词动作和场景设计这一话题,这是一个看似简单实则煞费苦心的过程。仅以最常见的文学作品改编为例,文学作品与影视剧之间的差异性如表 9-1 所示。

表 9-1 文学作品与影视剧的差异性

类别	语言形态	艺术形态	表现形态
文学作品	文字	语言艺术	相对比较抽象,比较自由,既能表现外在现实,也能表现人物的心理感觉,艺术表现的自由度较大。
影视剧	声音和画面	视听艺术	表现时空的形象完整性;表现人物心理感觉时相对受到限制;注重外在人物行为的视觉表达;受商业约束,更注重娱乐性。

影视剧改编是要将文学作品中的故事内核和人物内心用视听的方式表达出来。例如小说《贫嘴张大民的幸福生活》中主人公全家出场时的描写:“他叫张大民,他老婆叫李云芳,他儿子叫张树,听着不对劲,像老同志,改叫张林,又俗了,儿子现在叫张小树。张大民 39 岁,比老婆大 1 岁半,比儿子大 25 岁半。他个子不高,他老婆 1 米 68,儿子 1 米 74,他 1 米 61。两口子上街走走,站远了看,高的是妈,矮的就是个独生子。去年他把烟戒了,屁股眨眼就肥了一倍。穿着鞋 84 公斤,比老婆沉 50 斤,比儿子沉 40 斤,等于多了半扇儿猪。再到街上走走,矮的在高的旁边慢慢往前滚,看不着腿,基本上就是一个球了。”①这一段话转化成剧本时,可以直接让观众观察到的只有人物的姓名以及身高、体重、年龄大致对比的印象。其他如儿子改名的过程,身高、年龄的具体差异,戒烟等细节,胖得像球和半扇猪的文学比喻,假如必须要对观众做出交代的话,可能得通过对话或具体的一场戏来进行交代。影视改编的过程是将原作视听化的过程,大刀阔斧地删减、合并,整理琐碎、零散的细节,都十分考验改编者的实力。

爱尔兰女作家爱玛·多诺霍的代表作品《房间》讲述了一起发生在奥地利的囚禁案。24 岁的乔伊被囚禁在一个 3 平方米的花房长达 7 年之久,与其相伴的只有不时出现的囚禁她的罪犯和 5 岁的儿子杰克。作品前半段与《美丽人生》相似,为了孩子的心理健康,也为了不让自己发疯,乔伊始终没有告诉儿子外面的真实世界,直到逃脱机会到来,杰克的世界观发生了翻天覆地的变化。后半段便是两人逃脱后回归家庭,如何面对心理阴影,重新认识世界

① 刘恒.贫嘴张大民的幸福生活[M].北京:华艺出版社,1999:1.

的问题。改编这部作品的难度是比较大的,但电影改编得非常成功,根据该作改编的同名电影获得 2016 年第 88 届奥斯卡金像奖最佳改编剧本提名。小说的一大特色便是以杰克这个 5 岁小男孩的视角去看待整个事件,去感悟人生,所以小说中有大量的内心独白与心理活动描写,在叙事视角上比较单一。电影在改编的时候将一部分心理活动通过画外音的形式表现出来,以限制性或全知性第三人称视角穿插进行叙事,使前半段故事具有悬念,后半段故事情节更为紧张、更有节奏感,弥补了小说叙事方面的不足。

1998 年版电视连续剧《水浒传》在改编时加入了许多细节性的环境影像,为故事背景增加了感染力与直观性。故事场景设计上有很多市集叫卖、茶馆交流、杂耍、手工业、唱曲娱乐、节气习俗、勾栏瓦肆等市井生活景象。例如第 1 集开头便是以运动长镜头展开的汴梁城的热闹生活景象,由远及近,穿堂入室,由刻画众生百态慢慢集中到高俅身上,自然流畅地重现了《清明上河图》所描绘的风俗百态,制造了宋朝特有的影像奇观。

关锦鹏在将张爱玲的作品《红玫瑰与白玫瑰》搬上银幕时,利用了原作中没有的镜像元素来暗示主人公佟振保复杂扭曲的心境。用镜子中的人影来暗示内心变化的方式在电影中总共出现了四次,每次都出现在佟振保人生的重要节点上:第一次镜像出现在电影开头,年少的佟振保与法国女子发生关系,镜中交缠朦胧的身影折射出还青春懵懂的他内心深处对欲望的惶恐、向往又逃避的心理。第二次镜像出现在他与朋友的妻子王娇蕊的暧昧阶段,他在王娇蕊的浴室透过水汽看着镜中的自己,嘲弄欲念的同时又不可控制。第三次镜像出现在已婚的佟振保重新收到前情人王娇蕊的消息,对着镜子演练两人的相逢,暗示出他的贪婪、虚伪与自私。影片结尾,佟振保与妻子、家庭离心后,在惶恐激愤的情绪下失控打碎了镜子,他在无数的镜子碎片中看到了自己一张张扭曲疯狂又绝望无助的面孔。镜子与佟振保不断变化的内心轨迹关联在一起,其象征性颇能引发观众的更多联想。

(四)满足观众的期待心理

改编者在做改编艺术化处理时要注意观众的期待视野问题。特别是古典名著或之前便有庞大受众群体的作品,在改编时要考虑受众的接受情绪。读过原著的观众容易先入为主,不自觉地拿原著与改编作品进行对比,在寻找共鸣点、验证自我的理解与想象的同时,按照自己的价值判断来评价改编作品的优劣。这种挑剔其实也是在督促改编者认识到问题,拿出最好的状态,以谨慎的态度进行改编。未读过原著只观看影视作品的观众,原作的故事与背景他们不一定了解,故事与人物做了多少改动他们也未必清楚。此时改编者自身的人生阅历、创作水平就显得尤为重要。无论是对原著的整体改编还是局部改编,影视剧改编成品本身的艺术质量、情节人物感染力、代入感与细节是观众判断影视剧质量的重要依据。

同样是改编自古典名著《三国演义》,1994 年版的《三国演义》备受好评,即使过去多年,受众群体发生了很大变化,观众对这部作品的艺术质量评价仍然是很高的。而 2010 年版《三国》,对 1994 年版没有表现的部分情节和人物进行了补充,但忽略了原著天下意识、英雄气概、忠义豪情等深刻且具有审美理想的价值,导致观众反响平平。创作团队过于注重主题与人物的个性化表现,一些主要角色形象和台词设计过于直白,主题格调偏重于“权谋构陷”“办公室政治”“厚黑学”层面。

无论是文学改编还是社会事件改编,影视剧改编不一定要完全照搬原作的主题、人物形象和情节故事,毕竟影视剧不是生活现实的实录,影视剧作品与文学作品相比二者不属于同一种艺术形式,它们在表达方式、受众群体等方面具有比较大的区别。改编者需要在对原作充分了解的基础上,根据影视剧表达的优势特色、根据时代需求、根据受众的期待视野,再结合改编者自身的创作特色,才能改编出成功的影视剧作品。

【课程实训】

实训目标: 掌握剧本改编的基本原则。

实训内容: 1. 谈谈你对张爱玲、金庸、黄易的作品改编成影视剧的看法。

2. 你认为当下网络 IP 剧的改编难点在哪里?

第二节　影视剧改编的方法与注意事项

一、影视剧的改编方法

文无定法,这句话用到影视剧改编上同样适用。在影视剧改编过程中,大到对一部或几部作品的改编,小到对作品中某个情节、某个人物、某个细节的改编,影响影视剧改编的因素有很多;由于改编对象的选择、改编主题的确定、改编人物的塑造、改编情节的设置等不同需求,改编方法也多种多样。最常见的影视剧改编方法有截取法、移植法、浓缩法、取意与颠覆法、扩展法、复合法等。

(一)截取法

截取法又称节选法,是从一部作品中选出相对完整的一段故事予以改编。节选的部分往往是原作中人物或事件较为精彩的段落。小说《水浒传》中,梁山有一百零八将,但并不是每一位好汉的刻画都同样精彩,只有李逵、武松、林冲、鲁智深等人物形象被人们津津乐道。

20 世纪 80 年代山东电视台拍的水浒系列故事,其实就是分别截取了宋江、武松、鲁智深等人各自的故事,最后串联起来为一个整体。

电视连续剧《武松》对篇幅浩大的小说《水浒传》进行了截取，将有关武松的故事情节提炼出来并进行改编。

1998 年中央电视台拍摄的 43 集电视连续剧《水浒传》，在故事前半段也是以人物为中心编制剧情，分别以几集为一个单元，集中介绍一个或者一组关键人物上梁山的经历，由此人串联起下一个故事单元。例如电视剧第 1 集“高俅发迹”，刻画了北宋末年的社会环境及政局形势，为好汉们由于社会腐败导致的逼上梁山、招安悲剧埋下伏笔。本集讲述了反派高俅的个人故事，该故事中出现的王进、高衙内等角色又引出第 2 集鲁智深的故事，第 2—4 集重点讲鲁智深落草前的生活，其中出现的林冲成为接下来第 5—8 集的主人公。而鲁智深在林冲故事中仍有出现，再次展现了他的侠肝义胆。林冲落草引出杨志，杨志引出“智取生辰纲”相关几集群戏，调查生辰纲案引出宋江，宋江引出武松，等等。后半段梁山聚义、排座次、招安、打方腊部分则以“群戏”为主要线索，整体气氛走向沉郁悲壮，同时穿插燕青打擂、李逵坐堂等相对轻松的副线调节叙事节奏。

1998 年版电视连续剧《水浒传》在保留原作重点情节故事的基础上，以截取人物故事为主要改编思路，对其相关情节进行截取改编，突显了各位好汉的典型性格，同时从不同角度展现了被逼上梁山的各路人马所处的典型社会环境。

金圣叹在《读第五才子书法》中说：“别看一部书，看过一遍即休。独有《水浒传》，只是看不厌，无非他把一百八人性格都写出来。”[①]1998 年版电视连续剧《水浒传》人物形象塑造得丰满立体、故事讲述流畅，是与这种单元式的截取改编方式分不开的。

（二）移植法

移植法也被称为“描红式”改编，是将原著中的主题、人物、情节移植到改编的剧本中。移植的过程中在保留大致故事情节走向的基础上，将叙事时空、故事背景、人物形象等根据改编目标的不同进行相应的改动、更换。

时空移植是最常见的移植方式。特别是在跨文化影视改编中，编剧将发生在国外的故事人物移植到中国的相应时空背景，同样，中国的故事也可以改编到国外的背景中。例如中国电影《无间道》故事发生于香港，2006 年美国导演马丁·斯科塞将其改编成电影《无间行者》，故事背景换到了美国波士顿。《一个陌生女人的来信》是奥地利作家茨威格 1922 年创作的一篇中篇小说，中国导演徐静蕾在改编这部作品时将故事移植到了民国时期的北京四合院里。巴兹·鲁赫曼导演、莱昂纳多·迪卡普里奥主演的 1996 年版《罗密欧与朱丽叶》将发生在中世纪欧洲贵族家庭中的故事放到了 20 世纪 90 年代的纽约黑帮争斗中。移植法促使改编者在原作中寻找适合当下审美兴趣的元素，通过时代与人物背景更迭及相应改变，使原作焕发出新的生命力。

---

① 金圣叹.读第五才子书法[M]//丁锡根.中国历代小说序跋集.北京：人民文学出版社，1996：1489.

在使用移植法时，特别需要注意的便是如何使移植的故事符合生活逻辑，符合观众的认知习惯。例如前面提到的《罗密欧与朱丽叶》的时空背景移植到了现代黑帮，由冷兵器时代、贵族文化到热兵器时代、平民文化，人物的很多行为逻辑就要相应地发生变化——莎士比亚剧本中阻碍罗密欧、朱丽叶的家族世仇与家族荣誉感的维护在新故事背景下要怎么变化？罗密欧与朱丽叶使用什么道具殉情？——改编者都要充分考虑到。

对于跨国、跨地区改编更要注意本土化、民族化的问题。黑泽明的电影《蜘蛛巢城》改编自莎士比亚的名作《李尔王》，故事被移植到了16世纪的日本武士战争时期。人物的名字、服装造型、语言、战争方式、礼仪习俗、建筑布景等全部日本化；在造型和表演、声画结合上借鉴了日本传统“能剧”艺术，使其成一个极具日本特色的故事。《一个陌生女人的来信》原作是一个奥地利女子单恋一生的故事。原作女主人公热情大胆，感情十分外露，但她的很多行为和追求方式放到民国时期的北京女孩身上就有些突兀了；原作中楼上楼下的居住方式和影片中胡同、四合院环境也有很大不同；原作是书信体，以第一人称叙事，有大量的内心描写，但电影整体是讲故事的，需要从原作中把故事性择出来，个人内心描写要转化成具体情节、动作，书信内容转化成旁白、独白、直接故事表现等各种方式。这些烦琐的工作都是为了使作品在移植改编后，故事情节与人物行为符合生活经验逻辑，让观众感到真实可信，在此基础上，观众才能接受这个改编故事。

(三)浓缩法

指浓缩与主题有关的人物、事件，以主人公思想情感的脉络为贯穿线索，对原作删繁就简，将头绪纷繁、篇幅浩大的原著进行提炼和概括并加以改编。如妇孺皆知的《天仙配》故事，在搬上银幕之前便有《百日缘》《槐荫记》《七仙女下凡》等各种民间传奇、戏曲、舞台剧版本。桑弧曾提到“把戏曲演出改编为电影剧本，首要的环节是如何进行压缩”。1955年，石挥执导黄梅戏电影《天仙配》，起初参考的戏曲舞台剧本有468句唱词，电影剧本减为278句。删去董父等十多个无关紧要的人物，删去傅员外认董永为义子、董永与傅家小姐成婚等情节，增加了天帝、傅员外与七仙女、董永两个不同阵营之间的戏剧冲突，将该故事由礼赞孝道转变为颂扬爱情婚姻自由，鞭挞封建势力与阶级压迫的故事。

古典名著《红楼梦》将近100万字，假如要改编成两个小时左右的电影难度颇大。1977年林青霞主演的《金玉良缘红楼梦》便仅以原著中宝黛钗三角关系为主要内容，去除贾府的各种副线。类似的还有金庸的《笑傲江湖》《射雕英雄传》《神雕侠侣》《天龙八部》《倚天屠龙记》等作品，原作故事时空跨度大，涉及人物、事件繁多，改编电影时亦只选取几位主要角色、一条关键线索来讲述原作故事。当然，这种浓缩法的缺陷便是受电影时间限制，容易失去原著的韵味，其深层的意蕴、多元的表达可能无法全面呈现。

(四)取意与颠覆法

将取意与颠覆两种方法合并在一起，是因为这两种改编方法的立足点相近，都是从全局或局部对原作的故事、人物做非常大的调整与改动，对人物甚至主题推演出新的解读内容。这样的改编与改编者的认知水平、思想倾向及视听语言独特性息息相关。

所谓取意法，即改编者以某部作品为灵感来源，截取其中部分故事内容重新组织架构，赋予人物新的特征，创意性地改编出新的故事和人物形象的方法。如王家卫的《东邪西毒》、刘镇伟的《东成西就》，主要人物取自金庸小说，却自成一格，讲述了与原著完全不同的另一个故事。电影《大话西游》中的人物形象塑造与人物关系取意于小说《西游记》，但电影在小说的基础上重新架构了一个新的故事，人物形象也与原著有极大的不同，由此演绎出与原著截然不同的具有时代意义的主题。

颠覆法指故事源于原作，但人物形象、关键情节或主题表达与原作几乎不同甚至完全相反的改编方法。例如《白蛇传》在古代已经有多个版本，如唐传奇《白蛇记》中白蛇是龙王之子，感念书生刘汉卿的救命之恩，在其穷困负债被逼投水自尽时施以援手，并助其科举返乡，一家团圆。宋话本中的《白蛇传》讲述书生奚宣赞搭救一女卯奴，送其回家后被女子主人白蛇娘娘缠上，巧取豪夺强留招亲，最后被叔父奚真人搭救，白蛇娘娘、卯奴等现出原形，皆为妖怪的故事。之后还有各种戏曲、小说版本，但整体上都宣扬报恩行善、女色误人等思想，对白娘子等女性角色多有轻视。无论是电视剧《新白娘子传奇》还是近年来的多个关于白蛇的传影视剧版本，则都将刻画重心放到白娘子、小青等女性角色身上，展现她们美丽、智慧、坚强、善良、侠义、忠贞、勤劳等美好品德，将更多现代女性思想融入角色当中，对传统古典故事进行重新挖掘，对人物形象进行了颠覆性的改编与塑造。

美国电影《阿甘正传》的创意源自温斯顿·格鲁姆的同名黑色幽默小说。小说中，阿甘性格粗鲁，情感关系混乱，原作借助阿甘亲历的故事对美国当代社会进行了深刻的反讽。但是在电影中，阿甘虽然亲历了许多历史真实事件，但始终善良正直，感情专一，凭借个人不懈的努力和坚定的信仰实现了人生梦想。《阿甘正传》通过取意法与颠覆法，将一部出色的黑色幽默小说改编为经典励志电影，这与改编者的认知水平、明确的主题表达意识与优秀的故事表达能力息息相关。

（五）扩展法

扩展法一般运用于原著故事容量小，人物形象、情节设置比较单薄，无法支撑起一部电影或电视剧的情况，需要在影视剧改编时扩充、增加情节，使故事内容更加丰富，人物形象更加丰满。

剧本改编运用扩展法时需要加入大量的再创造元素，对人物形象进行充分演绎，对故事细节进行充分描述。影视剧的传播具有直观性的特点，观众在观看时，需要及时理解人物、情节所传达的信息意蕴，因此，在改编作品时，需要通过合理想象，对原著侧写或并未提及的内容进行适当扩充，补足原著中比较隐晦或简略的情节，对人物性格发展变化做出合理的、足够的铺垫和补充。

在古典名著《红楼梦》中，林黛玉辞父进贾府在路上行船的过程一句话就带过了。但在电视剧改编时，编剧们考虑到这是女主角林黛玉第一次出现在观众面前，需要展现部分角色特征，给观众留下深刻印象，便将这个行船过程用了1分半钟的时间来展现，包括船行水面泛起阵阵涟漪、岸边无忧无虑的牧童、天边的孤雁、林黛玉倚窗清瘦的背影，伴随着林父画外音展现的含泪的面部特写，闪烁不定的烛火，整体渲染了一种风露清愁的氛围，与林黛玉的形象气质非常吻合。这是一个很好的扩充改编的案例。

又如改编自裴铏《传奇》故事的电影《刺客聂隐娘》，舍弃了原作中仙侠玄幻的部分，保留了唐末藩镇割据背景、聂隐娘贵族出身与行刺的主线，保留了家人对她的畏惧与磨镜这个少年人物，对聂隐娘的爱情关系、师徒关系、敌对关系等方面进行了扩展。聂隐娘的师傅变成了道姑公主嘉信，以暴力手段努力维护式微的唐朝廷。增设了公主嘉信的双胞胎姐妹嘉诚公主，嘉信公主的慈悲大爱，嘉诚公主的冷酷理性，都对聂隐娘的人格产生了重大影响。经过扩充后，聂隐娘的故事从一个侠遇明主、知恩图报的玄幻故事改编成了唐中央政府与地方割据势力的权谋斗争故事，具有更多的现代隐喻色彩。

(六)复合法

复合法就是将已有的两部或两部以上作品中的人物原型、剧情、故事背景、主题思想进行融合，用这些素材来表达改编者的思想。黑泽明拍《罗生门》，在固有的《筱竹丛中》故事里，添加了《罗生门》小说的场景，除此之外，该片还隐含了《偷盗》的情节。黑泽明在添加情节时，并非是一味地求新，而是仔细研读原作，寻求更深的体会。在小说《偷盗》中有强盗多襄丸，也有被遗弃在罗生门的婴儿的情节。小说中的这些情节都被融合进了电影之中。而电视连续剧《雪山飞狐》，是将金庸小说《飞狐外传》和《雪山飞狐》两部小说整合在了一起，把几个故事组合成一个影视作品。

在对原作进行复合改编时，同样要考虑前述移植改编面临的问题。不同的作品组合在一起，要全面把握人物性格塑造、人物关系以及不同作品风格之间如何融合、如何确定主题等，避免出现情节漏洞与逻辑错误。例如在三国题材的改编中，《三国演义》《三国志》及各种史书是必须仔细研读的。但《三国演义》毕竟是七实三虚的艺术创作，不少细节与史实有出入。历史上曹真是曹魏时期著名的将领，在诸葛亮北伐过程中数退其军，但在《三国演义》里为了烘托司马懿和诸葛亮的形象，将其刻画为有勇无谋的人物。在影视剧改编要时注意不同的原著作品人物、情节的统一，否则会出现人物跳跃性大、时间线混乱、前后逻辑矛盾等问题。

二、影视剧改编需要注意的问题

(一)明确改编切入点

许多小说注重环境铺陈，而影视剧的场景设置是与人物、情节紧密地结合在一起的。简单来说,小说中可以让时间静止,给读者仔细介绍环境及形成这个环境的历史,或让男女主人公一路上欣赏如画的风光,但影视剧里的环境必须是构成戏剧情节、人物动作的一部分,需要给人物在经过的路上找点事出来。

改编者一定要非常熟悉原著,要对原著里的世界足够了解。在原著精神的基础上,提出自己的见解,从而焕发出自己独特的精神特质来。张艺谋在谈到自己导演的电影《红高粱》时说:"咱把它拍好看了,拍得有意思,还有一个咱要传达出莫言小说中那种感性的生命骚动……把人对生命热烈的追求说出来,有这点小味道就差不多了。"①无论是电影中那片广阔的红高粱地的环境设定,还是人物敢爱敢恨的张扬性格、极力渲染的高粱地私合、酿酒、打日本人的情节设置,都体现出张艺谋电影中"人对生命热烈的追求"这一精神特质。日本作家松本清张创作的小说《砂器》是日式社会派推理的经典名作,作品以高度的社会责任意识、丰富的社会生活细节描写、富含潜台词的对白著称。小说改编成电影时最大的难题便是面对小说大跨度的时间线、复杂繁多的人物、广泛辐射的社会面要如何寻找切入点。编剧桥本忍在熟读原书后仍不得其解,最终原作里简单的一句话:"父亲和儿子经过困难来到鸟羽"使其灵感迸发,他以这句话为故事贯穿线重新组织情节,最终创作出《砂器》这一电影界的经典作品。

(二)做好结构布局

影视剧如何开头结尾,哪个人物先出场,让哪个故事先展开,这些结构布局的过程需要改编者理清楚。事实上,与原著开头结尾完全相同的影视剧少之又少,影视剧应当充分发挥视听语言的优势,来结构布局讲述故事。电影《阿甘正传》开头那缓缓从天际飘落至阿甘脚下的羽毛、结尾从阿甘脚下被风吹起飘向天边的羽毛这一设计既具有诗情画意,又让整个电影前后照应,具有圆融美,而羽毛的自由自在与阿甘的人生际遇相呼应,产生了一定的人生哲学韵味。

因影视改编取材于原著的基本故事框架,所以大多会保持故事原有的轮廓和基本情节内容。原著中能够复述的内容基本都是令人印象深刻的,在改编时可以考虑保留,而原作的高潮段落,往往是经由很多篇幅才能达成的,未必适合影视剧表达。在影视剧改编时,我们要谨慎选择原著情节的表达,按影视作品的规律重新设置情节结构,以符合影视剧表达的方式重新设计故事的开端、发展、高潮与结局。

(三)强调故事性

影视剧的娱乐功能是任何编剧都不能忽视的,影视改编应当注重剧本的故事性,可充分运用冲突、发现、逆转、悬疑、转折等技巧。有的文学作品在故事架构上比较平实,在影视改

---

① 张艺谋.赞颂生命,崇尚创造[M]//丁亚平.百年中国电影理论文选.北京:文化艺术出版社,2003:263.

编时要把握节奏,强化戏剧冲突,突出人物形象塑造,有意识地设置情节点,让故事一波三折,使影视剧具有观赏性。影视改编在强调故事性的同时,一定要注重主题表达、人物形象设置的必要性,不能为了突显故事性而忽视影视剧的艺术审美性。

电视连续剧《倾城之恋》的改编,由于没有注意到情节与主题之间的关系而被观众诟病。《倾城之恋》是张爱玲的经典短篇小说,曾多次被搬上荧屏/银幕。故事通过白流苏和范柳原的相识、交往与婚姻历程,表现了庸庸世界饮食男女之间的情爱斗法。两人所谓的爱情都别有目的,白流苏为了求生,为了摆脱家庭的束缚,为了表面的荣光;范柳原意在求欢,在对情欲的追逐表象之外满是对真情、婚姻的冷漠与不信任。作品的名字叫《倾城之恋》,但这段恋情并不荡气回肠,反而充满着世俗的烟火气与无可奈何,这体现了张爱玲作品一贯的讽刺与反传奇特性。在改编成电视剧时可能会有外在戏剧冲突较少、人物形象不够正面、情节不够曲折的缺陷,因此,在改编成电视剧的过程中,编导对原作大幅度增删,小说中白流苏出场时已离异,前夫也已经去世,她的第一段婚姻如同“前史”。为了增加戏剧矛盾与美化人物形象,电视剧将小说一笔带过的第一次婚姻大幅度扩充。全剧 34 集,从白流苏还未嫁时说起,增加了大量原著中不存在的人物,到 16 集白流苏才离开唐家,20 集前夫才去世,“前史”占了全剧一半多的规模。“前史”内容过多使得真正应该浓墨重彩刻画的部分少了发挥余地,不利于男女主人公的形象刻画。另外,剧里还增加了范柳原发迹的奋斗史、接受革命理念洗礼、抗战经历等升华人物形象的片段。这些改编的初心是好的,小说讲述的是一对自私的男女在浮世中相互试探,进进退退并最终牵手,相互利用的同时又相濡以沫的故事。编剧跳离了原作的精神,想要结合时代特色,想要刻画崭新女性形象,将其与家国精神联系在一起,这不是不可以,只不过有些剧情注水严重,太在意外在的热闹和喧嚣,与核心故事缺乏关联,人物形象也因此显得分裂突兀,最终导致对情爱、人性的思考浅显,对家国精神的体现流于表面,故事的主题表达反而不明朗,电视剧的节奏整体显得拖沓烦冗。

(四)情节的设置要突出人物性格

要成功地改编小说,需找到原作的故事焦点;然后选择人物,根据人物在影视剧中所起的作用加以提炼、改造;重新明确主题,根据主题的表达与影视剧的表达特点重新设计人物,使人物形象更加鲜明生动。在《天下无贼》小说中,偷窃傻根六万块钱的一拨拨贼都是单兵作战,他们的偷窃行为具有随机性。改编后的同名电影将这些贼归置在以黎叔为首的犯罪团伙里,每一个贼都有自己独特的性格特征,男女主人公为了保护傻根,集中精力对付的就是黎叔团伙中不同的贼,提炼、改造后人物形象更加鲜明生动,也增强了电影的可看性。电影《阿甘正传》编剧将原小说人物大量删减,因为原小说中的很多人物,比如玛丽莲・梦露,虽然有噱头,但与改编后的电影整体风格、主题表达关联甚少;加之,编剧考虑到原作小说中的许多人物设定富于讽刺性,因此将之删除。

在《色・戒》原著中,除了最后处决王佳芝时有关于易先生的一段心理描写外,通篇并无对易先生的正面描写,这个人物完全是通过王佳芝的视角来描述的。但同名电影中易先生的每一次出场都煞费苦心。雨中相见,裁缝店里的试衣,表现出他对王佳芝不可遏制的欲望;汽车上冷酷的宣泄,寿司店中的黯然感伤,充分展示了这个男人内心的恐惧和因前途无望的挣扎,塑造出一个真实可感的易先生;在影片的结尾,当王佳芝等人被处决后,易先生回到佳芝曾住过的睡房中,用手轻抚床单,哽咽的语声显示出他内心的挣扎与不舍。在编剧王蕙玲的细心安排下,易先生少了些许冷酷无情,多了一点温暖,成为一个从扭曲的世界中稍微恢复了点人性的复杂人物。应该说,这点变化是改编者加诸原著的一点精神,既顺承了张爱玲的原意,又加入了自己的解读,使这个人物比原著更丰满,更富有血肉,也更立体化,这也恰恰是易先生这个人物能够站得住脚、让观众接受的关键所在。

(五)尽量不在剧本中直接套用小说对白

小说中的人物语言是通过文字呈现出来的,是为了适合读者阅读而写出来的。而影视剧剧本的对白设计要直接用于直观性的表演,如果影视剧直接使用原作对白,那么影视剧始终是在原作的枷锁下,体现不出改编者的精神特质,也未必适合演员的表达。金庸小说是影视剧改编者钟爱的对象,多年来,内地和香港的影视剧基本上找不到跟原作一样的对白,即使表达的是同一个意思,也肯定不是对原作对白的复制。根据琼瑶小说改编的电影作品,琼瑶往往坚持剧本不能对原著语言有任何改动的原则,致使电影语言过于书面化,观众在观看电影时经常会“出戏”, 给改编作品带来极大的不利影响。1994 年版《三国演义》搬用了不少原作中半文半白的语言,但都进行了精选,将其过于书面化或难以理解的台词转化成相对通俗的语言,并适当插入语气词来调整节奏,因而这版电视剧的台词虽忠实原著但并不难理解,甚至颇有韵律美。同时编剧组借助对台词的调整与改动,对原作中丑化处理的形象如周瑜等进行了调整,刻画出了周瑜盖世英雄的形象。例如“草船借箭”一集,周瑜要求诸葛亮造出十万支箭,作为中间人的鲁肃在该集中的台词不多,更多是通过“啊”“嘶”等语气词穿插到周瑜、诸葛亮互相试探的机锋对峙中,调节了二人间的紧张气氛,也显得颇有人情味。小说中周瑜吩咐手下不许给诸葛亮提供任何帮助,电视剧里改编成周瑜吩咐手下诸葛亮需要的东西悉与备齐。虽然都是以除去诸葛亮为目的,但前者是暗中拆台的小人行径,后者是自信计谋无懈可击、让对手心服口服的举措。周瑜去世后,剧本增加了一段原作没有的诸葛亮的独白,体现了两人的惺惺相惜之情,周瑜数次害诸葛亮并非肚量狭小、妒贤嫉能,而是因立场不同。电视剧通过台词的变换升华了周瑜的形象,也进一步衬托了诸葛亮的睿智通达。

总体而言,相比于文学审美,影视审美具有大众化、通俗化、理想化的特点,人物性格的设定,善恶美丑、人情伦理的底线都要与时代社会背景紧密相关。与文学创作不同,影视剧不仅仅是自我精神追求的实现,更是大众审美诉求的体现。在这样的审美指导下,影视作品改编中出现的美化、“洗白”人物形象的背后,往往代表的是当代人对理想生活、理想人格的渴望和追求。现实的不完满、人性的复杂使得观众更希望通过影视的“白日梦”实现理想的自我投射,以完成对人性和人生的救赎,实现对现实生活的弥补,所以,"美化"原作角色并不代表改编失败,只要把握好度、提炼好主题,一样可以有好的社会反响。

从文学作品角度而言,文学作品最完美的状态就是它原来的形式;从真实事件角度而言,最真实的状态就是事件本身。如果改编得好,影视剧可以让观众看到原本未曾接触过或关注过的作品,关注到原本未曾关注到的社会事件。

影视剧的传播作用毋庸置疑,相较于文学、戏剧等艺术形式,影视剧更易得到广泛的传播。影视剧与文学作品的良性互动,在创意结合中与时俱进,是传承文化的良好途径,经典文学作品历经岁月磨洗历久弥新,对影视剧行业、对观众一直充满诱惑力。同时,我们也要意识到,经典可以开掘新的价值,但不能任意打扮,肆意涂抹,曲意媚俗,不能为了经济利益、市场效应而胡编乱造——经典需要普及推广,但要借助经典本身的力量。无论创作者面对何种改编对象,把握影视剧的审美特色,具有明确的改编主题意识、鲜明的人物形象塑造、熟练的改编方法、对观众的充分尊重等,是影视剧改编者必须坚守的基本原则。

【课程实训 1】

实训目标: 1. 掌握影视剧本改编的基本方法。
2. 掌握剧本改编需要注意的问题。

实训内容: 1. 选择两个不同版本的《红楼梦》或《西游记》改编作品进行比较,谈谈你对这两个改编作品成功或不足的认识。
2. 阅读小说《潜伏》,谈谈电视连续剧《潜伏》运用了哪些改编方法,其成功之处是什么。

【课程实训 2】

实训目标: 能够将文学作品改编成合适的影视剧本。

实训内容: 选择一部中短篇小说或多部中短篇小说组合,改编成剧本(电影或电视剧),撰写故事大纲。

参考文献

埃德森.故事策略:电影剧本必备的23个故事段落[M].徐晶晶,译.北京:人民邮电出版社,2013.

奥班农.剧本结构设计[M]. 高远,译.北京:北京联合出版公司,2015.

巴赞.电影是什么?[M].李浚帆,译.武汉:华中科技大学出版社,2019.

蔡卫,游飞.美国电影研究[M].北京:中国广播电视出版社,2004.

菲尔德.电影编剧创作指南[M].2版.魏枫,译.北京:世界图书出版公司,2012.

菲尔德.电影剧本写作基础[M].2版.钟大丰,鲍玉珩,译.北京:世界图书出版公司,2012.

菲尔德.电影剧本写作基础[M].鲍玉珩,钟大丰,译.北京:中国电影出版社,2002.

格洛托夫斯基.迈向质朴戏剧[M].魏时,译.北京:中国戏剧出版社,1984.

郝建.类型电影教程[M].上海:复旦大学出版社, 2011.

霍金斯.创意经济:如何点石成金[M].洪庆福,孙薇薇,刘茂玲,译.上海:上海三联书店,2006.

卡温.解读电影[M].李显文,饶淑君,游惠群,等译.桂林:广西师范大学出版社,2003.

麦基.故事:材质、结构、风格和银幕剧作的原理[M].周铁东,译.北京:中国电影出版社,2001.

聂欣如.类型电影原理教程[M]. 上海:复旦大学出版社,2020.

瑞安.创意制片完全手册:从项目策划到营销发行[M]. 马瑞青,译.北京:北京联合出版公司,2015.

余秋雨.戏剧审美心理学[M].成都:四川人民出版社,1985.

周贻白.中国戏剧史[M].上海:中华书局,1953.